LA FOIRE AUX FIANCÉS

Dominique Fouchard

LA FOIRE AUX FIANCÉS

roman

LES ESCALES
DOMAINE FRANÇAIS

92, avenue de France
75013 Paris – France
Courriel : contact@lesescales.fr

ISBN : 978-2-36569-744-6
Dépôt légal : avril 2023
Imprimé en France

Couverture : Hokus Pokus Créations
Mise en pages : Nord Compo

À mes filles, Marie et Camille,
toujours, pour leur lumière
À Christophe, pour la vie à ses côtés
À celles et ceux qui jamais ne cesseront
de me manquer

« J'ai longtemps cru que la mémoire servait à se souvenir, je sais maintenant qu'elle sert surtout à oublier. »

Pierre Chaunu, « Le Fils de la morte[1] »

1. in *Le Débat*, n° 5, 1985.

DANS L'EAU DE LA SEINE

« Et maintenant,
On entend le fleuve qui pleure. »

Victor Hugo,
« Charles Vacquerie »,
Les Contemplations

Le 20 décembre 1924, on a repêché le cadavre de Louise dans la Seine. C'est moche un corps sorti de l'eau, c'est gonflé, c'est ridé, bleuté, violacé, ça donne la nausée. Il portait des traces de blessures à l'œil, à la mâchoire, des traces de coups sur les bras et les jambes. Et c'était Louise, Louise avec ses boucles blondes toutes souillées, Louise qui avait disparu et que la Seine recrachait salement.

Un couple d'amoureux en promenade sur les berges avait donné l'alerte en apercevant au fil de l'eau quelque chose qui ressemblait à un corps.

Le lendemain, dans *Le Petit Parisien*, on pouvait lire : « Le corps d'une jeune femme blonde d'environ vingt ans, vêtue d'une robe grise et de bottines noires, a été repêché dans la Seine au niveau du canal Saint-Denis. Acte d'une désespérée ou agression meurtrière ? »

Entre un cambriolage de bijouterie et une escroquerie à l'assurance, il y avait le corps de Louise, anonyme et abîmé, perdu dans les faits divers.

Germaine le savait bien, il ne pouvait s'agir de l'acte d'une « désespérée », jamais Louise n'aurait plongé dans le froid de la Seine, elle aimait la chaleur du soleil ; elle avait bien trop peur du noir pour se laisser aspirer vers les profondeurs ; et puis elles avaient, ensemble, depuis la guerre qui avait eu si faim des hommes, choisi de faire le choix de vivre, beaucoup, pleinement, et pour ceux qui ne le pouvaient plus.

Et, surtout, Germaine avait senti le danger.

ON NOUS A TUÉ JAURÈS

« Il n'y a plus de nuit, plus de nuit, il n'y a plus qu'un grand brasier qui rigole à perdre haleine, qu'une farandole de feu, qu'une épaisse tignasse rousse brandie dans le chemin creux, qu'un rire animal qui se tient la panse, qu'une grande farce imprimée en rouge dans le ciel, comme l'empreinte d'une bouche immense qui s'est posée là, comme un pétard intersidéral. »

Georges Fouchard,
De seigle et d'étoiles[1]

Elle se souvenait de leur première rencontre comme si c'était hier. Mercredi 1er octobre 1913, la date était inscrite à la craie blanche sur le tableau noir. L'écriture était ronde, appliquée. Mlle Régis, la maîtresse, se tenait sur l'estrade, les mains sur les hanches.

Assise à côté de Germaine, Louise gigotait sur le banc de bois, trop dur pour ses fesses peu dodues qui supportaient mal d'être posées sur une surface si raide. Elle passait d'une cuisse à l'autre, transférant son poids d'un côté puis de l'autre, recommençant sans cesse le même manège.

— T'as pas fini de gigoter comme ça ! C'est pénible à force, lui lança Germaine.

Embarrassée, Louise tenta de se maîtriser, raidit son corps et appuya plus solidement ses pointes de pieds sur le sol, espérant ainsi atténuer la douleur et mettre fin à ses contorsions et à l'agacement de sa voisine. Elle porta toute son attention sur leur maîtresse qui dessinait au tableau des feuilles de châtaignier que les filles devaient reproduire dans leur cahier de leçon de choses, sur la première page. Les crayons de bois crissaient sur le papier dans une concentration extrême. Chaque écolière souhaitait faire beau et juste, afin de contenter la maîtresse et recueillir pour soi seule son sourire satisfait. Elle était si belle Mlle Régis, élégante, svelte, toujours à sourire avec ses lèvres de framboise. Elle nouait ses épais cheveux bruns en une longue tresse qu'elle passait devant son épaule, sur le côté, et qu'elle lissait du bout de ses doigts. Elle était belle comme peuvent l'être les maîtresses dans les yeux des enfants de neuf ans. Comme le sont les princesses dans les livres, sauf que là, dans la réalité de sa présence, chacune pouvait imaginer lui ressembler un jour.

Louise était courbée sur son dessin. Son avant-bras gauche bien posé sur le pupitre lui permettait de se soulever un peu, d'oublier un temps la douleur, comme en danseuse sur un vélo, et de se consacrer totalement au fignolage des dents pointues de la grande feuille de châtaignier. Elle adorait dessiner et avouerait plus tard à Germaine que lorsqu'elle se rêvait grande, elle s'imaginait dans un grand atelier clair, tout en haut d'un immeuble montmartrois, donnant sur les toits de Paris, vêtue d'une large blouse toute tachée de couleurs, entourée de toiles, de chevalets, de pinceaux, de pigments improbables, de papiers venus du bout du monde, de pots d'huiles et de vernis odorants ; elle voyait ses cheveux retenus par un turban grossièrement noué, ses mains qui portaient la trace de ses œuvres en cours, elle imaginait chaque mur accueillant les idées punaisées en tous sens. Elle rêvait cette vie-là au bout de ses doigts. Elle était douée, sa feuille de châtaignier en témoignait. Et lorsque Mlle Régis passa dans les rangs et s'exclama : « Quelle merveille, ma petite Louise, tu es une artiste en herbe ! », le visage de Louise rosit tant sa joie était immense. Germaine en fut émue, heureuse pour cette voisine menue et remuante, et surprise de n'éprouver aucune jalousie. Pour tout dire, elle était même assez fière de constater qu'elle était capable de partager la joie de Louise la gigoteuse sans être envieuse ; elle se félicitait de pouvoir faire preuve de cette grandeur dont elle savait que sa mère aurait été fière aussi, et cela l'aidait sans doute à tuer dans l'œuf un sentiment moins noble.

À la fin de la journée d'école, de retour chez elle, Germaine jeta son cartable sur son lit, se débarrassa de ses chaussures et, sans même prendre la peine d'un goûter, s'en alla ouvrir la grande armoire située dans l'entrée de l'appartement. Elle avait neuf ans, elle dut se hisser sur la pointe des pieds pour atteindre l'étagère. Elle s'empara de la boîte à couture, la posa sur la table de la cuisine et commença son exploration. Elle en sortit un morceau de tissu gris pâle qui lui sembla suffisamment grand pour concrétiser son projet. Lorsqu'elle entendit la porte de l'appartement s'ouvrir, elle se rua sur sa mère.

— Ah chouette, te voilà enfin ! Viens vite, il faut que tu m'aides.

— Eh, ma choupinette, laisse-moi le temps d'arriver ! Et cette première journée d'école ? Comment ça s'est passé ?

— Très bien. Mais justement c'est pour ça, faut que tu m'aides à coudre un coussin.

— Comment ça un coussin ? Ben dis donc, elle perd pas de temps la maîtresse, dès le premier jour on est mis à contribution !

— Mais non, c'est pas la maîtresse. C'est pour Louise, ma voisine à l'école. Elle arrête pas de remuer, c'est insupportable, et c'est parce qu'elle a mal aux fesses, le banc est trop dur, alors je me suis dit que si je lui faisais un petit coussin, ça réglerait le problème, et elle arrêterait de gigoter. C'est une bonne idée, non ?

Anne, sa mère, partit d'un grand éclat de rire et trouva l'idée excellente.

— Bon, eh bien au boulot ma fille, si c'est pour les fesses de Louise, il n'y a pas un instant à perdre.

Elles s'installèrent toutes les deux à la table de la cuisine. Anne dégota quelques chutes de tissu et divers chiffons qu'elles pourraient découper en lanières ainsi qu'un peu de ouate pour le rembourrage. Elle disposa le tout sur la table et sortit de la travailleuse une paire de ciseaux, du fil, des épingles, deux aiguilles et l'indispensable dé à coudre en métal doré piqueté de poinçons qu'elle tenait de sa mère, qui elle-même le tenait de la sienne, qui elle-même... Anne positionna le dé sur l'index de Germaine. Il flottait un peu. Germaine apprécia le contact froid sur le bout de son doigt. Elles se mirent à l'ouvrage. Anne sourit de voir Germaine, la langue coincée entre les dents, peiner à faire passer le fil dans le chas de l'aiguille ; elle lui conseilla d'humidifier légèrement le bout du fil afin qu'il tienne droit et passe plus facilement. Après avoir déterminé ensemble la dimension finale du coussin, elle découpa le tissu, le retourna endroit contre endroit, l'aplatit pour faire coïncider les côtés et épingla le tout pour éviter que le tissu ne dévie pendant la couture. Puis elle initia Germaine au point avant complété d'un retour, plus solide que le point simple, ce qui, pour un coussin qui allait accueillir les fesses d'une gigoteuse, s'imposait. Germaine retourna ensuite le tissu dans le bon sens et fit passer par l'espace qu'elles avaient laissé à cet effet les éléments destinés au rembourrage. Une heure plus tard, le petit coussin gris était prêt.

Le lendemain, Germaine l'apporta à l'école et elle l'offrit à Louise. C'est ainsi qu'était née leur amitié, en octobre 1913. Depuis ce jour, elles étaient inséparables, bras dessus, bras dessous dans les rues et dans la vie, la brune et la blonde, la longue et la courte, comme s'en amusaient les gens.

***

Et puis il y eut la guerre. La guerre contre les Boches qui attaquaient en plein été. Avec Louise, au début, elles n'y comprenaient pas grand-chose. Une flopée de mots nouveaux apparaissait dans les conversations, elles peinaient à leur donner du sens. Elles essayaient de suivre mais ce n'était pas facile. Et on ne leur disait pas tout.

Elles n'avaient rien vu venir, rien senti des convulsions sourdes de la guerre, tout absorbées qu'elles étaient dans leur monde à elles qui leur suffisait bien, tout habitées qu'elles étaient de l'imagination de l'enfance et pleines de l'appétit à la vivre.

C'était leur premier été d'amitié, de filles uniques qui se sont trouvé une sœur. Elles avaient fini leur année scolaire joyeuses, elles savaient qu'elles remettaient ça début octobre et elles allaient retrouver Mlle Régis qui les gardait une année supplémentaire. Un bel été s'annonçait. Un été de chaleur, de fruits mûrs et juteux, de marelles tracées à la craie dans la cour de l'immeuble, de cerceaux de bois qu'elles feraient dévaler à toute vitesse sur les trottoirs du quartier en poussant des cris stridents, s'aventurant sur des terrains de plus en plus pentus – à Montmartre où elles habitaient elles avaient l'embarras du choix pour les pentes –, de concours de corde à sauter qu'elles termineraient rouge pivoine et haletantes, de fabrication de gâteaux car elles avaient décidé de se lancer dans des expériences culinaires. Elles n'étaient jamais à court d'idées. Trouver le bon jeu, la bonne occupation accaparait leurs pensées. Perchées dans le cerisier du square Nadar sur la Butte où elles grimpaient en dépit de l'interdiction et où, entre deux gloussements, elles bombardaient les enfants qui passaient trop près de noyaux de cerises ou de boulettes de papier qu'elles avaient glissées dans leurs poches en prévision de leur attaque, elles se racontaient leurs rêves et prévoyaient les activités qui rempliraient leurs journées d'été.

À la mi-juillet, Louise partit pour quinze jours avec sa mère passer une partie des vacances à Cayeux où elle avait de la famille. Heureusement, il n'était pas prévu qu'elle parte trop longtemps. Elles n'avaient pas envie de se séparer et l'idée de passer un long été ensemble les réjouissait. Germaine, elle, restait à Paris et l'attendrait. Il n'y avait pas beaucoup de moyens chez elle, ses parents travaillaient dur et les vacances ce n'était même pas envisageable. La première fois qu'elle a quitté Paris, c'était en 1937, quand, en plein Front populaire, avec celui qui était devenu son mari, ils ont enfourché un tandem pour, enfin, aller voir à quoi ressemblait la mer, en vrai, et s'y décrasser les yeux en les posant sur l'horizon qui jamais ne s'arrête. L'émotion de ce souvenir-là était intacte et lui mettait des étoiles dans les yeux.

Louise, comme prévu, rentra le 1er août. Germaine l'attendait. Elle tournait comme un lion en cage dans sa chambre tant son impatience à la retrouver était grande, tant les journées sans elle lui avaient paru durer des siècles. Et plus ça s'approchait, plus c'était long ! Elle guettait ses pas dans l'escalier, tendait l'oreille au moindre bruit, déçue à chaque fausse alerte, incapable de se concentrer sur rien d'autre que cette attente de Louise. Soudain, vers 16 heures, les cloches des églises se mirent à sonner, toutes ensemble, à coups rapides, redoublés, pendant de longues minutes. Germaine crut à l'annonce d'une fête, à un mariage de grands de ce monde dont tout Paris devait se réjouir. Ça sonnait à tout rompre, comme une grande joie. Tout excitée, elle courut rejoindre son père occupé dans le salon à faire les comptes et qu'elle avait pour interdiction de déranger. Il se passait enfin quelque chose dans cette journée qui n'étirait que l'attente lasse.

— T'entends papa, ça doit être une sacrée fête pour que ça sonne comme ça ! C'est quoi tu crois ?

— Non Germaine, c'est pas la fête. C'est le tocsin.

— C'est quoi le tosskin ?

— Pas le tosskin, le tocsin ! On sonne le tocsin pour prévenir d'une grande nouvelle. Ça remonte à des lustres. Et aujourd'hui, il annonce la mobilisation générale appelant les réservistes à rejoindre leurs bataillons, sous les drapeaux.

— Pourquoi faut se mettre sous les drapeaux ? Quels drapeaux ?

— Mais les drapeaux de la France, évidemment, de quels autres drapeaux voudrais-tu qu'il s'agisse ? Je t'expliquerai plus tard, laisse-moi terminer ce que je suis en train de faire, ta mère va bientôt rentrer.

Germaine regardait son père les bras ballants, la bouche entrouverte. Aucun des mots qu'il avait prononcés n'avait le moindre sens pour elle. Fallait-il se réjouir, comme elle l'avait cru à entendre ce concert de cloches ? Il semblait que non à en juger par la mine de Gaston. Mais il n'ajoutait rien et, la plume suspendue dans le vide et gouttant sur le livre de comptes, ne semblait pas disposé à lui donner plus d'explications. Le tocsin l'avait comme pétrifié. Germaine n'osait pas l'interroger. Il n'était pas comme sa mère qui expliquait tout, toujours. Germaine restait là, plantée au seuil du salon, interdite. C'est alors qu'on frappa à la porte. Louise. Elles se jetèrent dans les bras l'une de l'autre. Après avoir rapidement salué Gaston, elles filèrent dans la chambre de Germaine.

— T'as entendu les cloches ? demanda Germaine.

— Bien sûr. C'est dingue, hein ?

— Quoi ?

— Ben la mobilisation générale, la guerre ! Ça y est, c'est la guerre contre les Boches ! Il paraît qu'ils vont attaquer, alors tout le monde doit se tenir prêt pour défendre la patrie ! Quelle histoire !

Germaine comprit brutalement l'allusion aux drapeaux et aux bataillons. Elle vit les hommes, bardés d'armes, en rangs serrés, leurs pieds martelant le sol qui tremblait de leur impatience à se ruer sur ceux d'en face. Elle eut froid tout à coup. Louise, quant à elle, ne tenait pas en place. Elle mimait en riant le pas cadencé des soldats, buste droit, jambes tendues.

— Soldat Germaine, tenez-vous prêt ! L'heure de l'attaque a sonné ! Allez, debout, chargez !

Germaine sortit de sa brumaille et se mit au garde-à-vous. Elles arpentèrent la chambre, dans un sens puis dans l'autre, faisant claquer leurs pieds à chaque demi-tour.

Rapidement lassées de ce jeu répétitif, elles s'interrogèrent alors sur qui étaient les réservistes. Qui allait y aller ? Leurs pères, est-ce qu'ils iraient aussi ?

— Si c'est général, moi je dis qu'ils vont tous y aller, pas le choix, affirma Louise de son ton docte. En tout cas c'est ce qu'a dit mon père. Tous les hommes vont y aller, pour défendre le pays.

Elles étaient terriblement exaltées et auraient bien voulu en savoir plus. C'était une sacrée aventure qui s'annonçait. Elles voyaient bien que c'était grave, que c'était grand, et elles ne voulaient pas être à l'écart, elles voulaient en faire partie. Elles étaient patriotes sans même s'interroger, parce que la patrie, c'était comme la maison, comme la famille, c'était comme ça qu'elles le vivaient, comme ça qu'on leur présentait la chose. La patrie, c'était là, juste autour.

Si elles avaient été plus attentives, peut-être auraient-elles compris que ça n'allait pas être drôle ce qui se préparait, peut-être, mais elles avaient dix ans... Est-ce qu'on peut, à dix ans, prévoir un tel chamboulement ? Évidemment, quand on connaît la fin de l'histoire. Enfin quand on dit la fin de l'histoire. Ce n'est pas sûr qu'on puisse dire ça. Car la guerre... tout ce qu'elle a griffé, tout ce qu'elle a imprégné, ça s'est étiré tellement longtemps, ça a pesé si longtemps, qu'on aurait bien du mal à dire quand c'était vraiment la fin. Parfois Germaine avait l'impression qu'il n'y en avait pas vraiment eu, au sens où ce serait vraiment passé. C'était comme si elle avait vécu d'éternels temps d'après-guerre.

Tout s'est précipité quand, au café du Croissant, on nous a tué Jaurès. Comme a dit Anne, la mère de Germaine. Le matin du 1er août 1914, ce même jour qui quelques heures plus tard ferait sonner les cloches à toute volée, Germaine vit sa mère avec le journal, les coudes sur la table de la cuisine et la tête dans les mains. Encore ensommeillée, elle entra dans la cuisine et elle la surprit comme ça, debout, les coudes sur la table, tenant sa tête dans ses mains, les yeux attachés aux lettres noires de la une de *L'Humanité* : « Jaurès assassiné. »

Anne ne l'entendit pas arriver. Germaine s'approcha et posa sa main sur le dos de sa mère.

Anne sursauta et se tourna vers sa fille. Lentement. Et sur son visage, il y avait la tristesse, la grande tristesse, et presque une demande de pardon à son adresse, à l'enfant qui allait devoir la partager cette tristesse qu'on ne saurait pas lui épargner. Elle l'a regardée et d'une voix faible, qui cherchait encore à ne pas y croire, elle lui a dit :

— On nous a tué Jaurès.

Et c'était vrai. Germaine ne savait pas précisément qui était Jaurès, son nom oui, car sa mère évoquait souvent cette fois où elle l'avait entendu parler quelques années plus tôt, à l'école Foyatier, au pied du funiculaire de Montmartre, tout en bas des escaliers qui grimpent au Sacré-Cœur. Il y avait tenu meeting et Anne y était allée. Elle ne faisait pourtant pas de politique sa mère, et Germaine s'était toujours demandé comment elle s'était retrouvée là car ce n'était pas dans ses habitudes. Mais cet homme, les mots qu'il avait dits, ça l'avait chamboulée, et vu comme elle en parlait, ça devait être un grand bonhomme, pour sûr. Mais ce qu'il faisait, ça, Germaine ne savait pas trop. Ce n'était pas le moment de demander, ce 1er août 1914, alors que s'étalaient en une de *L'Humanité* ces mots terribles : « Jaurès assassiné. »

On nous avait tué Jaurès. Anne avait alors perdu un ami, un ami qu'elle ne connaissait pas, un ami tout de même. Celui qui l'avait tué, il s'appelait Villain. Il avait été arrêté immédiatement. Il avait tiré deux balles, dont une a atteint Jaurès, mortellement, à l'arrière de la tête.

— Villain, il s'appelle Villain celui qui l'a tué ? s'écria Germaine dans un éclat de rire.

Villain, pour un assassin, ça ne s'invente pas. Mais Anne ne riait pas, elle semblait n'avoir même pas entendu sa remarque. Elle demeurait immobile, les mains posées sur le journal. Elle regardait Germaine sans la voir, ses yeux la traversaient. Rien d'autre que : « On nous a tué Jaurès. Un dénommé Villain. Il nous a tué Jaurès. » Anne ne put rien ajouter d'autre. Et Germaine eut honte, honte d'avoir ri, honte de sa blague ridicule, honte de ne pas avoir été à la hauteur du drame que vivait sa mère, à côté de la plaque, de ne pas avoir compris que rien dans cette histoire ne pouvait provoquer le rire et que ça n'amusait personne que le type s'appelle Villain.

Voir sa mère comme ça, comme elle ne l'avait jamais vue, la gorge nouée, distante, lointaine, Germaine le sentait bien, ça n'augurait rien de bon, et elle était loin d'imaginer à quel point.

***

On a mobilisé et les hommes sont partis, direction Berlin disait-on, pour défendre la patrie et pour protéger les femmes et les enfants, disait-on encore. Dans leurs beaux uniformes, pantalon rouge garance, capote bleue et képi, comme sortis d'un livre d'images, ils partaient à la guerre pour elles, pour Germaine et Louise, parce que c'est le devoir des pères de protéger les enfants.

Dans les rues, on entendait des chants, des slogans criés à forte voix, même des rires, mais il y avait aussi des larmes, des larmes de femmes, pas des larmes sonores de pleureuses, mais des larmes qui ne voulaient pas couler et qui coulaient quand même, ou des larmes qu'on ne voyait pas, retenues au fond des yeux, mais ça parle les yeux, même si on veut leur faire dire autre chose, même si on les empêche, même si on les contraint.

Gaston, le père de Germaine, affichait, comme à son habitude, un visage serein et se disait confiant. Il serait rapidement de retour. Pour Noël, avaient assuré les autorités militaires. Ce serait vite passé, le temps d'une grosse saison et on se retrouverait et tout reprendrait comme avant. On allait leur donner une bonne leçon, on allait calmer les ardeurs guerrières de leur Guillaume à pointe, et puis voilà, on reviendrait vite fait. On fêterait Noël avec les pères de retour, avec les pères glorieux, auréolés de leur victoire, qui rentreraient comme un cadeau, le devoir accompli.

Germaine était rassurée, c'était dans la poche. Son père l'avait dit et il n'était pas homme à vendre la peau de l'ours, il n'y avait pas de quoi s'inquiéter, et Noël, ce n'était pas si loin.

— Tout cela n'est qu'une formalité, je peux te dire que notre armée tient la route et qu'ils vont regretter d'être venus nous chercher des poux les Boches ! C'est l'affaire de quelques mois, tout au plus, avait-il affirmé en lui pinçant la joue.

Et ils avaient trinqué. Anne avait sorti les petits verres de cristal qui ne servaient qu'aux grandes occasions. Cognac pour Anne et Gaston, jus de pomme pour Germaine. Gaston avait levé son verre bien haut :

— À la victoire !

— À la victoire ! avaient répété Anne et Germaine en faisant tinter le cristal.

On se devait d'y croire, comment partir sinon ? Si on ne sait pas quand on revient. Comment laisser partir ? Est-ce même seulement possible ? Si on ne sait pas quand ils vont revenir, ceux qu'on laisse partir, sans les retenir ? Si on n'envisage pas le retour, si on ne pense pas, avant même le départ, aux retrouvailles heureuses, aux retrouvailles forcément heureuses ? On sait bien que la guerre ça tue, que ça fait couler le sang rouge, sinon ça ne s'appellerait pas la guerre, mais il ne faut pas penser à ça, il ne faut pas y penser à la mort, car y penser c'est presque déjà lui montrer le chemin.

Alors, à la place, on pense le retour et on se le dit, on le date et on le parle, on l'anticipe, pour qu'il se réalise, et il vient avant même le départ fermer la parenthèse d'une guerre courte, rondement menée, passée avant d'avoir commencé, d'une guerre propre dans de beaux uniformes qui habillent les pères déjà héros.

Le mois d'août s'écoula, au rythme des départs. Peu à peu, les rues et les maisons regardèrent les hommes partir.

Roger, le père de Louise, fut le premier à partir. Quelques jours avant son départ, il avait tenu à faire faire chez le photographe du bas de la rue des Martyrs une photographie de famille, pour immortaliser l'instant. On l'y voyait en uniforme, grand et fier avec sa moustache brune, se tenant bien droit, sa femme Marthe à ses côtés dans une jolie robe claire, portant un chapeau gris pâle à large bord, et Louise devant eux, les bras alignés le long du corps, un peu guindée et fixant l'objectif avec sérieux. Louise avait montré la photographie à Germaine qui avait adoré l'idée et qui, immédiatement, s'était mis en tête d'en parler à ses parents pour qu'elle aussi puisse avoir sa photographie familiale avant le départ de son père. Mais quand le soir même au dîner elle proposa une expédition chez le photographe, Gaston lui rétorqua :

— Je serai de retour bien vite, c'est tout de même pas en quelques semaines que tu vas oublier ma tête, si ?

Elle n'insista pas, sentant chez son père une pointe d'agacement, mais tout de même, cette photographie avec le père de Louise en uniforme et la famille qui l'entourait, elle trouvait que c'était bien. Il faut dire que Roger avait belle allure et que de son regard jaillissaient une autorité et une confiance en soi qui impressionnaient, accentuées par le port de l'uniforme et la fixité de l'image.

Louise avait annoncé avec fierté que la photographie occuperait une place de choix dans le salon et qu'elle pourrait prier devant, intensément, pour le retour de son père. Elle prierait la Vierge Marie, car la mère de Jésus ne pouvait qu'être sensible, c'était sûr, aux prières des enfants pour leur père.

La veille de son départ, Gaston convoqua Germaine. Il avait des choses à lui dire, des choses importantes. Il était assis sur une chaise, dans la cuisine.

— Viens ici Germaine, je voudrais que l'on ait une discussion avant mon départ, et j'aimerais que tu m'écoutes sérieusement.

Germaine approcha en sautillant, mais devant l'expression grave de son père, elle cessa de gesticuler et se tint toute raide devant lui, ne sachant trop comment se comporter. Gaston tripotait son livret militaire qui était posé sur la table mais il ne portait pas encore son uniforme. Anne leur tournait le dos. Elle s'affairait devant l'évier, il lui fallait s'occuper, absolument, elle essuyait encore et encore le même verre. Pendant quelques minutes qui parurent longues à Germaine, il ne dit rien, tenant juste ses mains dans les siennes. Puis, de façon solennelle, il posa ses mains sur ses épaules, il la regarda bien en face et il lui dit :

— Je te confie ta mère. Je veux pouvoir être fier de toi quand je rentrerai, sois sage, raisonnable et obéis à ta mère… sans discuter, ajouta-t-il dans un sourire un peu forcé.

Sans discuter, la précision avait son importance car Germaine était de ces enfants qui, pour obéir, ont besoin de comprendre, qui, avant d'obtempérer, questionnent le pourquoi du comment. L'obéissance ne lui était pas étrangère, mais elle ne lui était pas naturelle. Elle avait toujours été comme ça, depuis toute petite, et sa mère n'était pas allée contre ce trait de caractère qu'elle considérait avec intérêt et patience, convaincue qu'il formait l'intelligence et que les enfants, pour bien grandir, méritaient qu'on leur explique les décisions ou les ordres qu'on leur imposait. Son père s'agaçait parfois de ce qu'il pensait être une résistance à son autorité et il aurait souhaité éviter de parlementer, mais, devant les arguments d'Anne, devant sa conviction en ce qui concernait l'éducation des enfants, il prenait la plupart du temps avec le sourire son mal en patience.

Ce jour-là, Germaine promit, sans barguigner. Elle serait ce qu'on attendait d'elle en ces heures graves, sage et obéissante, « chacun à son poste », comme le dirait Mlle Régis le jour de la rentrée des classes.

Il partit le 13 août. C'est ce 13 août que la guerre commença vraiment pour Germaine, lorsque la porte fut fermée et qu'il y eut comme une tornade de vide dans l'appartement, un souffle froid qui saisit le corps, et que sa mère et elle se regardèrent, la porte de bois refermée, et que leurs yeux s'attachèrent et s'épaulèrent, solidaires dans des larmes ravalées. Son père était parti, elles restaient à l'attendre, c'était la guerre. Sa première griffure.

Anne aurait voulu l'accompagner à la gare, rester avec lui jusqu'au dernier moment, pour retarder encore un peu l'heure de la séparation, agiter ses bras jusqu'à ce qu'il ne puisse plus voir sa silhouette, pour qu'il la garde en lui comme un talisman, image de la vie collée à la rétine, pour faire comme un fil solide entre elle et lui partout où il serait. Germaine aurait voulu, elle aussi, aller jusqu'à la gare, en famille, en délégation ; ça lui aurait donné l'impression d'être dans le coup, et elle aurait pu raconter à Louise, elle qui avait accompagné son père jusqu'à la gare de l'Est et qui avait relaté à Germaine, par le menu, ce moment qu'elle avait qualifié d'unique, du haut de ses dix ans.

— Tu peux pas imaginer, répétait Louise, c'était incroyable, tous ces gens, y avait du monde partout, je crois que j'ai jamais vu autant de monde, et tout le monde applaudissait les soldats qui partaient. Ça arrivait de partout. Y en a qui avaient des fleurs accrochées à leur uniforme ou même sur leur fusil. Et même que j'avais un petit drapeau, et sur les wagons y avait écrit « Tous à Berlin » et tous les gens criaient ça ! Et moi je criais aussi. Même que ça énervait ma mère qui arrêtait pas de me siffler : « Mais arrête donc de crier comme une poissonnière ! » Tu penses bien que ça m'a pas arrêtée. Et on agitait tous les bras pour qu'ils nous voient de loin quand les trains démarraient. Y a même un monsieur qui m'a prise sur les épaules pour que je voie mieux. Et les soldats ils se penchaient par les fenêtres des trains, ils agitaient des mouchoirs. À un moment, juste à côté de moi, y a une femme qui s'est mise à pleurer quand son mari est parti et elle a essayé de le retenir en s'accrochant à lui, et lui, d'un coup, y a eu des larmes dans ses yeux, alors autour les gens l'ont houspillée pour qu'elle se reprenne, parce que c'est vrai, tu comprends, c'était pas le moment de faire sa chochotte. Ah ça vaut le coup de voir ça, je te jure. Tu verras quand t'accompagneras ton père, c'est unique comme moment !

Alors bien sûr Germaine aurait bien voulu « voir ça » elle aussi et raconter à son tour qu'elle y était dans ce tourbillon et qu'elle avait agité ses bras et son drapeau. Mais Gaston avait refusé. Il voulait garder en lui l'image du foyer, de sa femme et de sa fille au seuil de l'appartement, là où elles l'attendraient, là où il les retrouverait, très vite. Il voulait que ce soit cette image qui l'accompagne, pas mélangée à d'autres, pas brouillée, pas diluée, juste cette image, chemin direct du retour, moment de bonheur suspendu, sans bruit autour, sans images parasites. L'idée de les quitter au milieu de tous, perdues dans la foule, lui était trop pénible ; il avait des choses à leur dire et des gestes à leur donner qu'on ne partage pas comme ça dans la rue, question de pudeur. Gaston était comme ça.

***

Les parents de Louise possédaient une entreprise de menuiserie dont Roger avait pris la direction en 1901 à la mort du père de Marthe et qui employait avant la mobilisation une trentaine de personnes. Les jeudis sans classe, durant l'année scolaire qui s'était écoulée, Louise emmena souvent Germaine y faire un tour. C'était juste de l'autre côté de la Butte, il leur suffisait de couper par la rue Durantin, puis de bifurquer à droite sur la rue Damrémont jusqu'à la rue Montcalm. Elles connaissaient le quartier comme leur poche et l'arpentaient avec assurance, comme s'il était une extension de leurs domiciles respectifs. Sur le chemin, elles s'arrêtaient systématiquement à la confiserie où Louise, qui ne manquait jamais de chaparder une pièce à sa mère, leur achetait un berlingot de couleur qu'elles laissaient fondre avec délectation sous le palais.

À la menuiserie, elles étaient toujours accueillies comme de petites reines, même si Roger se fâchait parfois de les voir déambuler trop longtemps dans l'atelier, craignant qu'elles ne se blessent à l'une des nombreuses machines à travailler le bois, entre les scies, les vilebrequins, les rabots et autres gouges, et n'appréciant guère la distraction et le ralentissement du rythme de travail que leur venue provoquait. Les ouvriers, qui connaissaient Louise depuis sa naissance, l'appelaient affectueusement « Loulou » et ils avaient toujours un mot gentil pour les « inséparables ». Surtout André. Monsieur André comme l'appelait Louise, le contremaître aux yeux rieurs, qui était déjà là du temps du grand-père de Louise, le plus gentil des hommes, qui savait raconter des histoires comme personne, dont les épaisses moustaches chatouillaient le visage quand il les embrassait pour leur dire bonjour et que les filles ne pouvaient imaginer ailleurs que dans l'atelier tant le lieu et la personne ne semblaient faire qu'un.

Le bruit des machines était impressionnant dans ce bâtiment de brique rouge qui voyait sortir des parquets, des huisseries, même des escaliers, et aussi des meubles. Louise et Germaine se sentaient bien dans cet univers. Elles étaient fascinées de voir les bois bruts transformés par les gestes habiles et rapides des ouvriers s'affairant devant les établis, qui perçaient, sciaient, rabotaient, taillaient, sculptaient, pour donner forme à la matière. Elles regardaient s'amonceler sur le sol les copeaux de bois en un tapis de sciure blanc-jaune qu'on aurait dit de mousse ou d'écume, léger et volatil, presque aérien. Elles y plongeaient les mains, délicatement, en prenant garde à ne pas s'entailler avec les traîtresses échardes qui semblaient si inoffensives vues de loin. Puis elles remplissaient des petits sacs de toile de leur précieux butin qu'elles rapatriaient ensuite dans leurs maisons respectives pour en faire le garnissage de poupées qu'elles confectionnaient avec les morceaux de tissus de couleur qu'Anne leur rapportait de l'atelier de couture où elle travaillait. Au début de l'été 14, elles en avaient fabriqué une bonne dizaine et chacune avait droit à un prénom et à une personnalité propre.

C'était tout un petit monde auquel elles donnaient vie, fait de bois râpé, de tissu de récupération, de laine effilochée, de perles égarées. Germaine avait installé les siennes dans sa chambre sur l'étagère fixée au-dessus de son bureau. Cela faisait une ribambelle toute colorée et ainsi elle avait toujours un œil sur elles. Régulièrement, elle modifiait la disposition de sa petite famille, déplaçant une poupée, la remplaçant par une autre, présentant la nouvelle arrivée. Elle leur parlait, leur confiait ses secrets, ses colères, leur inventait une vie. Parfois elle les installait sur le sol ou sur son lit, par groupes de deux, elle posait devant elles un morceau de carton qui faisait office de pupitre, reconstituant ainsi une classe dont elle était bien entendu la maîtresse adulée, à l'image de Mlle Régis qu'elle incarnait avec délice.

L'odeur du bois. Des années plus tard, Germaine retrouverait encore, rien qu'en fermant les yeux et chérissant sa madeleine boisée, son odeur si puissante. Celle des résineux, lourde et tenace, qui embarque l'imagination dans les montagnes lointaines, celle des chênes, poivrée et feuillue, des après-midi en forêt. Elle imprégnait la peau et les habits, et quand elle s'estompait, il lui suffisait de coller son nez à l'une de ses poupées pour plonger de nouveau dans l'atmosphère bruyante et rassurante de l'atelier. C'est la volonté de retrouver cette odeur, d'en être entourée, qui la conduirait, bien après l'enfance, à acheter le chalet de montagne où elle aimait se réfugier. L'odeur du bois lui rendait Louise.

Avant son départ, dans la précipitation de la mobilisation, Roger confia l'entreprise à Marthe.

— Tu assureras la régence en attendant mon retour, lui dit-il d'un ton narquois. Les ouvriers te connaissent bien, tu as été la fille du patron quand ton père tenait l'affaire, puis la femme aujourd'hui, c'est à toi que revient d'assumer l'intérim pendant mon absence.

Marthe rechignait face à cette responsabilité nouvelle qui lui incombait si brutalement et qui ne correspondait pas à l'image qu'elle se faisait de son rôle de femme. Elle ne se sentait pas l'âme d'un chef et évoqua ses fragilités, ses insuffisances, qu'elle qualifiait de féminines.

— Comment veux-tu que j'assume tout ça ? Je n'ai pas les épaules pour diriger l'entreprise, j'ai peur de tout, des souris, des cambrioleurs, du noir. Je ne serai jamais à la hauteur. Tu dis toi-même que je suis frêle comme un petit oiseau, et c'est toi qui as toujours pris les décisions, je ne suis pas armée pour diriger. Un commandant en jupon, c'est ridicule, personne n'y croira et j'aurai toujours peur de prendre une mauvaise décision, ce n'est pas ma place et ce n'est pas ce que je veux. Et comment je vais faire pour m'occuper de Louise, de la maison ? Je ne peux pas tout faire, être partout.

Mais Roger lui rétorqua :

— Ça ne sera pas long et tu seras secondée, soutenue par les anciens qui ne sont pas mobilisés et qui connaissent bien l'entreprise. André sera là pour t'aider, tu sais bien qu'il fera tout pour te soulager. C'est la guerre Marthe, il faut bien que l'usine continue à tourner, c'est une affaire de famille, on ne va pas la confier à un étranger, imagine ce qu'en penserait ton père ! C'est notre affaire à tous cette guerre, même les femmes ont leur rôle à jouer, quoi que tu en penses. Les hommes sur le champ de bataille, les femmes sur le champ du travail, c'est pas seulement pour la rime, c'est le partage des tâches vu les circonstances, tu n'as pas le choix, tu dois prendre sur toi. Tu verras, ça ira vite, c'est l'affaire de quelques semaines, et finalement tu auras juste à expédier les affaires courantes, tout est sur des rails.

Marthe avait soupiré, s'était résignée, pas convaincue, mais sans voix face aux arguments de son mari et qu'il savait tourner d'une manière telle qu'elle ne savait plus comment s'y opposer. C'était toujours comme ça, elle commençait une discussion sûre de son fait et puis elle se retrouvait devant lui qui balayait avec des mots bien tournés ce qui lui avait paru irréfutable. Mais Marthe ne pouvait ni ne voulait être chef.

Si elle avait fait mine de consentir à cette situation afin de mettre fin à la discussion, intérieurement elle se demandait déjà comment elle pourrait y échapper, sans pour autant donner l'impression de ne pas faire son devoir, sensible qu'elle était au qu'en-dira-t-on. Elle avait été élevée dans une conception très traditionnelle des rôles dévolus aux hommes et aux femmes, elle y adhérait profondément et si elle travaillait parfois aux côtés de son mari, c'était contrainte et forcée. Ce n'était pas cette vie-là qu'elle aurait souhaitée et elle n'en voulait pas ; à travailler, elle se sentait déclassée et en nourrissait de l'amertume. Elle aurait voulu que son mari fasse suffisamment bien tourner l'entreprise pour employer quelqu'un à sa place quand c'était nécessaire, comme avait réussi à le faire son père, ce qu'elle rappelait régulièrement, en pinçant légèrement les lèvres et en allongeant imperceptiblement son port de tête. Ainsi elle aurait partagé la vie de ses amies d'enfance qui, elles, n'avaient pas besoin de travailler et pouvaient s'adonner aux activités qu'elles avaient choisies.

Louise, qui dès qu'elle le pouvait se cachait pour épier ses parents et saisir des bribes de leurs échanges, avait entendu leur conversation et l'avait rapportée à Germaine. Elle en était toute retournée, d'autant plus que sa mère ne s'était pas privée de lui faire part des critiques qu'elle ruminait, des déceptions que lui inspirait la vie qu'il lui faisait vivre et qui n'était pas à sa hauteur de femme qui aurait dû être du monde.

L'oreille collée à la porte du salon, elle enrageait. Retenant son souffle, elle attendait et espérait une réaction de son père ; rien ne vint. Il restait silencieux tandis que sa mère poursuivait ses récriminations aigres. Elle aurait voulu surgir dans la pièce et lancer à sa mère ses quatre vérités. Mais, contrainte au silence, elle s'était réfugiée dans sa chambre, ruminant sa colère.

— Tu te rends compte, alors qu'il part à la guerre, que tout le pays est sur le pont prêt à faire son devoir, Madame fait sa princesse et en profite pour lui reprocher tout et n'importe quoi !

— Peut-être qu'elle a peur, tenta Germaine sans trop y croire pour apaiser Louise.

— Tu parles ! Elle a pas du tout peur. Elle est juste égoïste et prétentieuse et pas patriote et méchante. Elle pense qu'à elle. Elle me dégoûte. Tu sais ce que je voudrais moi, c'est avoir, je sais pas, cinq ans de plus, et je l'assurerais moi ce fameux intérim puisqu'elle en est incapable cette pauvre petite chose qui a peur des souris. Moi je serais fière de pouvoir le faire.

Germaine partageait le point de vue de Louise, même si elle n'en rajoutait pas, sachant que si les enfants peuvent décrier leurs parents, ils goûtent peu qu'un autre le fasse. Elle n'appréciait pas la mère de Louise, elle la trouvait pimbêche et hautaine. Elle aurait peiné à l'expliquer précisément. Marthe était gentille quand Germaine venait chez Louise, mais d'une gentillesse teintée de condescendance qui l'irritait, comme quand elle l'interrogeait sur le travail de couturière de sa mère et que, dans un léger soupir souriant, elle affirmait que c'était une petite femme bien courageuse. L'expression pouvait paraître à première vue sympathique, chacun des mots pris séparément semblait même bienveillant et presque tendre, et pourtant... ce qui en ressortait, une fois mis tous ensemble... Les propos que Louise lui rapportait ne faisaient que confirmer ses sentiments à l'égard de Marthe et Germaine en était triste pour Louise.

Pour ne pas alimenter sa tristesse et sa colère, elle se garda bien de lui raconter la façon dont elles avaient, sa mère et elle, entouré le départ de son père. Dans leurs deux maisons, la cérémonie des adieux avait été si différente.

Dans la capote bleue de Gaston, au revers, Anne avait glissé une petite médaille en métal représentant le Christ. Elle l'avait tenue en main longuement, la réchauffant au creux de ses paumes, l'avait embrassée en fermant les yeux, elle avait murmuré les mots qui protègent puis elle l'avait cousue, dans la doublure, au plus près du cœur. Elle avait ensuite enfilé ce manteau bien trop grand pour elle, caressant le tissu qui lui semblait une bien fine armure. Elle le gonflait de son parfum pour en renforcer l'hypothétique puissance protectrice.

Germaine avait voulu participer à cette cérémonie bouclier dont elle mesurait l'importance et avait filé dans sa chambre pour choisir la petite poupée qui allait devenir amulette. Après un rapide tour d'horizon, elle avait choisi celle qui portait le nom de Rose, la dernière qu'elle avait fabriquée et qui avait bénéficié des progrès de son expérience, la plus jolie, celle dont les yeux étaient faits de perles bleues et dont le corps était d'un vert pâle légèrement moiré, doux comme une prairie au printemps. Elle avait imité les gestes de sa mère, chuchoté au visage de la poupée en la serrant bien fort dans ses mains, puis elle l'avait placée, satisfaite, dans la poche de la capote de son père, sous les yeux attendris de sa mère.

Gaston partit, entouré de toutes ces protections, cuirassé de leur amour.

***

L'atmosphère était étrange en ces jours d'août 1914 qui avaient aspiré les hommes.

Ils n'avaient pourtant pas tous disparu, tous n'avaient pas encore rejoint la guerre. La ville s'était néanmoins transformée ; les rues bruissaient de sons de femmes, de leurs pas sur les pavés, de leurs voix qui semblaient volontairement assourdies. C'était comme si la part masculine de la ville s'était volatilisée mais qu'on la devinait encore, comme si les hommes partis planaient dans le vide que leur départ avait créé, curieuse présence absente.

L'impression de vide et de silence était d'autant plus forte qu'aux heures premières de la mobilisation les rues faisaient grand bruit. Le contraste était saisissant. Paris semblait en apnée, suspendu, encore agrippé aux corps des hommes que les trains avaient emportés et qu'ils continuaient d'emporter. L'attente avait commencé, c'était ça sans doute que hurlait le silence aux oreilles de celles et de ceux qui restaient, l'attente, l'assourdissant silence de l'attente avec son cortège d'angoisse.

Germaine et Louise commencèrent, elles aussi, à attendre. Les premières nouvelles, les premières lettres.

Anne prit immédiatement la plume pour écrire à Gaston et associa Germaine à ce qui allait devenir un rituel. Dans la vie qu'elles s'organisaient toutes les deux, le moment de l'écriture à Gaston trouva, dès son départ, sa place, le soir après la journée de travail d'Anne, une fois le dîner pris, quand les occupations et les obligations de la journée pouvaient être un instant déposées et que l'on se repliait dans l'intimité, en prévision de la nuit qui venait. Pendant que sa mère finissait la vaisselle, Germaine nettoyait la table de la cuisine, essuyait bien toute trace d'humidité et disposait les sous-main, le papier, les plumes, les encriers et les buvards, dont elle avait régulièrement besoin tant les gouttes d'encre avaient une fâcheuse tendance à s'échapper de sa plume pour s'écraser sur le papier, avant même qu'elle les ait vues se former. Dans la cuisine, de part et d'autre de la table, face à face, Germaine et sa mère s'installaient, pour écrire à Gaston.

Décidément, la cuisine était un lieu singulier.

Du plus loin qu'elle s'en souvienne, les cuisines des différents lieux où elle avait vécu avaient été pour Germaine bien plus qu'une simple pièce où l'on préparait les repas et où l'on mangeait les jours ordinaires. Était-ce la chaleur provoquée par la cuisson des plats en préparation ou les odeurs qui en émanaient, était-ce l'idée de ce que l'on allait manger et qui rien que d'y penser donnait envie, ou la petitesse d'une pièce qui invitait à la confiance et à la proximité, ou encore la robustesse des matériaux qui n'obligeait pas comme dans les autres pièces à des précautions d'usage, ou bien tout ça à la fois ? Reste que les cuisines de Germaine seraient toujours des lieux de confidence et de partage, des lieux qui nourrissaient plus que les corps, qui tissaient des liens, qui abondaient les relations à l'autre.

Sans aucun doute, les jours de guerre et d'écriture en compagnie de sa mère y étaient pour quelque chose. Ces jours si nombreux lors desquels elles avaient ensemble lu et cherché les mots pour Gaston, lors desquels elles avaient appris la puissance et la nécessité vitale des mots.

Germaine n'avait jamais écrit de lettres, à personne. L'idée lui plut immédiatement et elle se lança avec enthousiasme. Elle aplatit de sa paume la feuille de papier un peu rêche, elle trempa avec précaution sa plume dans l'encre bleue et la première phrase lui vint comme une évidence, une telle évidence qu'elle commencerait par la suite invariablement toutes ses lettres ainsi : « Cher papa, j'espère que tu vas bien et que tu n'es pas trop fatigué. » Une fois cette phrase écrite, elle la relut, puis elle leva les yeux et observa sa mère qui écrivait, ses lèvres remuant légèrement pour accompagner ses mots, ailleurs, évadée vers Gaston, en amazone sur des mots volants qui s'en allaient déjà l'atteindre.

Germaine peinait à poursuivre, elle n'avait pas grand-chose d'intéressant à raconter lui semblait-il, surtout à un père parti pour faire de si grandes choses ; ce qu'elle pouvait dire paraissait tout petit en comparaison, et pas bien important.

Percevant son embarras, Anne mit un instant sa lettre en suspens et balaya les doutes de sa fille :

— C'est justement ça que tu dois raconter à ton père, la vie d'ici, notre vie, celle qu'il a été obligé de quitter et qui lui manque. C'est ça qui l'aidera à tenir. Il en a besoin. Il a besoin de partager avec nous ces petits riens qui deviennent si importants, parce qu'il n'est pas là pour les vivre, tu comprends ? Et quand il reviendra, il les aura partagés ces moments-là avec nous, même à distance, même s'il n'est pas là aujourd'hui.

Les riens qui deviennent grands, oui bien sûr, Germaine comprenait. Les petits moments étaient des bulles de vie envoyées à son père, vivantes et pétillantes, fragiles mais essentielles, pour que le « nous » continue à vivre. Cela ne serait pas toujours facile pourtant, de les trouver ces mots si simples. Ils s'useraient à force de répétition dans les longs mois de la guerre. Et plus d'une fois Germaine peinerait à les trouver grands, les petits riens de sa vie.

***

Quand ça a bombardé à Paris, ça a été une autre affaire. La guerre était bien là et ça changeait tout.

Au début, c'étaient les pères qui partaient à la guerre, elle était lointaine malgré tout. Là, elle venait à elles, elles étaient dedans, dans son odeur de brûlé poussiéreux qui râpe aux muqueuses, dans l'air qu'on respire qu'elle charge d'un brouillard de ruines, dans le sifflement des bombes qui cingle les oreilles. Aux premières loges... enfin pas autant que les soldats... mais quand même.

On parle toujours des bombardements de la fin de la guerre, ceux de 1918, qu'on attribuait à la Grosse Bertha même si en réalité ce n'était pas la Bertha qui canonnait, et c'est vrai que ceux-là, ils ont fait de sérieux dégâts, mais il y en a eu avant, dès le début, et comme c'étaient les premiers, ça a cueilli tout le monde. Personne ne s'y attendait.

Des gens avaient commencé à quitter Paris, avant même que ça tonne, alors quand les bombes ont menacé, Anne prit peur et envisagea de faire partir Germaine, de l'envoyer chez une lointaine cousine qui vivait en Normandie pour la mettre à l'abri.

Comme elle le faisait tous les soirs, Anne vint s'asseoir sur le bord du lit de Germaine. Germaine adorait ce moment où sa mère venait s'installer quelques instants auprès d'elle avant qu'elle s'endorme, où elles se chuchotaient des mots tendres comme des secrets, où elles charmaient la nuit pour que les rêves soient enchanteurs.

— Tu sais ma chérie, j'ai réfléchi. Anne tâtonnait, trouver les mots n'était pas facile. La situation, ici à Paris... en ce moment. J'en ai discuté avec des collègues à l'atelier. Beaucoup s'inquiètent de ce qui peut arriver, avec la menace des bombardements. On ne risque rien mais quand même, on ne doit pas prendre ça à la légère. Je crois que ce serait plus prudent de te mettre à l'abri.

— Comment ça ? Où ça ? Tu crois que les bombes vont tomber ?

— Non, non, je ne crois pas, ne t'inquiète pas mon chat, mais je serais plus tranquille si, le temps que ça se calme, tu allais chez Odette, tu sais, ma cousine qui habite près de Bayeux, tu l'as vue une fois, et qui a des poules, des lapins, des canards, toute une basse-cour. Elle est gentille comme tout et tu seras comme un coq en pâte là-bas !

Rien que d'imaginer quitter sa mère, de se retrouver chez cette cousine qu'elle connaissait à peine, Germaine se mit à trembler de tous ses membres et à pleurer comme une Madeleine.

— Jamais, jamais je partirai là-bas sans toi, reniflait-elle. Et puis d'abord si c'est dangereux pour moi ici, c'est dangereux pour toi aussi, donc tu ne peux pas rester toi non plus.

— Mais il faut bien que je travaille ma chérie. Je ne peux pas quitter Paris. Je viendrai te voir, dès que je pourrai, et ça ne sera pas long, juste le temps que les choses se calment.

— Je n'irai pas, je n'irai pas. Germaine redoublait de sanglots. Et si tu m'y envoies, je ferai une fugue. J'irai pas. Je veux pas aller là-bas. Je veux rester avec toi.

Anne tenta une dernière carte.

— Germaine, ma chérie, moi non plus ça ne me plaît pas, tu t'en doutes bien, mais c'est vraiment plus raisonnable et je suis certaine que ton père penserait la même chose.

— Papa, il est pas là, c'est pas lui qui décide.

— Germaine ! Ne dis pas des choses pareilles !

— Maman, je veux pas y aller, je veux rester là avec toi. S'il te plaît, ne m'envoie pas là-bas.

Germaine se blottit contre sa mère et la serra fort de ses petits bras. Elle hoquetait, ses larmes étaient intarissables.

Anne céda, dans un demi-sourire. Au fond, même si elle s'inquiétait pour Germaine, elle était tout de même heureuse qu'elles restent ensemble, et surtout, intérieurement, elle s'amusait de son opiniâtreté, de sa capacité, alors qu'elle était si jeune, à argumenter et à résister aux décisions qu'elle refusait. Anne y voyait une force qu'elle-même n'avait pas. Elle renonça à ce projet à peine né.

Les bombardements commencèrent. Germaine et Louise étaient partagées, entre l'effroi et l'étonnement curieux devant le basculement des habitudes qu'ils provoquaient. Après chaque bombardement, ou chaque menace, leurs conversations allaient bon train. Elles se racontaient où ça les avait surprises, où elles s'étaient réfugiées, avec qui, ce qu'elles avaient fait en attendant de pouvoir ressortir des abris. Louise faisait sa bravache la plupart du temps, mais, tout comme Germaine, elle avait peur. Évidemment qu'elles avaient peur. Ça impressionne des bombes qui tombent du ciel. C'est un tel fracas. Tout est pulvérisé, tout s'effondre dans une odeur de fin, dans une fumée âcre et poisseuse, et on ne sait pas où ça peut atterrir, c'est sans doute ça le plus effrayant.

Cette peur, Germaine l'a gardée en elle, toujours, toute la vie, elle n'est jamais partie. Depuis ces jours et ces nuits qui pouvaient les enfouir, les écraser sous la pierre des immeubles éventrés par les bombes. Là est née son angoisse d'être enterrée vivante, cette angoisse qui l'a si souvent réveillée la nuit, la laissant le souffle court, en nage, étouffant sous les gravats de la guerre. Sous les gravats, un bout de son moi apeuré d'enfant.

Car certaines peurs restent là, toujours, et on a beau savoir d'où elles viennent, on a beau tenter de les dresser, elles demeurent là, tapies, sortant la nuit quand nos barrières de protection sont plus fragiles, quand nos consciences sont en sourdine. Elles savent s'y prendre ces peurs profondes. Elles savent attendre. Et se dresser quand on a baissé la garde, fatigué de leur faire face. On fait avec, plus ou moins bien, mais elles sont là.

La première fois qu'elles entendirent la détonation, il était un peu plus de midi, le dimanche 30 août. Elles venaient de terminer de déjeuner. Elles essuyaient la vaisselle. Germaine se chargeait des couverts, Anne s'apprêtait à ranger les assiettes dans le placard. C'était un beau jour de fin d'été, le ciel était tout bleu et dégagé. Il fallait en profiter avant que l'automne ne pointe son nez mouillé. Elles hésitaient entre une promenade sur les hauts de Montmartre ou, pour plus de dépaysement, sur l'île de la Cité où elles pourraient au passage aller admirer Notre-Dame et ses gargouilles. Tout à coup, une violente explosion se fit entendre. Anne laissa échapper les assiettes qui se brisèrent sur le sol. Germaine se figea. Un silence étrange, accompagné d'un souffle, suivit. Et un rien de temps après, deux autres explosions, et le vrombissement d'engins dans le ciel. Puis, plus rien, plus un bruit, et le silence était presque plus inquiétant que le bruit lui-même. Durant quelques secondes, elles ne dirent pas un mot. Le regard affolé dirigé vers le plafond, elles étaient statufiées de stupeur. Germaine fondit en larmes. Anne se ressaisit et enlaça sa fille, c'est rien mon petit chaton, c'est rien, c'est fini déjà tu vois, tout va bien. Mais sa voix était mal assurée et elle peinait à maîtriser le tremblement de ses bras. Quelques minutes après, alors qu'elles s'étreignaient encore, la rumeur montait de la rue, des voix nombreuses, des échanges bruyants ; l'heure était aux commentaires, aux bavardages. Tous sortaient dans la rue pour savoir ce qui s'était passé. Germaine étant encore sous le choc et refusant de rester seule dans l'appartement, elles descendirent. Anne tenait la main de Germaine serrée dans la sienne. Chacun et chacune y allait de son explication. Il ne fallut pas longtemps pour comprendre. C'étaient les premières bombes larguées par les aviateurs allemands sur la capitale, bombes qui avaient été suivies de paquets de tracts jetés à destination de la population parisienne et, apprendraient-elles plus tard, d'une oriflamme aux couleurs allemandes sur laquelle on pouvait lire : « L'armée allemande est aux portes de Paris, vous n'avez plus qu'à vous rendre. »

Tandis qu'elles discutaient avec quelques commerçants à l'angle de la rue Véron et de la rue Lepic et que, le nez en l'air comme tout le quartier, elles regardaient le ciel se charger d'un voile de poussière, des dizaines de personnes descendaient de la Butte en direction du boulevard Magenta pour approcher des lieux des explosions qui se transformèrent en moins de temps qu'il ne faut pour le dire en destination de promenade dominicale. La stupéfaction fit place à la curiosité et à la badauderie. Dans le flot des passants qui se précipitaient pour se rendre au plus vite sur les lieux du spectacle, Germaine aperçut Louise, aux côtés de sa mère, qui descendait la rue Lepic. Elle voulut les rejoindre mais Anne s'y opposa fermement. Il n'est pas question que tu te rendes là-bas ma petite fille, c'est bien trop dangereux, et il n'est pas question qu'on aille faire les gobe-mouches à regarder les pauvres gens qui viennent de se prendre le ciel sur la tête comme si c'étaient des bêtes curieuses, mets-toi bien ça dans la tête, c'est hors de question. Tu restes là, point final.

Les bombes étaient tombées près de la gare de l'Est, rue des Marais et rue des Vinaigriers. Ce n'était pas bien loin de chez elles. Gare de l'Est-Montmartre c'est à quoi, deux kilomètres au maximum, peut-être même moins à vol d'oiseau, c'est tombé là, près de la gare, ça aurait pu tomber ailleurs... car ces premiers bombardements ce n'était pas très précis, on balançait du ciel, ça tombait où ça tombait.

Ça a continué de façon sporadique dans les jours qui ont suivi. Pas de gros bombardements, pas la ville en feu, non, mais suffisants pour faire de réels dégâts, et même s'ils étaient limités, on déplora les premières victimes. Anne était épouvantablement inquiète car elle devait se rendre au travail et l'école n'ayant pas encore repris, elle était terrorisée à l'idée qu'un bombardement puisse avoir lieu alors qu'elle n'était pas là avec Germaine. Mais il fallait bien qu'elle aille gagner leur croûte et ce n'était pas avec la ridicule solde de Gaston qu'elle pouvait envisager de payer une garde d'enfants. Germaine avait dix ans, elle était habituée, en temps ordinaire, à rester seule et à attendre le retour de ses parents. Anne se repassait la discussion qu'elles avaient eue ; elle avait cédé, n'était-ce pas totalement irresponsable ? S'il arrivait quoi que ce soit, jamais elle ne pourrait se le pardonner. Elle pensait à Gaston, il n'aurait pas cédé lui, il aurait envoyé Germaine chez Odette, ça aurait été plié en moins de deux, jamais il ne lui aurait fait courir ce risque insensé de rester là alors que les bombes tombaient.

Avant de partir au travail, Anne fit tout un tas de recommandations que Germaine promit de respecter scrupuleusement, puis elle fit le tour des voisins encore présents dans l'immeuble pour qu'ils sachent que Germaine était là et qu'ils s'en occupent au cas où. Germaine la rassurait, ne t'inquiète pas maman, j'irai chez Louise, et sa mère est là la plupart du temps, ne te fais pas de soucis. Anne partit mais elle n'avait pas le cœur léger et, si elle avait su, son inquiétude aurait été plus grande encore.

Lorsque Germaine arriva chez Louise, celle-ci était excitée comme une puce. Le spectacle qu'elle avait vu la veille autour du théâtre des explosions l'avait fortement impressionnée, si tu avais vu, si tu avais vu, répétait-elle à Germaine avec les yeux qui lui roulaient dans les orbites, t'aurais dû venir, y avait un trou énorme, comme si c'était un volcan, et elle écartait les bras bien large pour faire mesurer à Germaine l'ampleur de la béance, et de la fumée partout, même que c'était pas facile de respirer, c'était incroyable, j'ai jamais vu une chose pareille ! Mais, loin de l'engager à rester cloîtrée chez elle, cela lui avait donné envie d'en voir plus. À peine Germaine avait-elle passé la porte, qu'elle lui chuchota, afin que sa mère ne l'entende pas, retire pas tes chaussures, pas la peine, on sort, on va grimper sur la Butte, pour voir de haut ce que ça fait ! Germaine était très embarrassée, elle avait promis à sa mère de ne pas courir les rues, mais Louise était si euphorique et Germaine si curieuse... Tant pis, se dit-elle, elle n'en saura rien. D'accord, mais tu promets que tu diras rien à ma mère, que t'en parleras jamais, sinon je vais me faire sacrément disputer et je serai punie, c'est sûr, et peut-être même qu'on ne pourra plus se voir. Pas de problème, croix de bois, croix de fer, répondit Louise en mettant un doigt en travers de sa bouche. Elles annoncèrent à Marthe qu'elles allaient jouer au square. D'accord, mais vous êtes de retour dans une heure les filles et vous ne faites pas les folles. Elle eut à peine le temps de finir sa phrase que Louise et Germaine avaient déjà filé. Et elles grimpèrent sur la Butte.

Elles n'étaient pas les seules à avoir eu cette idée. Les curieux s'y pressaient pour tenter d'observer, grâce à la hauteur qu'offre Montmartre, les traces des bombardements de la veille et, qui sait, le spectacle aérien des Taube, comme on appelait les premiers avions allemands qui larguaient leurs bombes. En arrivant en haut de la Butte, elles constatèrent que certains, dont le sens des affaires n'est jamais en berne, proposaient des chaises longues et des jumelles à louer pour permettre à celles et ceux qui le souhaitaient de s'installer confortablement pour regarder le passage des avions dans le ciel et les observer larguer leurs engins, comme si tout ça finalement était loin, et sans danger.

Envieuses, elles tournaient autour des gens assis dans les chaises longues et une dame fort souriante leur proposa de regarder à travers ses jumelles ; elles ne se firent pas prier et, l'une après l'autre, elles cherchèrent à repérer le lieu des explosions. Elles étaient fort malhabiles avec le maniement des jumelles et, ne sachant trop où diriger le regard, elles ne virent pas grand-chose mais firent croire que oui, pour ne pas être en reste et pouvoir partager l'excitation qui les animait. Tout cela n'a pas duré car les gens ont fini par comprendre qu'ils risquaient leur peau, alors après l'inconscience, c'était plutôt la course aux abris et les chaises longues ont fait long feu.

À partir de ce moment-là, durant toute la guerre, même quand les bombardements s'étaient calmés, le soir, avant de se coucher, Anne, qui ne sut jamais rien de leur expédition sur la Butte, disposait les habits de Germaine dans le bon ordre, de façon qu'elle s'habille rapidement en cas d'alerte, s'il fallait descendre aux abris. Ses petits vêtements posés à même le sol, toujours dans le même ordre, culotte, chemise de corps, chaussettes, robe, gilet, pas besoin de réfléchir, manteau et chaussures dans l'entrée devant la porte. Elles devaient aller dans la cave d'un immeuble, un peu plus loin dans la rue, au numéro 3, sous le restaurant Randouin qui faisait l'angle avec la rue Germain-Pilon. La cave était spacieuse, elle pouvait accueillir une bonne vingtaine de personnes sans que l'on ait le sentiment d'être entassés comme des sardines. Elles s'asseyaient sur de gros sacs pleins de terre qui y avaient été entreposés, en attendant la fin de la menace.

Germaine se souviendrait longtemps du bruit que faisaient les alertes. Le clairon des pompiers, très fort. Enfin, elle croyait se souvenir, car parfois elle ne savait plus bien, ses souvenirs sonores des deux guerres se mélangeaient et en matière de bombardements, elle avait été servie pendant la seconde. Mais ce qui est sûr, c'est qu'elle avait eu peur. Quand les pompiers sonnaient la berloque, cela lui faisait des nœuds dans le ventre, comme une série de petites boules qui serrent, qui tordent les boyaux, et ça faisait un mal de chien. C'étaient des spasmes, disait Anne. C'était là, dans son ventre, que la peur allait se loger.

Mais c'était aussi comme si elle découvrait une nouvelle ville, par en dessous, cachés qu'ils étaient tous en ses entrailles. Elle se retrouvait avec d'autres gens dans des endroits où elle n'était jamais allée, dans d'insolites poches de sécurité, enfin tous l'espéraient... Lors des attentes à la cave, avant de pouvoir rentrer chez elle, elle rencontrait des voisins qu'elle n'avait vus que de loin, des inconnus qui s'étaient trouvés là au moment de l'alerte et qui s'étaient réfugiés où ils pouvaient. Il y avait une promiscuité à laquelle elle n'était pas habituée, et cette nouveauté avait pour elle quelque chose d'amusant, parce que surprenant, parce que différent.

Avec Louise, elles espéraient, sans le dire évidemment, qu'une alerte ait lieu à l'école pour pouvoir aller se réfugier ensemble à la cave que Mlle Régis leur avait fait visiter, au cas où, lors d'un exercice préventif d'évacuation. Ça avait été un moment épatant cette visite, toutes en rangs, deux par deux, derrière Mlle Régis, même s'il fallait cacher son excitation et prendre un air grave et concentré. Une véritable machine à imagination.

— J'attends de chacune de vous un comportement exemplaire pendant cet exercice, avait averti la maîtresse. Du sérieux et de l'écoute. Il ne s'agit pas d'une sortie divertissante, on ne va pas gambader au parc, il s'agit d'être prête en cas de nécessité. J'espère avoir été bien claire.

Après avoir balayé de son regard sévère l'ensemble de la classe, elle avait donné le signal du départ.

— Allons-y, en bon ordre et en silence.

Toutes s'étaient levées, dans un garde-à-vous à la fois raide et tremblotant d'émotions. Elles avaient quitté la salle de classe et, Mlle Régis en tête, descendu dans un silence parfait les escaliers qui menaient à la cave. L'air vibrait de fièvre. Chacune, Germaine en aurait mis sa main à couper, s'était mise à imaginer la scène, probablement en se donnant le beau rôle, calme, efficace, alors que les bombes explosaient de toute part, et s'était plu en pensées à recevoir les compliments de la maîtresse devant tant de maîtrise de soi, si jeune... Germaine tenait la main de Louise dans la sienne ; elle était moite, tout comme la sienne. Elles se serraient si fort qu'elles sentaient les palpitations de leurs cœurs se mélanger, comme s'ils battaient à l'unisson, en proie aux mêmes émois. Elles avaient l'impression de ne faire qu'une et se jetaient des coups d'œil complices. Arrivées dans la cave, elles s'assirent sur les sacs de sable qui avaient été déposés à cet effet le long des murs. Elles y restèrent quelques minutes, toutes dans la même position, les mains posées sur leurs genoux, en quasi-apnée. Une autre classe arriva, puis une autre encore. Quand toutes furent installées, Mlle Régis les félicita pour le sérieux dont elles avaient fait preuve, leur montra les soupiraux qui permettaient le renouvellement de l'air et leur expliqua qu'ici, quoi qu'il arrive, elles seraient en parfaite sécurité.

— Mais si tout s'effondre, on sera coincées en dessous, avait lancé d'une voix tremblante une des petites qui ne parvenait pas à cacher son angoisse.

— Absolument pas, avait répondu Mlle Régis, tout a été prévu, alors pas la peine d'essayer de se faire peur ! Ici, il ne peut rien nous arriver et nous serons toujours secourues.

— Oh ce qu'elle est froussarde celle-là, avait chuchoté Louise à l'oreille de Germaine.

Puis tout le petit groupe repartit en sens inverse et rejoignit la salle de classe. L'exercice s'était parfaitement déroulé, la journée d'école était finie, tout le monde pouvait rentrer chez soi.

— Emportez vos cahiers de rédaction les enfants. Et pour demain, je veux que vous rédigiez un paragraphe d'une dizaine de lignes racontant l'exercice d'évacuation et les sentiments que vous avez éprouvés. Allez, à demain !

Louise et Germaine repartirent bras dessus, bras dessous, comme toujours, et traversèrent en courant la place Constantin-Pecqueur où se trouvait leur école, leur cartable ballottant sur leur dos. Elles étaient encore sous le coup de ce qu'elles venaient de vivre ensemble. Après un rapide coup d'œil afin de vérifier si personne ne les suivait et si elles pouvaient enfin laisser libre cours à l'explosion de toute cette émotion contenue, Louise, alors que Germaine était à peine à trois centimètres d'elle, cria :

— C'était génial ! J'ai adoré ! Toi aussi, hein Germaine !

— Oh oui, c'était génial !

— Qu'est-ce que ce serait bien si ça pouvait arriver pour de vrai quand on est à l'école !!! Parce que là c'est l'exercice, mais t'imagines ça en vrai ! Avec les bombes et tout ! Ce serait quelque chose !

— Moi ça me faisait des chatouillis dans le ventre rien que d'y penser. Je nous y voyais.

— Oui, moi pareil, et je sentais mon cœur qui faisait comme des bonds. J'ai senti le tien dans ma main aussi !

Louise avait ouvert les vannes. Germaine avait hésité au départ, enfin pas bien longtemps, à dire à Louise combien tout cela l'avait excitée. Ce n'était pas évident à dire qu'on avait envie que les bombes tombent, personne ne peut vouloir ça, on ne peut pas dire et même penser et surtout souhaiter une chose pareille. Il avait suffi de quelques mots pour que toutes les barrières s'effondrent et elles avaient alors élaboré d'innombrables scénarios, chacun démarrant par un « Et imagine que... » et qui, peu à peu, l'un entraînant l'autre, devenaient de plus en plus dramatiques. Et plus les bombes explosaient de toutes parts, plus les immeubles s'écroulaient, plus les sirènes hurlaient, plus les corps s'effondraient, plus les cris beuglaient, plus la panique se généralisait, plus les adultes s'effrayaient, et plus plus plus.

Mais les alertes n'eurent jamais lieu quand elles étaient à l'école ensemble. Ce qui ne les a pas empêchées de continuer à imaginer des scènes, parfois terribles, qu'elles nourrissaient de leurs expériences et qu'elles se racontaient avec moult détails, se faisant peur pour mieux supporter l'inquiétude du présent, pour la défier. C'est peut-être la force de l'enfance que de s'autoriser à imaginer les pires situations pour revenir essoufflé mais rassuré dans un présent finalement bien moins terrible, son privilège que de parvenir aussi à s'attacher à des détails qui font passer le pire.

Lorsque Germaine et sa mère se réfugiaient sous le restaurant Randouin, des gens arrivaient parfois en tenue de nuit, avec juste un manteau ou un châle jeté sur leurs épaules, des enfants pleuraient ou gigotaient dans tous les sens, mais ce qui impressionnait le plus Germaine, c'étaient les personnes âgées dont certaines paraissaient toutes frêles, qui sursautaient au moindre bruit et s'effondraient, pleurant comme des enfants. Ça lui faisait drôle de les voir comme ça.

Anne restait toujours calme. Elle prenait sur elle, évidemment, pour Germaine, pour sa fille. Elle avait préparé un petit sac de toile, il était blanc à pois rouges, toujours prêt, suspendu à la patère près de la porte d'entrée. Il contenait un jeu de cartes pour qu'elles puissent jouer à la bataille, une lampe torche et *Les Aventures d'Alice au pays des merveilles*. D'une voix rapide qu'elle voulait joyeuse et rassurante, elle reprenait la fameuse réplique du lapin de Lewis Carroll : « En retard, toujours en retard », à laquelle elle ajoutait, « Ne le soyons pas, ne le soyons pas, fonçons au terrier ! » Elle parvenait à rendre ce moment plus léger et, dès leur arrivée dans la cave, elle faisait asseoir Germaine face à elle, en tailleur, sortait le jeu de cartes et le petit calepin sur lequel elle notait scrupuleusement leurs scores puis battait les cartes avec l'aisance d'une croupière professionnelle, avec une vitesse et une dextérité qui ne manquaient jamais d'impressionner Germaine. Il n'était pas rare que leur partie provoque l'intérêt de l'ensemble des personnes présentes qui se massaient alors autour d'elles, et elles firent des adeptes, au point que certains jours on aurait pu en oublier la menace des bombes et se croire dans un tripot tant l'ambiance semblait joyeuse.

Lorsque les alertes avaient lieu la nuit, le quartier entier était plongé dans le noir. Les falotiers devaient éteindre tous les réverbères car il ne fallait pas qu'il y ait la moindre lumière, pour ne pas donner de repères aux avions ennemis ; même les voitures devaient souffler leurs lanternes. Si, dans un immeuble, une fenêtre demeurait éclairée, si une lumière brillait encore, du trottoir les gens criaient et même lançaient des cailloux, jusqu'à ce que la lumière s'éteigne. Et l'étourdi avait intérêt à s'exécuter rapidement, car sinon les accusations d'espionnage, de signaux envoyés aux Boches allaient bon train. Drôle d'atmosphère qu'une ville plongée dans le noir, et à Montmartre c'était d'autant plus étrange que la nuit, d'ordinaire, pétillait dans le quartier.

Quand elles rentraient, une fois l'alerte passée et qu'elles pouvaient réintégrer leur domicile, c'était Germaine qui tenait la lampe torche et elle faisait des figures sur le trottoir, sur les murs, avec la lumière, elle tournait la lampe pour faire des formes à toute vitesse, elle écrivait des mots que sa mère devait déchiffrer et elle sautait de joie quand elle trouvait la bonne réponse. Tout ça mettait de la lumière dans la nuit.

C'est sûr, elle savait y faire Anne avec les enfants, elle n'avait pas à se forcer, elle avait le goût de l'enfance.

Mais la mort est arrivée. Si vite.

À peine ça avait commencé, à peine les hommes étaient partis. Les combats de la fin août avaient été terriblement meurtriers, on l'a su après, quand est venue l'heure des comptes, mais déjà, sur le coup, tout le monde le voyait bien que ça tombait, il ne fallait pas être grand clerc pour s'en rendre compte.

Sont arrivés les premiers télégrammes officiels annonçant la mort, sont revenues les lettres envoyées à un proche, barrées de la mention : « Retour à l'envoyeur. Le destinataire n'a pu être atteint en temps utile » ; quelle drôle de formule quand même. Comment ça, pas « atteint en temps utile » ? Donc quoi ? Il est où le destinataire ? Le temps utile, ça veut dire quoi ? Un coup de cachet à l'encre rouge ou bleue, le nom du soldat rayé, et la lettre qu'on lui avait envoyée qui revient, inutile, remplie de mots perdus, de baisers évanouis. Alors le courrier que tous attendaient avec impatience s'est chargé d'une angoisse nouvelle.

Certains en perdaient la raison.

Comme cette pauvre femme, les cheveux en bataille, les yeux exorbités, que Louise et Germaine ont vu errer dans le quartier, des jours durant, sa lettre à la main, l'agitant sous le nez de tous les passants, s'accrochant à eux, implorant de l'aide pour savoir où était son fils qui n'avait pu être atteint en temps utile. On aurait dit une bête blessée cherchant son petit. Les passants se détachaient, la repoussaient, compatissants sans doute, mais gênés et effrayés surtout, s'éloignant vite pour éviter d'avoir à plonger dans ses yeux de folle. Vous l'avez vu mon fils ? Vous l'avez vu ? Quelqu'un l'a vu ? Se retournant en tous sens, sautant d'un trottoir à un autre, manquant de se faire renverser par les véhicules qui n'avaient pas anticipé ses embardées, de plus en plus échevelée, de plus en plus misérable.

Au début, Germaine et Louise la regardaient avec pitié, avec tendresse même, si c'est pas malheureux, répétait Louise, la pauvre femme, renchérissait Germaine. Jusqu'au jour où, en rentrant de l'école et prises par leur bavardage, elles ne la virent pas arriver, passèrent malencontreusement trop près d'elle et qu'elle s'agrippa au bras de Germaine, brandissant la photographie de son fils et la fameuse lettre inutile. Sa main empoigna le bras de Germaine. Tout près de son visage, postillonnant, elle lui hurla : tu l'as vu toi mon fils, tu l'as vu ? Germaine était terrifiée. Elle essayait de se dégager mais la femme lui broyait le bras, s'accrochant avec une force inouïe pour qu'elle ne s'échappe pas, pour avoir une réponse. Et son visage tout gris et tout ridé, tout près du sien, sa bouche qui lui crachait son désespoir. Alors Louise attrapa son cartable par les bretelles et lui donna un coup, pour lui faire lâcher prise, et un autre encore car elle tenait bon. Elle finit par chanceler, la pression se relâcha, Louise attrapa la main de Germaine et elles s'enfuirent en criant, courant du plus vite qu'elles pouvaient, ne s'arrêtant que lorsqu'elles furent à un bon pâté de maisons et que le danger leur sembla écarté. Elles étaient en nage et peinaient à retrouver leur souffle. Germaine en tremblait encore, de petites gouttes de sueur perlaient sur ses joues.

Depuis, quand elle apparaissait dans leur champ de vision, il y en avait toujours une pour s'écrier « Gare ! V'là la folle à la lettre ! » et elles se mettaient à courir comme des dératées. Et puis elles ne l'ont plus vue, elle a disparu du quartier, sans que l'on sache jamais ce qu'elle était devenue.

On commençait à se voiler de noir, la mort était là, dans les familles et sur les corps et sur la ville. Des tentures noires sur les portes, des voiles noirs sur les visages, les couleurs rangées au placard, pliées, disparues.

Et ça ne faisait que commencer.

***

Louise s'apprêtait à lancer le caillou sur la case 6. À cloche-pied, elle était déjà parvenue à sauter de case en case sans marcher sur les lignes de la marelle qu'elles avaient tracée dans la cour de l'immeuble. Sur un pied, elle s'approchait du ciel, il ne lui restait plus que deux cases avant le trajet du retour vers la terre. Elle avait une bonne avance sur Germaine qui avait raté ses deux départs. Germaine allait perdre la partie, elle rongeait son frein. Elle n'était pas très bonne joueuse et si elle prenait sur elle pour n'avoir l'air de rien, Louise voyait qu'elle était contrariée et ça l'amusait d'autant plus. Le caillou atterrit dans le coin de la case, juste où il fallait pour que Louise puisse sauter sans risquer de mordre sur la ligne. Dans le mille, fanfaronna-t-elle. C'est pas le mille, c'est le côté, bougonna Germaine. Louise lui tira la langue et s'élança. Des chocs métalliques résonnèrent sur le pavé. Elle se retourna, vacilla et se retrouva les quatre fers en l'air. Germaine éclata de rire. Pas pour longtemps. La partie était foutue.

— Haha, c'est pas simple sur une patte, j'en suis témoin ! On le perd vite l'équilibre, on n'est pas des hérons !

Un homme, une jambe coupée en haut de la cuisse, le pantalon noué sous le moignon qui lui restait, empêtré dans ses béquilles, s'était adossé au mur pour reprendre son souffle, le visage contorsionné de douleur. Germaine et Louise, médusées, ne pouvaient détacher leurs yeux du vide laissé par la jambe fantôme.

La guerre, encore elle. Encore un qui y avait laissé un bout de lui et qui revenait sans plus savoir comment s'y prendre. Tandis que les autres s'y embourbaient.

Germaine et Louise se surprenaient parfois à oublier comment c'était avant. La guerre était devenue la grande organisatrice de tout, la toile de fond de la vie, collante comme une seconde peau, et lassante, effroyablement et cruellement lassante. Tout y ramenait, constamment, partout. Pas moyen d'y échapper. Lorsque, absorbées dans un jeu, évadées dans leurs rêves, plongées dans leur enfance, elles oubliaient un moment la réalité de la guerre, sa présence se rappelait vite à elles : une affiche sur un mur, la vue d'un blessé croisé dans la rue, celle du cortège des réfugiés qui affluaient dans Paris, une lettre qui tardait à arriver, une phrase attrapée à la volée dans une conversation entre femmes, les queues devant les magasins d'alimentation, même le froid des hivers, non qu'ils aient été pires que les autres hivers, mais avec le charbon qui manquait et qui rendait le chauffage difficile, même le froid portait la marque de la guerre. On faisait ménage avec elle, elle envahissait les têtes, elle pétrissait les corps, elle crevassait les doigts, et les cœurs.

Les jours passaient, et les semaines et les mois. Noël n'avait pas vu revenir les pères et d'autres Noëls se dérouleraient sans eux. Il n'y eut plus de date à accrocher au retour, ça s'enlisait, là-bas sur les fronts, et dans la ville aussi. Cela faisait plus d'un an qu'ils étaient partis.

Germaine et sa mère décachetèrent avec précaution les lettres qu'elles avaient reçues de Gaston. Plusieurs étaient arrivées en même temps, ce qui était devenu fréquent tant le service postal des armées peinait à traiter les milliers de missives quotidiennes envoyées aux quatre coins du pays. Pendant des jours on n'avait rien, le ventre se nouait, puis en arrivaient plusieurs, certaines envoyées depuis des jours et qui s'étaient égarées allez savoir où. Les dernières, une pour Germaine, une pour Anne, étaient datées du 13 novembre 1915. Anne ne put retenir un cri de joie.

— Quel bonheur ! Ça y est ma chérie, il va revenir ! Ton père a une permission pour quelques jours. Il sera là le 1er décembre ! Il l'annonce dans sa lettre. Écoute ça : « Après tout ce temps passé loin de vous, et cette fois c'est sûr, je vais pouvoir enfin vous serrer dans mes bras. Ma permission est confirmée. Je serai à Paris le 1er décembre, pour huit jours. Oh qu'il me tarde de vous retrouver ! Prépare le savon ma chérie, car plus crotté que je le suis, ça n'existe pas ! »

Germaine sautait comme un biquet en chantant à tue-tête, Papa revient, papa revient ! Entraînée par la gaieté sans retenue de sa fille, Anne bondit de sa chaise et elles entamèrent une danse autour de la table. Elles riaient à en perdre haleine et finirent par terre, essoufflées, enlacées et heureuses.

En permission. Ce n'était pas le retour définitif, mais il allait revenir, enfin. Depuis que les permissions avaient été décidées, cette promesse de retrouvailles, retour certes provisoire mais retour tout de même, avait remplacé l'espoir du grand retour.

Anne et Gaston ne s'étaient jamais quittés, pas même une nuit. La première nuit sans Gaston fut la nuit du 13 août 1914. Et depuis, seize mois de nuits sans lui s'étaient écoulés. Les anniversaires avaient eu lieu sans lui et chaque saison avait déroulé son absence. Anne était allée seule humer l'odeur du lilas mauve, à l'angle du jardin de la rue Saint-Vincent, ce lilas qui offrait le printemps aux passants des villes durant quelques jours éphémères et que Gaston aimait tant. Elle avait grimpé sur le petit muret en s'accrochant au grillage pour être au plus près de son parfum, elle avait respiré à plein nez pour se laisser plonger dans les bras de Gaston, pour s'enivrer à nouveau de ce cadeau qu'il lui avait fait, un soir d'avril déjà lointain, quand il lui avait fait fermer les yeux et l'avait guidée, la tenant par la main sur le trottoir, jusqu'à ce présent délicat, qu'il l'avait soulevée, ses mains entourant sa taille, pour qu'elle puisse attraper une branche et attirer à elle une grappe de petites fleurs mauves. Elle en avait eu le tournis. Depuis, Gaston et elle n'avaient jamais raté un seul printemps de ce lilas, jusqu'à la guerre qui les en privait.

Dans cette béance amoureuse, telle une Pénélope moderne amarrée à celui qui devait revenir, Anne avait entrepris de broder une nappe blanche de pensées de couleur, chaque point brodé le reliant à la vie, chaque fleur fragile et colorée comme certitude de son retour, chaque pensée frémissante comme défi à l'absence. Elle s'était convaincue que tant qu'elle broderait, Gaston serait protégé de tous les dangers et qu'il lui reviendrait, que la force du mythe pouvait, si l'on s'y accrochait fermement, faire plier le destin funeste.

Alors elle brodait, elle faisait de la vie avec chaque fil de couleur, pour que Gaston revienne. Chaque jour, quoi qu'il arrive, même tard, même épuisée, elle se faisait un devoir de broder, ne serait-ce que quelques minutes, pas un jour ne passait sans qu'elle ne brode, ainsi Gaston reviendrait.

À plusieurs reprises, Gaston avait annoncé son arrivée prochaine. Chez cet homme si souvent dans la retenue, l'évocation de la permission espérée s'accompagnait dans les lettres qu'il écrivait à Anne de l'aveu du manque de ses lèvres, de ses bras, et il l'embrassait de baisers sans fin. Jamais il ne lui avait parlé ainsi, aurait-il seulement osé ? Anne découvrait les mots de son mari. Elle découvrait aussi ceux qu'elle lui adressait. Dans leur espace de papier, ils cherchaient et inventaient des mots dont ils n'avaient pas eu besoin avant, quand l'amour se vivait sans avoir besoin de s'écrire, dans l'inconscience de lui-même et la réserve presque timide de la présence, muet d'évidence et d'habitude.

Elle essayait d'entendre sa voix quand elle lisait ses lettres, elle tentait de faire vibrer en elle son timbre grave, elle essayait, autant qu'elle pouvait, mais quand elle semblait presque y parvenir, la voix de Gaston se dérobait.

Sa permission avait été repoussée, une fois, deux fois. À chaque permission reculée, c'était comme si elle le perdait encore, avant même de l'avoir retrouvé. Anne s'impatientait, la peur l'assaillait, s'il ne revenait pas, elle repoussait vigoureusement cette pensée, s'interdisant le doute, elle reprenait confiance en s'accrochant de nouveau à l'espoir d'une nouvelle date et à ses pensées de couleur. Gaston devait revenir.

Enfin il allait revenir. Enfin il serait là. Enfin.

Toute à sa joie de le retrouver, Anne s'affairait dans la maison. Elle époussetait le moindre objet, il fallait que tout dans la maison participe à son retour, que la maison s'anime, que tout sorte de la torpeur dans laquelle le départ de Gaston avait plongé le monde. Elle avait glissé des petits sachets de lavande dans les draps blancs en métis, marqués à leurs initiales ; elle les avait lavés et repassés, préparant le lit où, la nuit, elle cherchait la chaleur de Gaston quand ses rêves lui mentaient, l'enfonçant dans l'immensité de son absence, dans le trou froid d'une solitude méchante. Lors de ces préparatifs qui anticipaient le retour de Gaston, Germaine l'avait entendue chanter, de sa voix de pinson, claire et joyeuse. L'appartement résonnait du *Temps des cerises* et de ses amoureux avec le soleil au cœur. Anne chantait quand elle était heureuse. Et Germaine fredonnait en même temps que sa mère, et s'essayait à valser avec un compagnon imaginaire, tournoyant autour des tables, des chaises, des fauteuils, dans l'appartement qui s'emplissait du bonheur à venir. Gai rossignol et folie en tête. Enfin. Gaston allait revenir.

Puis Gaston fut là.

***

Presque le même.

Germaine était rentrée de l'école, son cartable sur le dos. Louise et elle avaient fait le chemin ensemble, comme elles le faisaient toujours, se raccompagnant l'une l'autre, repartant dans un sens puis dans l'autre, jusqu'à se séparer parce qu'il fallait bien mettre un terme à ces incessants allers-retours. Elles s'étaient quittées à l'angle de la rue Lepic et de la rue des Abbesses. Germaine avait ensuite obliqué rue Véron, jusqu'au numéro 15. Elle avait traversé la cour de l'immeuble, monté les trois étages et ouvert la porte.

Son père était là qui l'attendait debout les bras vers elle, et juste derrière lui, sa mère, transformée en sourire. Durant quelques secondes, Germaine resta interdite. Elle avait oublié. Elles n'avaient pourtant parlé que de ça, avec sa mère, au petit déjeuner avant de partir à l'école, du retour de Gaston ce jour-là. Elle en était si heureuse. C'était une telle fête. Elle était partie à l'école, impatiente d'être au soir, souhaitant que la journée passe vite. Elle l'avait dit à Louise que son père avait une permission et qu'il serait là ce soir. « Chouette », avait dit Louise. Puis elle n'en avait plus parlé, car si Louise se réjouissait pour Germaine, son père à elle n'avait pas encore obtenu de permission, alors c'était difficile de partager cette joie-là. En rentrant de l'école, tout à son bavardage avec Louise, ça lui était sorti de la tête, elle avait oublié. Elle avait traîné à rentrer. Elle se sentit honteuse.

— Ben alors, t'as perdu ta langue ma grande ? s'amusa son père à la voir figée sur le seuil de la porte.

Germaine courut se blottir dans les jambes de ses parents, comme quand elle était toute petite. Ils restèrent comme ça un moment. Tous les trois noués, entrelacés, serrés, réchauffés. Vivants.

Anne entraîna tout le monde dans la cuisine pour le goûter. Germaine observait son père. Il n'avait pas l'air d'un soldat.

Il était en tenue de civil, il s'était lavé, et s'était habillé ; un léger sentiment d'étrangeté mêlé de familiarité l'avait saisi. C'étaient ses vêtements, oui, pas de doute, mais il ne les remplissait pas tout à fait comme avant, il était entre deux habitudes, il avait deux mondes en lui. Ses vêtements disaient la peau du civil qu'il fallait rendosser ou rappelaient celle du soldat laissée dans le bac à lessive où était plongé son uniforme, ce qui revenait au même à l'instant présent. Il s'agissait d'un changement de peau, sauf que parfois, la mue n'est pas si simple, pas si radicale, les peaux se tachent l'une l'autre, se léopardisent, mais en moins joli.

Il avait regardé son uniforme imbibé d'eau, désarticulé dans le bac. Anne l'avait rincé plusieurs fois puis elle avait ajouté de l'eau chaude avec quelques paillettes de savon. Et là il trempait. Les premiers rinçages avaient commencé le travail, la purification se poursuivait. L'eau était juste un peu trouble maintenant. Gaston n'était pas sûr que cela suffise, non, il savait que non, probablement cela ne suffirait pas, mais c'était trop tôt pour se préoccuper de cela. On verrait plus tard, après, quand ce serait vraiment fini, il serait alors temps de s'occuper du trouble de l'eau.

Le nez dans sa tartine, Germaine lui jetait des coups d'œil en biais. Il avait maigri. Ce n'était pas tout à fait le père qui l'avait quittée plus d'un an auparavant. Ses pommettes semblaient plus saillantes, oui, elles étaient plus osseuses et ça enfonçait ses yeux. Elle se sentait curieusement impressionnée, et même un peu gênée, de le voir là, assis sur une chaise en face d'elle, lui qui était parti depuis si longtemps, qu'elle avait presque effacé du décor, qui était devenu celui à qui on écrivait.

Elle avait des milliers de questions à lui poser. Est-ce qu'il en avait vu des Boches ? De près ? Qu'est-ce qu'il mangeait là-bas ? Qui est-ce qui faisait la cuisine ? Est-ce qu'il avait des amis ? Est-ce qu'il s'était servi de son fusil ? Où est-ce qu'il dormait ? Comment il faisait pour aller aux W.-C. ? Est-ce qu'il faisait la guerre tout le temps ou bien ça s'arrêtait la nuit ? Son chef, celui qui commandait, c'était qui ? Est-ce qu'il était gentil ? Et des morts, il en avait vu des morts ? Des milliers de questions qui, la veille au soir, lorsqu'elle était dans son lit, avant qu'il ne revienne, se bousculaient dans sa tête tellement elle en avait. Mais là, devant lui, tout à coup, elle ne savait plus ce qu'elle pouvait demander ou pas. Elle était intimidée comme face à un étranger. Son père lui souriait. Lui aussi la regardait d'un drôle d'air, lui semblait-il.

— Dis donc, t'aurais pas pris quelques centimètres depuis mon départ ? J'ai bien l'impression que tu as poussé comme une asperge !

— Vérification immédiate, intervint Anne en attrapant Germaine par la main pour la conduire contre le chambranle de la porte où, depuis qu'elle se tenait debout, on notait à intervalles réguliers, au crayon de bois et en prenant bien soin d'indiquer les dates, l'évolution de sa croissance.

— Ha ! Je vous l'avais bien dit, tu as pris six centimètres depuis la dernière fois ! Et la dernière fois, c'était, laisse-moi voir, en juillet 1914. Oui, juste avant que je parte au front.

— C'est comment au front papa ? T'as pas été blessé toi, hein ?

— Pas la moindre égratignure, je me porte comme un charme !

Puis il raconta. Quelques camarades rencontrés là-bas, quelques amitiés nouées dans la terre retournée. Ça, on pouvait le dire, pensait-il. Un jeune Auvergnat un peu gringalet prénommé Benoît, qu'il avait pris sous son aile parce qu'il lui faisait penser à un petit-cousin perdu de vue et qu'il lui paraissait si jeune avec ses oreilles décollées et ses trois poils au menton. Daniel, un Breton, un type formidable, qui réchauffait le cœur avec ses chansons de marin ; c'était fini la guerre pour lui, il avait été blessé, un bras en moins, tribut payé à vie à la guerre, et c'était dur à dire comme ça, mais il manquait dans les tranchées de types comme ça, de ceux qui du fond de leurs tripes chantent plus fort que le sifflement des obus, ça aide, là-bas, dans les tranchées.

Rentré chez lui, un bras en moins. Germaine perçut la fêlure dans la voix de son père.

Gaston en avait trop dit. Il se tut. On ne peut pas dire la guerre, les mots manquent, et si on les trouve, si on s'en approche, comment les dire à une enfant de onze ans ? Et le faut-il ? Il avait les yeux dans le vague, des yeux qui hésitaient encore à revenir ici, tant ils avaient été effarés, sous le choc d'avoir vu quelquefois ce que l'homme a cru voir, comme d'autres avant lui.

Anne se leva, s'approcha de Gaston, posa les mains sur ses épaules, l'embrassa sur la joue et, avec un clin d'œil et un sourire, engagea Germaine à raconter l'école, diversion dont personne ne fut dupe mais qui, au moins superficiellement, joua son rôle, celui de ramener Gaston à la maison, en frayant un chemin dans le lointain peuplé de son regard.

Germaine raconta les cartes du front que Mlle Régis avait disposées à côté du tableau noir pour pouvoir suivre la progression des troupes, nouvelle géographie conduite par les cartes de la guerre, découverte de villes et de villages dont Germaine n'avait même pas idée et qui seraient à jamais associés aux petits drapeaux punaisés sur l'hexagone de carton. Sur l'impressionnante ligne de front qui dévalait de la mer du Nord à la frontière suisse, elle avait retenu quelques noms, comme celui de ce petit village de Champagne, Perthes-lès-Hurlus ! Avec Louise, elles s'étaient amusées du nom de ce village, Hurlus, ça les faisait rire, elles imaginaient les habitants comme des Indiens maquillés et coiffés de plumes de couleur, et comment fallait-il donc les appeler ? Hurluants leur plaisait bien, ça sonnait drôle, ou bien Hurluberlus, encore mieux, avait susurré Louise dans sa barbe, provoquant l'hilarité de Germaine. Mais les gros yeux et la réprimande sévère de la maîtresse, qui leur confisqua deux bons points, les avaient vite calmées ; le sort tragique de ce village dont il ne resterait plus rien n'invitait pas au comique.

Elle raconta les leçons de couture et de tricot consacrées à la confection de vêtements pour les soldats et la catastrophe que fut son premier cache-nez, qu'elle dut entièrement détricoter pour recommencer le travail, bourré de trous comme un gruyère tant elle avait perdu de mailles. On rit, Gaston rit.

Elle montra ses images reçues contre dix bons points, preuve de son travail appliqué et attestation de l'engagement qu'elle avait pris de se montrer sérieuse et obéissante.

Foin de châteaux, d'animaux, de paysages, elles représentaient désormais un poilu fier au poing levé, une infirmière dévouée dans une cape bleu marine dispensant les premiers soins à un soldat blessé ou bien encore un tirailleur sénégalais souriant, la peau noire comme la nuit, le sourire immense sur les dents blanches.

Gaston les observa en silence, il les tint un long moment, du bout de ses doigts, loin de ses yeux, comme pour essayer de les faire coïncider avec ses propres images, tentant une passerelle incertaine et fragile entre ici et là-bas. Ses mains tremblaient, un peu. Germaine le vit bien.

Elle raconta les Journées de charité auxquelles Louise et elle avaient participé avec entrain, sillonnant les rues du quartier, urne et panier sous le bras, pour vendre aux passants les petites médailles en carton qu'elles avaient confectionnées en classe et dont le produit de la vente était, comme l'avait rappelé Mlle Régis, une contribution essentielle des petits poilus de l'arrière à l'effort de guerre. Avec Louise, elles n'avaient pas ménagé leur peine, elles avaient arpenté chaque rue, accosté tous les passants qu'elles rencontraient, fait le tour de toutes les terrasses de café du quartier, passé la porte de chaque commerce ; elles avaient travaillé leur plus beau sourire pour amadouer même les plus récalcitrants, ceux qui, comme le disait Anne, avaient des oursins au fond de leurs poches ! Même le vieux cordonnier du bout de la rue, réputé pour son humeur bougonne et son avarice, n'avait pu leur résister et avait déposé quelques pièces dans leur urne. La récolte avait été si fructueuse qu'elles avaient été citées en exemple par Mlle Régis devant toute la classe. Gaston la félicita et de sa main il ébouriffa ses cheveux, retrouvant ce geste tendre que Germaine connaissait bien.

Durant la permission de Gaston, elle fut autorisée à manquer l'école plusieurs jours d'affilée pour profiter de la présence de son père, et Anne, quant à elle, prit quelques jours de congé à l'atelier, promettant de rattraper, plus tard, sur sa pause méridienne. Même s'il y eut comme une urgence à les vivre pour éviter de penser qu'ils prendraient fin, même si Gaston sembla parfois, souvent, dans son regard absent, comme étranger à cette vie qui était pourtant la sienne, même si l'énergie qu'ils mirent à remplir leurs journées disait plus que tout son nouveau départ que chaque seconde écoulée rapprochait inévitablement, chaque jour fut une fête. Ils profitèrent, comme on dit, de chaque moment. Germaine n'avait pas souvenir d'avoir eu, avant ces jours de permission de Gaston, le loisir de passer tant de moments avec ses parents, sans contrainte, sans travail, sans école. Il y avait du bon tout compte fait dans cette guerre, pensa-t-elle, puisqu'elle offrait ces moments-là. Mais vite vite elle chassa cette pensée vilaine de son esprit, et s'en voulut même de l'avoir laissée naître. Pas de crédit pour la guerre, elle était moche, point final.

Ils jouèrent aux dames et aussi au jeu des 7 familles, que Germaine adorait parce que chacune représentait une famille de métiers avec des personnages aux drôles de têtes, aux noms idiots et dans des situations toujours ridicules.

Ils allèrent se promener au parc des Buttes-Chaumont, espérant des chants d'oiseaux, malgré le froid de décembre, et un peu de vert dans le gris lourd de la ville ; ils s'amusèrent des canards dandinants auxquels Germaine lançait quelques morceaux de pain rassis sur lesquels ils se ruaient en cette période de vaches maigres.

Ils se promenèrent sur les bords de Seine, bercés par le clapotis du fleuve, les joues et le nez rougis par le vent glacial et, merveille des merveilles, pour se réchauffer, Gaston leur fit la surprise de les emmener boire un chocolat chaud et crémeux chez Angelina, sous les arcades de la rue de Rivoli, là où se pressait, même en temps de guerre, tout le chic parisien. La main dans celle de son père, Germaine passa la porte et resta bouche bée devant l'élégance et le luxe du décor. Elle fut flattée que les serveuses, si distinguées avec leur petit tablier de dentelle blanc et leur permanent sourire, lui donnent du « Mademoiselle » à tout bout de champ. Assise à leur petite table ronde au plateau de marbre, Germaine se tortillait en tous sens, tout l'intriguait, tout l'émerveillait, les dorures, les moulures, les médaillons, l'escalier recouvert d'un beau tapis de velours rouge, les bocaux remplis de confiseries de couleur, les gâteaux par dizaines proposés sur des présentoirs à étages, les chocolatières en argent où se reflétait la lumière, jamais elle n'avait rien vu d'aussi beau et elle en salivait d'avance ; elle poussait des « Oh » d'extase en tirant sa mère par la manche. Arrête de gesticuler Germaine, tu vas finir par faire une bêtise, l'avertit son père, ce qui ne manqua pas de se produire au moment où la serveuse arriva juste derrière elle avec le plateau où était déposée la chocolatière. Elle se retourna trop vivement et de son bras déséquilibra la serveuse qui renversa le chocolat fumant sur le sol. « Mais comment faut-il te parler pour que tu écoutes quand on te dit de te calmer ? » lui lança Gaston furieux, d'une voix qui ne contenait pas sa colère. Anne était déjà debout pour essayer de réparer les dégâts, tandis que trois ou quatre serveuses se précipitaient, éponge et torchon à la main, répétant : ce n'est pas grave, ne vous inquiétez pas, cela arrive, ne vous inquiétez pas. Terriblement honteuse d'avoir ainsi gâché la fête, Germaine se mit à pleurer. La serveuse revint avec un nouveau chocolat et, pour rendre le sourire à Germaine et détendre l'atmosphère, une assiette sur laquelle étaient déposés trois petits financiers aux amandes. Allez, il y a plus grave en ce moment qu'un chocolat renversé, sèche tes larmes ma jolie et dis-moi donc ce que tu penses de ces petits gâteaux, lui dit-elle en lui pinçant la joue et en adressant un sourire à Anne et Gaston. Le drame était passé. Sur le chemin du retour, Anne éclata de rire et Gaston finit par se laisser emporter par la bonne humeur, sacrée bonne technique ma fille, un chocolat renversé et on a eu droit à ces merveilleuses petites douceurs, on s'en souviendra de notre première chez Angelina !

Chaque soir, Germaine s'endormit, la porte de sa chambre restée entrouverte, en entendant la voix de ses parents qui parlaient dans le salon, rassurée par ce fond sonore, imaginant sa mère à ses travaux de couture et son père, assis dans son fauteuil, le journal à la main. Chaque soir, elle se repassait ses journées dans le détail pour les raconter ensuite à Louise. Ces jours de permission où Gaston leur était rendu furent bien occupés ; des souvenirs à la pelle dont Germaine garderait comme un goût de vacances inconnu jusque-là et qui, des années plus tard, lui mettraient encore le sourire aux lèvres.

Mais ils passèrent si vite.

Huit jours, c'était si peu pour oublier l'absence, pour effacer le manque et garantir un avenir. Anne tentait de ne laisser place qu'au présent, de ne penser et de ne vivre que dans ce présent-là qui lui rendait Gaston, de s'empêcher de sentir l'écoulement pourtant inexorable du temps. Mais plus les heures passaient, plus cette résolution tremblait, et Germaine voyait combien, malgré ses efforts pour n'en laisser rien paraître, son sourire se crispait.

Et Gaston était reparti, et on ne savait pas pour combien de temps et vers quel ailleurs.

Durant plusieurs jours après son départ, Anne, qui rangeait toujours tout impeccablement, qui faisait luire la maison comme un miroir, laissa leur chambre en l'état, s'interdisant d'effacer dans le ménage les traces de son passage, de sa présence, parce que tout devait rester figé dans le temps de la permission de Gaston pour le croire encore là. Tout objet qu'il avait touché était devenu sacré, il avait gardé un peu de lui, il s'était chargé d'une part de lui. Elle qui se jouait des superstitions – elle mettait par exemple un point d'honneur à passer sous une échelle tandis que tous autour d'elle la contournaient –, elle qui se moquait des naïfs adorateurs de reliques – elle s'amusait ainsi à rappeler que Jean-Baptiste avait de toute évidence de nombreuses têtes si l'on prenait en compte le nombre de crânes vénérés lui étant attribués dans de multiples églises ou monastères –, elle, si rationnelle en temps ordinaire, se surprenait à poser ses mains à l'endroit même où Gaston avait posé les siennes, sûre qu'ainsi elle entrait en contact avec lui, comme si un flux magnétique les unissait dans ce geste partagé. La nuit, elle regardait le ciel, fixant son regard sur une étoile lumineuse ou sur une masse plus sombre, elle envoyait ses pensées à Gaston, convaincue que la puissance qu'elle y mettait ne pouvait que l'atteindre, et parfois elle avait l'impression que lui aussi la cherchait en pensées et qu'ils se retrouvaient. Dans une lettre, elle lui avait donné ce rendez-vous céleste, au cœur de la nuit, et il lui avait répondu qu'il y serait lui aussi, qu'ils se retrouveraient en pensées dans l'immensité du ciel. La guerre lui faisait faire de drôles de choses.

Elle laissa les draps encore imprégnés de son odeur, elle ne refit pas le lit, et le soir, elle s'y glissait, avec précaution, pour ne pas abîmer l'empreinte creusée par son corps, sur son côté du lit. Elle aurait souhaité ne plus quitter cet espace qui avait accueilli leur fugace bonheur de huit jours, y rester blottie, dans le souvenir de sa présence, jusqu'à ce qu'il revienne. Voilà ce qu'elle aurait voulu, rester là, ne plus bouger, attendre juste qu'il revienne et alors l'entourer de ses bras, le caresser, longtemps, tout le temps qu'il faudrait, pour chasser la violence, pour lui faire oublier l'affreux son des canons et les chairs déchirées et les corps cassés et puants, pour lui redonner l'envie de la douceur et l'appétit du plaisir dans leurs corps qui s'appellent. Rester là à l'attendre, jusqu'à ce qu'il revienne, c'est tout, qu'il revienne.

***

Ça avait été formidable de le revoir mais il était reparti, vers cette guerre qui arrachait les bras des marins.

Germaine ne parvenait pas à chasser de son esprit l'image qu'elle s'était faite de son ami Daniel, le Breton, qui chantait plus fort que les obus.

Elle l'imaginait blond et grand, comme un Viking, maître des océans et de la houle, dompteur des tempêtes, roi chantant des sirènes, à la proue de son bateau, remontant des filets regorgeant de poissons frétillants, accueilli sur le port par une foule joyeuse.

Et brutalement l'image se brouillait.

Elle le voyait alors seul, la manche de sa chemise pendante sur le vide de son bras disparu, réduit à seulement regarder les pêcheurs rentrant au port, spectateur inutile du bord de mer.

Elle ne savait rien de ce qu'était devenu cet homme, mais son amputation l'obsédait et la poursuivait la nuit. Elle pleurait son bras et sa vie de mer perdus. Par les yeux de son père, dans son regard fatigué, ce bras perdu ensanglantait les images qu'elle lui avait si fièrement montrées et qui tout à coup provoquaient en elle la nausée du mensonge.

Dans ses cauchemars, le sourire du tirailleur devenait rictus de douleur, ses lèvres bavaient la guerre, ses yeux suppliaient le retour au pays. Le poing levé du poilu se faisait moignon affreux, pointé vers elle comme une dénonciation implacable, comme une sommation à voir en face ce que la guerre fait aux hommes. L'infirmière se recroquevillait dans le tissu de sa cape, pietà tombée à genoux sous le poids de trop de corps agonisants.

Germaine déchira ses images.

Elle avait onze ans.

Elle déchira les images menteuses de la guerre.

***

— Tu devrais avoir honte, hurla Louise en lui tournant le dos et laissant Germaine les bras ballants, abasourdie, pétrifiée, au beau milieu de la cour de récréation.

Louise était méconnaissable. Elle tremblait de rage. Jamais Germaine ne l'avait vue ainsi, si haineuse, si mauvaise. La colère la rendait laide. Sa bouche semblait vouloir mordre, cracher. Sa voix était aiguë, criarde. Si Louise avait pu la gifler, elle l'aurait fait, elle en crevait d'envie ; elle se retenait, par peur des représailles, mais tout son corps le disait. Germaine s'était attendue à leur complicité habituelle, au début d'un nouveau combat qu'elles mèneraient main dans la main, elle s'était fait la scène dans sa tête. Elle récoltait le fiel et le mépris.

Après les huit jours de permission de son père, elle était revenue à l'école. Elle avait le cœur lourd. C'était inavouable ; Louise n'aurait pas compris, pas plus que Mlle Régis qui l'avait accueillie en lui disant qu'elle espérait qu'elle avait profité de son père et en lui rappelant la chance qu'elle avait eue de le voir si longtemps. Oui, elle avait de la chance, elle le savait. Oui, ces huit jours avaient été sensationnels. Mais le bref retour de Gaston avait laissé tant de tristesse dans la maison, plus encore que son premier départ. Anne ne chantait plus ; elle se forçait à sourire, pour donner le change, mais elle débordait de peine. Germaine la vit, la nuit, devant la fenêtre, immobile, s'entourant elle-même de ses bras, grelottant dans le noir, secouée de larmes qu'elle tenait bien enfermées le jour. Elle ne fit jamais aucun bruit, jamais elle ne rejoignit sa mère devant la fenêtre. Mais elle l'avait vue, mais elle avait entendu ses larmes, mais, par la porte entrebâillée, elle avait vu le lit qu'Anne se refusait à faire et elle avait compris.

Le matin de son retour à l'école, en récompense d'un exercice réussi, elle eut droit à une nouvelle image. Mlle Régis, passant dans les rangs, la déposa sur son pupitre pendant que les écolières travaillaient à un exercice d'écriture. C'était à nouveau une image de la guerre, le même poilu au poing levé, celui dont Germaine ne voyait plus que le moignon et que son père avait regardé de ses yeux malheureux. Elle mit l'image dans la poche de sa blouse et, arrivée dans la cour de récréation, devant Louise, elle la déchira et lui expliqua qu'elle avait fait la même chose avec les autres parce qu'elle ne voulait plus de ces images de guerre. Elle était fière d'elle, elle se sentait importante, un brin rebelle. Elle pensait que Louise lui emboîterait le pas, qu'ensemble elles déchireraient leurs images pour cracher à la face de la guerre.

Mais ce n'est pas ce qui se passa. Aux yeux de Louise, Germaine avait trahi, non seulement l'école, la patrie, mais par-dessus tout leurs pères et leur amitié. Pour elle, leur adhésion indéfectible à la cause qui se jouait était le gage de la victoire et elle était convaincue que rien ne devait l'ébranler, pas même les bras arrachés, pas même l'ombre de la mort et les larmes de la nuit. Alors elle hurla, elle hurla sur Germaine, et l'abandonna au beau milieu de la cour pour s'en aller rejoindre un groupe de filles qui discutaient dans un coin.

Germaine la suivit. Elle essaya de s'expliquer, de lui dire que la guerre qu'on leur vendait n'était pas celle qu'elle avait vue dans le regard de son père, que c'était moche ce qu'elle y avait vu, mais sa colère fermait la porte à toute explication. Louise la regardait avec mépris, comme si elle était la dernière des minables. Les larmes lui montèrent aux yeux. Mais rien ne l'attendrissait. Germaine en prit pour son grade.

— Tu racontes n'importe quoi, y a rien de moche dans le courage, tu parles comme une lâche. Toi au moins, tu l'as vu ton père, tu as eu cette chance, pas moi, alors tu ferais bien d'être contente plutôt que de te plaindre ! Et puis, mon père, dans ses lettres, il est fier de ce qu'il fait. Il dit que ça se passe bien. Que ça dure un peu plus que prévu, mais que nos soldats sont vaillants. Qu'il a tout ce qu'il lui faut. Que ce n'est pas si dur que ça et qu'on va finir par les écraser… les Boches ! Tu voudrais quoi ? Que sous prétexte que c'est dur la guerre, on se laisse envahir, on s'écrase et qu'on déroule le tapis rouge aux Teutons ? Eh bien moi je suis pas d'accord. Évidemment que c'est la guerre, mais je te rappelle que c'est pour nous qu'ils se battent nos soldats, pour nous protéger de ces sauvages qui coupent les mains des enfants, elle l'a dit la maîtresse, t'as oublié déjà ? Tu ferais bien de t'en souvenir plutôt que de faire ta chochotte. T'as déchiré tes images, mais je voudrais bien voir la tête que tu vas faire quand la maîtresse te les demandera pour les échanger contre une grande, ça m'étonnerait que tu fasses la maligne là et que tu lui avoues ce que t'as fait !

— Quoi ? Elle a déchiré ses images ? s'offusquaient les filles dont Louise s'était approchée.

Toutes la regardaient avec stupéfaction. Comment pouvait-on faire une chose pareille ?

Germaine était désemparée. Elle aurait voulu filer dans un trou de souris.

Mais elle était en colère aussi. Louise lui faisait la leçon sans rien écouter de ce qu'elle tentait d'expliquer et Germaine ne savait plus quoi lui dire pour lui faire comprendre ; elle était hébétée face à ses arguments alors qu'au fond elle était convaincue d'avoir raison. Mais Louise était tellement hargneuse, et en brandissant la patrie, la maîtresse et les soldats qui se battaient pour elles, elle la faisait passer pour une ingrate, une mauvaise fille.

Louise ne lui adressa plus la parole de toute la journée. Lorsque la cloche sonna la fin de la journée d'école, elle rangea ses affaires et partit à toute vitesse, sans même un regard en direction de Germaine. C'était la première fois, depuis des mois et des mois, qu'elles ne rentraient pas ensemble. Germaine n'avait même plus le souvenir d'avoir traversé seule la place Constantin-Pecqueur ; ce jour-là la place lui sembla presque inconnue. Comme si, privée d'une paire d'yeux, Germaine perdait tout repère et se trouvait dès lors en terrain étranger. Elle rentra chez elle en courant. Arrivée à l'appartement, elle jeta son cartable et s'effondra sur son lit.

Quand sa mère revint du travail, elle la trouva en larmes, recroquevillée dans son lit. Anne eut un moment de panique en la voyant comme ça, pensant qu'il était arrivé un drame, ce qui pour Germaine était bien le cas. Germaine lui expliqua, en sanglotant, les images déchirées, le bras de Daniel, la nausée, toutes les méchancetés que Louise lui avait assénées et les regards horrifiés de toutes qui la condamnaient. Anne s'assit près d'elle, sur le lit. Germaine posa sa tête sur ses genoux. Tout en lui parlant, Anne caressait ses cheveux.

— Elle est jalouse ta Louise, ça va pas plus loin que ça ma grande, et ça l'a rendue méchante. La jalousie c'est un vrai poison, ça fait dire des mots qui dépassent la pensée, pour blesser, mais ça ne veut pas dire que c'est la fin de votre amitié et elle doit être bien malheureuse à l'heure qu'il est Louise, je peux te le dire. Bien sûr, elle n'aurait pas dû te parler comme ça et je comprends que tu sois en colère et que tu la détestes, comme tu dis.

— Jalouse de quoi ? De quoi tu veux qu'elle soit jalouse ? Elle a tout, et même bien plus, elle s'en vante même de pouvoir s'acheter tout ce qu'elle veut.

— C'est pas d'argent que je te parle. Ça ne suffit pas l'argent. Sa vie à Louise, en ce moment, c'est pas réjouissant. Tu m'as dit toi-même qu'avec sa maman elles passent leur temps à se disputer, qu'elles ne font rien ensemble et que Louise ne parle que de son père qu'elle n'a toujours pas revu depuis le début de la guerre. Toi, tu as passé plusieurs jours délicieux avec le tien quand il est revenu en permission, et je ne parle pas que du chocolat et des petits financiers ! Ça vaut tout l'or du monde et ça doit être difficile pour Louise de faire la comparaison, elle ne doit pas pouvoir s'en empêcher. Alors les images, ça a été la goutte d'eau qui a fait déborder le vase. Allez viens, lança Anne en lui tapotant le dos, j'ai une idée, on va faire des crêpes !

Les crêpes, pour chasser le cafard, ça marche. Peu à peu, les arguments d'Anne firent leur chemin. La guerre était cruelle pour Louise, plus que pour Germaine. On n'est pas égaux face à la guerre. Certains la traversent sans trop d'à-coups, sans trop d'échos profonds, certains sont plus épargnés que d'autres. Certaines enfances la voient glisser, au loin, sans être atteintes au cœur, sans qu'elle déchire leur univers. Pour d'autres, c'est une autre affaire… et Louise, comme d'autres, elle la prenait de plein fouet. Tout son monde a commencé à s'écrouler, alors si en plus la guerre perdait son sens, c'était impossible. Il fallait bien que tout cela ait une raison d'être, plus forte que les douleurs, à quoi bon sinon ?

***

Un jour de 1916. On devait être en novembre. Les journées étaient courtes et froides déjà. Louise et Germaine se rendirent à la menuiserie, cela faisait un moment qu'elles n'y étaient pas allées. Louise était emmitouflée dans son manteau de laine et dans sa grosse écharpe rouge qu'elle tournait plusieurs fois autour de son cou. Germaine portait une épaisse pèlerine bleu marine à capuche qui lui descendait sous les genoux.

À leur arrivée, Monsieur André s'amusa de leurs bouts de nez tout rouges et il les enlaça toutes les deux dans ses bras qui leur paraissaient être de géant et qui semblaient pouvoir les protéger de tout. C'était un colosse ce Monsieur André, doux comme un agneau mais grand comme une montagne. Ses mains devaient faire deux fois les leurs ; elles étaient puissantes et râpeuses comme le sont les mains de ceux qui en font leur outil de travail, des mains de fumeur de tabac brun, jaunies aux phalanges, aux ongles noircis sur leur pourtour par les poussières de bois et les huiles des machines.

Il les attrapa chacune à leur tour sous les bras, les soulevant dans les airs pour les asseoir ensuite sur un coin d'établi, approcha une chaise et s'installa en face d'elles, prêt à tailler la bavette, comme il disait.

Il était manifestement heureux de les voir. Cette jeunesse sautillante apportait un peu de joie dans sa vie assombrie par le départ de ses garçons, grands déjà, mais qui restaient pour lui et pour toujours ses petits en culottes courtes et aux genoux écorchés.

Ils avaient beau, tous les deux, avoir atteint sa taille et être devenus de jeunes hommes solides, Monsieur André posait toujours sur eux son regard de père attentif et un brin inquiet. Celui d'un père qui avait dû élever seul des enfants qui avaient, trop jeunes, perdu leur mère. Il avait tenté, avec bienveillance, d'adoucir cette perte et de combler ce manque qu'il savait à la fois infini et ineffable.

Malgré la pression, tant familiale que sociale, parce qu'enfin, un homme seul avec deux enfants c'est pas son boulot, il ne saura pas s'y prendre, Monsieur André ne s'était pas remarié.

Pas l'envie... pas le courage... pas trouvé celle qui, si tant est qu'elle puisse exister. Comment même imaginer remplacer Sara, si parfaitement faite pour être là dans ses bras et qui était la vie et qui mettait de la joie partout ? Celle qui devait lui succéder ne pouvait seulement remplir une fonction, être là juste pour faire les gestes d'une mère, cela n'aurait pas suffi.

Monsieur André était un romantique, il lui aurait fallu le frémissement, le cœur en chamade, au moins un peu, pour envisager une nouvelle union. Faute de frisson, il avait été père et mère tour à tour, ou à la fois, enfin comme il avait pu, du mieux qu'il avait pu. Il avait mêlé les rôles qu'on dit paternel et maternel. Il l'avait fait avec naturel, sans trop se poser de questions, et ce n'est pas tellement cette fusion qui lui avait paru difficile, car finalement, quoi qu'on en dise, la tendresse d'une mère ou celle d'un père, est-ce si différent ?

Non, ce qui était dur pour André dans sa relation avec ses enfants, ce n'était pas cette histoire de fonctions à remplir, de rôles à tenir. Ce qui était dur, c'était d'être seul, sans Sara, sans son avis, de ne pas avoir auprès de lui celle qui aurait soutenu ses décisions ou au contraire les aurait contestées, de ne pas pouvoir en discuter et de supporter seul le risque de la décision qui pouvait ne pas être la bonne. Ça, c'était dur.

Et aujourd'hui, ses deux fils étaient à la guerre, partis aux premières heures de la mobilisation, la mort dans l'âme mais résignés, comme beaucoup.

Et Monsieur André était seul avec son inquiétude de père et de mère, une inquiétude si grosse de ne pouvoir être partagée et épanchée, si grosse aussi de ne pouvoir épauler en retour, ce qui, on le sait bien, aide à s'alléger soi-même.

Ses deux fils, à la guerre…

Eux qui envisageaient l'achat d'un tandem pour aller voir la mer un jour en pédalant de concert, ils avaient pris le train pour leur premier voyage et c'était pas la mer bleue qu'il y avait au bout.

Et Monsieur André pensait au tandem, souvent, et à ses deux grands fils dessus. C'était mieux de les imaginer comme ça que là où ils étaient en ce moment.

— Alors les inséparables, racontez, ça va comment l'école ? Pas trop dur ? Vous tenez le coup avec tout ce qu'on vous fait entrer dans le ciboulot ?

Germaine et Louise lui racontaient leurs vies, rivalisant d'anecdotes en espérant qu'elles déclencheraient son fameux rire qui lui secouait le ventre et qu'elles tentaient de reproduire quand elles se retrouvaient toutes les deux, soulevant leurs chandails et ramollissant du mieux qu'elles pouvaient le ventre pour qu'il ballotte comme celui de Monsieur André.

Tout à coup, Monsieur André se leva et son visage devint sévère. Comme si les traits de sa figure avaient été tirés vers le bas.

Surprises par ce changement radical, Louise et Germaine se retournèrent dans un même élan.

Marthe, la mère de Louise, entrait dans l'atelier, accompagnée d'un homme que ni l'une ni l'autre n'avait jamais vu.

Elle portait une robe claire qui lui descendait jusqu'aux chevilles et qui marquait élégamment sa taille. Les manches longues se resserraient aux poignets avec de petits boutons de tissu. Ses cheveux blonds étaient remontés en un chignon bouffant qui mettait en valeur l'ovale de son visage. Dans sa main, elle tenait un chapeau qu'elle balançait au rythme de ses pas. Elle était vraiment jolie, il n'y avait pas à dire. Elle riait. Elle minaudait. Cela ne pouvait échapper à personne. Pas même à Germaine et Louise pourtant peu expérimentées en la matière mais qui sentirent comme une gêne à la voir ondoyer de la sorte.

Quand elle vit les filles, Marthe cessa de rire et se dirigea vers elles, le regard altier, suivie de l'homme qui l'accompagnait. Elle en oublia de leur demander ce qu'elles faisaient là et de leur reprocher leur présence dans l'atelier, comme elle oublia de reprocher à Monsieur André la pause qu'il prenait au lieu d'être à son poste de travail.

— Monsieur Leduc, Clément Leduc, le nouveau gestionnaire de la menuiserie, qui vient nous prêter main-forte en l'absence de Roger, et Dieu sait si on en a besoin.

C'est ainsi qu'elle leur présenta le nouveau venu.

Monsieur André s'inclina légèrement et lui serra la main en lui souhaitant la bienvenue, sans grande chaleur ni enthousiasme, mais poliment.

Les deux paires d'yeux des gamines se braquèrent sur ces mains. Deux mains si différentes. Pas faites pour se rencontrer. Pas faites pour se serrer. Qui se serrent parce que c'est l'usage, mais qui frottent, qui râpent deux réalités, qui éloignent en se touchant tant elles révèlent des vies étrangères l'une à l'autre.

Clément Leduc était le cousin d'une amie d'enfance de Marthe. Il devait avoir dans les trente ans. Il était grand, brun. Il portait une moustache savamment taillée, toute fine, qui semblait doubler ses lèvres minces et barrait horizontalement son visage, comme une balafre poilue. Ses yeux ronds et clairs étaient surmontés de sourcils fournis, presque broussailleux. Ça lui donnait un drôle de regard, fixe et fuyant en même temps. Des yeux comme des billes de verre enfoncées par erreur dans ce visage-là.

Son complet sombre, parfaitement coupé et égayé d'une pochette de soie bleue, témoignait de l'attention qu'il portait à son apparence, de l'aisance matérielle qui la permet et de l'assurance d'un homme né avec une petite cuillère en argent dans la bouche mais qui, pas un instant, ne s'interroge sur la vanité de ce hasard.

En réalité, plus que la qualité du complet lui-même, c'était sa façon de se tenir qui dégageait cette assurance, qui suintait de suffisance et que même les enfants qu'étaient Louise et Germaine pouvaient ressentir.

Tout dans ses gestes, dans le mouvement de son corps disait la certitude de sa position et le contentement de sa condition, au-dessus de tous ceux qui se trouvaient là.

On en connaît des comme ça. Ils ont toujours existé.

De ceux qui croient que leur naissance ou leur fortune leur fait couler un fluide meilleur dans les veines et leur donne droit sur le monde et autorité sur les hommes.

De ceux qui, comme dirait l'ami Figaro, veulent jouter alors qu'ils se sont juste donné la peine de naître.

Leduc était de ceux-là, à faire le jars, prédisposé peut-être par son patronyme et conforté sans aucun doute par son éducation, à gonfler le torse face au commun des hommes.

Fier. C'est le premier qualificatif qui vint à Louise quand, avec Germaine, elles quittèrent la menuiserie. Remontant la rue Damrémont, une fois sûre que plus personne ne pouvait les entendre, Louise lâcha avec une moue de mépris :

— Il est fier.

— Exactement, répondit Germaine, il est fier, et on se demande bien pourquoi.

Ça lui est resté d'ailleurs comme surnom au Leduc, estampillé au premier coup d'œil. Elles disaient « le fier », en appuyant bien sur le « è », en faisant traîner le monosyllabe, quand elles parlaient de lui et qu'elles ne voulaient pas que d'autres sachent de qui il s'agissait.

Cela les réjouissait de pouvoir, d'un mot, le faire dégringoler du piédestal sur lequel il s'était juché tout seul.

— Et pourquoi il est pas à la guerre, lui ? Tu peux me le dire, toi ? Il a pas l'air malade, il tient sur ses deux jambes, il a ses deux bras, il a même pas de lunettes ! Comment ça se fait qu'il est là, tranquille, à faire le beau, à faire l'important, tandis que nos pères et les fils de Monsieur André ils y sont eux, et qu'ils se battent pour défendre le pays contre ces satanés Boches ? Et lui, qui est là à se tortiller comme s'il était le chef, alors qu'il est chef de rien du tout, tandis que les autres eux au moins ils servent à quelque chose.

« C'est un lâche, c'est sûr ! Il peut bien prendre ses grands airs, c'est un lâche, un planqué, c'est tout. Tu vas voir quand mon père va revenir, il va bien le remettre à sa place, j'ai hâte de voir ça ! Il fera moins le malin et y sera moins fier, le fier, quand y sera devant mon père, ajouta Louise dans un ricanement. Haha, il me tarde de voir ça !

Elles ne surent jamais pourquoi il n'y était pas à la guerre le Leduc. Lorsque, le soir même, Louise posa la question à sa mère, la discussion tourna vinaigre. Il faut dire que Louise voulut utiliser un mot nouveau que Mlle Régis avait employé, qui les avait remplies d'horreur et d'écœurement et qui représentait pour elles le summum de la bassesse. Elle dit que de toute évidence c'était un « embusqué », sans mesurer l'effet que cela allait produire, du moins elle ne s'en soucia pas, ou pour être plus juste, elle utilisa volontairement le terme infâme pour voir la réaction de sa mère, pour la faire enrager et pour signaler d'emblée que le Leduc dans la menuiserie et qui prenait des airs de chef, à la place de son père, ça ne lui plaisait pas du tout.

Ça n'a pas fait un pli ! Elle a reçu une paire de gifles, un aller-retour bien cinglant qui lui a laissé une griffure sur le bas de la joue, marque de la pierre brillante que Marthe portait à l'annulaire ; une paire de gifles pour lui apprendre le respect et à tenir sa place et sa langue par la même occasion.

Louise n'en a pas reparlé. De ce point de vue c'était réussi, et devant sa mère elle veillait à tourner sept fois sa langue dans sa bouche avant de parler. Mais elle n'en pensait pas moins. Et cette paire de gifles a durablement sapé les relations entre elles. Avec le fier, c'était déjà mal parti, mais depuis cet incident, le moindre rapprochement était devenu inenvisageable.

Durant plusieurs jours, Louise a tripoté sa griffure, la pinçant, la grattant, la malaxant, tout ça pour éviter qu'elle ne disparaisse trop vite ; elle la voulait visible et sanguinolente ; c'était la marque de son désaccord, sa blessure de guerre, qui la différenciait ostensiblement des Leduc de tout poil et qui la rapprochait de son père et des héros du front. Sa griffure rouge et sale… c'était son père envoyé au visage de sa mère. C'était sa fidélité contre la félonie, sa grandeur, la marque des braves.

***

Il fallait bien que cela arrive.

Cela ne pouvait pas seulement arriver aux autres, même si au fond on aurait préféré. Ça ne se fait pas de dire ça, qu'on préférerait que ça arrive aux autres, mais bien sûr que c'est vrai, que quand ça arrive aux autres, on a beau frémir et compatir, c'est plus loin, ça déchire moins, ça dévaste moins, malgré tout. Mais ça peut dévaster quand même.

Ça avait commencé par les autres, dans les vies des autres, celle de la folle à la lettre, celle de commerçants qui avaient descendu les rideaux métalliques et placardé dessus un avis de décès, celle de femmes qui avaient abaissé sur leur visage un voile noir, claquemurées dans leur peine que le fin tissu disait tout en la contenant, tout en l'empêchant de courir le monde, de s'y déverser, illusoire rempart. Et puis ça s'était rapproché, peu à peu, en cercles qui se resserrent, en cercles qui enserrent au point de faire hoqueter le souffle, et peu à peu chacun respirait moins bien, peu à peu la peur empoignait le cœur et elle serrait, serrait. La menace paradait, si grande face aux frêles prières, et les corps tremblaient d'être ainsi cernés, d'être traînés dans la douleur macabre qui aspirait, bruyamment, goulûment, de plus en plus près.

Il y eut une voisine d'abord, Mme Levy, la voisine de palier, une grande femme à l'allure un peu dégingandée, embarrassée d'un corps trop long, celle du troisième étage, à droite, la porte en face, la même que celle de Germaine, mais de l'autre côté du palier, en face, juste quelques mètres d'écart qui étaient devenus un abîme.

L'abîme s'était ouvert un soir, impossible de dire quand précisément, faisait-il chaud, froid, les soirées étaient-elles longues d'été, la pluie glissait-elle aux carreaux, le givre craquait-il aux arbres ?

Impossible à dire, la secousse avait percuté la mémoire de Germaine, jusqu'à en effacer le monde autour, jusqu'à rendre absente la marque du temps, jusqu'à balayer les repères des odeurs et des lumières qui creusent les souvenirs et les ancrent au cerveau.

Mais depuis ce jour, depuis Mme Levy, le palier la faisait frissonner. Ce palier qui n'était rien, ce palier qui n'avait eu jusque-là aucune existence réelle pour Germaine, qui n'était rien que là et ne signifiait rien, espace c'est tout, sans nécessité d'y mettre du sens, qu'elle foulait aux pieds avec légèreté, inconsistant, l'espace des bonjours et des sourires entre voisins, des petites nouvelles rapidement données et vite oubliées.

À partir de ce soir-là qui avait confirmé ses craintes et ses peurs, la porte d'en face ouvrait sur les larmes qui cognaient de l'intérieur et qui ne demandaient qu'à engloutir le monde, et sur le palier, on risquait la rencontre.

Germaine était effrayée que la porte s'ouvre ou qu'elle cède et qu'alors les larmes franchissent le seuil et l'attrapent et la noient, alors elle allait vite, les clés déjà dans les mains dès le premier étage pour rentrer au plus vite, pour survoler le gouffre du palier funeste et surtout n'y pas croiser Mme Levy ou pire, son mari, se réfugier derrière sa porte à elle qui tenait bon encore et éviter le face-à-face avec ce qu'il convient bien d'appeler le malheur.

C'était ça qu'était devenu le palier.

Le face-à-face possible et redouté avec le malheur et la peur que ce malheur, sournoisement, ne s'étende et ne l'atteigne à son tour, comme une contagion incontrôlable, comme une épidémie de guerre, trop proche pour être tenue véritablement à distance et qu'à tout moment on risquait d'attraper.

Par deux fois, il lui avait sauté au visage.

La première fois, elle rentrait de l'école. Elle chantonnait dans l'escalier en balançant son cartable. Elle s'amusait à monter trois marches puis à en redescendre une, puis à remonter. Promenons-nous dans les bois, pendant que le loup n'y est pas. Elle prenait une voix de gorge, si le loup y était... Il ne lui restait que quelques marches avant d'atteindre le palier lorsqu'elle entendit une porte grincer, la porte de droite. Elle ne put s'empêcher de regarder. Par l'entrebâillement de la porte, elle aperçut, dans la pénombre, un visage, du moins ce qu'il en restait, deux yeux, des trous noirs comme la nuit qui mangeaient la face, et une mâchoire qui semblait pendre, et une respiration sifflante et rauque, comme un animal à l'affût. De terreur, elle fit tomber ses clés. Elle se pencha pour les ramasser. Très doucement et tremblante, elle se releva. La porte était refermée. Était-ce possible que ce soit lui ? Caché comme un animal dans son terrier, derrière la porte, et qui peut-être était juste là, encore derrière la porte, à respirer son râle déchirant. Ce M. Levy dont sa mère lui avait dit qu'il était revenu de la guerre mais qu'il était malade et qu'il fallait éviter de faire du bruit pour ne pas le déranger. Elle rentra chez elle à toute vitesse, essoufflée, non d'avoir monté les escaliers mais épouvantée de ce qu'elle avait vu, de ce qu'elle avait mal vu, juste entraperçu, et que, à chaque seconde qui passait, son imagination amplifiait.

La seconde fois, c'était le soir. Germaine était couchée. À trois reprises déjà, appelée par sa fille, Anne était revenue l'embrasser. Allez, ça suffit, maintenant tu dors, je ne veux plus t'entendre. En ces temps troublés, Germaine avait des difficultés à s'endormir et rappelait souvent sa mère pour un dernier baiser. Germaine commençait enfin à sombrer dans le sommeil lorsqu'elle entendit pleurer. Elle se leva sans bruit, ouvrit la porte de sa chambre et se faufila sur la pointe de ses pieds nus dans le couloir. Rasant les murs, elle s'arrêta juste avant la porte du salon, là d'où venaient les pleurs. Elle resta immobile, cachée, retenant son souffle et tendant l'oreille comme le font les enfants espions, dans l'obscurité du couloir. La voisine, Mme Levy, pleurait des sanglots profonds et Anne tentait de la consoler.

Entre les larmes, Germaine attrapa quelques mots, décousus, pas toujours bien compris, blessé, gravement, revenu, trépané, méconnaissable, méchant, hurlant, je n'y arriverai pas, répété plusieurs fois, je n'y arriverai pas, je ne peux pas, comment faire, comment faire, quelle vie possible comme ça ? Un chaos verbal, des mots terrifiants, monstrueux enfants de la guerre, des mots qui percutaient, comme les armes qui les avaient fait naître, les murs étroits du couloir, dans tous les sens, un vertige. Et des pleurs qui ne cessaient pas et qui recommençaient et qui redoublaient après s'être faussement calmés. Les mots qui revenaient noyés de sanglots, des mots qui pleuraient, des pleurs qui parlaient, tout mélangés et roulant dans une gorge qui s'asphyxiait d'une angoisse indicible.

Les jambes de Germaine tremblaient. Elle retourna dans son lit. La nuit faisait des ombres qui s'approchaient d'elle, comme dans une danse macabre médiévale. Germaine les reconnaissait, c'était la tête de M. Levy, qui s'étirait, qui tournoyait, qui voulait l'avaler, la badigeonner de sang sale, qui se multipliait, la tête de M. Levy, scalpée, avec des mains de squelette qui la balançaient par les cheveux juste au-dessus de sa tête à elle, avec des rires épouvantables, la tête de M. Levy, hideuse, avec des os qui s'en échappaient, avec ses yeux qui pendaient au bout d'un nerf sanguinolent. Germaine remonta les draps, très haut, jusqu'au visage, par-dessus son visage, en y agrippant ses mains. Elle attendit, espérant que sa mère arrive et que les pleurs cessent, bougeant le moins possible pour tromper les ombres, pour se faire invisible dans sa grotte de tissu et qu'elles aillent chasser ailleurs.

Elle avait ouvert les yeux. Sa mère caressait son visage. C'était le matin. Elle avait dormi, le sommeil avait fini par l'emporter. La nuit avait donc passé et le jour s'était levé quand même. Mais les mots et les pleurs de Mme Levy n'avaient pas disparu, en traversant le palier ils avaient franchi son espace. Mauvais augures, ils s'étaient incrustés.

Anne avait les yeux clairs, ceux des nuits sans sommeil.

***

— Antoine est revenu !

C'est Louise qui lui annonça la nouvelle.

Elle attendait Germaine, comme tous les matins d'école, au coin de la rue Lepic pour faire le chemin ensemble. Elle trépignait d'impatience. De loin, Germaine la voyait s'agiter, passer d'une jambe sur l'autre ; de loin, Germaine savait que Louise avait quelque chose d'important à lui dire. Dès qu'elle l'aperçut, Louise courut vers elle en criant : « Il est revenu, Antoine est revenu ! » Enfin une bonne nouvelle. Antoine, le fils cadet de Monsieur André, que Germaine aimait secrètement ; à vrai dire c'était un secret de polichinelle car quand on parlait de lui ou que Germaine le voyait arriver, les étincelles dans ses yeux ne faisaient de doute pour personne, et l'on souriait de cet amour d'enfant pourtant très sérieux, comme le sont toujours les amours d'enfant.

De sa mère il avait hérité le noir des yeux et des cheveux et la peau mate du sud de l'Italie. Il était beau. Il était bien plus âgé qu'elle, mais ça n'empêchait pas Germaine d'aimer. Les quelques fois où elle l'avait vu, il avait dit « Bonjour princesse » en souriant, une formule bien sûr, mais que Germaine se répétait intérieurement, ravie et comblée. Il était son fiancé secret du front, elle l'attendait, elle l'espérait, elle lui avait fait place dans ses prières. Quand elle se couchait le soir, elle serrait ses mains l'une contre l'autre et elle demandait à Dieu, au petit Jésus et à Marie de protéger son père et le père de Louise et Antoine, elle priait très fort dans sa tête, en serrant fort fort ses mains et les yeux bien fermés pour que sa prière soit puissante et qu'elle atteigne ses destinataires. Alors le retour d'Antoine, elle y était un peu pour quelque chose, même s'il n'en savait rien. Elle savait qu'elle n'était qu'une petite fille à ses yeux, mais elle se disait que le temps passant, l'écart des ans finirait par compter pour rien, qu'un jour elle serait jeune fille, alors peut-être... Elle souhaitait grandir vite.

Quelle joie à l'annonce de son retour !

Toute la journée, Germaine avait pensé à lui et, dans le ventre, elle avait comme un sourire intérieur. Toute la journée, elle avait remercié Dieu et le petit Jésus et Marie d'avoir entendu ses prières ; elle les avait remerciés tour à tour et tous ensemble aussi, ne sachant pas s'il fallait les distinguer ou pas dans les remerciements qu'elle leur adressait. Alors dans le doute, elle passait de l'un à l'autre, puis faisait une prière commune, mieux valait en faire plus que pas assez et n'en oublier aucun, se disait-elle. Elle se promit d'aller brûler un cierge à l'église Saint-Jean de Montmartre, sur la place des Abbesses, pour eux tous qui avaient fait revenir Antoine. À plusieurs reprises, Mlle Régis dut la rappeler à l'ordre : « Germaine, tu es avec nous ou tu comptes rester dans la lune toute la journée ? » Louise avait ricané : « J'sais bien où t'es, moi, et c'est pas sur la lune ! »

Pas une seconde elle ne s'interrogea sur ce retour prématuré d'Antoine, alors que tous y étaient encore et qu'on en envoyait d'autres, encore et encore. Il était revenu, voilà tout.

Simplement, les choses ne se sont pas passées comme elle l'avait imaginé. Elle le comprit dès qu'elle l'aperçut, le dimanche qui suivit. Elle se redressait, sous les applaudissements de Louise, d'un cochon pendu effectué sur la branche de leur cerisier du square Nadar lorsque Louise, pointant son doigt vers l'entrée du jardin, s'écria : « Y a Monsieur André là-bas avec Antoine, regarde ! » Elles sautèrent au bas du cerisier et coururent dans leur direction en agitant les bras en tous sens pour qu'ils les voient. Germaine avait le cœur battant. Arrivées à leur hauteur, elles se figèrent. Antoine les regardait sans même les voir. Il s'agrippait au bras de son père. Il semblait ne pas les reconnaître.

— C'est Louise et Germaine, tu te souviens ? lui dit Monsieur André.

— Oui, oui, répondit-il d'une voix atone en esquissant un vague sourire.

Germaine avait la gorge serrée. Elle eût aimé, oh non, bien plus qu'aimé, elle eût tout donné pour cela, que son regard s'attarde sur elle et qu'y frémisse la princesse qui y était née. Mais il glissait sans que rien ne l'attache. Germaine ressentit alors un grand vide. Un creux dans son ventre. Et là, dans ce creux, sa haine de la guerre qui s'incrustait et qui gonflait. Qu'était devenu Antoine, son fiancé secret ? À quoi avaient servi ses prières, si c'était pour ça ?

Antoine avait rejoint les las-de-vivre. Ce qu'il avait vécu, là, pendant ces mois de guerre, l'avait aspiré ; on l'avait éteint ; le noir intense et brillant de ses yeux et de ses cheveux avait perdu sa lumière, c'était un noir devenu gris, obscur, vidé de l'au-delà du noir.

Antoine n'était pas mort, mais il n'était plus là, il était effacé à l'intérieur. Il restait assis, sur une chaise, dans un fauteuil, les yeux retournés au-dedans, dans une absence vibrante. Peut-être se cherchait-il lui aussi. Parfois, ses jambes et ses bras tremblaient, sans contrôle, il fallait attendre que l'agitation s'arrête, on ne savait pas pourquoi elle avait commencé, on ne savait pas non plus pourquoi elle s'arrêtait.

La nuit, parfois, offrait quelques heures de repos, parfois seulement. Car d'autres fois les cris la lacéraient.

Celui d'avant, celui qu'on connaissait comme Antoine, n'était pas revenu. C'était un tremblant du jour et un agité de la nuit désormais.

Certains parlaient de baptême du feu, pour ces jeunes hommes partis combattre sur des fronts qu'on n'en finissait pas de percer pour rien. Mais un baptême suppose une naissance ; c'est l'idée, c'est le principe même du baptême de faire naître à quelque chose.

Le feu, ça oui, il y avait eu. Mais de naissance, pour Antoine, c'était même indécent. Il était né à rien ; rien, c'est là qu'il avait atterri, les dents serrées, c'est là que la guerre l'avait envoyé. Il y avait un écran entre lui et le monde, il avait été avalé, c'est l'inverse d'une naissance. Il y avait eu trop de sang, de morts, de cris, de peur, tant de visages déchirés et de visages épouvantés, stupéfiés, trop de bruit, de tremblements, de boue et de poussière. Tellement de cris qui criaient encore au fond de sa tête, comme un tragique fond sonore qui ne s'arrêtait pas, qui roulait en cognant dans son crâne. Des mâchoires démantibulées dégoulinant de sang, des tendons déchirés, traînant dans la terre. Et tous ces pauvres yeux, tous ces pauvres yeux sortis de leurs orbites qui le suivaient partout, dont il ne parvenait pas à se défaire, qui restaient là plantés face à lui, dans ses yeux à lui, continuant à hurler de l'intérieur, à lui hurler dedans. Sacré baptême.

Le médecin chez qui Monsieur André emmena son fils écouta sérieusement, quoique un peu rapidement. Monsieur André essaya d'expliquer, ne sachant pas trop comment dire les choses à la place d'Antoine. Antoine ne parla quasiment pas. Alors Monsieur André tenta de trouver les mots pour que le médecin comprenne, sans offenser Antoine, sans le diminuer plus qu'il ne l'était déjà, sans employer des mots qui auraient pu sembler définitifs, sans renvoyer à Antoine, devant un étranger, fût-il médecin, une image de lui-même à jamais dégradée. Il parla de cette espèce d'absence, il évoqua les tremblements, les yeux de terreur, les nuits déchirées par les cris. Le médecin voulut se montrer rassurant.

— C'est typique, expliqua-t-il, nombre de jeunes hommes revenus de la guerre souffrent de ces symptômes, cela va disparaître avec le temps.

Bon, c'était typique, d'accord, piètre consolation. Et le temps devrait « arranger ça ». Mais maintenant, là, on fait comment ? Comment on l'aide à se sortir du rien ?

— C'est une mélancolie, il a été émotionné. Je vous le répète, c'est typique, j'en vois des dizaines comme lui, ça ne va pas durer. Le repos va l'aider, puis la reprise du travail, cela lui fera du bien de retrouver de l'activité, ajouta-t-il encore d'un air presque assuré, satisfait de son idée. On se revoit dans quelque temps, et si ça ne passe pas, on envisagera une cure.

Monsieur André n'écoutait plus vraiment, il regardait son fils. La reprise du travail. Comment pouvait-on seulement l'imaginer quand on regardait Antoine ? Et le repos ? Mais il n'y avait pas de repos ! Il se souvenait de l'expression, le « repos du guerrier », il l'avait entendue déjà, peut-être même employée, avant, quand la guerre était juste une idée, c'était le repos du guerrier mais sans la guerre. Ou alors l'expression s'attachait à des temps très anciens, à des images de la mythologie homérique et il n'avait vu alors que les corps des héros fatigués d'avoir tant combattu, des corps avachis après la bataille, ronflant de l'alcool ingurgité et des femmes caressées, mais jamais leur chaos intérieur. Et pourtant les repos des Ulysse et des Achille n'avaient pas dû être simples eux non plus, mais on s'était bien gardé d'en faire toute une histoire, on avait oublié de raconter comment ça s'était passé, après, dans les plaies de leur mémoire. Où l'avaient-ils trouvé, s'ils l'avaient trouvé, ce repos vanté par les poètes ? Monsieur André n'en voyait pas le début pour Antoine. On était dans un vide souffrant, le nommer mélancolie ne changeait rien à l'affaire.

Antoine ne disait rien, il ne semblait pas vraiment là. Monsieur André lui secouait le bras, espérant une réaction, même minime. Il s'en voulait. Il n'avait pas su le rendre fort, il en était honteux. C'était lui, le responsable. Il avait été trop tendre dans son éducation. Il n'avait pas su en faire un homme, un vrai, qui se relève quand il est à terre, qui se redresse, qui ne s'effondre pas, qui ne renonce pas, qui fait face aux coups durs de la vie. C'est ça un homme, c'est ça qu'il aurait dû lui apprendre. Il aurait dû être plus viril, plutôt que de le choyer, plutôt que de le câliner à la moindre écorchure, au moindre bobo, il aurait dû le secouer quand il était gamin. Cela l'aurait endurci, il aurait appris à encaisser, et on n'en serait pas là aujourd'hui.

La consultation prit fin. Ils repartirent. Monsieur André essayait de se convaincre, peut-être le médecin avait-il quand même un peu raison, le temps, le calme extérieur retrouvé... Oui, peut-être. Mais il voyait bien Monsieur André que le calme extérieur percutait au corps d'Antoine, que le calme alentour semblait même le briser plus encore en faisant place au tumulte en dedans, que le calme agitait le tumulte au lieu de l'adoucir, qu'il le secouait au lieu de le chasser.

Il aurait aimé que la science eût quelque chose à lui apporter. Mais elle butait, la science, sur ces retours désolés, sur la sueur sale de la guerre.

Il fallait de la force, il en fallait beaucoup, pour vivre ces retours-là. Monsieur André donnait toute la sienne, c'était son fils, voilà tout, que faire d'autre ? aurait-il pensé.

Il n'avait pas obtenu d'aménagement de son temps de travail à la menuiserie, le Leduc évidemment s'y était opposé, en bon gestionnaire, on ne se refait pas. Lorsque Antoine était rentré du front, Monsieur André était allé le voir pour discuter d'une solution éventuelle. Il n'avait pas d'idée arrêtée, il espérait trouver quelque chose, il pensait peut-être à des allers-retours réguliers entre l'atelier et la maison, à vélo ça pouvait se faire, ou mieux, à des journées un peu plus courtes, comme ça il pourrait rentrer plus tôt et aider Antoine à revenir. Il pourrait l'emmener marcher au bord de la Seine, en fin de journée, écouter l'eau qui doucement coule, ils pourraient grimper ensemble sur la butte à Montmartre et regarder la ville et le rose du soleil qui se couche sur la pierre. Peu à peu, peut-être, avec de la patience, Antoine reviendrait. Le reste du temps, André mettrait les bouchées doubles au boulot, ne prendrait pas de pauses-déjeuner, ou bien il rattraperait plus tard, quand Antoine serait revenu.

Cela ne fut pas facile pour Monsieur André de frapper au bureau vitré du fond de l'atelier. Leduc le vit arriver. On voyait tout de ce bureau, vitré à cet effet, pour pouvoir surveiller l'atelier. Leduc vit la démarche gênée de Monsieur André qui venait à lui, il l'avait regardé avancer, et juste avant qu'il ne frappe à la porte, il avait enfoui ses yeux dans un dossier, pris un air affairé et il avait attendu un moment avant de répondre afin de bien signaler combien il était absorbé dans le travail, combien c'était à lui de décider du moment où l'on pouvait l'interrompre et combien la visite de Monsieur André ne pouvait que le déranger. Quand Monsieur André entra, il garda les yeux dans son dossier encore un petit moment, il leva la main gauche pour signifier qu'il fallait attendre, ce petit geste qui rappelle que celui qui le fait est maître du temps et qu'il en dispose à son gré, que c'est lui qui accorde son attention quand il le décide. Puis enfin il releva le visage et, du même ton impatient que ses gestes agacés, maugréa :

— Mmh, c'est pour quoi ?

La cause fut vite entendue. Leduc laissa Monsieur André s'empêtrer dans sa recherche des meilleurs mots pour expliquer la situation. Il demanda ce qu'André proposait, s'il avait une solution, ce qu'il avait imaginé ; il attendait, les bras croisés sur son bureau, un petit sourire calé au coin des lèvres. Laissant André avec ses solutions bancales, avec ses allers-retours à vélo et ses journées raccourcies. C'est à ce moment-là que Leduc prit la parole, en suffoquant presque quand Monsieur André évoqua la possibilité de journées plus courtes. Comment André pouvait-il une seconde imaginer la chose possible dans les circonstances actuelles ? Leduc, soulevant ses sourcils broussailleux pour manifester son effarement, n'en revenait pas.

— Vous plaisantez, j'espère, mon cher André. Imaginez que tous se mettent à faire comme vous et à formuler ce type de demande, ce serait ingérable, vous le comprenez bien. On peine déjà avec la main-d'œuvre, alors si les présents commencent à vouloir s'absenter, à vouloir raccourcir leurs journées, je vous le demande, comment peut-on tenir ? Je comprends bien, mon cher, vos difficultés, bien sûr, et n'allez pas croire que je ne compatis pas. Mais comprenez à votre tour que mon rôle à moi est de faire tourner l'entreprise et que si je commence à distribuer des heures par-ci et des heures par-là, je ne donne pas cher de notre avenir, et là des heures, vous en aurez, plus que vous ne le souhaitez, mon cher André, quand on aura mis la clé sous la porte. J'espère bien que vous le comprenez, ce n'est pas contre vous, ni par manque de cœur, bien au contraire, mais moi je dois voir plus haut, c'est mon rôle, sinon tout s'écroule, et ce n'est pas facile, croyez-moi, de devoir faire le boulot au risque de passer pour insensible. Mettez-vous une minute à ma place, vous comprenez bien qu'en ces temps si troublés vous ne pouvez pas ne penser qu'à vous... Il faut raisonner en patriote, hein cher ami. En patriote, tous au combat, où que l'on soit et chacun à sa place, pour la victoire ! Et bien sûr cela exige de petits sacrifices, pour nous tous, mais la victoire est à ce prix. Trouvez une jeune femme pour s'occuper de lui, ça fera du bien à tout le monde, ajouta-t-il avec un clin d'œil, ça, c'est la bonne idée ! Allez, tenez-moi au courant, hein ?

Voilà, c'était réglé, Monsieur André pouvait repartir d'où il venait. Il avait eu droit à une petite leçon d'économie et de bon sens, à une autre de patriotisme minimal et de morale, à deux ou trois « cher ami et cher André » pour ponctuer aimablement, à quelques rappels bien sentis de la difficulté terrible à être chef, et enfin à ce qui se voulait une petite complicité masculine pour terminer. En plus, Leduc lui avait trouvé une solution. Que demande le peuple ?

Monsieur André risquait d'être bien seul, et Antoine... Et Pierre, l'aîné, qui était encore au front et à qui Monsieur André avait juste écrit, afin de ne pas l'inquiéter, qu'Antoine avait besoin de repos. Quelle ironie. Il avait utilisé le même terme que le médecin, avant même d'y avoir conduit Antoine, il avait laissé croire à la même solution, le repos, remède presque miraculeux qui suffirait à faire passer les maux, à panser les blessures invisibles qui agitaient son fils cadet de l'intérieur. Mais Monsieur André ne l'avait écrit à Pierre que pour ne pas l'affoler, il avait minimisé, pour ne pas l'alarmer, alors quand il avait entendu le médecin évoquer le repos comme la voie de la guérison, il n'avait pu s'empêcher de penser que c'était sans doute ce que l'on tirait de sa besace quand on n'avait rien d'autre à offrir.

***

Germaine et Louise rêvaient d'être grandes. Elles sentaient que des choses changeaient en elles. Leurs corps s'agitaient, elles prenaient des centimètres, leurs visages perdaient la rondeur des joues du premier âge, leurs hanches s'ouvraient, leurs seins commençaient à s'arrondir et à dessiner leur forme sous leurs chandails, surtout ceux de Louise qui semblaient plus précoces à devenir ceux d'une femme et que Germaine enviait. Elles passaient des heures à se regarder dans le miroir, à observer la métamorphose qu'elles auraient voulue plus radicale et plus rapide encore.

Lorsque les combats avaient commencé, que leurs pères étaient partis, elles n'étaient encore que de petites filles qui jouaient au cerceau et à la marelle et qui grimpaient au cerisier, insouciantes du monde autour, malgré tout. Tant de choses avaient changé depuis. Elles allaient sur leurs quatorze ans et les longs mois de guerre pesaient lourd à l'échelle de leur vie. Elles avaient hâte de quitter l'enfance, sans se douter que cette impatience adolescente à accélérer le temps se mue avec l'âge en un désir fou de le ralentir. Mais il leur semblait alors qu'en quittant l'enfance elles quitteraient aussi la guerre, tant les deux étaient imbriquées, tant il leur était devenu difficile de penser leur enfance sans la guerre, et plus encore de penser la vie, leur vie, en paix.

Tant de vies étaient chavirées et tant d'autres le seraient encore, pour longtemps.

Il était loin le temps où l'on espérait le retour à Noël. La guerre n'en finissait pas. Il fallait déjà que les armes cessent, allaient-elles enfin cesser ?

Louise n'en doutait pas. Plus la guerre durait, plus son patriotisme se renforçait, plus elle se raidissait dans ses discours guerriers. Même le retour désolant d'Antoine n'était pas parvenu à ébranler ses certitudes. Pire, il légitimait à ses yeux l'exigence et la magnanimité du combat.

— Mais t'as pas vu ce qu'il est devenu Antoine ? Comment tu peux continuer à trouver tout ça beau, alors que c'est triste à mourir et qu'il n'y a rien à tirer de tout ça ? Vraiment je ne te comprends pas, se désolait Germaine.

— Tu t'arrêtes à Antoine et évidemment que c'est triste, moi aussi ça me fait de la peine de le voir comme ça. Mais faut voir plus grand, faut se souvenir du but. On se bat, alors, oui, y a des blessés et des morts, y en a qui reviennent avec des jambes en moins et y en a qui perdent la boule, comme Antoine, c'est sûr, mais d'abord il va peut-être se rétablir, ça va peut-être passer, on n'en sait rien. Et surtout, on n'a pas le choix. Faut qu'on se batte jusqu'au bout, on va tout de même pas se laisser envahir par les Boches !

— Mais qui te dit qu'ils veulent nous envahir les Boches ? Moi j'ai plutôt l'impression que plus personne ne sait pourquoi on se bat et que tout ça est un immense gâchis. Que des deux côtés, c'est le désespoir. Je déteste la guerre, je déteste tout ce qu'elle salit, je déteste tout ce qu'elle dévaste, je déteste ce qu'elle fait aux hommes. Il ne sortira rien de bon de tout ça, il ne peut rien en sortir de bon.

— Bien sûr que tu détestes la guerre, tout le monde déteste la guerre, à part deux ou trois fous furieux ! Mais tu me fais rigoler, quand on te l'impose, faut bien la faire ! Tu m'énerves avec tes bons sentiments, c'est vraiment pas le moment, là ce qu'il faut, c'est tenir, pas se plaindre. Parce que ceux qui sont sur le front, je peux te garantir qu'ils en ont rien à faire de tes états d'âme.

Les inquiétudes ombrageuses de Germaine exaspéraient Louise qui les balayait en raillant ce qu'elle considérait comme un pessimisme de mauvais aloi et comme une sensiblerie enfantine et défaitiste. Les armes cesseraient et la victoire serait au bout, parce qu'elle était juste, parce que le Bien devait triompher face à l'ennemi brutal. Il ne pouvait en être autrement, on avait tant de héros, célèbres ou anonymes, et Louise avait trouvé le sien, qui occupait toutes ses pensées, tous ses rêves.

Son héros, c'était Guynemer, « l'as des as », le bel aviateur au regard fier et droit, le premier Français à avoir abattu en une seule journée, en mai 1917, quatre avions ennemis, comme elle se plaisait à le rappeler.

Avec l'énergie et la conviction qu'elle mettait dans tout ce qu'elle faisait, Louise s'engouffra dans la frénésie qui s'était emparée du pays pour ce si parfait héros moderne, si jeune, si déterminé, avouant sa peur mais affrontant le danger, un chevalier du ciel conscient de la mort mais la regardant en face, le comble de la noblesse, le courage et le talent au service de la patrie.

Elle était à l'affût de toute information le concernant et dans un cahier qu'elle lui avait consacré elle recopiait les articles qui parlaient de lui, réécrivait les exploits qu'il avait accomplis, et elle dessinait bien sûr, son visage, son avion le « Vieux Charles », ses médailles, tout ce qu'elle pouvait trouver sur lui. C'était devenu obsessionnel, elle ne parlait que de lui.

Elle avait découvert une revue intitulée *La Guerre aérienne illustrée* qui comblait ses attentes car elle offrait considérations techniques, récits des exploits d'aviateurs, anecdotes bien senties sur la vie des héros, tableau de chasse des as et des photos aussi. L'une d'entre elles marqua particulièrement Germaine. Louise l'avait découpée et soigneusement collée dans son cahier. Elle avait repris le titre donné par la revue et l'avait recopié en lettres capitales au-dessus de la photo : « Une victime de Guynemer » ; elle avait juste ajouté quelques points d'exclamation, afin de souligner plus fortement encore l'admiration que suscitaient en elle les prouesses du jeune aviateur. Sur la photo, il y avait, au sol, la carcasse d'un avion ennemi, abattu par Guynemer. Louise y voyait un trophée, elle admirait la photo la tête haute, elle souriait de cette belle prise touchée en plein ciel, écrasée et démembrée au sol grâce à l'audace et à l'adresse de son héros qui s'élevait le plus haut possible dans le ciel, plus haut que tous les autres aviateurs, pour piquer ensuite sur l'ennemi qui ne l'avait pas vu venir et qu'il avait alors à sa merci.

Louise montra la photo à Germaine. Elles se faisaient face toutes les deux, assises en tailleur sur le lit de Louise, et Louise tenait son cahier verticalement, bien droit, ouvert à la page où elle avait collé la photo qu'elle regardait en souriant. La scène ressemblait à une fin de safari, comme si Louise exhibait sa propre capture et qu'elle posait elle-même pour la photo. Il y avait de la jubilation dans son sourire, presque de l'extase.

Germaine, elle, avait beau essayer, elle ne parvenait pas à se réjouir de cette carcasse de métal. La nausée qu'elle avait éprouvée devant ses images d'école n'était pas passagère et sa haine de la guerre se renforçait, jusqu'à l'étouffer, devant toutes ces photographies censées vanter les exploits des soldats. La nausée la reprenait, là, devant ce cliché, et une immense tristesse lui faisait monter les larmes aux yeux, cette même tristesse, se souvint-elle, qu'elle avait vue dans les yeux de sa mère, sans la comprendre, ce jour terrible où on nous avait tué Jaurès. Elle souhaitait ardemment la victoire qui mettrait fin à la guerre, mais elle avait perdu la foi et la carcasse lui parlait de mort, le métal lui faisait froid à l'intérieur, elle avait un goût de fer amer dans la bouche, une salive aigre. Il n'y avait pas de cadavre visible sur la photo et c'était presque pire. Germaine aurait préféré finalement. Là, c'était une disparition, une dissolution. Germaine imaginait le corps tellement déchiqueté qu'on n'avait pas pu le montrer. Cela lui était insupportable. Louise au contraire était galvanisée. Germaine avait tenté, au début, de faire semblant d'adhérer à son enthousiasme, mais elle peinait. Et plus elle peinait, plus Louise débordait d'enthousiasme et d'excitation. Elle lui racontait qu'elle dormait la nuit avec son cahier sous son oreiller, qu'elle embrassait la photo de Guynemer avant de s'endormir, qu'elle s'imaginait ses baisers en retour, qu'elle faisait des rêves avec lui.

La mort de Guynemer fut un véritable deuil national ; il avait vingt-deux ans. Il est « tombé en plein ciel de gloire », le 11 septembre 1917, à Poelkapelle, près d'Ypres. La nouvelle de sa disparition fut annoncée quelques jours plus tard ; c'était à la une du *Petit Parisien* du 26 septembre : « Guynemer disparu » en grosses lettres noires et, à droite, la photo du jeune aviateur, en uniforme, ses médailles accrochées à la poitrine, le visage de trois quarts, le regard vers le lointain, déterminé, le regard de Guynemer. Louise ne pleura pas. Elle était triste mais elle ne pleura pas. Elle voulut affronter ce qu'elle considérait comme un deuil personnel avec la dignité qui s'impose à qui admire un héros, elle se voulait à la hauteur, aussi auguste que lui face à la mort. Il avait bravé la mort, elle devait braver la peine, conserver la fierté de ce qu'il avait été et continuer à croire en la victoire. Elle devait poursuivre son héros, le continuer.

Elle décida de mettre fin à son cahier, il serait devenu un linceul de papier, le cahier d'un mort, ce n'était pas ce qu'elle souhaitait. La dernière chose qu'il contenait était une lettre qu'elle avait écrite, une lettre révélant son amour pour Guynemer. Elle aurait aimé l'envoyer à *La Guerre aérienne illustrée* pour qu'elle soit publiée, pour que son amour soit connu de tous, qu'il soit proclamé haut et fort, mais elle n'avait jamais osé.

Un jour de confidences, peu de temps après la mort de l'aviateur, elle la lut à Germaine. Elle avait besoin d'un public, elle ne pouvait laisser sa lettre dormir dans un cahier, il fallait que les mots roulent. Germaine était lasse de cette obsession de Louise et plus d'une fois elle lui avait fermé le clapet en lui disant qu'elle en avait par-dessus la tête de son aviateur et qu'elle aimerait bien la voir changer de rengaine. Mais il était mort. Elle savait que cela l'avait fortement affectée. Même si cela ne se faisait pas, elle se disait aussi que la mort de Guynemer mettrait peut-être fin à cette idée fixe et qu'elles pourraient enfin parler d'autre chose. Sa lettre, c'était son adieu à Guynemer, Germaine n'avait pas le cœur à priver Louise de ce partage.

— Bon, t'es prête ? Tu m'écoutes ? Alors j'y vais. Mais tu vas pas te moquer, hein ? Sinon je lis pas.

— Mais bien sûr que non, je ne vais pas me moquer. Je suis sûre que c'est très beau. Allez, vas-y, lis.

Louise se racla la gorge et se lança dans sa lecture, d'une voix ferme.

— Moi, j'aurais voulu l'amour de Guynemer. Il incarne à mes yeux tous les grands preux de notre grande Histoire ! Il a offert sa vie à sa patrie. Il fut brave, il fut humble, comme le sont les plus grands. Je vois son amour pur, grand et beau, s'élevant au-dessus des hommes comme lui planait au-dessus des combats. Mon plus cher désir aurait été de partager sa vie et de m'envoler bien haut, avec lui, pour toujours ! Il restera dans mon cœur et il me guidera dans la vie, je chérirai sa mémoire jusqu'à mon dernier souffle, mon amour jamais ne s'éteindra car les véritables héros nous élèvent et ne meurent jamais ! Adieu mon aviateur !

Elle ferma son cahier puis releva les yeux vers Germaine. Elle était radieuse, illuminée. Ses pommettes et son visage tout entier, d'ordinaire si pâle, avaient rosi, comme cela lui arrivait toujours quand elle était émue, troublée, embarrassée ou intimidée, ce qui d'ailleurs l'ennuyait beaucoup tant elle avait le sentiment que l'on pouvait alors lire en elle comme dans un livre ouvert. Cette lettre, c'étaient sa première déclaration et son premier aveu amoureux. Elle y avait mis tout le lyrisme qu'elle estimait nécessaire à l'expression de l'amour et toute la ferveur patriotique que Guynemer faisait vibrer en elle. Elle avait pioché dans ses lectures, elle avait pillé les articles, elle s'était remémoré des formules, des tournures, s'était glissée dans une littérature multiséculaire et emparée de tout un vocabulaire qu'elle avait fait sien pour dire son amour éternel. Louise ne faisait jamais rien à moitié.

Germaine, impressionnée par son éloquence et sa conviction, applaudit, comme on applaudit à une plaidoirie brillante.

— Alors ? Qu'est-ce que tu en penses ?

— C'est très bien ! Formidablement écrit.

— C'est tout ? C'est tout ce que tu trouves à dire ? Ça ne t'émeut pas plus que ça ?

— Mais qu'est-ce que tu veux que je dise de plus ? C'est très bien, vraiment. Tu devrais l'envoyer à ta revue, je suis certaine qu'elle la publierait. Mais tu sais bien Louise que je ne suis pas comme toi, ça me fait pas vibrer moi les aviateurs et les héros.

— Ouais, je sais, tu préfères déchirer les images toi !

— Ben oui, on n'est pas pareilles, qu'est-ce que tu veux que je te dise !

En écoutant Louise, Germaine mesurait à quel point elles vivaient la guerre différemment, à quel point elle les conduisait à des visions éloignées du monde et elle ressentait de l'agacement devant l'enthousiasme emphatique et théâtral de Louise qu'elle ne partageait pas, loin s'en faut.

Plus le temps passait, plus Germaine haïssait la guerre et tout ce qui s'y attachait, toutes les valeurs auxquelles elle était censée adhérer, auxquelles on lui enjoignait d'adhérer. Tandis que Louise rêvait des baisers de Guynemer, Germaine, elle, vomissait chaque mot de la guerre, chaque médaille exhibée, chaque uniforme croisé, chaque drapeau brandi ou punaisé sur une carte. Elle ne parvenait plus à faire semblant et avait décidé de tenir tête à Louise. Leurs discussions étaient animées et il n'était pas rare qu'elles se boudent. Plusieurs jours passaient parfois sans qu'elles se parlent, campant sur leurs positions respectives, raidies l'une comme l'autre dans leurs convictions qui s'affirmaient et qui se carambolaient. Mais cela ne durait pas. Il y en avait toujours une qui revenait vers l'autre, et l'autre faisait un bout du chemin. L'attachement qu'elles avaient l'une pour l'autre était plus fort, malgré tout, que ces différences, même s'il fallait faire un effort pour se comprendre. Elles retrouvaient alors les rires et les confidences qui avaient baigné leur enfance, elles se serraient dans les bras, se juraient fidélité éternelle, se promettant que plus jamais elles ne se disputeraient, ce qui bien sûr était un vœu pieux, mais elles y croyaient dur comme fer et cela suffisait à les réunir à nouveau. Leur amitié avait ceci de fort qu'elle laissait s'épanouir des personnalités différentes ; elle échappait au mimétisme que les amitiés enfantines et adolescentes imposent parfois.

Germaine aimait cette amitié ; elle aurait aimé qu'elle l'accompagne toujours, quand elles seraient devenues femmes, et mères peut-être, et grands-mères, et arrière-grands-mères qui sait. Elle aurait aimé devenir vieille avec Louise, voir les rides se former sur son visage et connaître de chacune la naissance et le sens. Elle aurait voulu voir blanchir ses cheveux et épaissir sa taille. Elle aurait voulu traverser la vie à ses côtés et partager avec elle les moments qui jalonnent notre temps, les joyeux que l'on met dans les albums photos, ceux des belles robes et des sourires, des enfants potelés, des étés devant la mer, des sapins de Noël qui font lumière, et les tristes aussi.

***

C'est à la fin de l'année 1917, en octobre, que le père de Louise est mort.

Il était sorti indemne de la boucherie de l'offensive Nivelle au Chemin des Dames. Pourtant, ça avait violemment canardé là-bas et il y en avait un paquet qui y étaient restés. On avait tremblé pour lui, mais après, on avait cru pouvoir respirer. On se trompait. Les combats ont continué, plus sporadiques, plus ciblés, ce qui ne change rien pour ceux qui tombent.

Et il est mort, fauché par une balle, enseveli sous une pluie de terre poisseuse et lourde, sous une avalanche crasseuse qui remplit la bouche, le nez et les oreilles, qui empêche tout le corps de respirer. La balle d'abord, l'étouffement ensuite. Va savoir si la balle l'a tué direct pour éviter de sentir l'étouffement, ou si... Personne ne peut savoir. Il faut espérer et tenter de croire les camarades qui vous l'assurent, que c'est bien comme ça que ça s'est passé. Que d'abord il y a eu la balle. Celle qui fauche net, sans qu'on y pense, sans qu'on sente rien, sans la voir venir. La balle, qui sauve de la lente agonie.

C'était à la bataille de la Malmaison, le mardi 23 octobre 1917 au matin.

On n'en parle pas beaucoup de cette bataille-là. Évidemment, comparée avec ce qu'il y avait eu avant, elle paraît moins importante, mais moins importante pour qui ?

Il y a eu quatorze mille poilus blessés ou tués à cette bataille, quatorze mille, ça en fait des malheureux et des malheureuses ! Et l'on ne parle là que d'un camp, mais si l'on ajoute les autres, ceux d'en face...

Quatorze mille, quand on compte un par un et qu'on pense à chacun et à celles et ceux qui les ont pleurés, ça en fait du monde et des larmes. Louise et sa mère en faisaient partie, de ce monde de malheureux et de larmes.

Elles virent d'abord revenir le courrier qu'elles adressaient à Roger, ce qui on le savait n'était pas bon signe, tout le monde avait compris à force. L'angoisse montait. Louise continuait d'écrire à son père, malgré les lettres qui revenaient. Elle continuait d'écrire, tous les jours, parce qu'arrêter de lui écrire, cela aurait signifié admettre qu'il était mort, et risquer de le faire mourir si ce n'était pas le cas. Mais ses lettres lui sont revenues. Le destinataire...

Quelque temps après, la mère de Louise a reçu une lettre, la lettre d'un camarade de front de Roger. Lui disant qu'il était mort à la bataille de la Malmaison, qui témoignait de son courage, qui disait qu'il était mort en héros et qu'il n'avait pas souffert. « Votre mari, Madame, cette noble victime, n'a aucunement souffert ! écrivait-il. Il a été fauché, subitement, par une balle qui l'a atteint mortellement immédiatement, en plein combat. » Aucunement, subitement, immédiatement, il en a mis des adverbes le camarade de Roger dans sa lettre à Marthe pour que la mort de Roger soit propre, pour freiner l'imagination de sa famille. Presque on verrait Roger courir et s'effondrer tout net, dans le mouvement, en vie dans la mort. Pas même un cri, juste c'est fini, d'un coup.

On réconforte comme on peut, en offrant une petite voix qui parfois nous atteindra et nous dira qu'il n'a pas souffert, c'est déjà ça, au moins il n'a pas souffert, c'est une consolation, modeste. La balle avant l'étouffement, la balle qui a sauvé de l'étouffement, on en viendrait à la bénir.

La lettre est arrivée fin novembre. Il pleuvait.

— J'ai reçu une lettre, ma chérie, une très mauvaise nouvelle.

Le ton de Marthe était inhabituellement tendre, ses yeux étaient rouges. Louise se raidit. Elle avait compris. Ses lettres qui lui étaient revenues avaient sonné le glas déjà, même si elle se refusait à y croire et se dressait contre l'évidence. Son cartable toujours sur le dos, elle s'approcha de sa mère. Marthe était emmitouflée dans un châle de laine bleue. Son poing crispé froissait un mouchoir de tissu blanc. Elle regardait Louise mais n'ajoutait rien.

— Donc ? demanda Louise qu'exaspérait l'incapacité de sa mère à poursuivre.

— Retire tes chaussures, tu vas mettre des cochonneries partout.

— Mais on s'en fiche de mes chaussures ! rugit Louise. Elle dit quoi la lettre ? C'est qui ?

— Un camarade de ton père, qui était avec lui là-bas. Il n'a pas souffert, c'est arrivé très vite.

Louise sentit ses jambes flageoler. Tout s'obscurcit. Son père était mort. Tout était fini. C'était presque irréel. Louise eut l'impression que ce n'était pas elle, là, dans la cuisine, que son cœur se racornissait, qu'elle s'asséchait, que la vie s'échappait d'elle, qu'elle s'évaporait.

La lettre était posée sur la table. Louise s'en empara et se mit à lire. Les larmes coulaient sur ses joues, sans bruit, sans secousses, sans hoquets, sans arrêt, comme un fleuve mélancolique. Elle se tourna vers sa mère. Leurs regards se croisèrent. Mais Louise ne parvint pas à les faire s'enlacer. Marthe non plus. Elle reposa la lettre sur la table. Elle ôta ses chaussures, elle eut envie de les balancer de toutes ses forces contre le mur. Elle les posa seulement par terre et s'enferma dans sa chambre. Malgré l'insistance de sa mère, elle ne dîna pas. Elle resta sur son lit à regarder le noir descendre du ciel et l'envahir.

La nuit venue, elle ne put trouver le sommeil. Impossible de fermer les paupières. Ses yeux lui piquaient, ça râpait de sable. Elle se leva et, silencieusement, se rendit dans la cuisine. Elle avait froid, d'un froid intérieur. Elle alluma la lumière. La lettre était toujours là. Elle la relut des dizaines et des dizaines de fois. Elle alla dans le salon chercher la photographie de famille sur laquelle son père posait si grand et devant laquelle elle avait tant prié. Elle la posa devant elle sur la table. Elle voulut sourire à son père, elle ne fit que grimacer. Les larmes coulèrent encore. Elle alla chercher un cahier dans sa chambre et, lentement, avec soin, elle recopia la lettre, en s'attachant à respecter les espaces, les ratures, les tremblements de l'écriture même, en tentant d'en imiter la graphie. Elle pressa un buvard sur la feuille pour absorber l'excès d'encre. Elle la relut encore. Elle finit par en connaître par cœur des passages entiers et par murmurer la voix du camarade de son père.

Lui, le camarade de Roger, il avait été blessé durant la bataille, c'est pour cette raison qu'il n'écrivait que maintenant, d'un hôpital à l'arrière des lignes de front où il essayait de se remettre. Dès qu'il avait pu, il avait écrit, pour leur dire. Leur dire que Roger n'avait pas été seul à la fin, que d'autres camarades étaient là, avec lui, et qu'il avait été aimé « de ses chefs et de ses camarades, sur lesquels son courage tranquille, sa noblesse et ses sentiments élevés exerçaient un grand ascendant ». Voilà ce qu'il disait de Roger. Sa noblesse, ses sentiments élevés, son courage. Louise était si fière et si émue de ces mots sur son père, elle les relisait, elle se les répétait. Il avait été aimé, de tous. La lettre se terminait par une pensée pour Louise dont Roger parlait avec tant de tendresse, disait le camarade. Sa « petite poilue de l'arrière pouvait être fière de son père », écrivait-il. Ça, diable oui, elle l'était ! Mais il était mort.

Quelques jours plus tard, la lettre officielle est arrivée, avec la citation à l'ordre du régiment qui décernait à Roger la croix de guerre pour conduite exceptionnelle devant l'ennemi.

La mère de Louise s'est vêtue de noir.

Louise a ressorti les lettres que son père lui avait envoyées du front et qu'elle rangeait dans une boîte en carton dans la grosse armoire en noyer de sa chambre. Elle les attachait toutes ensemble avec un ruban, ça faisait une bonne petite pile, avec un nœud bleu de velours sur le dessus. Elle dénoua le ruban et étala les lettres sur son lit. Elle en ouvrit une au hasard. S'en échappa un trèfle tout fripé que son père avait cueilli pour elle dans un champ. Elle déplia délicatement la lettre qui l'accompagnait, écrite au crayon de bois, comme toutes les lettres qu'il lui envoyait. « Il n'a que trois feuilles ce petit trèfle, écrivait-il, je ne devrais donc pas faire de vœu, mais au diable les superstitions, j'en fais un quand même, celui de te retrouver vite, ma Loulou. Quand je rentrerai, nous entamerons un herbier et ce trèfle aura l'honneur de la première page, car il m'a fait de l'œil vois-tu, et il m'a chuchoté : "Envoie-moi à Louise, elle saura quoi faire de moi !" C'est chose faite, je te le confie. Je t'embrasse bien tendrement et j'espère que tu es bien sage. Ton papa qui t'aime. » Louise ferma les yeux et passa le trèfle sur sa joue, elle y sentit la caresse de son père.

Dès les premières lettres, il s'était noué quelque chose entre Louise et son père dans cette pile de mots échangés, sous le nœud de velours.

Elle lui avait raconté des tas de choses qu'elle ne lui aurait pas dites si la guerre ne les avait pas séparés, il n'y aurait pas eu besoin. Et pareil pour lui.

Il fallait bien se dire des choses dans les lettres, ou alors on n'écrit pas, mais si on écrit, on raconte, forcément, on échange, on se découvre. Et Louise, avec son imagination, son enthousiasme, donnait tout ce qu'elle pouvait dans cet échange avec son père. Chaque jour elle lui écrivait, chaque jour elle trouvait les mots, avec la même ardeur, et si les mots ne venaient pas, elle avait le dessin. Plus persévérante que Germaine qui peinait, qui se lassait des mêmes mots déjà tant de fois écrits et qui lui semblaient s'user dans la banalité d'un quotidien mille fois raconté, dans des formules qui, si souvent utilisées, s'asséchaient de la tendresse et de l'éclat qu'elle leur avait trouvés à leur premier emploi. Que dire encore ? Certains soirs, Germaine traînait les pieds à rejoindre sa mère dans le rituel qu'elle avait institué, elle restait le nez en l'air devant la feuille blanche, la plume dans la main, l'encre gouttant sur le papier, soupirant, en panne d'inspiration. Anne s'était fâchée de la voir ainsi et l'avait réprimandée. Le rituel, s'il avait du bon, finissait par peser à Germaine, pas à Louise que Germaine admirait de tant de ténacité, de tant de dévouement et d'imagination.

Pour Louise, l'échange épistolaire avec son père avait fabriqué du sentiment, comme si la guerre et l'éloignement leur avaient permis d'exprimer une affection et une tendresse qu'ils n'avaient pas laissées s'épanouir avant et dont peut-être ils n'avaient même pas réellement conscience. Ce n'est pas pareil de dire les choses... les sentiments... de les écrire... et de les laisser vivre sans mots dessus.

Louise ouvrit sa dernière lettre. Elle était datée du samedi 20 octobre 1917. Ni lui ni elle ne savaient que c'était la dernière. Mais elle était devenue la dernière. Les mains de Louise tremblaient à tenir cette lettre qui avait acquis un statut auquel elle n'était pas prédestinée. Rien ne disait la fin, rien ne disait l'adieu, elle supposait une suite. Elle ne contenait aucun poids testamentaire, aucun conseil paternel pour la suite de la vie. Elle commençait, comme c'était devenu l'habitude complice entre eux, par « Ma petite poilue ». Louise sentit sa respiration se bloquer dans sa poitrine. C'était elle qui avait commencé ce mot d'affection en signant les courriers qu'elle lui adressait comme ça, « Ta petite poilue de l'arrière », et son père avait rebondi, et c'était plus qu'un petit mot de rien ; ils se fabriquaient là une histoire à eux deux. Mais cette histoire était finie.

Elle a relu toutes ses lettres et relu et relu encore. Pour que les mots le retiennent vivant.

Mais les mots, ce pouvoir-là, ils ne l'ont pas.

Son chagrin était si grand. Son père plus là et même les lettres s'arrêteraient. Il n'y aurait plus rien pour jongler avec l'absence, pour tromper le manque. Plus d'attente, plus personne à attendre. Juste la mort avec laquelle il faudrait vivre.

Son père était officiellement un héros. Il était mort lors d'une bataille qui s'est soldée par un succès car les Allemands se sont repliés au nord du Chemin des Dames, dans la vallée de l'Ailette. La vallée de l'Ailette, c'est triste de voir la guerre dans un si joli nom, on n'a pas envie qu'elle le salisse, ce nom si léger où l'on croit voir les papillons voler.

Un succès cette bataille, oui, mais son père était parmi les morts, un parmi les quatorze mille.

Germaine serrait Louise dans ses bras et toutes les deux elles pleuraient sur le lit de Louise. Elles étaient rentrées de l'école et Louise avait proposé à Germaine de venir prendre le goûter chez elle. Marthe était assise sur le canapé du salon lorsqu'elles arrivèrent. Elle leva les yeux vers Louise et lui tendit la lettre, la lettre officielle qui confirmait la mort de son père et mettait fin, définitivement, à tout espoir. Elle tenta de prendre Louise dans ses bras, mais Louise se dégagea et entraîna Germaine dans sa chambre. Ensemble elles lurent les lettres, celle du camarade de Roger et l'officielle, et pleurèrent.

— J'ai prié pourtant tu sais, hoquetait Louise, tous les jours, avec toute ma force, j'ai prié pour qu'il ne lui arrive rien, alors ça sert à rien tu crois ?

Germaine ne savait pas quels mots dire. Rien ne lui venait. Elle ne pouvait que pleurer en caressant la main de Louise.

— Qu'est-ce que je vais devenir Germaine ? Maintenant qu'il n'est plus là et que je suis toute seule ?

— Mais non t'es pas toute seule, je serai toujours là moi.

— Oui je sais. Mais là avec ma mère, seulement elle et moi. Ça va être affreux. Avec mon père, on se comprenait, tu vois ? Elle, elle pense qu'à elle, c'est tout ce qui l'intéresse, le reste, les autres, moi, elle s'en fiche. Oh Germaine, qu'est-ce que je vais devenir ?

En plus du chagrin qui l'accablait, Louise sentait les implications profondes de cette mort sur sa vie. Elle pressentait le bouleversement définitif qu'elle portait. Les relations s'étaient tellement dégradées entre sa mère et elle que la mort de Roger ne pouvait les réunir. Il y avait trop de rage dans le cœur de Louise. Sa peine était solitaire, amère, elle excluait sa mère. Louise lui déniait le droit à la moindre tristesse.

Elle voyait comme une mascarade les gestes d'épouse endeuillée qu'elle adoptait quand il y avait du public, ses yeux embués qu'elle tamponnait délicatement avec un petit mouchoir de fin tissu brodé, toujours à portée de main. Elle aurait voulu lui arracher son fichu mouchoir des mains et la secouer et lui crier, devant tous, les mots indignes qu'elle avait eus au départ de son père et qui étaient restés gravés dans sa mémoire. Pour que tous sachent. Son manque de compassion, les critiques réitérées sur la vie qu'ils menaient et dont elle le rendait responsable, son mépris pour l'homme qui pourtant faisait tout pour elle, mais ce n'était jamais assez, Madame valait tellement mieux. Alors maintenant elle pouvait bien faire son éplorée. Louise n'avait pas oublié, elle refusait d'oublier.

Elle estimait que le noir qu'elle portait n'était que de convention et qu'il ne reflétait au fond aucune peine sincère, juste un usage auquel Marthe ne pouvait se soustraire, parce qu'une épouse qui n'aurait pas porté le deuil de son mari aurait été regardée de travers.

— Elle fait sa veuve malheureuse aujourd'hui et tout le monde vient la plaindre ; elle pleurniche et tout le monde lui tapote le bras et elle peut faire son cirque et faire comme si elle allait s'évanouir de douleur. Ça me rend folle. Je te jure, je voudrais leur crier à tous : « Mais arrêtez, ouvrez les yeux, vous ne voyez donc pas son manège ! » Elle n'en avait pas grand-chose à faire de mon père quand il était vivant, alors ses larmes, c'est des larmes de crocodile et rien de plus.

— Oh quand même Louise, risqua Germaine. Tu peux pas dire ça. Ça doit être dur pour elle aussi. C'était son mari.

— Oh non pitié, tu ne vas pas aussi te laisser prendre ?

— Non, ce que je veux dire...

Louise ne laissa pas Germaine terminer.

— Attends, je t'arrête tout de suite. Je vais te raconter quelque chose et on verra après si tu continues à prendre sa défense. Tu sais, quand mon père est revenu en permission, la seule fois où il est revenu, au mois d'avril 1916.

Les yeux de Louise se remplirent de larmes, mais elle poursuivit, soutenue par sa colère.

— Quand tu m'as demandé comment ça s'était passé. Je t'ai dit que ça avait été super, qu'on avait passé un moment formidable et tout et tout, et j'en ai rajouté pour que ça ait l'air bien vrai et pour le vivre un peu moi aussi, même si c'était pas vrai.

La voix de Louise était tendue, saccadée, comme une armée prête à charger.

— Je me souvenais, moi, de ce que tu m'avais raconté de la perm de ton père et de tout l'amour qu'il y avait eu autour de lui. Ben je peux te dire que ça ne s'est pas passé comme ça chez moi. Quand papa est arrivé, qu'il a passé la porte de l'appartement, tu sais ce qu'elle a fait ma mère, plutôt que de lui sauter dans les bras alors qu'elle l'avait pas vu depuis des mois ? Eh bien je vais t'le dire. Elle a agité les bras devant elle avec un air de dégoût pour qu'il ne s'approche pas, elle gigotait les mains en disant « Oh mon Dieu, mon Dieu, ce que tu es pouilleux », Louise mimait la scène et imitait la voix haut perchée de sa mère, et elle lui a ordonné de passer avant toute chose à la salle d'eau pour se récurer. T'aurais vu l'expression de mon père à ce moment-là, il était si malheureux, il s'attendait pas à ça comme accueil, il a baissé les yeux. Alors moi j'ai bousculé ma mère et je me suis ruée sur lui pour lui sauter au cou. Et attends, c'est pas fini ! Pendant qu'il était à la salle d'eau, elle est allée enfiler des gants pour récupérer son uniforme, le mettre dans un sac et le porter sans attendre à la blanchisserie. Oui, elle est partie, alors qu'il venait d'arriver, pour déposer son uniforme à la blanchisserie, et quand elle est revenue, du bout des lèvres, elle a déposé un baiser sur sa joue, et c'est tout. Son mari ! Tu parles ! Qu'est-ce que tu dis de ça ?

Germaine revoyait sa mère enlacée dans les bras de son père. Il n'y avait rien à ajouter. La comparaison était implacable, douloureuse. Elle hocha la tête.

Louise pensait donc, et Marthe avait tout fait pour cela, que seule sa peine à elle était véritable et profonde, que le reste n'était que comédie sociale, que bouffonnerie de jupons, de voilettes, de tissu. Sa mère était tellement obnubilée par le qu'en-dira-t-on, par l'opinion du monde, par sa position sociale, qu'on pouvait avoir du mal à imaginer qu'elle ait de vrais sentiments.

Louise ne supportait pas de la voir revenir les bras chargés de vêtements achetés pour les circonstances, et lorsqu'elle la voyait les essayer devant le miroir en tournant d'un côté puis de l'autre pour s'admirer sous toutes les coutures, soupirant devant le manque de couleurs, elle bouillait d'une rage qu'elle ne pouvait exprimer mais qui se voyait comme le nez au milieu de la figure et qui n'échappait évidemment pas à sa mère. Marthe tolérait de plus en plus difficilement l'insolence à peine voilée de sa fille et le regard hautain qu'elle lui destinait.

— Pourquoi tu me regardes comme ça, avec ton air de Mademoiselle la morale qui sait tout, du haut de tes treize ans ? Y a quelque chose qui ne te convient pas ? Tu préférerais que je sorte en guenilles parce que ton père est mort ? Et ça changerait quoi ? Tu crois que ça le ferait revenir que je me promène comme une souillon dans les rues du quartier ? lui lançait-elle exaspérée. Libre à toi si tu veux ressembler à un vieux sac, mais ne compte pas sur moi pour te suivre sur cette voie-là !

Louise ne répondait pas. Elle continuait à regarder sa mère, sans un mot, puis elle tournait les talons, se rendait d'un pas lent dans sa chambre et fermait énergiquement la porte, sans la claquer pour ne pas aller à l'affrontement direct, mais énergiquement car elle savait que cela avait le don de l'excéder.

Elle avait choisi le mutisme comme riposte, la feinte indifférence comme désobéissance.

Elle était devenue experte en moue boudeuse et renfrognée.

Une foule de sentiments, d'émotions l'agitaient, elle était ballottée, perdue dans ce capharnaüm émotionnel où elle ne maîtrisait plus rien.

Elle s'accrochait de toutes ses forces à l'héroïsme de son père, elle se répétait sans relâche qu'il était un héros, un de ceux qui étaient morts au champ d'honneur pour que tous les autres puissent vivre.

« Souvenez-vous toujours de ça les enfants, gardez toujours en vous cette reconnaissance éternelle pour ceux qui tombent au champ d'honneur et entourez de toute votre tendresse celles qui les pleurent. Des pères, comme celui de Laure, meurent pour vous en ce moment, oui, pour vous, ne l'oubliez jamais ! » Mlle Régis leur avait dit ça une fois en classe. Elle l'avait dit pour une camarade, Laure, dont le père était mort au front, elle l'avait dit devant toute la classe, que son père avait fait le sacrifice de sa vie pour que les autres vivent librement, que les enfants devaient être fiers devant tant d'abnégation, et qu'ils devraient lui en être reconnaissants toute leur vie, eux les vivants. En vie parce que des pères étaient morts. Reconnaissants parce qu'ils avaient donné leur vie pour qu'ils puissent vivre la leur.

Louise avait été entièrement d'accord, elle avait trouvé très beau ce qu'avait dit Mlle Régis.

Quand est venu son tour, elle a su le faire pour Guynemer, son héros du ciel.

Mais là, avec la mort de son père, c'était différent, elle le voyait bien, elle le sentait dans sa chair. Le discours qui exaltait la mort ne prenait plus si bien, le chagrin faisait résister et Louise devait lutter.

Elle passait de l'abattement à la fierté. Son abattement se noyait dans les larmes. Dans ces moments-là, rien ne pouvait la faire sortir de sa chambre. Même Germaine trouvait porte close. La souffrance de Louise lui échappait et elle lui volait Louise qui s'y enfermait, solitaire. Germaine en éprouvait une forme de jalousie. Elle était jalouse ; non de Louise, mais du malheur qui la lui prenait, qui la détournait d'elle, qui la lui dérobait et qui n'appartenait qu'à elle. Elle n'avait pas sa place dans ce malheur, elle continuait, elle, à attendre son père. C'est une différence absolue. Partager ce malheur eût signifié la mort de son père à elle aussi, ce qui était devenu possible, réellement possible, depuis que celui de Louise était mort et que les prières s'avouaient vaincues, inutiles.

Lorsque Louise mesura à quel point cela irritait sa mère, de l'entendre constamment rappeler l'héroïsme de son père, de se lancer dans de grands discours sur les héros et la patrie, sur la reconnaissance éternelle que tous leur devaient, elle trouva là un refuge à sa peine, enfin plutôt une diversion qui la sortit de son abattement.

Elle savait où diriger son énergie, sa colère et sa tristesse.

Elle empêcherait sa mère d'oublier, elle ferait une place à son père, elle prendrait en charge sa mémoire, elle en serait la dépositaire, elle deviendrait l'empêcheuse d'oublier tranquille, la voix de celui qui n'en avait plus, elle transmettrait son souvenir.

Elle choisit des objets qui lui avaient appartenu, qu'elle voulait garder et dont elle s'empara sans même demander l'autorisation à sa mère. Sa pipe en bois brun, peut-être de la bruyère, à la tête polie d'avoir été tant tenue en main. Son nécessaire à raser avec le blaireau à la poignée d'ivoire. Sa plaque militaire qui leur avait été renvoyée sur laquelle étaient gravés son nom, son prénom et sa classe, 1904, l'année même de la naissance de Louise. Une douille de métal qu'il avait sculptée au couteau dans la tranchée en y gravant tout autour des formes géométriques. La plume qu'il utilisait toujours pour écrire avant la guerre, avec son porte-plume. Deux photos, celle qu'ils avaient faite juste avant son départ et une qu'il lui avait envoyée du front, où on le voyait avec son régiment. Un caillou tout lisse qui avait la forme d'un petit cœur, qu'il avait trouvé dans un sous-bois lors d'un exercice de repérage et qu'il lui avait offert quand il était venu en permission.

Elle fit un autel sur sa table de nuit. Avec tous ces objets qui lui parlaient de son père, qui la reliaient à lui. Avec tous ces objets qui auraient dû s'assombrir de n'être plus les siens.

Sa carapace.

Les objets, les discours, la colère la protégeaient. Ils lui permettaient de donner un peu de sens à l'absurde, ils accrochaient sa pensée, cela aidait, un peu.

Germaine en était bouleversée. Elle avait des bouffées d'angoisse qu'elle ne pouvait lui confier et qu'elle ne voulait pas non plus révéler à sa mère. La boule au ventre, elle se jetait sur le courrier quand il arrivait, redoutant le retour de ses propres lettres ou la missive officielle. Les jours sans courrier, et ils étaient nombreux, la boule au ventre grossissait. Elle aurait voulu savoir où se battait le régiment de son père, afin de tenter de suivre sa progression, mais malgré ses demandes, il n'y avait jamais aucun indice dans les lettres qu'il envoyait. Il se bat où papa avec son régiment ? demanda-t-elle à sa mère quand elle rentra les yeux bouffis d'avoir tant pleuré avec Louise ce jour terrible où la lettre était arrivée. On ne sait pas mon chaton, il n'a pas le droit de nous l'écrire. Pourquoi il n'a pas le droit ? Ben c'est au cas où, bafouilla Anne, imagine que les lettres soient interceptées par l'ennemi, ça leur donnerait des renseignements, vaut mieux éviter. Mais comment on sait alors s'il va bien ? Comment on peut en être sûres ? Il va bien, je te le garantis, et d'ailleurs on va lui écrire pour lui donner des nouvelles. Elles s'installèrent pour écrire à Gaston.

***

Les jours, les semaines se succédaient, et l'inouï, l'extraordinaire de la guerre, ce qui avait paru à Germaine et à Louise, au début, devoir être l'étrange dans leurs vies, l'inhabituel momentané, l'accidentel éphémère, était devenu le quotidien, l'ordinaire, le normal.

Est-ce à dire qu'elles s'étaient habituées, que tous s'étaient habitués ?

Non, ce n'était pas exactement cela. Ce n'était pas exactement l'habitude au sens où l'on se serait glissé sans y penser, avec plus de facilité, dans des vies définitivement en guerre, au sens où l'on aurait supporté plus aisément.

Mais, à force, il y avait comme une sinistre banalité dans tout cela.

Oui, plus que l'habitude, il faudrait dire que le sombre extraordinaire était devenu le sombre ordinaire. Et les mois passaient. Des hommes tombaient. Des pères, des maris, des frères, des fiancés, des fils, des petits-fils, des amoureux, des amis, des cousins, des proches, des lointains, des Blancs, des Noirs, des Jaunes, des blonds, des bruns, des roux, des qu'on aimait, des qu'on ne connaissait pas, des qui étaient venus parfois de bien loin, d'au-delà des mers, des qui étaient de la rue d'à côté, des qu'on n'aimait pas, des jeunes, beaucoup de jeunes, des timides ou des fanfarons, des joyeux ou des tristes, des solitaires ou des grandes gueules, des hommes tombaient, continuaient de tomber, et il restait des munitions pour en faire tomber encore, les usines tournaient à plein régime, on avait de quoi faire.

Et on a dit que c'était fini.

Ce fut l'armistice.

Il y a des jours que l'on n'oublie jamais.

Ces jours-là, au moment même où on les vit, on sait qu'ils resteront inscrits pour toujours en soi. Que jamais ils ne s'effaceront.

Des jours si importants qu'ils se gravent en même temps qu'ils se vivent.

Qui portent en eux une puissance historique. C'est un sentiment très concret et très sûr. Quand on le vit, on le sait.

Germaine et Louise avaient quatorze ans, elles savaient. Tout avait commencé, cette guerre, alors qu'elles avaient dix ans, elles en avaient alors quatorze, ça fait long dans une vie d'enfant, ça fait long à attendre la fin.

C'était un jour tellement attendu, depuis si longtemps.

Tous y avaient tellement cru, puis tellement plus cru, tant ça avait duré alors qu'on avait pensé torcher ça en deux coups de cuillère à pot.

Pensez donc ! Quatre ans ça a duré ! Du 3 août 1914 au 11 novembre 1918. Germaine et Louise avaient compté, cela faisait 1 561 jours. Et durant ces 1 561 jours, il n'en était pas passé un qui n'espère la fin des combats, qui ne la prie, qui ne l'implore.

C'est dire si ce jour était attendu.

Un jour sans bruit des armes, celui qui mettrait fin à la mort, stoppée net, pensait-on.

Les rues de Paris ce jour-là, il fallait voir, il fallait entendre, il fallait sentir. Les sons, les gens, les couleurs, la foule, les cloches, les rues pavoisées. Des gens partout, des milliers, les explosions de joie, les bras qui s'enlacent, les lèvres qui embrassent, les joues rouges de chaleur en dépit du froid de novembre. On a des photographies qui montrent cela, cette foule immense, agglutinée sur les boulevards, partout. Finalement, tous n'étaient pas morts, se disait Germaine, il restait encore des gens, il restait encore des hommes, des jeunes voulait-elle dire. Les cloches carillonnaient à toute volée, les sirènes n'arrêtaient pas de sonner. Il y avait des drapeaux tricolores partout, les gens s'embrassaient, riaient, dansaient, chantaient. *La Marseillaise*, à pleins poumons. Les voix cassées de l'entonner encore et encore.

C'était enivrant. Les têtes en tournaient de toute cette agitation.

C'était comme un immense besoin de soupirer de soulagement et d'expulser toute cette angoisse qu'on avait pour compagne depuis si longtemps, de s'en débarrasser ensemble, de s'en libérer, de la jeter à la rue et qu'elle dégorge dans les caniveaux, qu'elle s'anéantisse dans les airs, qu'elle disparaisse à tout jamais.

À 11 heures, ça a sonné en tous sens.

Toutes les activités se sont arrêtées, l'école, le travail, tout le monde, partout, est sorti dans la rue.

Germaine a rejoint sa mère à l'appartement et elles sont sorties. Elles ont arpenté les rues de Montmartre, toutes les deux, au milieu de la foule, main dans la main.

C'était un lundi.

C'était fini. C'était la fête. Mais une drôle de fête, une fête déchirée, à laquelle on ne peut pas s'abandonner pleinement, on ne peut pas. La décence s'impose face à tant de désolation.

Le père de Germaine allait rentrer, pas celui de Louise.

Germaine et sa mère retrouvèrent Louise qui était sortie devant chez elle, rue Tholozé. Elle était plantée sur le pas de son immeuble, seule, les poings sur les hanches, un demi-sourire lointain aux lèvres. Germaine et Anne s'approchèrent. Anne prit Louise dans ses bras et lui parla à l'oreille, tout en lui caressant la tête, Louise avait le visage blotti dans son cou. Elle est restée un moment comme ça, pour laisser couler le trop-plein de larmes, puis elle s'est redressée, elle a reniflé, elle a essuyé ses joues avec sa main, elle a embrassé Anne puis Germaine et elle leur a dit qu'elle préférait rentrer, qu'il ne fallait pas s'inquiéter pour elle, que ça irait. Elle n'était pas tout à fait prête, ajouta-t-elle, elle était heureuse, vraiment, mais elle préférait rentrer. Une autre fois elle participerait. Là, il lui fallait rentrer chez elle, seule, parce que dans la foule elle était plus seule encore. Au milieu des gens. Pas plus seule, mais seule d'une façon qui lui faisait plus mal encore, parce qu'elle ne pouvait pas partager cette joie-là. La foule gonflait le chagrin qu'elle ne pouvait pas mêler à la liesse. Comment aurait-elle pu ? Germaine la comprenait. Avec Anne, elles la regardèrent filer en agitant la main. Elles la laissèrent partir. Germaine, un instant, voulut la retenir, mais sa mère saisit son bras pour l'en empêcher. Elle avait raison. Elle savait que la foule exaltée la renvoyait à une trop grande solitude, à un impossible partage.

Elle n'était pas vieille Louise, quatorze ans, mais elle avait compris ça. Il faut dire que la guerre les avait fait grandir un peu vite. C'est ce que Germaine se disait en la regardant s'éloigner, ce 11 novembre 1918.

Et que ça allait laisser des traces tout ça. Comment ça allait être la vie avec toutes ces traces-là ? Qu'est-ce qu'on allait en faire de toutes ces blessures, de toutes ces peines ? Qu'est-ce qu'elle en ferait Louise de tout ça ?

C'était donc fini. Oui c'est vrai, c'était fini. Le combat, le feu, fini. C'est ce que veut dire l'armistice, le feu avait cessé, on avait cessé le feu pour préparer la paix, les armes se tenaient tranquilles, elles avaient quitté les bras des hommes, oui cela était fini.

Mais la guerre est lente à rebrousser chemin. Ça ne suffit pas de faire taire le canon pour tuer la guerre. Ça ne suffit pas le silence des armes pour entendre la paix.

Il fallait être bien naïf pour imaginer que tout cela serait pansé d'un coup d'armistice.

LES SUEURS DE LA GUERRE

« À qui est cette maison ?
À qui est la nuit qui écarte la lumière
À l'intérieur ?
Dites, qui possède cette maison ?
Elle n'est pas à moi.
J'en ai rêvé une autre, plus douce, plus lumineuse,
Qui donnait sur des lacs traversés de bateaux peints,
Sur des champs vastes comme
des bras ouverts pour m'accueillir.
Cette maison est étrange.
Ses ombres mentent.
Dites, expliquez-moi, pourquoi sa serrure
correspond-elle à ma clef ? »

Toni Morrison, *Home*[1]

1. Traduit de l'anglais (États-Unis) par Christine Laferrière © Christian Bourgois éditeur, 2012.

C'était fini. Depuis des mois. Mais ça suintait la guerre.

Anne se regardait dans le miroir.

Une mèche de cheveux blancs était née la dernière année du conflit et elle lui resterait dorénavant. Un matin, au petit déjeuner, Germaine avait froncé les sourcils en l'observant.

— Ben qu'est-ce que tu as sur les cheveux maman ? Tu t'es fichu de la farine partout ou quoi ?

Anne s'était levée, pestant à l'idée de devoir se laver les cheveux alors qu'elle était déjà en retard. La veille au soir, rien à signaler, du moins lui semblait-il. Le lendemain matin, il y avait cette mèche toute blanche. D'un coup.

La mèche blanche contrastait avec le reste de sa chevelure sombre ; elle était située sur le devant et elle ondulait légèrement, s'échappant volontiers du chignon bas qu'Anne portait toujours. Cela lui donnait de l'élégance, lui avait dit Germaine qui, après son étonnement, n'y avait vu qu'une nouveauté superficielle ; oui, je trouve que c'est chic et ça te va bien. Mais Anne, en regardant cette mèche, se demandait si elle avait tant vieilli, si c'était ça que lui disait cette mèche soudainement apparue qui ne pouvait surprendre que ceux qui n'avaient pas dû vivre ces longues années, si c'était la trace observable des épreuves qui se concentraient là.

Ça ne paraît rien une mèche blanche, mais ça change une allure, ça transforme un visage, et elle donnait à celui d'Anne une force nouvelle. En le singularisant. Cette mèche rebelle la révélait en quelque sorte, comme si sa présence était plus forte, sa personnalité plus affirmée.

Anne voyait cela.

Elle se trouvait changée, elle avait changé.

Elle se rappelait la remarque que lui avaient faite des voisins, un soir de l'été 1918, un soir où l'on se reprenait à espérer la fin de la guerre et où l'on osait évoquer le retour prochain comme une certitude. Elle s'en souvenait bien, parce que ça lui avait donné à penser. Ils échangeaient quelques mots dans la rue en bas de l'immeuble, et en se quittant, la voisine avait dit à Anne dans un grand sourire et avec une naïveté déconcertante :

— Vous étiez si timide naguère ! Votre mari ne vous reconnaîtra pas quand il reviendra !

Il y avait du vrai dans ces mots sortis tout seuls et qui ne mesuraient pas l'inquiétude qu'ils pouvaient faire naître. Et souvent, depuis, elle les réentendait ; souvent, la voix pointue et innocente de la voisine se faufilait dans ses pensées : « Votre mari ne vous reconnaîtra pas... »

Bien sûr qu'elle avait changé. Il avait bien fallu qu'elle s'adapte, les choses n'allaient pas tourner d'elles-mêmes, sans pilote aux commandes, elle n'avait guère eu le choix. Il avait bien fallu.

Seule, elle avait jonglé avec le travail, la maison, Germaine, le ravitaillement, les finances du foyer, les malheureuses et les malheureux à soutenir, elle avait assumé toutes les responsabilités et s'était surprise elle-même d'y être parvenue, même si la fatigue ne l'avait jamais plus quittée. Une fatigue qui lui pesait au corps, qu'elle traînait avec elle, ou plutôt que la guerre lui avait inoculée et qui coulait en elle désormais, mélangée à son sang, et lui ayant fait perdre la légèreté de ses jambes, de son dos, de ses paupières.

Elle avait dû prendre sur elle pour dominer ses angoisses, elle avait lutté contre sa timidité qu'elle pensait naturelle, et elle s'était rendu compte qu'elle savait se montrer ferme, sûre d'elle-même, et qu'elle était écoutée, que sa parole était considérée. C'était si nouveau pour elle qui, depuis l'enfance, avait toujours été en retrait, et si discrète que ses parents l'avaient surnommée la petite souris, l'affublant d'un surnom qui avait fini par lui coller durablement aux basques, par la déterminer, empêchant d'autres traits de caractère de s'épanouir et l'enfermant dans une représentation d'elle-même étriquée.

Anne avait grandi petite souris. Elle s'était accommodée de cette nature qu'on lui avait attribuée ; elle n'y avait même jamais songé avant ; avant la guerre, avant la solitude, avant cet étrange territoire intime que la guerre avait malmené, redessiné, avant ce que cette guerre avait pétri en elle. Mais aujourd'hui, elle savait qu'elle n'était plus vraiment la même, elle s'était découvert une force insoupçonnée, et elle en éprouvait un peu de trouble, un peu de scrupule, tant il est difficile de constater que, parfois, du désastre et de la boue peuvent sortir de la vigueur et de la confiance.

Avec Rosine, une collègue devenue amie de l'atelier, qui n'avait pas sa langue dans sa poche, elles avaient constitué un petit groupe de femmes qui se retrouvaient toutes les semaines à la pause-déjeuner pour évoquer les difficultés qu'elles rencontraient, pour s'épauler, pour échanger idées et bons tuyaux, pour alléger la solitude. L'idée de ces rassemblements était venue à Anne quand, à entendre les conversations à droite et à gauche, elle avait compris qu'elles se débattaient toutes dans les mêmes tracas, que leurs angoisses se faisaient écho et qu'elles gagneraient à en discuter ensemble pour, si ce n'est trouver des solutions radicales, au moins se sentir moins seules et se serrer les coudes.

C'est lors de ces échanges qu'Anne s'était rendu compte que son avis était attendu et pris en considération, qu'on se taisait pour entendre ce qu'elle avait à dire. Dans les ténèbres de ces jours si éprouvants, cette découverte d'une personnalité enfouie, moins enfantine et plus solide que celle qu'elle se connaissait, ne lui avait pas déplu et, sans trop en mesurer l'ampleur, sans trop penser aux conséquences, elle l'avait laissée s'épanouir, pour tenir. Sans penser sur le moment à ce qu'en dirait Gaston. Car c'était venu peu à peu, ça n'avait pas été véritablement une décision, ça s'était imposé au cours des longs mois de solitude. Elle ne s'était pas métamorphosée en un claquement de doigts, contrairement à la mèche qui était arrivée soudainement ; le processus avait pris son temps, comme la guerre dans laquelle il avait infusé, jour après jour, et jour après jour encore, jusqu'à devenir des mois et des années. Alors oui, elle avait changé.

Gaston aussi.

Elle l'avait vu à la seconde même où il avait franchi la porte. Elle le connaissait son homme ; elle savait ses gestes, elle lisait son regard, elle vivait son corps. En femme attentive à qui, depuis toute petite, on avait rabâché qu'une femme devait savoir lire les besoins des autres, sentir leurs désirs, à commencer par ceux de son mari, elle l'avait observé, elle l'avait appris, avant qu'on le lui prenne pour l'envoyer dans le putride du front. Elle l'aimait son Gaston. À seulement entendre son pas dans le couloir, elle savait son humeur. Alors quand il avait passé la porte, quand il était revenu, elle avait vu, elle avait senti, elle savait.

Au premier regard de son retour, au premier contact de leurs corps. C'était un homme fatigué qui lui revenait, avait pensé Anne, très fatigué. Ses joues s'étaient creusées, ses lèvres étaient plus fines, moins charnues, plus tendues. Son corps, comment dire, moins fluide, plus saccadé, plus sursautant, moins confiant, oui moins confiant, c'est peut-être cela qui dit le mieux ce qu'Anne ressentit quand il avait passé la porte du foyer.

Gaston était de retour, sans être tout à fait le même.

Il n'était revenu qu'en 1919. Le bazar de la démobilisation. Il avait fallu attendre, et pas qu'un peu, des semaines et des semaines.

Il était si fatigué. Il respirait mal.

À cause des gaz.

Il n'y avait pas échappé, pas totalement. Les gaz s'étaient infiltrés dans les protections qui leur avaient été distribuées et il en avait respiré. On ne peut pas s'empêcher de respirer, même quand on sait que le poison est là. Il sentait encore cette atroce odeur de chlore, d'ail écœurant, il revoyait la panique qui s'emparait des camarades et, pire encore, les corps qui se tordaient, qui suffoquaient, qui vomissaient, qui se couvraient de cloques, les yeux qui pleuraient et qui désespérément cherchaient la lumière que les gaz avalaient.

Il ne voulait plus y penser, il voulait chasser tout ça de son cerveau, il voulait nettoyer les souvenirs. Mais chaque respiration rauque lui rappelait les compresses imprégnées d'une solution d'hyposulfite, trop petites pour faire réellement barrière, chaque quinte de toux qui s'annonçait disait les protections qui ne duraient pas assez longtemps, ou celles qui ne tenaient pas bien et qui se détachaient en plein combat, avant qu'un masque plus efficace soit mis au point et arrive sur le front, en… 1918.

Et maintenant, dans la paix, il lui fallait chercher de l'air, et parfois l'air lui brûlait comme en pleine guerre, alors la toux reprenait, grasse et puante, épuisante et profonde, charriant des souvenirs qu'il mettait tant de force à éloigner.

La première crise à laquelle Germaine assista arriva brutalement, sans prévenir, au déjeuner d'un dimanche de 1919 qu'elle n'oublierait pas de sitôt. À la demande de sa mère, elle était allée acheter une miche de pain. Germaine aimait l'atmosphère des dimanches matins dans les rues de Montmartre. Le temps y était différent des autres jours de la semaine, les corps se promenaient différemment, sans urgence. Chacun, panier au bras, semblait respirer la ville, ça palabrait dans les cafés bondés qui servaient sans relâche petits noirs ou petits blancs, ça s'arrêtait sur les trottoirs pour échanger des nouvelles, ça vivait.

En sortant de la boulangerie de la rue Lepic, elle entendit crier le vendeur de journaux qui arpentait la rue : « Villain acquitté et libéré ! Achetez *L'Humanité* ! » Villain. Elle se figea sur le trottoir en entendant ce nom. Comme si elle avait été giflée. Le 1er août 1914 lui revenait en pleine face et avec lui la phrase de sa mère « On nous a tué Jaurès » et sa tristesse et le tocsin qui avait sonné quelques heures plus tard et le départ de son père et la mort de celui de Louise et les moignons et les larmes. L'assassin de Jaurès venait d'être acquitté par la cour d'assises de la Seine ! Germaine sortit de sa stupeur et héla le vendeur à la criée. Elle rentra chez elle ; dans sa main le journal semblait peser des tonnes, lourd de toute une guerre. Elle rejoignit sa mère dans la cuisine et déposa la miche de pain sur la planche de bois. Le repas était prêt, on pouvait passer à table.

— Ils ont acquitté Villain, marmonna-t-elle en s'asseyant.

— Quoi ? Qu'est-ce que tu dis ? demanda sa mère en se retournant brusquement.

— La cour d'assises. Ils ont acquitté Villain et ils l'ont libéré. C'est dans le journal.

Germaine déplia *L'Humanité*. Le verdict s'étalait en une. On mangea en silence, abattu, rendu muet par ce verdict inouï qui déterrait le passé sale.

À la fin du repas, Germaine proposa de lire à haute voix le compte rendu du réquisitoire et des plaidoiries, pour comprendre. Sans attendre la réponse de ses parents, elle s'empara du journal :

> L'assassin de Jaurès est acquitté. Je n'ai pas à apprécier ici les conséquences politiques de ce verdict, mais en observateur impartial qui rend compte des débats, je dois dire que ce verdict fut acquis après la plaidoirie de

Me Zévaès. Oh ! je sais bien que Villain, à la fin des débats, déclara :

« Je demande pardon à la victime et je demande grâce pour mon père. Le souvenir de la veuve et des orphelins fera qu'il n'y a pour moi de bonheur dans la vie. »

— Et peut-être qu'il pense qu'on va le plaindre en plus ! C'est la meilleure celle-là ! commenta Germaine. Puis elle poursuivit :

Mais la question avait été nettement posée. L'avocat général, en termes modérés et sages, avait montré au jury les conséquences de son verdict.

« Et alors, Messieurs, avait-il dit, le crime ainsi accompli, avec cette lucidité dans le passé, lors de l'accomplissement et dans son examen ensuite, quelle excuse peut-il invoquer ? Il n'y en a qu'une : "J'étais un convaincu. Je ne sais pas si j'ai sauvé la France, mais il m'a semblé que je faisais quelque chose d'utile…" »[2]

— Quelque chose d'utile, bredouilla Gaston.

Mais il ne put continuer. Il y eut un râle d'abord, caverneux. Et comme un sifflement, comme une respiration empêchée qui dit que la gorge se serre et que l'air ne passera plus. Puis Gaston se mit à tousser, la serviette sur sa bouche, sans pouvoir s'arrêter. Il se leva comme il put, s'accrocha à sa chaise. Germaine s'interrompit, paniquée. Elle ne pouvait détacher ses yeux de la tempe de son père, où une veine, gonflée, noueuse, palpitait furieusement. À battre ainsi sous la peau fine, elle menaçait d'éclater. Gaston quitta la pièce en rasant les murs, courbé et secoué par la toux. Il claqua la porte de la chambre. On entendait ses poumons se déchirer.

2. Jules Uhry, article en une : « On attendait un verdict de justice… Le Jury a acquitté l'assassin de Jaurès ! », *L'Humanité*, 30 mars 1919.

Anne se précipita à sa suite pour l'aider, elle accourut dans la chambre. Elle s'approcha pour lui tapoter le dos. Le visage rouge, congestionné, il la repoussa violemment :

— Va-t'en, laisse-moi, cracha-t-il, laisse-moi seul, sors d'ici.

Anne obéit. Elle referma la porte de la chambre, se voyant refuser l'assistance qu'elle voulait lui offrir, abandonnée à une compassion orpheline. Germaine la vit revenir, désemparée. Elle ne savait quoi faire d'elle-même.

— Ça va aller, ça va passer, dit-elle à Germaine en se servant un verre d'eau. C'est une crise, ça va passer, ce n'est rien. Il ne supporte pas qu'on le voie comme ça, tu comprends, mais ça va passer.

Germaine n'en crut pas un mot. Cette crise n'était manifestement pas la première et ne serait pas la dernière. Ce n'était pas rien. Elle le voyait au visage de sa mère qui lui inspira une telle pitié qu'elle eut envie de la prendre dans ses bras et de la consoler comme on berce un enfant, c'était une étrange sensation. Elle se contenta de lui sourire.

Quand la crise fut passée, Gaston s'aspergea le visage d'eau, observa le calme retrouvé de sa respiration, reprit bonne figure et retrouva leur compagnie. Comme si de rien. Il refusa d'évoquer la question et à Germaine qui lui demandait comment il se sentait, il répondit sèchement qu'on n'allait tout de même pas passer la journée là-dessus et qu'il n'y avait pas mort d'homme. Germaine ravala ses questions.

Gaston s'isolait dès qu'il sentait une crise venir. Encore fallait-il pouvoir anticiper. Il n'y parvenait pas toujours, parfois ça le prenait si brusquement. À chaque crise, Anne revivait la violence de son geste et de ses paroles qui l'avait éloignée de lui, qui l'avait privée du réconfort qu'elle avait à offrir, les renvoyant l'un comme l'autre à un malheur solitaire qui, elle en était convaincue, aurait été moins malheureux s'ils lui avaient tenu tête ensemble.

Elle était bouleversée. Elle mesurait combien Gaston luttait, et pas seulement contre la toux.

Elle partageait ses nuits. Elle savait.

Il vivait dans un corps qui lui était devenu douloureux et hostile. Presque un ennemi. Il était poursuivi, à son corps défendant et à son âme défendante, par des souvenirs qu'il voulait à tout prix enfouir mais qui ne se laissaient pas faire.

C'est résistant le passé, surtout quand on veut l'oublier. Gaston s'y fracassait.

Anne aurait voulu l'entourer, l'enlacer, le caresser, comme elle l'avait rêvé à chaque fois qu'il avait dû repartir combattre et qu'elle se retrouvait seule dans leur chambre en manque de lui.

Lui dire qu'elle l'aimait, le réchauffer de son corps, le ramener au plaisir. Elle voulait croire au pouvoir guérisseur de l'amour dans la paix retrouvée.

Elle s'était couchée contre lui, elle avait caressé ses épaules, y avait passé ses lèvres. Ils s'étaient embrassés, tendrement, mais Gaston l'avait repoussée, oh pas méchamment cette fois, mais il l'avait repoussée, là encore. Son corps se crispait sous les caresses, il résistait à la tendresse, il se recroquevillait sous la douceur de ses mains, il tremblait à l'appétit de ses lèvres, il se fermait aux étreintes. Et si son sexe parfois se dressait quand Anne l'approchait, cela ne durait que quelques secondes et subitement il perdait sa vigueur. Gaston l'avait repoussée, avec amour, mais il l'avait repoussée.

Après plusieurs tentatives, elle n'avait plus osé.

Elle attendrait, l'envie reviendrait, elle savait qu'il l'aimait, ça finirait par être plus fort que tout et par chasser les monstres qui empêchaient les gestes de l'amour, les fantômes qui les salissaient. Elle saurait lui redonner le goût du plaisir, ensemble ils triompheraient. Et sinon... eh bien une femme peut bien se passer de ces choses-là, se répétait-elle.

***

Assise sur la margelle de l'escalier de pierre, dans la petite cour attenante à l'atelier, Anne prenait le soleil. La tête légèrement renversée en arrière, les coudes posés au sol, elle offrait son cou à la chaleur printanière de mai.

Juliette, une jeune couturière d'une vingtaine d'années qui travaillait juste à côté d'elle dans l'atelier, vint l'y rejoindre et s'assit près d'elle. Anne lui sourit. Juliette lui faisait penser à sa fille. Brune tout comme Germaine, elle était joyeuse et sa présence leur faisait du bien à toutes. Plus que sa jeunesse, qui en soi n'est le gage de rien, c'étaient sa gaieté, son entrain et ses éclats de rire en cascade qui ensoleillaient le quotidien et qui le rendaient plus léger, plus appétissant. Elles restèrent un moment silencieuses, laissant les bruits de la ville bercer le calme que leur offrait la courette. Puis Juliette rompit le silence.

— Anne. J'ai besoin d'aide. Je ne sais pas ce que je dois faire. J'ai besoin d'un conseil. Je suis tellement malheureuse, si tu savais.

Anne se redressa et se tourna vers Juliette qui luttait contre les larmes.

— Mais bien sûr. Qu'est-ce qui t'arrive ma jolie ?

— Comment expliquer tout ça sans paraître ingrate ? C'est si difficile. Tu me connais, je suis une gentille fille, je ne suis pas égoïste, je ne pense pas qu'à moi...

— Bien sûr que je le sais ; tu fais partie des braves, des généreuses. Allez ! Qu'est-ce qui se passe Juliette ?

— C'est Albert, mon fiancé. Tu l'as vu déjà, il est venu me chercher plusieurs fois à la sortie de l'atelier, tu t'en souviens ?

— Oui je vois très bien, un grand brun, bien bâti !

— Oui c'est ça.

— Eh bien, qu'est-ce qu'il a ton Albert ?

— C'est plus le même. C'est plus le même depuis qu'il est revenu. J'ai l'impression que c'est un autre homme. Qu'on me l'a changé. Qu'on lui a lavé le cerveau pour y mettre les idées d'un autre, les gestes d'un autre, les envies d'un autre. C'est plus le même.

Juliette rongeait ses ongles. Un mot sortait puis elle calait, comme si tout coinçait dans sa gorge. Autour de son index, dans un geste nerveux, elle enroulait une fine mèche de ses cheveux qu'elle attirait à sa bouche, puis qu'elle retirait et enroulait de nouveau autour de son doigt, qu'elle lissait entre ses doigts et faisait passer entre ses lèvres. Puis un flot de paroles, sans respirer, comme en apnée, pour ne plus caler, pour que tout sorte, tant pis pour le désordre.

— Avant, il était si amoureux, si... conjugal, aujourd'hui il me dédaigne, il me voit plus, il me regarde plus. Parfois je me dis que je ne l'intéresse plus. Je ne sais pas si c'est vraiment ça, mais c'est tout comme. L'autre jour, tu vois pour te donner un exemple, je m'étais cousu une belle robe rouge, elle m'allait bien sans me vanter, et je me suis dit que ça allait lui plaire ; alors quand je suis rentrée j'ai enfilé la robe et j'ai tournoyé devant lui en souriant, eh bien la seule chose qu'il a trouvé à dire, c'est de bougonner « Allez Juliette, cesse tes enfantillages ! », j'en ai pleuré tellement ça m'a rendue triste. Ça ne paraît rien raconté comme ça, mais tout est comme ça. Avant, c'était différent... on était bien ensemble, on avait les mêmes goûts. On dansait, on jouait, on rigolait de tout ; aujourd'hui il est tout pensif, il plonge son nez dans le journal en prenant un air important, comme si je n'existais pas. Il ne veut plus que je danse, il dit que c'est ridicule. Il parle d'aller vivre à la campagne ! D'élever des poules, des lapins, de cultiver des légumes. Mais je déteste ça moi, j'ai pas du tout envie d'aller me terrer je ne sais où ! On est jeunes, je veux vivre, m'amuser. Je l'aime, mais seulement, il a tellement changé. J'y comprends plus rien. Qu'est-ce qu'on va devenir ?

Anne écoutait. Juliette torturait ses doigts et sa mèche de cheveux. Anne lui demanda s'ils en avaient parlé, si elle avait essayé.

— Bien sûr que j'ai essayé, et plus d'une fois, je peux te le dire. Mais à chaque fois que j'essaie de faire entendre mon avis, il me rabroue, il me traite d'idiote, il dit que lui, avec ce qu'il a vécu, il sait ce qui compte et ce qui est important. Qu'est-ce que tu veux que je dise à ça ? Alors je boude. Tu te rends compte, il veut que j'abandonne l'atelier ! Il dit que coudre des vêtements, ça sert à rien, qu'il faut revenir aux vraies valeurs, à l'essentiel. Mais qu'est-ce qu'il en sait lui de mes valeurs à moi, de ce qui est essentiel pour moi ? Et c'est certainement pas les poules et les lapins ! On est rat des villes ou rat des champs, pas les deux, et moi je suis rat des villes, ça c'est sûr, et il l'était lui aussi, avant. Oh Anne, qu'est-ce que je peux faire ? Comment je peux faire pour le ramener comme avant mon Albert ? Tu crois que c'est possible de changer comme ça ?

— Tu sais Juliette, ce qu'ils ont vécu à la guerre nos hommes, ça a été dur, je crois qu'on n'en a même pas idée, ça les a chamboulés. C'est normal qu'ils mettent du temps à s'en remettre. Mais ils vont se remettre...

— Je comprends ça, je sais bien sûr que ça a été très dur, qu'ils ont vu des choses qu'ils n'auraient pas dû voir et que ça les a tout tourneboulés. Mais maintenant c'est fini, on va pas vivre toute notre vie avec cette satanée guerre, et j'y suis pour rien, moi, si les hommes sont assez fous pour aller s'entretuer pour je ne sais même pas quoi ! L'autre jour j'ai essayé d'en parler à Jeanne, je me suis dit qu'on avait le même âge, qu'elle me comprendrait, qu'elle m'aiderait. Eh bien, elle ne m'a même pas laissée aller au bout, elle m'a coupé la chique, en me disant que j'avais la chance d'avoir un homme, alors que tant d'autres femmes allaient se retrouver sur le carreau avec tous les morts qu'il y a eu, que c'était pas le moment de faire la fine bouche et que je ferais bien de le garder si je voulais pas finir vieille fille avec la concurrence qu'y allait avoir.

Anne n'aimait pas cette Jeanne, nouvelle recrue dans l'atelier. Elle n'était là que depuis quelques mois mais Anne avait vite compris qu'il valait mieux la tenir à distance. D'emblée, celle-ci avait tenté de semer la zizanie dans le groupe en inventant des histoires à dormir debout sur l'une ou l'autre, en déformant des propos, en colportant des potins invérifiables mais qu'elle disait tenir de « source sûre », en faisant des plaisanteries sur les retards de l'une ou l'autre quand la patronne était à portée d'oreille.

— Oublie les remarques de cette péronnelle, dit Anne. Elle a pas inventé le fil à couper l'beurre celle-là, elle répète ce qu'elle entend dire et c'est un poison, tu le sais bien, c'est pas la première fois qu'elle crache son aigreur. Elle est pleine de venin. Oublie ça, et j'te conseille d'éviter de lui raconter tes problèmes car elle en fera des gorges chaudes, tu peux me croire. Tu parles, de la concurrence, t'es belle comme un soleil, je peux te dire que c'est pas toi que ça va concerner la concurrence pour trouver un mari, t'auras plus que l'embarras du choix. N'écoute pas les bêtises qu'on raconte sur tout ça.

— Qu'est-ce que je dois faire ? Comment tu t'y prendrais toi si t'étais à ma place ? Pour qu'on se retrouve Albert et moi, comme avant ? Tu ferais quoi ?

Que ferait-elle à la place de Juliette ? Que pouvait-elle conseiller ? Si sa situation avec Gaston n'était pas du tout comparable, elle aussi était désorientée et se demandait comment tordre le cou aux ombres qui s'étaient glissées dans leur lit. Elle aussi cherchait son Gaston d'avant. Juliette attendait une réponse. Elle regardait Anne, avec l'espoir qu'elle lui donne la solution miracle, elle s'y agrippait.

— Je voudrais bien te donner la solution ma belle, je ne suis pas sûre de la connaître. Mais tu l'aimes ton Albert, n'est-ce pas ? Et c'est sans doute là qu'elle est la solution, même si vous traversez une phase difficile, très difficile. Tu sais, je crois qu'il ne faut pas attacher trop d'importance à ses projets de campagne, de poules et de lapins. Laisse-le parler, ça passera, arrête de te fâcher et de bouder, ça ne sert à rien, tu le vois bien. Et pire, ça l'entête quand il sent ta résistance. Ce sont des mots, des rêves, qui disent qu'il s'est perdu dans la brutalité de la guerre, qu'il ne sait plus aujourd'hui où est sa place, mais rassure-toi, il va se retrouver. C'est sûr. Ils ne peuvent pas avoir changé à ce point-là quand même. Et puis de toute façon il aura bien du mal à les concrétiser ces désirs de fermier, car au bout du compte sa vie est ici et il le sait. On ne s'improvise pas fermier. Et en plus, avec quoi il l'achèterait sa ferme ? Il faut que tu sois patiente. Fais semblant de t'intéresser à ses projets, écoute-le, et je suis sûre que peu à peu il te reviendra et qu'il abandonnera toutes ces chimères. Parfois, c'est utile de faire un peu semblant. Ça vaut le coup d'essayer, tu ne crois pas ?

— Oui. Mais si ça marche pas ? Si celui que j'aime a définitivement disparu et qu'on ne veut plus du tout les mêmes choses ?

— Tu verras bien, mais on n'en est pas là. Essaye, tu as tout à y gagner, sinon tu t'en voudras de ne pas avoir essayé. Tu sais, quand on y réfléchit, ça fait pas si longtemps qu'ils sont rentrés, par rapport au temps qu'ils ont passé là-bas, dans cet enfer où chaque minute a dû compter double ou triple. Ça fait quoi... quelques mois... un peu plus d'un an, qu'on les a retrouvés ; il leur faut plus de temps que ça pour se ressaisir. Évidemment, nous on se dit qu'ils devraient être tout heureux d'être revenus et d'avoir retrouvé leurs foyers, qu'ils devraient vouloir manger la vie à pleine bouche et nous aimer mieux encore après tout ça, mais faut croire que c'est plus compliqué que ça. Garde ton optimisme Juliette, ta joie de vivre, c'est elle qui le ramènera. Tu vas voir, ça finira par s'arranger.

Il était temps de retourner à l'atelier. Anne n'était pas convaincue que tout serait si simple mais elle avait réussi à redonner un peu de force et d'espoir à sa camarade, c'était l'essentiel, pour le moment. Juliette serra Anne dans ses bras. Cette chaleur fit du bien à Anne.

La suite de la journée, Anne fut pensive et tourmentée ; elle n'était pas à ce qu'elle faisait. Elle se piqua à plusieurs reprises, elle tacha d'une goutte de sang la robe qu'elle devait avoir fini pour le soir même et elle la fit, discrètement, disparaître en la dissimulant dans l'ourlet. Son esprit lui échappait, des pensées sombres l'assaillaient qu'elle avait du mal à maîtriser et qu'elle ne pouvait partager avec personne ; c'était trop intime, trop personnel.

La discussion avec Juliette lui tournait dans la tête et elle ne pouvait s'empêcher de penser à son couple, à Gaston, à leur difficulté à se retrouver dans le plaisir des peaux qui se touchent, à ses mouvements d'humeur qu'elle ne lui connaissait pas. Elle avait la nostalgie de ses rêves de retrouvailles, quand Gaston était à la guerre et qu'elle soupirait son retour, qu'elle imaginait leur vie après, une fois que tout serait fini et qu'enfin il serait revenu. Elle avait tant rêvé ce moment, elle avait tant rêvé le retour de Gaston et la vie belle qu'ils allaient se faire.

Quelle honte de se rappeler ainsi cette période épouvantable, alors que Gaston était revenu et que c'était la seule chose qui comptait. Mais qu'est-ce qui lui passait par la tête ! Leur amour n'était pas en cause, non, ils s'aimaient toujours aussi fort, Gaston était toujours aussi attentionné, prévenant et tendre. Depuis son retour, il portait même plus d'intérêt à son avis sur les choses, il lui laissait plus de place dans les décisions qu'ils avaient à prendre. Il l'écoutait davantage et reconnaissait volontiers et sans amertume aucune qu'Anne avait démontré pendant son absence une capacité hors du commun à tenir le cap et qu'elle s'était révélée une femme d'une force et d'une intelligence qu'il ne lui connaissait pas et dont il était fier. Il l'avouait sans gêne, la guerre l'avait rendu, lui, moins autoritaire, plus à l'écoute, plus conciliant. Anne lui en était reconnaissante et elle l'aimait d'autant plus, cela ne faisait pas de doute. Mais…

Mais cette nuit encore, en plein sommeil, il avait sauté au bas du lit, se cachant des bombes, la tête enfouie dans les bras, tentant de se traîner sous le sommier pour échapper à ses cauchemars, rampant comme un homme qui ne peut plus être debout, comme s'il était encore là-bas et qu'il fallait se glisser sous le premier abri venu avant que tout explose. Anne, réveillée par ses cris, l'avait rejoint, était allée le chercher, pour le ramener ici, comme à chaque fois, comme toutes les nuits depuis son retour où, brusquement, il avait sauté du lit et qu'elle l'avait retrouvé en sueur, perdu au bas du lit, s'agitant comme un forcené, possédé. Cette nuit encore. En prenant garde, elle s'était approchée, en y allant doucement, en s'annonçant, car il pouvait ne pas la reconnaître, égaré qu'il était dans la folie du monde, et ses bras s'agitant pouvaient bien l'atteindre sans le vouloir. C'était déjà arrivé. Et pas qu'une fois. Qu'elle reçoive un coup envoyé à la volée, et quand Gaston s'en rendait compte, quand il revenait à lui, il en était mortifié, et elle, elle se sentait désarmée, et triste, si triste.

Depuis plus d'une année qu'il était revenu, pas une seule fois ils n'avaient fait l'amour et leurs étreintes lui manquaient. Ils n'avaient pas réussi, malgré les caresses, malgré les mots d'Anne qui se voulaient rassurants, ce n'était pas grave, cela reviendrait avec le temps. La patience et le temps, les plus forts des guerriers paraît-il. Mais c'était si long, cela avait déjà été si long quand il était parti, ces mois qui n'en finissaient pas sans lui, et c'était si long encore aujourd'hui alors qu'il était revenu et qu'elle avait pensé que tout rentrerait dans l'ordre, que tout redeviendrait comme avant. Mais tout était si vif toujours ; on était en 1920, il était long ce retour. Elle avait honte de cet amour qui lui manquait, elle avait honte de cette envie de chair, de sexe, honte de son corps qui voulait du plaisir, qui se crispait d'envie. Quelle femme était-elle donc pour se préoccuper de ça ?

Gaston, que tous regardaient comme un héros et qui l'était à ses yeux. Bien sûr qu'il l'était. Gaston qui, elle le savait, redoutait le coucher et sentait son corps à elle qui le voulait et auquel il ne pouvait donner le plaisir attendu. Elle s'en voulait tellement de ne pas parvenir à cacher son désir de lui. Il avait renoncé, il n'avait plus essayé, pour éviter un nouvel échec, pour dissimuler la honte de sa virilité offensée.

Il était revenu mais Anne l'attendait encore. Elle était fatiguée.

***

Il faisait si froid ce jour-là, le 20 novembre 1920. Une petite pluie glacée tombait sur le cimetière de Montmartre.

Germaine et ses parents traversèrent le pont métallique, enveloppés dans leurs manteaux et serrés les uns contre les autres, accrochés par les bras, Gaston au milieu, entre Anne et Germaine.

Ils entrèrent dans le cimetière.

Germaine avait du mal à respirer tant la tristesse l'empoignait tout entière.

Les arbres n'avaient plus de feuilles, réduits à des troncs secs, à des branches sombres et tordues comme d'immenses doigts décharnés, on aurait dit des squelettes qui cherchaient à griffer le ciel.

Ils n'échangeaient pas un mot. Aucun d'eux ne le pouvait, au risque d'ouvrir les vannes aux larmes qui boulaient dans leurs gorges. Cramponnée au bras de son père, Germaine sentait la raideur de son corps qui s'était fait armure, un corps raide et carapacé pour tenir debout, pour ne pas défaillir, pour marcher digne. Ils avançaient le regard droit, à travers les divisions quadrillant le cimetière.

Au bout de l'allée dans laquelle ils s'engagèrent, ils virent un petit attroupement que dominait la grande silhouette de Monsieur André. Antoine était près de lui.

Il y avait Louise aussi, et sa mère, et d'autres personnes que Germaine ne connaissait pas. Ils formaient un cercle autour d'une pierre tombale, celle de Sara. Ils les rejoignirent. Tour à tour, Anne et Gaston enlacèrent Monsieur André. Il embrassa Germaine. Il avait les paupières gonflées et rougies. Ses lèvres tremblaient légèrement. Il remerciait d'être là, à tous ceux qui arrivaient il répétait merci, merci d'être là, merci. C'étaient ses seuls mots, merci d'être là, mécaniques mais sincères.

Germaine aurait voulu crier au ciel, elle aurait voulu hurler à la mort comme les chiens qui pleurent.

Juste au bout de la pierre tombale de Sara, Monsieur André avait fait ériger une stèle, c'est pour ça que tous étaient là réunis.

Une stèle sculptée pour Pierre, son aîné.

Elle se dressait droite et haute.

En son centre, elle était décorée d'un médaillon qui renfermait le visage souriant de Pierre, quand une vie lui était encore promise, quand sa jeunesse garantissait la pensée de l'avenir, quand les projets illuminaient encore les repas familiaux, qu'on pouvait rire de s'imaginer vieux. Un médaillon ovale, tout simple, en métal doré.

Et Pierre, souriant, au centre.

Pierre figé dans sa jeunesse.

Tous vieilliraient mais lui ne prendrait pas une ride. Son visage lisse arrêté dans l'avant-guerre, dans une époque si belle d'avoir été celle d'avant, souriant dans son médaillon, posté là dans un temps suspendu. Jeune pour toujours.

À la base de la stèle, Monsieur André avait fait sculpter un tandem, avec de grandes roues, pour que le rêve des deux frères reste inscrit dans le granit. La roue avant dépassait un petit peu, donnant le sentiment qu'il suffisait de grimper sur le tandem pour prendre la route, pour le détacher de la stèle et filer vers la mer.

Au-dessus du médaillon, en lettres noires, ces mots de colère, gravés dans la rudesse froide de la pierre, crachés au visage du patriotisme ambiant et de la fierté d'une victoire amère, les mots d'un père pour qui tout enfant est l'enfant de tous les hommes et qui les pleure, tous : « Maudite soit la guerre qui tue nos enfants. »

Mais sous la stèle, il n'y avait pas de corps.

Pierre comptait parmi les disparus, ceux que l'on n'avait pas retrouvés, ceux qui avaient été engloutis dans la terre, à jamais perdus, morts et disparus, morts et avalés, morts et égarés, morts et volatilisés, volés aux vivants jusqu'à leurs moindres traces.

Au début, Monsieur André avait gardé espoir.

Quand on a disparu, on peut revenir, c'est possible, ça arrive, parfois. Peut-être Pierre était-il dans un lit d'hôpital, incapable de donner de ses nouvelles, peut-être avait-il momentanément perdu la mémoire, oublié jusqu'à son nom, mais cela lui reviendrait. Peut-être que c'était ça, disparu, mais il reviendrait parce que disparu ce n'est pas mort, enfin ce n'est pas sûr, pas sûr à cent pour cent. Il reste un bout d'espoir de voir revenir quand ce n'est pas sûr à cent pour cent la mort. On entend parfois des histoires comme ça, des disparus qui ressurgissent quand plus personne n'y croit plus et qui pourtant reviennent. Ça arrive, parfois. Il s'était accroché à cette idée. Il s'y était d'autant plus accroché qu'il n'avait rien senti au moment de ce qui devait être le moment de sa mort.

Comment était-ce seulement possible ?

Comment son fils avait-il pu mourir sans qu'il ressente rien ?

Il était son père, il lui avait donné la vie, il l'avait fait grandir, il avait consolé ses peines, soigné ses écorchures, il avait partagé avec lui les joies petites et grandes que la vie leur offrait et dont ils savaient profiter, il l'avait aimé bien plus que lui-même, il était fier de son grand gaillard et il aurait sans hésiter donné sa vie pour qu'il puisse vivre.

Son cœur aurait dû sentir quelque chose quand son garçon avait été touché, quand il était tombé, il aurait dû être frappé en même temps que lui, sentir comme un arrêt, comme un glacement, un soubresaut de sa respiration, quelque chose, un signe. Quelque chose aurait dû se tordre en lui. Il aurait dû sentir au moment où.

Mais rien, il n'avait rien senti.

Il ne savait même pas ce qu'il faisait ce jour-là.

Et pourtant, Pierre était bien mort. Il était mort seul, sans pensée pour l'accompagner, et même son corps mort était abandonné, perdu dans une terre qui n'était pas la sienne, éparpillé dans la boue, dissous, définitivement seul pour l'hypothétique voyage vers l'autre rive. Cette idée torturait Monsieur André. Et Germaine savait qu'il acceptait cette torture, qu'il la trouvait légitime, qu'il fallait qu'elle soit, qu'il fallait qu'elle le déchire, parce que c'était tout ce qui lui restait, tout ce qu'il méritait, cette torture prométhéenne, lui dont le cœur de père indigne n'avait rien senti quand son garçon avait succombé, lui qui avait continué à vivre ce jour-là, comme si de rien n'était, alors que Pierre mourait.

Comment accepter de vivre sans cette torture ?

Sans avoir le sentiment qu'alors il l'abandonnerait encore à la pire des solitudes, à l'oubli ingrat des vivants ?

Il avait perdu son enfant. Il y a un mot pour les enfants qui perdent un de leurs parents, ce sont des orphelins.

Mais comment appelle-t-on un parent qui perd son enfant ? Il n'y a pas de mot pour ça. Peut-être n'a-t-on pas voulu inventer de mot pour dire cet insoutenable, pas de mot pour dire cet irréparable.

C'est quelque chose ce refus du langage, c'est lourd de sens cette absence, ce vide de notre vocabulaire. Ne pas dire, ne pas nommer, pour empêcher d'exister. Ou alors, le mot existe quelque part, laid et gris, au fond d'une cave, au fond d'un vieux livre moisi, et personne ne veut le faire sortir ; on l'a enfermé pour l'empêcher de dire ce qu'il dit, on a préféré l'oublier, ce mot qui fait mal rien qu'à le chercher, rien qu'à imaginer qu'il existe dans les lignes du vieux livre tandis que des parents pleurent, pleurent, pleurent et pleureront toujours.

Mais avec ou sans mot pour le dire, la réalité était bien là. Monsieur André était désenfanté, voilà la terrible vérité, celle d'une vie à jamais rougie par cette chienne de guerre.

Antoine prit la parole.

Germaine ne l'avait pas revu depuis plusieurs mois. La dernière fois, c'était à la menuiserie, il attendait son père à la sortie du travail. On aurait dit une ombre. Il était devant l'entrée, le regard vide, le corps aveuli, les épaules tombantes, pauvre hère ne réagissant à rien, attendant, c'est tout. Elle les avait regardés partir tous les deux. Il marchait comme un automate, un pied devant l'autre sans la moindre énergie, courbé comme un petit vieux, c'était tellement triste à voir. Germaine avait tant pleuré ce jour-là quand elle l'avait vu partir, accroché à son père, marchant à petits pas, sa beauté latine comme évaporée, effacée, sa jeunesse écrasée.

Alors elle fut surprise quand elle le vit se placer à côté de la stèle, près de son père, et prendre la parole. Jamais elle n'oublierait.

Il leva les yeux vers le ciel, posa ses mains sur la pierre, prit une longue inspiration et commença à parler, d'une voix posée, ferme et grave. Germaine se souviendrait toujours des phrases qu'il prononça, les yeux plongés dans ceux de son père.

— Pierre, mon frère. Comment imaginer que le soleil puisse se lever encore, qu'il puisse briller encore alors que tu n'es plus là ? Comment aimer ce monde qui nous a dépouillés de toi ? Comment croire encore en la douceur de la vie quand elle nous a brisés en nous arrachant ceux qui nous donnent le goût de vivre ?

« Tu es parti, assassiné par la folie des hommes, pulvérisé par les armes qu'ils ont mis tant de talent à construire pour qu'elles vident le monde de nos espoirs.

« Me voilà seul à pédaler sur notre rêve de tandem vers une mer que nous ne verrons jamais ensemble.

« J'espère tant que tu as retrouvé maman et que c'est dans ses bras que tu reposes aujourd'hui.

« Je te promets... mon frère... de toute mon âme, de toute ma force, de m'occuper de papa, de l'aider à vouloir vivre encore, de faire tout ce que je peux pour soulager son incommensurable peine, pour l'aider à porter son ineffable chagrin.

« Je te promets... mon frère... de mettre toute l'énergie qui me reste à écraser la guerre, je te promets de lutter par tous les moyens pour que jamais plus elle ne vienne massacrer les hommes, pour que jamais plus elle ne tue les enfants des hommes. Peut-être alors ne seras-tu pas mort pour rien et notre souffrance pourra-t-elle... avoir... au moins... un sens.

Les larmes coulaient sans bruit sur le visage de Monsieur André. Tout son corps tremblait de la douleur sans nom. Antoine s'approcha de lui et le prit dans ses bras. Ils restèrent longtemps tous les deux, arrimés l'un à l'autre, suspendus au monde, noués de chagrin.

Il avait donc fallu que Pierre meure pour qu'Antoine sorte du fond de lui. Il avait fallu l'atroce détresse de son père, son insupportable douleur, pour qu'il se réveille, pour que la vie se rallume, pour son père et par fidélité fraternelle.

Ce n'était pas le temps qui avait fait revenir Antoine mais le malheur indicible d'un autre que lui, le malheur de celui qui n'avait plus que lui.

Il avait fallu que le noir s'épaississe encore, qu'il menace d'avaler son père, pour qu'Antoine trouve le chemin amer du retour, pour qu'au fond de son néant il puisse rallumer une frêle étincelle, une lueur d'où jaillirait la force de vivre qu'il semblait avoir à tout jamais perdue.

Il ne s'agit pas de dire qu'il faut plus de malheur encore pour espérer rebondir. Qui pourrait croire une idiotie pareille ? Plus de malheur encore, s'y enfoncer, pour toucher le fond et enfin mettre un bon coup de pied pour remonter. Mais quand on est au fond, souvent on y reste, on n'en décolle pas, on s'englue. Parce qu'il n'y a pas de fond physique au malheur qui marquerait la fin de la dégringolade, il n'y a pas de plancher limite au désespoir, c'est un abîme, insondable, qui échappe au fini, aux limites.

Non, ce n'est pas ça.

Ce qui a fait revenir Antoine, c'est l'amour, l'amour qu'il avait pour sa mère, pour son frère et pour son père, l'amour dont il avait été entouré depuis tout petit, dont il avait été pétri, qui lui avait été donné sans compter, sans y penser. Un amour plein, absolu et fondateur, et qui ce jour-là pouvait être rendu, déployé, pour sauver son père.

Pas par devoir, pas par retour obligé, comme un remboursement, comme une dette morale dont il aurait dû s'acquitter, ça n'aurait pas marché si ça avait été ça. Mais par amour, simplement.

C'était ça qui s'était réveillé en lui face à la souffrance de son père, qui s'était dressé tel un phénix renaissant, l'amour nourri de l'amour, l'amour reçu, sève généreuse, qui permet l'amour de l'autre. Il avait cette présence en lui, ce sentiment sacré et tutélaire, qu'il avait pu retrouver au fond des cendres grises.

Et la colère aussi.

En retrouvant l'amour qui venait au secours de son père, il avait aussi déterré la colère, la puissante ardeur de la colère.

La guerre l'avait laissé comme mort à l'intérieur, dans un demi-jour, hanté de sang et de cris durant des mois et des mois, elle lui avait volé son frère, jusqu'à son corps dont ils étaient privés et qui errait on ne sait où, elle avait anéanti son père qui avait pris cent ans et ce n'était pas juste une formule.

Ce colosse d'André, ses pantalons lui flottaient désormais aux jambes tant il avait maigri d'un chagrin que seul le corps peut dire ; dans ses yeux s'était formée une pellicule vitreuse, laiteuse, que les larmes ne nettoyaient pas. Il ne verrait plus le monde qu'à travers cette eau de brouillard que la mort de son fils avait collée à ses yeux. Cette mort qu'il n'avait pas su empêcher, cette mort qu'il n'avait même pas sentie.

Antoine en était convaincu, la guerre n'était pas une fatalité et elle était toujours évitable. Pierre aurait pu vivre, Pierre aurait dû vivre.

On aurait pu éviter ça si on avait voulu. On aurait pu s'il y avait eu plus de Jaurès. On aurait pu si ceux qui étaient aux manettes n'avaient pas, pour une raison ou une autre, désiré l'affrontement pour asseoir leur dérisoire pouvoir. On aurait pu, on aurait pu, oui on aurait pu, mais... on n'a pas voulu.

On peut penser qu'avec des « si » on mettrait Paris en bouteille et qu'il ne sert à rien de vouloir refaire l'Histoire, mais c'est ce que pensait Antoine : qu'il y aurait pu avoir des « si » qui seraient devenus l'Histoire, des « si » qui auraient permis une autre Histoire.

Après l'apathie, après l'absence à lui-même, était venue cette colère, contre les hommes qui avaient permis ce carnage, contre ceux qui l'avaient décidé, qui les avaient baratinés en leur racontant que la civilisation était en danger, que la barbarie était aux portes, que l'ennemi était un animal sanguinaire prêt à égorger les enfants, à leur couper les mains, et qui les avaient envoyés se faire trouer la peau et trouer la peau d'aussi malheureux qu'eux.

C'était ça la colère d'Antoine.

Germaine, Anne et Gaston quittèrent le cimetière.

Vidés, épuisés.

La guerre n'en finissait pas de les briser, elle continuait de leur gronder aux oreilles, elle refusait de les lâcher, elle avait planté ses crocs, elle secouait leurs chairs de sa mâchoire de hyène, elle ne lâchait pas.

Il n'y avait rien à faire.

Ils marchèrent en direction de leur appartement de la rue Véron, silencieux, chacun dans ses pensées, concentrés sur leurs pas, pour que leurs jambes les ramènent. Ils reprirent le pont métallique, dans l'autre sens. Il faisait si froid. Ils repassèrent au-dessus du cimetière. Louise courut pour les rejoindre. Gaston et Anne marchaient devant, ils se tenaient par le bras. Anne parfois posait sa tête sur l'épaule de Gaston. Louise et Germaine marchaient collées l'une à l'autre, les bras enroulés.

Germaine réentendait en boucle les phrases qu'Antoine avait prononcées, elle se les répétait dans le silence de leurs pas qui leur donnait un écho plus fort encore. Il ne fallait pas qu'elle les oublie, jamais, elle voulait qu'elles lui restent, qu'elles soient en elle incrustées, elle devenues.

Peu à peu, en marchant, en repensant ses mots, en revoyant comment il s'était tenu debout et droit près de la stèle, le corps enfin déplié après avoir été si longtemps ratatiné, comment il avait entouré son père d'une étreinte si douce et aimante, le chagrin de Germaine s'est un peu allégé.

Si elle était totalement bouleversée, en même temps elle était heureuse, enfin heureuse… ce n'est pas le bon mot parce que tout cela était si triste… mais rassurée en tout cas, de voir qu'Antoine était sorti de sa torpeur, qu'il s'était arraché de l'engourdissement où la guerre l'avait plongé pour mieux la détester, pour ne pas lui laisser le dernier mot.

Elle se disait qu'il y avait peut-être une sortie, pas un oubli car ça, non, tous l'avaient compris, on n'oublierait pas de sitôt. Mais une possibilité de vivre quand même, avec ce que la guerre avait fait d'eux, certes, mais avec ce qu'ils feraient d'elle aussi. En acceptant, parce qu'on ne pouvait pas faire autrement, ses traces, son empreinte, ses déchirures, en acceptant qu'elle fasse partie de ce qu'ils étaient devenus mais en n'étant pas seulement ses objets misérables et passifs, en reprenant la main en quelque sorte sur les vies pitoyables qu'elle leur imposait s'ils se soumettaient.

Ce ne serait pas facile, elle en avait bien conscience, et pour certains ce serait même impossible et même pas désirable. Mais Antoine avait fait le serment de lutter contre la guerre, elle lutterait aussi, de toutes ses forces.

Aujourd'hui, en ce jour de novembre 1920, sur ce pont métallique où il faisait si froid, elle se le jura. Le sens de sa vie était là, dans ce qu'elle ferait de ce que la guerre avait fait d'elle, dans l'ardeur qu'elle mettrait à la combattre.

Le réveil d'Antoine avait fait naître en elle l'aurore d'un optimisme, l'espoir d'une guérison pensable, l'idée que le pire n'est pas toujours inéluctable, et s'il arrive, pas toujours définitif.

***

Louise rentra chez elle et s'enferma dans sa chambre. Elle relut la lettre de Raoul, le camarade de front de son père, qui leur avait écrit en 1917 pour leur annoncer sa mort et qui avait partagé avec lui sa dernière bataille. Dans le coin en haut à gauche, il avait indiqué son adresse. Elle s'installa à son bureau, sortit une feuille, une plume et déboucha son encrier.

Je m'appelle Louise, commença-t-elle, *je suis la fille de Roger Dupré qui a combattu avec vous à la Malmaison et qui est mort là-bas. Vous m'avez écrit il y a trois ans, j'étais encore bien jeune à l'époque pour vous répondre et je vous demande pardon de ne pas l'avoir fait avant. J'espère que vous êtes remis de vos blessures et que vous souffrez moins aujourd'hui. J'aimerais vous rencontrer pour que vous me parliez de mon père. Accepteriez-vous que je vienne vous rendre visite, si cela n'est pas trop pénible pour vous ? D'avance je vous remercie et espère avoir de vos nouvelles. Louise.*

Elle n'eut pas à attendre longtemps. Quelques jours plus tard, elle reçut une réponse de Raoul lui disant qu'il serait très heureux de la rencontrer et qu'il l'attendait, si cela lui convenait, le dimanche 19 décembre dans l'après-midi.

Raoul vivait dans une petite maison de banlieue à Aubervilliers. Louise s'y rendit à la date convenue. Il était un peu plus de 14 heures quand, arrivée à la grille du portail, elle prit une profonde inspiration et fit tinter la cloche rouillée dont la chaîne pendait sur le côté. La porte de bois de la maison s'ouvrit immédiatement et Louise vit un homme, s'appuyant sur une canne, descendre les quelques marches du perron pour venir l'accueillir. Grand et sec, il avait les cheveux poivre et sel. Il marchait, courbé, avec difficulté. Il lui parut jeune et vieux à la fois, elle aurait peiné à lui donner un âge. Ils se sourirent.

— J'aurais pu vous reconnaître entre mille, vous êtes aussi jolie que l'affirmait fièrement votre père et vous lui ressemblez, entrez Louise.

Il la débarrassa de son manteau et de son chapeau qu'il suspendit au perroquet dans l'entrée puis la conduisit au salon, une petite pièce étroite et sombre malgré la porte-fenêtre donnant sur le minuscule carré de jardin à l'arrière.

Elle se dirigea vers le canapé qu'il lui indiqua. Sur une table basse, il avait disposé deux tasses et une assiette de petits gâteaux.

— Asseyez-vous, je vous en prie. Je vous offre un café ?

— Merci, avec plaisir.

Raoul se rendit à la cuisine et revint avec le café fumant dont l'odeur emplit agréablement l'atmosphère. Il servit et s'assit face à elle. Louise ne savait comment entamer la conversation, mais très vite, malgré les circonstances tragiques qui avaient conduit à leur rencontre, elle se sentit bien auprès de Raoul qui lui souriait comme s'il retrouvait une amie. C'était un homme bon et simple.

— Roger, votre père, m'a tant parlé de vous, j'ai l'impression de vous connaître un peu.

Ils discutèrent ensemble pendant deux bonnes heures. Raoul, à intervalles réguliers, se levait en grimaçant et faisait quelques pas dans la pièce. Ses blessures le faisaient souffrir encore et il ne pouvait tenir longtemps une même position. Il s'en excusa.

— Ce n'est pas que j'aie la bougeotte ou que je m'ennuie, n'allez surtout pas croire ça, mais ces satanées jambes... C'est à croire qu'elles ne peuvent rester en place.

— Vos blessures du front ?

— Eh oui. Depuis, c'est comme si l'immobilité les rendait folles, je ne les maîtrise pas. Mais je ne vais pas vous embêter avec ça, Louise, ce n'est pas pour m'entendre ronchonner que vous êtes venue me voir. Et certains sont bien plus à plaindre que moi.

Sans lui laisser le temps de protester, il enchaîna.

— On ne s'est pas connus très longtemps, votre père et moi, mais l'amitié qui nous a liés a été profonde. C'était un homme formidable et il ne se passe pas un jour sans que je pense à lui. Un homme si généreux, tous ceux qui l'ont connu au front pourraient en témoigner. Vos lettres, vous savez Louise, c'était son plus grand trésor, il les gardait contre lui, dans la poche intérieure de sa capote. Si vous saviez combien il était fier de sa « petite poilue de l'arrière ». J'espère que vous ne m'en voulez pas de vous attifer d'un tel sobriquet, étant donné la belle jeune fille que vous êtes devenue.

— Oh non, bien sûr que non ! Ça me fait du bien de l'entendre.

Puis il lui raconta les projets que son père imaginait pour elle et pour sa mère quand ce serait fini, la maison en bord de mer, il avait même voulu, du fond de la tranchée, contacter un notaire pour entamer les opérations, car il savait que sa mère aimait les embruns et qu'elle pouvait rester des heures les yeux glissant sur le bleu de l'horizon, bercée par la houle roulante. Louise eut un pincement au cœur, un pincement de colère et de jalousie, en entendant Raoul parler de sa mère, en entendant les mots tendres que son père avait pour elle. Elle n'en laissa rien paraître. Raoul ne savait rien des tensions qui existaient entre elles et Louise ne voulait pas salir ce moment qu'elle partageait avec lui. Elle étouffa sa rancœur.

— J'ai quelque chose à vous montrer, Louise.

Raoul se leva. Il ouvrit le long tiroir du buffet. Il en sortit un carnet de cuir noir. Le carnet qu'il avait tenu dans les tranchées. Et il lui montra les dessins que son père y avait faits des maisons comme il les imaginait. Son père, qu'elle pensait si solitaire, si discret, avait partagé avec cet homme à peine rencontré toute une partie de sa vie, jusqu'à confier à son carnet ses rêves de retour. À observer Raoul elle comprenait. Il y avait chez lui une bonté qui incitait à la confiance et à la confidence.

Elle découvrit ces maisons, entre lesquelles ni elle ni sa mère n'avaient jamais eu à choisir. Quatre dessins, quatre maisons, toutes différentes, plus ou moins imposantes, plus ou moins biscornues, mais toutes ouvraient de grandes fenêtres sur l'océan, toutes respiraient la marée, toutes laissaient entendre, comme le coquillage à l'oreille, le langage usé du va-et-vient des eaux.

Raoul découpa un des croquis de son cahier. Celui dont Louise ne parvenait à détacher les yeux, le dernier, celui que son père avait dessiné quelques jours avant sa mort. La date était indiquée dans le coin droit en bas du dessin : 15 octobre 1917. Ce 15 octobre, un retour était encore possible, encore rêvé. Ce 15 octobre, des maisons se dressaient dans les tranchées et l'océan nettoyait la mitraille. Il l'arracha de son carnet et le lui offrit. La feuille un peu jaunie, tachée par endroits de traces de terre, tremblait dans sa main. Les murs que son père avait dressés au crayon de bois étaient d'une étonnante vérité, d'une matérialité bouleversante. À une extrémité de la maison, il avait prévu une tourelle, pas très haute mais toute ronde, avec un toit pointu et des fenêtres à petits carreaux ; une inscription sur le côté précisait « Le pigeonnier ». Tout en haut de la tourelle, là où l'on pouvait apercevoir un petit balcon filant donnant sur la mer, il avait tracé une flèche et écrit « Bureau ou boudoir de Marthe, comme elle voudra ». Au beau milieu de ce qui aurait dû être le jardin, il avait dessiné un cabanon, lui aussi tout ouvert sur l'océan, et Louise lut en dessous « Atelier de Louise ».

Devant ce clin d'œil posthume, Louise sentit les regrets se réveiller et ses yeux se remplirent de larmes. Elle ne savait même pas que son père savait si bien dessiner et qu'ils partageaient cela. Pourquoi ne le lui avait-il jamais dit ? Que savait-elle de lui au fond ? Elle avait si peu de souvenirs avec lui, elle les cherchait mais c'était comme un grand trou noir dans sa mémoire. Elle ne savait pas, avant la guerre, qu'il aurait fallu vivre chaque moment pour qu'il se grave. Elle ne savait pas qu'elle en aurait besoin un jour, elle était alors inconsciente du risque de tout perdre. Elle s'en voulait d'avoir été si insouciante, si peu attentive à la fabrication des souvenirs. La mort de son père charriait des milliers de regrets. C'est si définitif les regrets quand la mort empêche de se pardonner, quand elle empêche de faire marche arrière et qu'alors ils gonflent à écraser de honte et de chagrin. C'est ça aussi la mort, pour les vivants. Ces regrets face auxquels on ne peut rien ; parce qu'il est trop tard. Ces regrets cendrés de remords. Qui font couler des larmes dans les veines. Et qui reviennent toujours, bien vivants eux, forts de notre impuissance à les faire mourir.

— Est-ce que vous savez où est le corps de mon père ? Où est-ce qu'il est enterré ?

Louise avait les yeux fixés sur le dessin, immobile, attendant la réponse. Raoul expliqua. Sa voix tremblait.

Il lui expliqua ce qu'on faisait quand un camarade tombait. Lui, il n'avait pas pu aider pour son père. Devant lui, il avait vu Roger tomber, puis un obus avait éclaté et plus rien, il ne s'était réveillé qu'à l'hôpital, des heures plus tard. Mais il savait que les copains avaient fait le nécessaire après la bataille, ils le faisaient toujours, et qu'ils avaient planté une croix de bois à l'emplacement où ils avaient mis Roger en terre, avec son nom gravé sur la croix, au couteau, pour qu'on puisse le retrouver quand tout ça prendrait fin, qu'on faisait toujours ça quand on le pouvait, par respect, pour ne pas abandonner les corps des copains, pour qu'il y ait des gestes qui les accompagnent et parce qu'on pensait aux familles qui voudraient un jour, forcément, savoir où reposait celui qui était tombé et se recueillir près de lui. Il lui expliqua que, depuis, les autorités avaient entamé le regroupement des sépultures isolées dans de grands cimetières nationaux et que c'était très probablement dans un de ces cimetières que reposait son père. Il pourrait lui obtenir le renseignement si elle le souhaitait, sans difficulté.

Le jour déclinait. Peu à peu, l'obscurité gagnait le salon. Louise leva les yeux vers Raoul. Elle vit alors la grande fatigue qui l'accablait, et la tristesse aussi. Elle lui sourit et se leva. Elle glissa précautionneusement le dessin de la maison dans son sac.

— Merci Raoul, merci pour tout. J'ai déjà beaucoup abusé de votre temps et il se fait tard.

— C'est moi qui vous remercie Louise d'être venue jusqu'à moi. Vous serez toujours la bienvenue et si je peux vous être utile en quoi que ce soit, je serai heureux de pouvoir vous aider et vous soutenir, en sa mémoire. Je vous écrirai pour vous dire où repose votre père, vous pouvez compter sur moi.

Il la raccompagna jusqu'au portail. Il l'enlaça.

— Au revoir Louise et n'oubliez pas, revenez quand vous voulez.

— Je n'y manquerai pas. Merci Raoul et prenez soin de vous.

Louise se sentit stupide à prononcer cette phrase toute faite. Elle repartit, serrant contre elle le précieux dessin. Elle marcha, longtemps, dans le froid, la vue brouillée par les larmes. L'image de son père dessinant dans la tranchée les maisons du retour se superposait à celle de son corps, atteint par une balle, s'effondrant dans la terre. Et les regrets, toujours, qui ne passaient pas, de l'avoir si peu connu, de le connaître si mal.

Le jeudi de la semaine qui suivit, elle se rendit à la menuiserie. Elle entra dans l'atelier. Elle passa, droite comme un « i », devant le bureau vitré où se trouvait Leduc sans lui adresser le moindre regard. Il tenta un geste mais elle lui tourna ostensiblement le dos et se dirigea vers Monsieur André. Comme toujours, il l'accueillit avec chaleur.

— Mais que viens-tu donc faire ici Loulou ? Pas ramasser de la sciure tout de même, tu as passé l'âge !

— Non, je ne viens pas pour la sciure. J'ai besoin de vous demander quelque chose, un grand service. Est-ce que vous pouvez prendre une pause de quelques minutes ?

Monsieur André inclina la tête pour regarder du côté du bureau de Leduc.

— Tu me donnes deux secondes ? Je termine cette découpe et je suis à toi.

Louise l'attendit à l'extérieur. André la rejoignit. Sachant qu'ils ne disposaient pas de beaucoup de temps et que Leduc ne tarderait pas à sortir pour rappeler Monsieur André à l'ordre, Louise alla droit au but.

— Voilà, dimanche dernier je suis allée rendre visite au camarade de front de mon père, Raoul, qui était avec lui quand… enfin vous voyez. C'est lui qui nous avait écrit pour nous expliquer ce qui s'était passé. Y avait son adresse sur sa lettre.

— Tu y es allée toute seule ?

— Oui, mais ne vous inquiétez pas, ça va, c'était important pour moi de le voir et qu'il me parle de papa.

— Je comprends Loulou, mais quand même ce n'était pas très raisonnable d'y aller seule, on ne sait jamais. Tu aurais dû m'en parler.

— Ben justement, c'est pour ça que je viens vous voir. Je voudrais aller à la Malmaison, là où papa est tombé, et je voudrais aller là où il est enterré. Raoul m'a dit qu'il devait être dans un des cimetières militaires, là-bas. Je ne crois pas que j'y arriverai seule, vous voudriez bien m'accompagner ? Je sais que c'est dur ce que je vous demande, mais vous êtes la seule personne à qui je peux m'adresser.

— Bien sûr Loulou, bien sûr je t'accompagnerai. Mais tu en as parlé à ta mère ?

— Non. Je ne veux pas y aller avec elle. Je lui en parlerai, après, mais je ne veux pas y aller avec elle. Et si c'était important pour elle, elle aurait déjà fait le nécessaire.

Monsieur André comprit au ton de Louise qu'insister n'aurait servi à rien. Il lui promit donc d'organiser ce pèlerinage, pour elle, et en mémoire de son père qui avait été bien plus qu'un patron et à qui il devait bien cela. Louise quitta la menuiserie rassurée.

Quand elle fit part de son projet à Germaine, celle-ci proposa immédiatement de l'accompagner.

— Est-ce que tu veux que je vienne avec toi ? Aucun problème pour moi. Ce qu'il ne faut pas, c'est que tu y ailles seule.

— Non bien sûr. Merci ma Germaine, je savais que tu serais là, mais c'est pas la peine. Je vais y aller avec Monsieur André, il est d'accord. Je me suis dit que c'était bien d'y aller avec lui.

Germaine savait combien Louise adorait Monsieur André, et c'était réciproque. Il la tranquillisait. Il était une des rares personnes dont Louise acceptait les démonstrations de tendresse, car elles étaient pudiques mais bien réelles, calmes et jamais envahissantes. Pour André, Louise était la petite fille qu'il aurait pu avoir après ses deux grands, si la vie... Savoir qu'il serait avec elle en ces circonstances rassurait Germaine.

— Tu as bien fait, lui répondit Germaine. C'est bien que vous y alliez ensemble. Pour toi et pour lui.

Un dimanche du mois de janvier 1921, Louise et Monsieur André prirent le train pour se rendre sur les lieux où Roger avait trouvé la mort, dans l'Aisne, à une quinzaine de kilomètres de Soissons.

Pour permettre aux familles et aux curieux de se rendre là où les poilus avaient combattu, la Compagnie des chemins de fer du Nord avait mis en place des trains de pèlerinage qui sillonnaient les régions dévastées. Le train était bondé. Le wagon où ils prirent place était terriblement bruyant, bien loin du recueillement auquel Louise s'était attendue et auquel elle aspirait. Ce fut d'abord la bousculade pour accéder au train et, une fois installés, les discussions futiles des uns et des autres, alors que Louise n'aurait souhaité que le silence ; ce furent les commentaires de certains qui espéraient en avoir pour leur argent et ne pas être déçus du voyage, alors que Louise, le ventre noué, savait aller à la rencontre de la mort et redoutait de ne pas tenir debout. L'indignation qui montait en elle à entendre les conversations de ses voisins lui nouait la gorge, elle se sentait nauséeuse. Sans dire un mot, Monsieur André, assis face à elle, posa sa main sur la sienne, une protection. Ensemble, le regard au loin à travers les vitres du train, hypnotisés par le défilé des paysages au-dehors, ils éloignèrent le bruit autour d'eux, ils l'assourdirent.

Peu à peu, les bavardages se firent moins bruyants, moins nombreux, et ils cessèrent tout à fait. Le train avait atteint les régions dévastées, il roulait lentement. La stupeur fit taire même les plus brailleurs et les plus grossiers. Tout autour d'eux, ce n'étaient que champs de ruines, que maisons éventrées, qu'arbres calcinés, que terre retournée d'où émergeait un fatras de ferraille rouillée et de morceaux de bois. Le train roulait au milieu du chaos, dans un paysage d'apocalypse. La mort était partout, elle exsudait de la terre gémissante. Le trajet n'en finissait pas.

Arrivés à Soissons, Louise et Monsieur André descendirent du train et prirent une baladeuse pour faire les quelques kilomètres qui les séparaient de la zone de la Malmaison. Assis sur des bancs de bois, ils cahotaient sur la route. Ils se firent conduire à Vaudesson qui n'était plus qu'un tas de pierres. Ils marchèrent dans ce qui avait été un village. Ils sentaient l'odeur des ruines, âcre, celle qui gratte à la gorge, qui nauséabonde au cerveau. Ils se dirigèrent vers les vestiges du fort de la Malmaison, longeant les tranchées encore visibles où Roger avait combattu, les trous d'obus encore béants, et c'était peut-être dans l'un d'eux que Roger s'était effondré, avalé dans une de ces bouches obscènes dont les lèvres poisseuses semblaient vouloir aspirer encore. Sous leurs pieds, ils sentaient battre les cœurs des hommes, ils entendaient leur souffle, leur râle, ils éprouvaient comme leur présence, comme une pulsation désordonnée, comme une force remontant du profond de la terre, comme une ondulation des corps, par en dessous, qui faisait chavirer l'équilibre, comme si la terre malaxait, pétrissait toutes ces chairs et ce sang qu'elle continuait d'avaler, de digérer, dont elle se nourrissait comme d'un humus pourrissant.

Louise ramassa un peu de cette terre qui avait accueilli un temps le corps de son père, de cette terre où il avait été enseveli et qui en était devenue sacrée, sanctifiée par sa présence, même morte, par son sang qui s'y était répandu. Son corps avait été là, quelque part, dans cette terre où ses compagnons l'avaient couché, entouré d'un linceul de fortune, comme le lui avait expliqué Raoul.

Ils prièrent un moment, à l'intérieur d'eux-mêmes, sans les gestes appris de longue date qui ici ne ressemblaient à rien tant, dans la saleté du monde, ils étaient vidés de sens. Ils prièrent des prières sans dieu, ils prièrent sans véritable adresse identifiée, ils prièrent sans but, sans espoir de consolation, des prières d'amour arraché et de rêves volés, chacun à sa manière. Louise à genoux, les mains posées sur le sol, à même la terre, y enfonçant le bout de ses doigts, la creusant de ses ongles, à vouloir se faire mal, à vouloir y faire couler un peu de son sang à elle pour le mêler à celui de son père. Monsieur André debout, les pieds enfoncés dans la peine infinie, les yeux vers le ciel vide, vers son fils, Pierre, dont le corps était tout à la fois nulle part et partout. Ils prièrent, silencieux. Puis Monsieur André s'approcha de Louise, posa la main sur son épaule et la fit doucement se relever en la tenant sous les bras. Ils repartirent, se soutenant l'un l'autre. Sans un mot.

Louise serrait bien fort le petit sac de tissu contenant la terre qu'elle avait ramassée.

Ils prirent une automobile et se rendirent au cimetière de Vauxaillon où reposait le corps de son père. Tombe n° 608. Raoul avait obtenu les informations et les avait transmises à Louise. « Le corps de votre père repose au cimetière de Vauxaillon, sa tombe porte le numéro 608 », lui avait-il écrit. C'est là qu'il se trouvait.

Louise sortit de l'automobile. Des croix blanches, à perte de vue. Des hommes, dessous, qui gisent côte à côte, pareillement couchés dans la terre, unis dans la mort, telle une armée de fantômes sacrifiés. Tant de croix ! Il y en avait tant. Son père parmi eux. Son ventre lui faisait mal. Elle manquait d'air. Ils marchaient, elle et Monsieur André, dans les allées étroites. Les tombes étaient proches les unes des autres, à peine un mètre séparait les monticules de terre. Là, son père. Tombe 608 : une croix blanche, comme toutes les autres, et gravé dessus :

DUPRÉ Roger
30e R.I.
Mort pour la France le 23.10.1917

Dans la terre froide de janvier, sous ses pieds reposait son père, entouré de tous les autres, tous ces corps dans la même terre. Tous ceux qui, disait Raoul, ont eu moins de chance que lui. Elle ôta ses gants et toucha la croix. Monsieur André s'éloigna. Pas une fleur, des arbres au loin. Des croix, identiques, parfaitement alignées, serrées. Rien qui distingue, qui domine. Et le drapeau tricolore qui flotte au mât central. La croix de bois était froide. Elle passa les doigts sur le nom de son père, une lettre après l'autre, et s'agenouilla dans la terre. Elle resta ainsi. Puis, toujours à genoux, elle releva le visage, le regard à hauteur de croix, à hauteur d'enfant. Un océan de bois qui, dans son immense tristesse, dessinait une harmonie. Une communauté, pensait Louise. Une communauté, liée, entremêlée par un même destin, sous et au-dessus de la terre.

Ils quittèrent le cimetière à pas lents. Ils reprirent le train pour Paris. Louise s'endormit, serrant dans ses mains le sac de terre. Il faisait nuit quand le train arriva à la gare du Nord. À son retour, elle ne raconta que peu de choses mais Germaine vit sur ses bras écorchés les plaques d'eczéma qui s'enflammaient, ces plaques qui revenaient par poussées, qu'elle ne pouvait s'empêcher de gratter avec rage tout en essayant de les cacher.

— J'imagine que cela a dû être difficile. Comment tu vas ? Tu veux en parler ?

— Je ne sais pas trop quoi dire. J'avais besoin d'aller là-bas, j'ai vu sa tombe dans le grand cimetière de croix blanches, il a fallu déambuler au milieu de centaines de tombes avant de la trouver, et lire des noms et des noms sur les croix... et à chaque nom je me disais, qui le pleure lui ? Toutes ces croix, tous ces hommes couchés dessous, ensemble, qu'on les imaginerait main dans la main, comme une grande plaine d'hommes faisant barrage. Maintenant, je suis comme vide ; j'ai vu sa tombe, et quoi ?

Elle ne put en dire plus.

Quelques semaines plus tard, elle découvrit effarée que sa mère, sans lui en toucher un mot, avait entamé depuis plusieurs mois des démarches pour faire rapatrier le corps de son père au cimetière de Montmartre. C'est un courrier à en-tête du ministère des Pensions, daté du 15 mars 1921 et destiné à Marthe, qui attira son attention.

Elle hésita un moment puis ouvrit l'enveloppe.

Madame Dupré,

Nous avons l'honneur de vous annoncer que le service de restitution des corps des morts pour la France a répondu favorablement à votre demande d'exhumation et de transport du corps de votre mari Roger Dupré, 30e R.I., mort pour la France au champ d'honneur le

23 octobre 1917 à la bataille de la Malmaison, reposant actuellement au cimetière national de Vauxaillon.

Faisant suite à votre demande de transfert du corps à titre onéreux, vous trouverez ci-joint l'avis d'exhumation en vue du transfert pour une réinhumation dans le caveau familial au cimetière de Montmartre.

Il vous appartient de faire procéder au transport. Ce transport s'effectuera par la route et à vos frais.

Nous restons à votre disposition pour toute information que vous jugerez utile.

Respectueusement,
Vive la France.

Olivier Duluc, pour le service de l'état civil, des successions et des sépultures militaires, rattaché au ministère des Pensions, des Primes et Allocations.

« Exhumation », elle relut le terme plusieurs fois, il lui faisait mal. Louise avait encore la lettre dans les mains quand sa mère entra.

— Qu'est-ce que c'est que ça ?

Sa mère approcha et lut.

— Ha enfin ! Quel soulagement ! Depuis le temps que j'attendais leur réponse. Je voulais t'en parler.

— Il serait temps ! Une fois que tu as tout décidé. C'est mon père tout de même ! J'ai mon mot à dire.

— Oh, je ne voulais pas t'ennuyer avec tout ça. Si tu savais toutes les démarches qu'il m'a fallu effectuer, tu avais bien autre chose à faire. Mais enfin, ça y est, on va pouvoir le faire revenir près de nous et lui donner une sépulture décente. On va pouvoir l'enterrer comme il se doit.

— Tu dis ça comme si ça allait de soi.

— Bien sûr que cela va de soi. On ne va pas le laisser tout seul là-bas.

— Mais il n'est pas tout seul ! Tu n'y es pas allée toi, tu n'sais rien.

— De quoi tu parles ?

— Des cimetières. Les cimetières nationaux où ils reposent tous entre frères d'armes, côte à côte, à égalité, ensemble.

— Tu es allée là-bas ? Qu'est-ce que c'est que cette histoire ?

— Oui, j'y suis allée figure-toi, et j'ai vu la tombe de papa au cimetière de Vauxaillon, au milieu de tous ses camarades. Il n'est pas seul, il est à sa place parmi tous les héros.

Marthe, un instant, resta muette, hésitant à reprocher à sa fille un silence qu'elle-même... puis elle reprit, de la lassitude dans la voix.

— Sa place est près de nous. Il n'est plus un soldat. Il a donné sa vie pour défendre la patrie, mais aujourd'hui son corps nous revient, à nous, sa famille. J'estime que c'est la moindre des choses, qu'on l'enterre dignement et que l'on puisse se recueillir sur sa tombe quand on le désire. Contrairement à ce que tu as l'air de penser, j'y ai réfléchi, je lis le journal moi aussi, je ne suis pas idiote au point de m'être lancée dans des démarches épuisantes sans avoir pesé le pour et le contre. Tu veux voir le dossier ? Il est gros comme un livre tellement il m'a fallu écrire et écrire encore, à toutes les autorités possibles, pour qu'enfin on m'écoute et que j'obtienne satisfaction. Ça fait plus de deux ans que je bataille pour qu'on me le rende.

Marthe se leva, alla dans sa chambre et revint avec l'épais dossier. Elle le posa sur la table et l'ouvrit. Louise s'approcha à contrecœur, furieuse d'être mise devant le fait accompli et farouchement opposée à l'idée d'arracher son père à ses compagnons d'armes, mais surprise aussi par la détermination de sa mère et curieuse de ce qu'elle avait pu faire, sans qu'elle-même ne se doute de rien. Elle regardait sa mère, partagée entre la colère et l'étonnement.

Le dossier était parfaitement classé, dans l'ordre chronologique, chaque réponse agrafée à la demande que sa mère avait faite et qu'elle avait pris soin de recopier avant de l'envoyer, pour garder trace de tout.

Les premiers documents remontaient à 1919, au temps où la loi interdisait encore l'exhumation des corps des soldats morts au front. Dès 1919, elle avait tenté de contourner l'interdiction et écrit à toutes les autorités politiques et militaires, ministres, préfets, députés, maires, généraux ; à des journalistes, comme le lieutenant-colonel Jean Fabry de *L'Intransigeant* qui avait créé une rubrique pour soutenir les familles souhaitant la restitution des corps ; elle s'était rapprochée d'associations, comme *Le Souvenir français*, qui se mobilisaient pour la cause et dont elle espérait les conseils avisés. Il y avait bien deux dizaines de lettres, sur le même modèle :

Mon mari est tombé glorieusement pour la France, à la bataille de la Malmaison. Comme tant d'autres, il a fait son devoir, et je ne peux que m'incliner devant ce si lourd sacrifice. Mais la place de nos glorieux combattants n'est pas là-bas, à l'endroit où ils sont tombés, mais près des leurs, dans le cimetière de leurs ancêtres, pour leur permettre de reposer en paix et pour nous permettre à nous, sa veuve et sa fille orpheline, de nous recueillir sur sa tombe. Je vous demande donc d'user de tout votre pouvoir pour que l'on me rende mon défunt mari et que nous puissions enfin lui rendre hommage comme il se doit et apaiser notre peine.

Chacune de ses lettres essuyait le même refus poli ; la loi interdisait l'exhumation et le déplacement des corps, et rien n'avançait.

Désabusée, elle prit contact avec des entreprises privées de pompes funèbres qui se targuaient de pouvoir mener à bien le retour des corps en dépit de l'interdiction de l'État et moyennant bien sûr une somme substantielle. C'était la deuxième partie du dossier, isolée dans une sous-chemise. Là encore, plusieurs lettres de sa mère adressées à diverses entreprises et des devis effarants qui s'élevaient à plusieurs milliers de francs. Elle renonça à faire appel à ces mercantis de la mort qui faisaient de l'argent sur la misère, qui se régalaient des peines, et dont rien ne pouvait garantir qu'ils rempliraient véritablement leur mission, c'est-à-dire qu'ils ramèneraient à coup sûr le corps de Roger et pas celui d'un autre. Le scandale avait été révélé par la presse. Le 23 juillet 1919, Robert Dubard, journaliste à *L'Intransigeant*, titrait ainsi son article : « Un scandale. Ceux qui trafiquent avec la mort. » Sa mère avait découpé l'article et avait à l'encre rouge marqué dans la marge un passage. Louise, qui n'avait suivi que de loin ces affaires qui avaient pourtant fait grand bruit, lut avec effarement :

> Ces mercantis de la mort, obligés de procéder hâtivement, libérés de tout contrôle, enlèvent le plus souvent des corps qui ne sont point ceux qu'ils ont mission de ramener ! Cet odieux trafic s'exerce depuis longtemps déjà, sous l'œil bienveillant, semble-t-il, de certaines autorités municipales et grâce aussi à la complaisance de certains fonctionnaires de la préfecture de police.

Ce fut cet argument – pas le financier car elle était prête à payer, même des sommes indécentes, pour le faire revenir – qui convainquit sa mère d'abandonner les tractations sordides avec les croque-morts salivant devant les bonnes affaires que la détresse des veuves leur offrait.

Louise poursuivit l'exploration du dossier. Le 31 juillet 1920, cédant à la pression des familles et pour mettre fin au marché sinistre et juteux qui prospérait en dépit de son illégalité, le gouvernement fit voter une loi autorisant la restitution des corps des soldats morts pour la France aux familles qui en feraient la demande. Sa mère reprit alors la plume, se procura à la mairie le formulaire de demande d'exhumation et de transport de corps à remplir (nom, prénom, âge, lieu et date de décès du défunt à transporter, nom de la commune de réinhumation) et envoya aux autorités compétentes sa énième demande. Inquiète à l'idée que sa requête soit noyée parmi des milliers d'autres, elle ajouta au formulaire trop sec le courrier, plus personnel, qu'elle avait déjà rédigé à de nombreuses reprises et décida de solliciter « un transfert de corps à titre onéreux ». Puisqu'elle prendrait en charge le volet financier, cela devrait aller plus vite que si elle attendait que l'État débloque les fonds.

La lettre que Louise avait eue entre les mains était la réponse tant attendue du ministère des Pensions. Elle referma le dossier et regarda sa mère.

— J'espère que tu comprends maintenant que je n'ai pas pris cette décision à la légère et qu'il m'a fallu batailler des mois durant pour pouvoir faire revenir ton père près de nous.

— Cela n'empêche pas que tu aurais dû m'en parler, plutôt que de faire les choses dans mon dos. Je ne suis pas d'accord avec cette décision et j'aurais dû avoir mon mot à dire.

— Peut-être, et je suis désolée que tu le prennes mal. Mais je pensais que ce serait très difficile pour toi, j'ai voulu te protéger de toutes ces démarches. Je savais que ce serait très dur et je voulais t'épargner. On n'en parle pas mais je sais combien la mort de ton père te fait souffrir, je pensais qu'il valait mieux que je m'en occupe seule et que je t'en parle après, une fois ces ignobles tracasseries administratives derrière nous. Mais il faut croire que j'ai encore une fois fait les choses de travers, enfin pas comme tu aurais voulu. Et puis toi non plus tu ne m'as rien dit quand tu as décidé de te rendre au cimetière sur la tombe de ton père. On aurait pu y aller ensemble.

— Je ne vois pas ce que ça aurait changé.

Il aurait fallu pour ça, pensa Louise, que tu acceptes de déposer tes dentelles, que tu acceptes de te salir de la terre du front, que tu supportes des heures de voyage en train dans un boucan épouvantable, que tu condescendes à poser tes fesses sur les durs bancs de la baladeuse...

— Bon, de toute façon maintenant c'est réglé. C'est l'affaire de quelques semaines. On va pouvoir organiser une cérémonie pour ton père. Si tu veux on peut en discuter.

À la pensée du corps de son père arraché à cette terre, son cœur se souleva. Elle voyait la croix qu'il faudrait essoucher, la terre qu'il faudrait creuser. Elle voyait son cercueil qu'il faudrait remonter et ouvrir, probablement, pour vérification, et qu'on enverrait après sur les routes, seul. Il serait là, disait sa mère. Oui mais on l'aura privé de ses derniers compagnons, pensait Louise, en avait-on le droit ? On l'aura arraché à sa communauté de repos, on l'aura brisée. Elle ne voulait pas discuter. Elle n'avait pas l'intention de participer à l'organisation d'une cérémonie qu'elle réprouvait.

— Tu te débrouilles très bien sans moi, tu l'as montré.

Elle quitta la pièce.

Tant de distance s'était installée entre elles. Il aurait fallu lutter contre tant de rancœur, dépasser tant de différends, oublier tant de querelles et de blessures ; aucune des deux n'était prête à cela, au risque d'avoir le sentiment de donner raison à l'autre et de se désavouer. Elles se ressemblaient ; elles avaient la tête dure et la fierté tenace, même si Louise aurait rejeté avec indignation cette comparaison, elle qui se faisait quasiment un projet de vie de ne pas être comme sa mère.

***

Grains de riz et pétales de fleurs tournoyaient dans les airs tandis que Juliette et Albert sortaient de l'église Notre-Dame-de-Lorette. Un tapis de velours était déroulé sur les marches de pierre, entre les colonnes corinthiennes du portique. Formant une haie d'honneur, les invités lançaient sur le couple tout juste uni ces gages de bonheur et de fertilité en criant : « Vive les mariés ! », « Longue vie aux mariés ! »

Tous avaient revêtu leurs plus beaux atours et les sourires fendaient les visages. Les hommes portaient complets, chapeaux ronds ou canotiers ; les plus âgés étaient légèrement engoncés dans leur redingote sortie des placards pour l'occasion ; les militaires arboraient fièrement les médailles récemment acquises et se tenaient, droits, raides, comme il convient en la circonstance, comme le doivent les soldats, même quand la période n'est plus à la guerre ; les anciens du régiment, complices aujourd'hui comme hier, heureux d'accompagner leur camarade de front sur les marches d'une vie nouvelle, peinaient à cacher leur émotion et riaient un peu fort.

Certaines femmes étaient en cheveux, d'autres portaient des chapeaux dans lesquels elles avaient piqué des fleurs printanières ; les robes étaient longues, tombant jusqu'au-dessus de la cheville. Mariage ou pas, les veuves étaient en noir, lourdes de tissu, et une voilette de dentelle sombre leur descendait sur le visage. Quelques jeunes femmes avaient osé la mode nouvelle des robes marquant bas la taille par un ruban noué sur la hanche, des gants montant jusqu'au-dessus du coude et du long sautoir de perles balançant au rythme des pas. Les différentes générations, mais aussi la plus ou moins grande audace des unes ou des autres, se lisaient dans ces choix vestimentaires longuement pensés en vue de la fête.

Juliette était tout de blanc nacré, superbe dans la robe qu'elles avaient imaginée, Anne et elle, et qu'Anne avait ensuite réalisée. Durant plusieurs semaines, l'appartement s'était transformé en une annexe de l'atelier de couture. Torses de mannequins en équilibre sur leurs trépieds de bois, multiples bobines de fil, pelotes à épingles à l'allure de hérissons qui n'empêchaient pas toujours les aiguilles de rouler sur le parquet et de se loger entre les lattes, tissus élégants et moirés, posés bien délicatement sur les tables afin d'éviter les faux plis tenaces, rubans de couleur, patrons dessinés au crayon sur de larges feuilles blanches et annotés de mensurations précises, mètres-rubans serpentant au sol, tout était disposé afin qu'Anne puisse, après ses journées de travail, se consacrer à la confection de la robe de mariée et à celles des demoiselles d'honneur dont elle était aussi chargée.

Elle avait redoublé d'efforts et n'avait pas compté son temps, travaillant parfois tard dans la nuit pour être à la hauteur de l'événement, les yeux plissés luttant contre l'obscurité et la fatigue, mais le cœur léger. Elle était non seulement la couturière attitrée, mais aussi le témoin de Juliette, ce qui l'emplissait de joie.

Juliette et Albert se mariaient.

La vie, en ce printemps 1921, reprenait, avec ses fêtes et ses promesses, avec ses joies et ses horizons clairs.

Quelques mois avaient passé depuis la discussion qu'Anne avait eue avec Juliette dans la courette de l'atelier. Évidemment, cela n'avait pas été facile et plus d'une fois Juliette avait cru que le ciel bas et lourd jamais ne s'élèverait. Mais Albert avait fini par retrouver du travail, il avait, comme l'avait prédit Anne, abandonné ses chimères, et peu à peu ces deux-là avaient su se retrouver et se promettre un amour éternel.

Du bas des marches de l'église, tout contre Gaston, Anne contemplait son œuvre avec satisfaction. Tous s'émerveillaient de l'élégance de Juliette et les commentaires allaient bon train.

— On dirait une déesse antique ! s'exclama Germaine.

Louise souriait d'émotion comme devant une toile de Vermeer.

— Pour mon mariage, je veux que ce soit ta mère qui fasse ma robe.

Germaine se tourna vers sa mère.

— T'as entendu ? Tu vas devoir ouvrir ton propre atelier !

Anne rosit de plaisir et de fierté.

Juliette s'avançait vers elles. Le plissé soyeux du tissu coulait sur ses seins, un fin cordon brillant resserrait la robe juste à leur base, puis elle flottait, ondulait autour de ses hanches et de ses jambes jusqu'à presque lécher le sol. Ses cheveux noirs encadraient son visage, ils étaient ramenés en un chignon bas et souple ; de petites perles fines pendaient à ses oreilles et un diadème de menues pierres brillantes accrochait le voile léger de sa traîne qui tombait vaporeux derrière elle. Un observateur attentif aurait pu remarquer le très léger renflement de sa taille et la rondeur pleine de ses seins. Elle portait un bouquet de fleurs blanches dans une main, de l'autre elle tenait le bras d'Albert, qui dans son costume gris anthracite avait le regard sérieux et grave. L'imposante Vierge à l'Enfant sculptée du tympan semblait diriger la main qui bénit vers les jeunes mariés.

Après le vin d'honneur, on se réunit dans la salle de restaurant de la rue Lafayette réservée pour l'occasion. On se délecta de vin de pêche et autres apéritifs fruités légèrement alcoolisés, accompagnés d'allumettes au fromage que Germaine et Louise avaient confectionnées par dizaines. Le tintement cristallin d'une petite cuillère sur un verre donna le signal des discours.

Anne, de sa voix timide mais claire, évoqua sa rencontre avec Juliette à l'atelier de couture, leur soutien mutuel pendant les dures années de guerre et l'amitié qui en était née, et tous, à chaque table ronde nappée de blanc encore immaculé, opinaient du chef ; tous, les yeux un instant plongés en dedans, savaient ce que ses mots disaient, tous entendaient ce qu'ils mélodiaient d'histoires à la fois communes et singulières.

Il fallait voir les nuques qui hochaient de concert ; il fallait voir les lèvres très légèrement serrées, crispées aux commissures pour ne pas trop trembler des souvenirs que tous vivaient à l'âme ; il fallait voir les doigts qui se portaient aux lèvres, qui se nouaient, se dénouaient et se renouaient, pour dompter les émotions, les détourner, les retenir en soi, pour les canaliser dans ce manège. Il n'était plus besoin de cogner aux verres pour obtenir le silence, chacun tenait son souffle court dans ce passé si jeune.

Et puis Anne raconta la joie de vivre de Juliette, les couleurs qu'elle mettait dans la vie, ses arrivées systématiques en courant ventre à terre vers l'atelier, chaque matin, immanquablement, essoufflée et les joues rougies de sa course, après avoir manqué une fois de plus le tram qui lui était passé sous le nez. Car elle n'était pas du matin la Juliette et les réveils lui étaient difficiles !

Elle raconta leurs fous rires, enfin ceux que l'on pouvait dire en public, pimentant son discours d'anecdotes bien senties, elle raconta comment Juliette entraînait tout l'atelier dans des chansons de guinguette qu'elle murmurait presque d'abord puis poursuivait à tue-tête quand l'air avait pris et que toutes avaient attrapé le rythme et la bonne note…

Sans manière, elle fit part de sa tendresse, pour Juliette et pour le si beau couple qu'elle formait avec Albert, à qui elle souhaitait, en levant haut son verre, une ribambelle de petits et le plus grand bonheur du monde !

Alors les rires reprirent, on entendait des « Oui, ça c'est bien vrai, c'est bien Juliette ! », les corps et les gorges s'assouplirent, on se relâchait de nouveau, soulagé d'être dans le présent, à la fête revenu, et on applaudit à tout rompre les deux tourtereaux. Les verres se vidèrent, pour se remplir aussi vite.

Le témoin d'Albert était un camarade du front, celui-là même qui l'avait récupéré dans un trou d'obus, qui l'avait ramené sur son épaule à l'arrière des lignes quand ça tonnait de toutes parts et que le ciel était noir de terre explosée et déchiré des éclairs des armes, qui avait couru comme il avait pu, haletant sous l'effort, avec Albert calé sur l'épaule, la jambe cisaillée pissant le sang au point qu'on pouvait croire l'artère fémorale sectionnée et craindre une issue tragique. Mais Léon l'avait ramené, zigzaguant entre les balles et les trous d'obus, et la jambe avait été sauvée. Albert avait seulement gardé de cet épisode une légère claudication, une jambe un peu traînante, c'était du moins la seule trace visible qui restait de sa blessure et de ce flirt macabre avec la mort.

Léon était un homme rondouillard, pas très haut de taille mais imposant, avec un large cou, preuve de ses racines paysannes, de son attachement à la terre, de son enracinement au sol, comme il se plaisait à l'affirmer. À son plastron, pesant sur le tissu de la veste, était épinglée sa croix de guerre de caporal, une croix pattée en bronze à quatre branches avec deux épées croisées en diagonale, pendue à son ruban vert rayé de rouge, gravée en son centre du profil d'une Marianne casquée et entourée de l'inscription « République française ». Sur le sombre de la veste, la médaille posait son homme, signifiant à tous sa conduite exceptionnelle au cœur de la tourmente ; elle aimantait les regards, elle provoquait respect, considération et reconnaissance.

À la fin du repas, juste avant la traditionnelle pièce montée avec ses petits choux caramélisés surmontés de figurines naïves représentant les mariés, Léon se leva et fit tinter le cristal.

Dans son discours, il ne dit rien de l'épisode de la jambe sauvée, rien des cris de douleur, rien du corps d'Albert pesant sur son épaule, rien de son évanouissement avant l'arrivée au poste d'infirmerie, rien de tout cela qui restait entre lui et Albert, qui restait leurs histoires d'hommes, leurs histoires de front qui n'avaient pas à passer les lignes.

Qu'est-ce qu'ils auraient pu y comprendre les autres ?

Ceux restés à l'arrière, ceux qui n'avaient pas été là à voir le sang gicler, à sentir la peur, à la sentir vraiment, dans le nez, cette peur qui pue, à vomir, qui suinte par les pores, cette peur des hommes qui laisse une sueur âcre sur la peau, et qui reste, après, longtemps après, quand ça s'est calmé, mais que l'odeur est là, encore, accrochée aux poils des aisselles, puante sous les bras.

Non, il ne dit rien de tout ça.

Il dit le reste, ce qui pouvait se dire, qui était important aussi.

Le courage d'Albert au cours des assauts, toujours le premier à sauter le barriau, furieux comme un taureau qui charge.

La camaraderie, car s'il y avait eu une médaille des copains, Albert aurait eu l'or, nombre d'entre eux pouvaient en témoigner, y suffisait de les voir là aujourd'hui, avec leurs mines enjouées, pour rien au monde ils auraient loupé ça, le mariage d'Albert, ils voulaient être là pour lui souhaiter le meilleur à lui, qui avait été là quand y avait eu besoin, on se comprend, hein les gars...

Les parties de cartes endiablées dans les cagnas quand les Boches laissaient un peu de répit et qu'Albert abattait d'un geste fanfaron sa carte maîtresse et partait de son rire tonitruant ; ah ce filou d'Albert ! Il ne fallait pas lui en compter à la manille, il nous en a mis de sacrées déculottées. Encore une chance qu'on n'ait pas eu un kopeck à miser, sinon on aurait tous fini sur la paille avec un tel joueur, et lui, à l'heure qu'il est, se pavanerait en pagne sous les tropiques avec sa naïade de Juliette.

Le pinard qui avait bien aidé à tenir le coup, et Albert n'était pas le dernier à lever le coude, vous le connaissez l'animal !

Et l'assemblée confirma en rigolant, c'était sûr, Albert ne faisait pas le délicat quand il s'agissait de boire un coup, et on leva le verre, une nouvelle fois, au pinard, celui de la guerre et celui de la paix.

Léon se tourna ensuite vers Juliette, en lui adressant le chaud sourire d'un père.

Il lui dit sa photographie toujours contre le cœur d'Albert, et ses lettres, qu'avec l'impatience de l'amour il espérait plus que tout, guettant l'arrivée du vaguemestre, le premier souvent à l'apercevoir au bout du boyau, chargé de son sac rempli des missives avidement décachetées, ses lettres qu'il relisait cent fois, que dis-je, mille fois !, que ses mains épaisses et sales de poilu repliaient avec la délicatesse d'une brodeuse pour tenter de les garder belles et propres, ces lettres qui lui apportaient les mots de sa belle. Il lui dit tout cela à Juliette, pour qu'elle sache. Les yeux se mouillèrent un peu, forcément. On était si plein encore de toutes ces histoires qu'on n'avait pas racontées, qu'on ne raconte pas d'ordinaire, mais qui pourtant font le monde, et le changent, de l'intérieur, sans même qu'on le veuille.

« À la victoire, à l'amour et à l'avenir radieux ! » conclut Léon, et il entonna *La Marseillaise*, que tous reprirent en chœur, debout, avec ferveur. Cette *Marseillaise* qui était chantée là promettait l'avenir radieux dont parlait Léon, la fin du sang coulé, la guerre tuée à jamais. À les entendre tous, *La Marseillaise* dans les gosiers, il y avait bien un côté « On les a eus », une vibration chorale patriotique, voire un soupçon revancharde, mais, à mieux écouter, elle palpitait surtout du silence des armes, elle frémissait de la paix si chèrement acquise et qu'on souhaitait éternelle.

Dans le sacrifice des hommes, elle refermait les sillons par trop abreuvés de tous les sangs mêlés.

En un temps record, les tables furent repoussées pour dégager une piste de danse et l'orchestre prit place, accordéon au centre, entouré de deux violons et d'une percussion. On avait pris soin de disposer, des deux côtés de la salle, plusieurs chaises pour les anciens qui tenteraient juste quelques pas hésitants, souvenirs mécaniques mais branlants de leur jeunesse.

Sur une valse, Juliette et Albert ouvrirent le bal. Peu à peu, tous les rejoignirent. Anne ne résista pas longtemps et entraîna Gaston sur la piste, il y avait si longtemps qu'on n'avait pas dansé. Léon s'inclina galamment pour engager sa voisine de table à l'accompagner dans la danse, elle ne se fit pas prier, trop heureuse d'avoir été choisie par cet homme si éloquent, par ce héros qui portait haut les couleurs de la patrie ; elle avait le sentiment de danser avec l'Histoire.

Germaine et Louise se mirent à valser ensemble et elles riaient, tournaient, balançaient, saisissant leurs robes d'une main légère pour qu'elles tournoient autour d'elles dans des froufroutements de bals princiers. Dans le parme de leurs robes et la fleur de leur jeunesse, on les aurait crues tout droit sorties du jardin d'Eden. Germaine avait fait couper ses cheveux noirs au carré, à hauteur de la nuque, ce qui donnait à voir la peau laiteuse et fraîche de son cou. Sa nouvelle coupe avait suscité plus d'un commérage, plus d'un coup d'œil réprobateur qui ne lui avait pas échappé. Germaine s'en moquait. Plus que cela, elle adressait à celles ou ceux qui la dévisageaient un petit sourire narquois qui semblait leur dire « Osez donc une remarque, qu'on s'amuse un peu ! »

Louise conduisait la danse avec aisance et virtuosité ; les après-midi qu'elles avaient passés toutes les deux à danser en chantant avaient été de sacrées bonnes répétitions et elles n'avaient plus besoin depuis belle lurette de compter les pas pour être dans les temps de la valse ; elles s'accordaient naturellement, sans y penser, au rythme imposé par l'accordéoniste. Les boucles blondes de Louise balançant aux épaules accrochaient les lumières des lampions translucides, ses yeux verts semblaient de jade clair, ses pommettes rosissaient de la chaleur des corps en mouvement. Les regards, plus ou moins appuyés, et charmés de diverses manières, suivaient leurs circonvolutions chaloupées.

Il ne fallut pas longtemps pour qu'elles trouvent un compagnon de danse. À peine eurent-elles fini leur première valse, que les camarades de régiment d'Albert se précipitèrent en se bousculant pour leur proposer le bras. Quelques chaises renversées dans la précipitation ne manquèrent pas d'attirer l'attention et le coup d'œil intrigué puis un peu sévère d'Albert. Mais l'alcool avait commencé à libérer même les plus timides, les moins téméraires, car il fallait arriver le premier pour éviter de se retrouver le bec dans l'eau, la main bêtement dans le vide. Petits coups de coude fraternels dans le ventre des perdants et clins d'œil rigolards : « Désolé mon petit gars, j'ai été plus rapide », « Alors je prendrai la danse suivante, c'est d'accord mademoiselle ? », et c'était reparti. Leur carnet de bal fut vite rempli ; elles passaient joyeusement d'un partenaire à l'autre, indifférentes aux physiques plus ou moins gracieux et à l'inégale habileté des danseurs d'un soir. Peu leur importaient les fautes de rythme, les pieds parfois peu obéissants, les équilibres chancelants de certains.

La fête s'étirait dans la nuit. Les danseurs invétérés, dont Germaine et Louise, occupaient la piste presque sans discontinuer. Des groupes de discussion se formaient ici ou là, bouleversant les plans de table qui n'avaient plus lieu d'être. Juliette et Albert, main dans la main, passaient de l'un à l'autre, remerciant chacun de sa présence, offrant de petits pochons de dragées blanches fermés d'un ruban rose, souriant aux compliments et aux félicitations, manifestement heureux de la réussite de cette belle journée.

Les plus âgés s'étaient regroupés en un coin de la pièce, commentant les plats savoureux, se donnant des nouvelles de ceux qui n'avaient pu être là, se rappelant d'autres mariages en d'autres temps, avec la nostalgie dans les sourires et cette impression si étrange du temps qui a filé sans qu'on ait eu le temps de dire ouf. Quelle drôle d'histoire le temps... Comment est-ce possible qu'il soit passé si vite quand on y pense, et que ce soit nous aujourd'hui, dans ce coin de pièce, dans ce coin des aïeux, nous aux cheveux blancs, aux jambes flageolantes, que les jeunes viennent embrasser rapidement entre deux polkas, alors qu'on se voit encore fringants et prêts à une longue vie et qu'on en oublierait presque, si ce n'était les jambes lourdes et les varices qui tiraillent, que c'était il y a longtemps qu'on était sur la piste et qu'on avait toute la vie devant soi.

Il vaut mieux renoncer à comprendre, peut-être même renoncer à penser, sinon ça fiche le tournis, le temps, comme ces ciels pleins d'étoiles qu'allongés dans un pré on regarde la nuit et qui nous aspirent d'immensité. Des silences alors, des silences dans le groupe des plus vieux, faute de pouvoir mettre des mots sur ce temps que rien n'a retenu et auquel on n'a rien compris, qu'on n'a pas vu venir, jusqu'à ce jour, trop tard, où l'on est là, dans le coin des vieux, à regarder les vieux et à les trouver vieux, et à se rendre compte qu'on est au milieu d'eux, aussi vieux qu'eux, forcément.

Comment est-ce possible ? Et peu à peu, les têtes peinaient à se tenir droites et tombaient d'une somnolence qui est peut-être la seule échappatoire possible devant cette incompréhension. Quelques ronflements et quelques têtes dodelinantes, comme réponse à ce qui n'en a pas.

Certains commençaient à se rentrer, il était tard déjà et l'assemblée se clairsemait peu à peu. Sur les tables, les serviettes chiffonnées, quelques restes de pain, des menus en belles lettres rondes oubliés, les verres marqués des traces encore moites et sillonnées du rouge à lèvres des femmes et du tanin du vin accroché, râpeux, tels de petits cristaux violacés, aux parois.

Profitant d'une pause de l'orchestre, et pas prêts du tout à mettre fin à la soirée, les anciens compagnons de front se rassemblèrent à une même table. Les verres ne restaient pas vides longtemps de ce côté-là, les mains s'abattaient lourdes sur la table, les rires montaient haut, gras et sonores, les tapes dans le dos ponctuaient des blagues comprises d'eux seuls, des souvenirs qu'on ne racontait même pas jusqu'au bout, y avait pas besoin, on se comprenait à la première allusion, sans avoir besoin de tout dire, les torses se penchaient en une ronde complice.

On parlait des Boches, évidemment, et de ce salopard de lieutenant, Auguste qui s'appelait ce con, tu parles d'un empereur !, un vrai clown, trouillard comme c'est pas imaginable, toujours derrière en se ratatinant à quatre pattes comme une gonzesse ! J't'en foutrais moi d'un Auguste… j'te l'aurais baptisé « Minable », ça lui aurait mieux convenu à ce morveux, et qui donnait des ordres en plus, en prenant ses grands airs comme s'il avait été devant, tu parles, non mais j'te jure, faut le voir pour le croire, et lieutenant avec ça, lieutenant de mes deux, oui !

Et on enchaînait sur ces salauds de planqués qui en profitaient avec nos femmes, enfin avec celles des autres…

Les femmes, inévitablement, c'était le sujet aussi, toujours. On s'en rappelait quelques-unes, en parlant moins fort d'un coup, parce que quand même on ne peut pas, un jour de mariage, se laisser trop aller à raconter les filles, ça s'fait pas ; mais y en a quelques-unes dont on se souvient, la blonde dans la ferme, là-haut vers Péronne ou dans le coin par-là, qui était si peu farouche, bien en chair et pas trop habillée, tu t'souviens Albert, on s'était pas privés ce jour-là… ha ! c'était bon rien qu'à voir, y avait ses petits dessous qui pendaient à la corde à sécher quand on est arrivés, ça met dans l'ambiance…, hein, tu t'souviens, ben oui, évidemment que je m'souviens ! qu'il répondait Albert, en jetant tout de même un regard circulaire pour être bien sûr qu'aucune oreille indiscrète ne traînait dans les parages.

Albert souriait, d'un sourire pâteux, il avait trop bu. Juliette l'observait, de loin. Intriguée par son homme au milieu d'autres hommes. Intriguée de la complicité qui émanait de ce cercle, du monde à eux qu'ils formaient autour de cette table, un monde qui ne lui appartiendrait jamais, qui lui était fermé, ce monde qu'Albert avait ramené de là-bas, qui l'avait changé et dans lequel, de toute évidence, il connaissait sa place même s'il aurait préféré ne jamais avoir à la connaître.

La musique reprit, un peu plus lente et plus langoureuse, pour s'adapter à l'heure tardive, aux corps plus lourds, aux gestes moins précis, à l'épaisseur de la nuit qui encotonne les pas.

Louise et Germaine s'approchèrent du groupe. Blagueuse, les mains bien calées sur les hanches, Louise lança : « Alors messieurs, on fait bande à part ? On laisse les filles danser toutes seules ? C'est pas très galant ! » Tous se levèrent d'un bond, dans un garde-à-vous titubant que l'heure tardive et les verres ingurgités pardonnaient. On laissa l'honneur au marié.

Albert enlaça Louise, un peu brutalement. Il la serrait de trop près, en plongeant son nez dans ses boucles blondes. Louise se raidit, elle tenta doucement de se dégager mais Albert fit mine de perdre l'équilibre et se raccrocha à elle, en la serrant encore plus fort. On commençait à les regarder. Juliette, assise à une table à discuter, étirait discrètement le cou et inclinait la tête en fronçant les sourcils, cherchant à voir, à comprendre ce qui se passait là, inquiète de la tournure que prenait la soirée.

Louise plaisanta au début, disant à Albert que le vin lui embrumait les sens et qu'elle n'était pas sa Juliette, là dans ses bras. Mais Albert restait accroché, le nez dans ses boucles, marmonnant des mots incompréhensibles qu'elle ne déchiffrait pas vraiment mais qui la faisaient frémir. Germaine, qui dansait non loin, sentit son malaise. Elle croisa son regard et y reconnut un appel à l'aide. Elle vit aussi Juliette qui remuait sur sa chaise. Elle mesura combien la situation devenait embarrassante. Il lui fallait agir avant que tout cela ne dégénère. Elle glissa un mot à l'oreille de son compagnon de danse, un camarade d'Albert qui saurait comment le prendre, pensa-t-elle, et mettre fin à la gêne qui croissait. Un peu moins aviné que les autres et sans doute plus lucide aussi, il se dirigea vers Albert et l'attrapa par les épaules, dans un geste amical qui voulait avoir l'air de rien, pour ne pas en faire toute une histoire. Mais Albert se rebella et en voulant se dégager de son étreinte perdit pour de bon l'équilibre et se retrouva par terre.

Juliette se précipita.

On décida qu'il valait mieux rentrer. Il y avait eu assez d'émotions pour la journée, assez de vin, assez de danse, ne gâchons pas la fête, fermons le ban.

***

Louise et Germaine avaient toutes les deux quitté le domicile familial pour intégrer l'École normale d'institutrices, concrétisant ainsi le rêve qu'elles s'étaient plu, enfants, à imaginer. Mlle Régis avait suscité nombre de vocations. Louise et Germaine étaient de celles-là.

Que de chemin elles avaient parcouru ensemble, pensait Germaine. Lui revenait en mémoire ce jeudi après-midi, alors qu'elles avaient onze ans à peine. La scène était nette, comme si elle observait de haut les deux gamines qu'elles avaient été. Louise et elle, dans sa chambre, qui jouaient à la maîtresse avec leurs poupées de tissu. Et Louise qui, les yeux pétillants d'excitation, avait lancé :

— Et si on devenait maîtresses, toutes les deux, quand on sera grandes, pour de vrai !

L'idée l'avait enthousiasmée et, immédiatement, elle avait renchéri :

— Et peut-être qu'on serait dans la même école, comme ça, on se quittera jamais.

— Ça ce serait épatant. Moi je ferai les cours de dessin et toi les cours de chant, puisque toi tu dessines comme un pied et que moi je chante comme une casserole ! On se complétera, ce sera parfait. Oui, oui, oui, allez on jure !

Elles avaient alors exécuté une ronde de Sioux, elles avaient tourné et tourné en se tenant les mains et en criant « On jure, on jure, qu'on va devenir maîtresses et qu'on se quittera jamais ! » Puis elles avaient craché par terre pour donner encore plus de force à leur serment.

Les années passant, l'idée quitta le domaine du rêve, du jeu, pour devenir réalité. Leur décision se nourrissait de certitudes partagées. L'une comme l'autre, elles étaient convaincues de l'importance de l'enfance, persuadées que, pour adoucir un tant soit peu le monde, c'était aux enfants qu'il fallait s'adresser et se consacrer. Suivant en cela Mlle Régis qui en avait fait son dogme, elles croyaient aux vertus de l'éducation pour faire les hommes meilleurs. Rousseauistes d'instinct, elles pensaient que tout se jouait là, à un âge où il resterait comme une pureté originelle, une bonté naturelle qui ne demanderait qu'à se déployer.

Chacune avait aussi ses raisons personnelles. Toute son enfance, Germaine avait baigné dans le respect admiratif que ses parents vouaient à l'école et au corps enseignant. Mille fois elle les avait entendus lui répéter, avec gravité, que l'école était le lieu de la liberté, que c'était là que se construisaient un avenir indépendant, l'assurance d'une situation financière stable et la possibilité d'une ascension sociale. Son père en avait fait un dicton qu'il répétait à l'envi : « L'école, c'est l'échelle de la République, un barreau après l'autre, on s'élève ! » Devenir institutrice était donc pour Germaine à la fois une conviction, la promesse d'une émancipation et la garantie de la fierté de ses parents. Louise, elle, rêvait de l'indépendance vis-à-vis de sa mère que ce choix de carrière lui promettait et elle jubilait à la distinction fondamentale que cela marquerait entre elles deux. Elle, autonome, active, utile, tandis que sa mère resterait enfermée dans une vie sans buts autres que ses plaisirs futiles. Dans sa résolution se rejouait la scène qui avait précédé le départ de son père, dans laquelle elle n'avait pu jouer le rôle que sa mère refusait. Louise avait gardé de cet épisode un profond mépris pour elle. Les réticences ou les objections de sa mère ne faisaient que la raidir davantage.

Quand Louise, le certificat d'études primaires en poche, lui annonça sa décision de préparer le concours d'entrée à l'École normale, Marthe leva les yeux au ciel en pinçant ses lèvres, comme elle savait si bien le faire. Louise se tourna vers Germaine avec un air entendu :

— Qu'est-ce que je t'avais dit ?

Elles étaient debout toutes les trois, dans le salon, chez Louise. Louise fit face à sa mère.

— Ça ne te plaît pas, évidemment ! Le contraire m'aurait étonnée.

— Franchement, tu ferais mieux de te trouver un bon mari, comme toute femme un peu sensée ! Avec mes connaissances, je pourrais te trouver un bon parti qui te ferait la vie douce, mais j'imagine que ce n'est même pas la peine d'essayer de te faire changer d'avis. Mademoiselle sait mieux que moi, sa mère, ce qui est bien !

— Non, en effet, ce n'est pas la peine, et il y a au moins une chose sur laquelle on est d'accord, je sais ce que je veux.

— Espérons que tu n'auras pas à le regretter.

C'est à peu près tout ce qu'elle trouva à dire. Quelques minutes après, elle frappa à la porte de la chambre de Louise. Elle n'était plus aussi dédaigneuse tout à coup.

— Mais alors tu vas quitter la maison ? Tu ne seras plus là. Je vais être toute seule !

— Oui, dès que j'aurai réussi les examens.

— Tu pourrais rester ici et faire tes études, ça doit pouvoir se négocier. C'est tout près l'École normale. Je suis sûre que si je prends rendez-vous avec la directrice...

— Il n'en est pas question. Je ferai l'école à l'internat comme tout le monde. Bon, maintenant tu peux nous laisser tranquilles !

Marthe referma la porte.

— Non mais t'as entendu ça ! Elle manque pas d'air ! Si elle pense qu'elle va m'attendrir parce qu'elle va être toute seule, elle se fiche le doigt dans l'œil. Elle est très bien avec son Leduc, elle a pas besoin de moi.

Germaine ne réagit pas. Elle savait bien que toute tentative pour rabibocher Louise et sa mère était vouée à l'échec. Mais contrairement à Louise, elle avait senti une tendresse chez Marthe, mal exprimée sans doute, une tendresse quand même, et une peur de la solitude qui l'avait émue. La fragilité de Marthe avait quelque chose de touchant.

L'année de leurs seize ans, en 1920, elles avaient donc rejoint l'École normale primaire destinée à former les futures institutrices, boulevard des Batignolles, au numéro 56, un joli bâtiment de pierre percé de grandes fenêtres, qui donnait sur le large boulevard où quelques arbres tentaient difficilement un peu de vert dans la ville. Trois ans de formation en internat suivis de deux ans de stage en école pour être titularisée et se retrouver seule devant une classe.

Le régime d'internat convenait bien à Louise. Elle se pliait sans aucune difficulté, bien au contraire, aux contraintes de vie qui étaient imposées. Le cadre, les horaires fixes, la répétition des journées, la surveillance dont elles étaient l'objet de la part d'une directrice austère, les règles strictes qui pouvaient pour certaines, comme c'était le cas pour Germaine, représenter un carcan rigide et étouffant semblaient, elle, l'épanouir. Elle fabriquait et savourait sa liberté dans cet univers pour d'autres si pesant et coercitif.

Car pour Louise, c'était différent. L'internat lui permettait de s'éloigner de sa mère et la délestait d'un quotidien qu'elle supportait de moins en moins auprès d'elle.

Une nouvelle vie commençait. Restaient les dimanches où elle quittait l'internat, mais c'était vite passé et Louise s'échappait dès qu'elle le pouvait, ce qu'elle pouvait souvent et ce qui revenait à ne jamais passer une journée entière seule avec sa mère. Les jours de semaine, elle les partageait avec Germaine, côte à côte dans la salle d'étude, côte à côte au réfectoire, côte à côte dans le dortoir.

Les lits aux structures métalliques étaient disposés en rangées alignées face aux fenêtres hautes, séparés par de simples cloisons de bois censées offrir un peu d'intimité aux jeunes filles. Des rideaux de tissu lourd, retenus par des embrases en journée pour laisser entrer la lumière et aérer l'espace, étaient fermés la nuit venue. Une petite commode faisant office de table de nuit et deux étagères accueillaient leurs quelques affaires personnelles.

Chacune personnalisait à sa manière son modeste territoire, un cadre entourant une photographie sur la tablette de la commode, une boîte renfermant des objets chers à leurs yeux, des livres en cours de lecture, un chapelet, parfois, accroché sur la lampe de chevet. Louise et Germaine installèrent toutes les deux sur leur étagère une des nombreuses poupées fabriquées alors qu'elles étaient encore bambines, présence d'une enfance qui n'était pas encore tout à fait passée et qu'elles tenaient, l'une comme l'autre, à garder éveillée, vigilante. Germaine avait choisi la toute première qu'elle avait fabriquée. Bourrée d'imperfections, elle n'était pas bien jolie, elle avait un bras plus grand que l'autre, des yeux pas tout à fait à l'horizontale, et il fallait la coincer entre deux livres pour qu'elle tienne en place, mais cette poupée lui rappelait des jours si pleins encore de son innocence d'alors. Louise avait emporté les différents souvenirs qu'elle avait gardés de son père et elle reconstitua l'autel qu'elle avait composé, à l'annonce de sa mort, dans sa chambre d'enfant. Sur sa commode trônait la photographie qu'il lui avait envoyée du front et où on le voyait entouré de ses camarades. Il souriait. D'un sourire las, vu d'aujourd'hui. Sous son lit se trouvait la boîte fermée d'un ruban de velours qui contenait les lettres.

Le soir, l'heure du coucher arrivait tôt, après des journées bien remplies où se succédaient à un rythme soutenu heures de classe, travail personnel dans la salle d'étude, exercices corporels, travail manuel et aussi ménage de l'école. L'oisiveté n'était pas de mise et rares étaient les moments de solitude. À 21 heures, chacune retrouvait son petit domaine. Chaque soir, Louise et Germaine, après avoir tiré les rideaux, s'asseyaient par terre contre la cloison de bois, là où elles avaient repéré une ouverture qui laissait passer leurs murmures. Elles bavardaient en tapinois, pour éviter de se faire épingler par la surveillante du dortoir qui dressait l'oreille et imposait le silence avec une autorité despote. Elles commentaient la journée jusqu'à ce que la fatigue les rattrape et qu'elles rejoignent leurs lits pour sombrer dans le sommeil.

Au cœur de la nuit, on entendait parfois quelques sanglots de jeunes internes qui supportaient difficilement l'isolement et la forte pression qui s'exerçait sur elles. On entendait aussi, plus souvent qu'on ne l'imagine, les pas glissants sur le parquet d'une somnambule, qui déambulait comme un fantôme, dans sa longue robe de nuit blanche. La surveillante revêche la ramenait alors délicatement dans son lit en murmurant de petits « chut, chut ». Pauvre âme crédule, elle était si effrayée par le somnambulisme, manifestation dans laquelle elle voyait la présence du diable, qu'elle se faisait discrète et veloutée, une fois n'est pas coutume, afin de ne pas réveiller les esprits maléfiques.

Pour Louise, l'internat était une joie, une libération qui lui laissait espérer et rêver l'avenir qu'elle avait choisi et qu'elle se construisait, pierre à pierre, comme on monte patiemment les murs des maisons.

Avant même le coup de cloche de 6 heures qui sonnait le réveil, elle était debout, son lit fait au carré, coiffée, prête à se rendre aux sanitaires pour la toilette matinale, dans le jour déjà, sémillante, tandis que toutes, à commencer par Germaine, émergeaient péniblement du sommeil en frottant leurs yeux boursouflés et s'extirpaient en gémissant de leurs lits.

Durant leurs trois années à l'École normale, elles travaillèrent sans relâche, lurent tous les ouvrages traitant de pédagogie qu'elles pouvaient se procurer, des plus conservateurs aux plus innovants ; elles s'enthousiasmaient pour les méthodes nouvelles portées par d'audacieux penseurs de l'éducation et projetaient déjà la façon dont elles pourraient les mettre en œuvre une fois qu'elles auraient leur classe à elles.

Elles préparaient scrupuleusement les conférences pédagogiques du jeudi consacrées aux applications pédagogiques des cours de morale et de psychologie reçus le reste de la semaine, conférences lors desquelles, devant l'ensemble du corps professoral de l'école, les élèves-maîtres devaient présenter un exposé, à la fois théorique et didactique, qui était ensuite complété et corrigé par la directrice. Il y avait de l'impatience à s'y coller.

— Nous sommes en 1922, la guerre est derrière nous, depuis plusieurs années. Et pourtant, avez-vous regardé les catalogues d'étrennes des grands magasins ?

Germaine commença ainsi son exposé, dont le sujet était : « Former les esprits, telle est la besogne capitale de l'école. »

— Quel rapport, allez-vous penser, entre l'école, la formation des esprits de nos jeunes élèves et les grands magasins ? Je voudrais vous le démontrer dans cette leçon pour en tirer les conséquences pour l'école et pour nos enseignements.

Germaine brandit alors les catalogues d'étrennes de la Samaritaine et du Printemps et elle décrivit les jouets et les jeux que ces grands magasins proposaient aux enfants, sur deux doubles pages complètes. Panoplies militaires, de fantassin, d'officier ou de maréchal, carabines, mitrailleuses, sabres, auto-tanks, tambours, canons, soldats de plomb, l'équipement complet du petit militaire que venaient compléter, cette année encore, alors que la guerre était bel et bien finie, des jeux de massacre faits de têtes de Boches ou des champs de bataille où l'on avait pris la peine d'intégrer des tranchées pour coller aux évolutions de la guerre.

— Partout le militarisme et la haine de l'autre triomphent, clama Germaine.

Dans la grande salle de l'École normale, elle sentit de l'agitation, elle vit des corps remuer sur les bancs, elle entendit des soupirs accentués visant de toute évidence à manifester de l'hostilité, à tout le moins du désaccord. Elle avait chaud et le rouge lui monta aux joues.

— Alors face à cela, que peut, que doit l'école ? On lit partout, dans les livres scolaires, dans les instructions officielles, que ce que l'on doit enseigner à nos têtes brunes et blondes, c'est ce qui caractérise la France, la générosité de cœur, l'esprit chevaleresque, les valeurs de liberté et de fraternité qui font notre République. On ne peut que souscrire à ces belles idées et vouloir les transmettre pour faire des citoyens et des citoyennes éclairés dont les esprits auront été formés aux valeurs les plus nobles. Seulement voilà, que pèsent ces mots si la guerre, par les jeux et les jouets qu'on leur donne, fait rêver les enfants ? Il s'agit là de la responsabilité des parents me direz-vous.

— Eh oui, entendit-elle maugréer sans parvenir à identifier d'où venaient les protestations.

— Certes, mais l'école doit alors faire contrepoids et ouvrir d'autres horizons, des horizons de paix, c'est sa besogne capitale.

De nouveau, quelques-unes dans l'auditoire s'agitaient, ça grognait de-ci de-là, pas bien fort, pour ne pas se faire remarquer par la directrice, mais suffisamment pour tenter de la déstabiliser et risquer de lui faire perdre le fil de son raisonnement.

Elle regretta l'absence de Fanette et Lucile. Si elles avaient été là, elle aurait senti leur soutien. Elle s'imagina leur sourire au fond de la salle, elle s'y figura leur présence complice. Comme une incitation à tenir bon, elle réentendit le « Salut frangine ! » que Fanette lui avait adressé dans un couloir de l'école lorsqu'elle était arrivée avec ses cheveux coupés court, ce « Salut frangine ! » qui les avait fait immédiatement se reconnaître et qui avait marqué le début d'une amitié. Avec Fanette et Lucile, de deux ans plus âgées, elles n'avaient partagé qu'une année ensemble à l'École normale, mais cette année avait été capitale tant elle avait appris à leur côté, tant elles lui avaient ouvert le monde. Penser à elles lui donna de la force. Elle respira et poursuivit.

— Quoi de mieux que la musique et la poésie pour cela ?

Elle se lança alors dans la leçon de chant qu'elle avait préparée. Calmant sa respiration qui soubresautait encore un peu et veillant à poser sa voix sur la tonalité qui lui convenait, elle entama *La Complainte du soldat de plomb.* Elle en chanta deux couplets :

Il était un soldat de plomb
Qui n'avait pas un pouc' de long.
Y s'ennuyait au camp d'Châlons.
Lire-la-lon-la-lon-lon

S'en vint trouver l'mait' du bateau
Et lui dit : « Puisque l'temps est beau
Je veux me promener sur l'eau. »
Lire-la-lon-la-lon-lo

Puis elle expliqua la façon dont elle songeait mener l'activité et l'arrangement qu'elle avait imaginé en forme de ronde. Elle utilisa le tableau noir pour dessiner un schéma à l'appui de ses propos.

Elle conclut sur la joie, la gaieté que procure le fait de chanter ensemble, sur la nécessité du chant, initiateur littéraire, artistique et social, au cœur de l'éducation.

Une fois l'exposé terminé, la directrice se leva, monta sur l'estrade et posa ses mains sur ses hanches. Toutes dans la salle attendaient sa réaction pour pouvoir exprimer la leur qui, systématiquement, s'avérait être la même, car peu nombreuses étaient celles qui auraient osé un point de vue différent, tant elle inspirait conjointement crainte et respect. Germaine jeta un coup d'œil à Louise qui lui adressa un discret sourire puis elle reprit sa place dans la salle, au premier rang, comme c'était l'usage pour les élèves-maîtres qui présentaient leur leçon, le ventre noué dans l'attente de la reprise de la directrice. Celle-ci balaya du regard la salle silencieuse et circonspecte puis plongea ses yeux dans ceux de Germaine.

— Une salle de classe n'est pas une tribune, mademoiselle Combelas, pas plus que les bancs de l'École normale, quand bien même nous partagerions vos idéaux de paix. Je vous engage donc, très sérieusement, à ne pas encombrer vos réflexions pédagogiques de considérations politiques qui n'appartiennent qu'à vous et qui n'ont que faire dans cette enceinte. Nul besoin de convoquer, de déclamer des slogans pour justifier votre leçon, nous ne sommes pas là pour embrigader les enfants dans des groupes politiques mais pour leur offrir morale et culture.

Germaine se raidit sur son siège tandis que quelques ricanements se firent entendre, que la directrice fit cesser d'un geste autoritaire et d'un regard sévère à l'adresse de celles qui les avaient laissés échapper. Le silence se fit aussitôt.

— Cela dit, et en souhaitant que vous intégriez ces remarques à l'avenir et que je ne sois pas dans l'obligation de les reformuler – elle laissa là un temps pour que sa remontrance fasse son effet –, je souscris totalement à votre conviction que le chant pratiqué ensemble en classe participe à la formation intellectuelle et citoyenne de nos jeunes élèves et qu'il doit y tenir une place importante, tant par la rigueur qu'il exige, l'écoute des autres auquel il conduit que par la joie qu'il procure. Autant d'éléments qui ne peuvent qu'affermir la fraternité républicaine que nous nous devons d'inculquer. À ce titre, c'est en effet tout à la fois un enseignement moral et scientifique qui a toute sa place à l'école, pour les petits comme pour les plus grands, et qui ne doit pas être négligé.

Elle poursuivit en discutant la mise en œuvre proposée par Germaine et engagea chacune à choisir une chanson et à proposer une leçon à l'instituteur ou l'institutrice de la classe où elles effectuaient leur stage pratique.

Elle mit fin à la conférence. Toutes s'égaillèrent pour profiter du jeudi après-midi qui était libre.

Germaine se sentit soulagée, en dépit des remarques de la directrice sur la neutralité de l'école, qu'elle estimait hypocrite et illusoire. Elle ne partageait pas son point de vue et considérait que l'école devait bien être le lieu de l'apprentissage de la paix, contrairement à ce qu'elle avait elle-même vécu petite fille. Elle se rappelait avec amertume combien, pendant la guerre, le conflit avait coloré les leçons, les activités, les images et les commentaires de leurs maîtresses, combien on y avait exalté les faits guerriers des poilus et, à l'inverse, dessiné une image féroce et bestiale de l'ennemi. Et elle estimait que la difficulté qu'on rencontrait à faire la paix aujourd'hui plaidait en faveur d'un engagement ferme et assumé à bannir toute forme de haine et de violence à l'école, engagement politique, certes, mais qui lui semblait en parfait accord avec la devise républicaine inscrite sur les frontons des écoles. Elle ne pouvait engager cette conversation avec la directrice. Mais le léger signe de tête que celle-ci lui fit en quittant la salle et l'incitation qu'elle avait adressée aux élèves-maîtres d'élaborer une leçon sur le modèle de la sienne, en y mettant autant d'enthousiasme et de conviction, avait-elle ajouté, lui avait laissé penser que leurs positions ne devaient pas être si éloignées.

De l'enthousiasme et de la conviction, Germaine comme Louise en avaient à revendre. Les visites dans les classes annexes qui étaient rattachées à l'École normale confirmèrent leur vocation, elles étaient faites pour ça, elles n'en doutaient pas une seconde.

Les stages qu'elles effectuaient dans ces écoles d'application où elles devaient apprendre à faire la classe sous la conduite d'une institutrice chevronnée passaient toujours trop vite à leur goût et elles auraient aimé qu'ils durent plus longtemps, qu'ils soient plus fréquents encore. Ce que leur offrit leur troisième année à l'École normale, lors de laquelle les stages pratiques devant les élèves occupaient une bonne partie de leur emploi du temps.

Elles se sentaient à l'aise à déambuler dans la classe, à passer de pupitre en pupitre, à observer les fillettes tenter des lettres rondes, s'attaquer aux pleins et aux déliés, avec des fortunes diverses, certaines presque écrasées sur leur cahier, la langue entre les dents pour aider à l'effort, la bouche se tordant dans la concentration, tandis que d'autres se tenaient bien droites, cherchant plus de confort et d'agilité avec un peu plus de distance.

Elles s'amusaient de voir leurs doigts tachés d'encre à leurs phalanges encore boudinées d'enfance, et les traces bleutées qu'ils déposaient sur les lèvres et sur les visages.

Elles s'attendrissaient de toutes ces vies assises sur des bancs de bois.

Elles se retrouvaient dans leurs contorsions, dans leurs yeux étonnés, dans leurs maladresses, dans leurs bavardages vite interrompus par les réprimandes de la maîtresse, dans leurs rires stridents qui montaient, sonores, à l'heure de la récréation, amplifiés par l'écho que produisait la cour carrée entourée de hauts murs au centre de l'école. Il n'y avait pas si longtemps qu'elles avaient été là, à leur place.

Louise, le soir, en tailleur sur son lit ou assise par terre contre la cloison de bois qui la séparait de Germaine, un coussin lui calant le dos, dessinait dans son carnet de croquis, une silhouette, une main, un visage, des chaussures d'enfant, le bureau encombré de cahiers, la salle de classe, une mèche de cheveux tressés qu'un ruban attache à son extrémité, un regard, multiples détails d'existences fixés au crayon noir, minuscules morceaux de vies capturés par le trait fin du dessin. Germaine, dans la même position de l'autre côté de la cloison, lisait ou écrivait.

Lors de leur dernière année à l'École normale, elles effectuèrent leur stage pratique à l'école élémentaire du 61 de la rue de Clignancourt, dans la classe de Mlle Champion, femme rondelette et stricte, au chignon toujours impeccable. C'était l'heure de la récréation. Postées au milieu de la cour, elles surveillaient comme elles pouvaient les gamines qui couraient en tous sens, qui sautaient des haies imaginaires, qui se regroupaient en petits essaims dans les recoins de la cour, qui s'attrapaient par la main pour cavaler en farandole, qui s'écorchaient les genoux sur le bitume. Il fallait avoir des yeux partout, ou savoir les tourner comme le font les mouches. Elles en avaient le tournis.

En larmes et la morve au nez, la petite Clarisse surgit brusquement devant elles.

— Elle m'a mordue ! C'est Charlotte, elle m'a mordue, criait la petite en reniflant et en pointant la dénommée Charlotte.

Une plaie sanguinolente sur son bras témoignait en effet d'une vilaine morsure.

— Attrapez-moi Charlotte et amenez-la moi, ordonna Mlle Champion à Louise et Germaine, tandis qu'elle se dirigeait avec Clarisse vers sa salle de classe pour désinfecter la plaie et la protéger d'un pansement.

— Mais c'est pas moi, j'ai rien fait, c'est pas vrai ! se défendait Charlotte qui se mit, elle aussi, à pleurer.

Mlle Champion la fit immédiatement taire et la punit. Elle se retrouva debout dans un coin de la classe pendant une partie de l'après-midi et se vit infliger une bonne centaine de lignes à recopier pour le lendemain afin que, la fois suivante, elle réfléchisse à deux fois avant de se jeter la mâchoire en action sur le bras d'une camarade comme un animal méchant.

Le lendemain, l'institutrice reçut de la mère de Charlotte la lettre suivante :

Mademoiselle,

Charlotte me dit que ce soir elle est punie sous prétexte qu'elle a mordu la fameuse fille Grillon et elle me dit que c'est absolument faux, que c'est elle-même qui se mord pour la faire punir. Vous seriez un peu juste je crois que vous feriez pas mal d'examiner sur la peau la forme des dents car je serais bien étonnée qu'elles aient la même dentition et Charlotte a les dents assez larges et écartées donc la marque ne doit pas être la même que celle de la fameuse fille Grillon. Signé Bertier

Considérant que de toute situation les stagiaires devaient tirer enseignement et que les visites dans l'école étaient l'occasion d'affronter les problèmes concrets liés à l'éducation, Mlle Champion fit lire la lettre à Louise et Germaine.

— Qu'en pensez-vous mesdemoiselles ? Que feriez-vous dans une telle situation ?

Louise et Germaine peinaient à contenir le fou rire qu'elles sentaient poindre et évitaient de se regarder, sachant que le moindre coup d'œil le ferait advenir. Louise prit la parole.

— Je pense que je confronterais les deux élèves afin d'essayer de démêler la situation et d'y voir plus clair.

Germaine acquiesça, cela lui paraissait en effet la conduite à tenir.

— Très bien, répondit Mlle Champion, c'est ce que nous allons faire. Mais auparavant, nous examinerons les preuves, puisque la mère nous y engage, ce qui nous permettra peut-être de régler cette affaire.

À la récréation du matin, après avoir envoyé le reste de la classe dans la cour sous la surveillance d'une de ses collègues, elle fit venir à son bureau les deux protagonistes de l'affaire pour se lancer dans une comparaison entre la dentition de Charlotte et les marques sur l'avant-bras de Clarisse, la fameuse fille Grillon. Les marques étaient rouges et assez profondes mais pas suffisamment nettes pour prononcer un verdict clair ; de toute évidence, ni les dents ni l'avant-bras n'étaient restés immobiles durant la morsure, ce qui rendait l'analyse malaisée. Embarrassée, Mlle Champion consulta Louise et Germaine qui durent tour à tour examiner le problème. Mais les doutes l'emportant sur les certitudes, il leur fut impossible de trancher la question. Mlle Champion interrogea alors les deux fillettes. Trop tard, pensa Germaine, elle aurait dû les faire parler avant, là elles vont se fermer comme des huîtres. Renfrognées et boudeuses, celles-ci campèrent sur leurs versions respectives. Faute de preuves irréfutables ou d'un aveu de l'une ou de l'autre, Mlle Champion décida d'abandonner l'enquête et expliqua à Louise et Germaine qu'elle allait réfléchir à la suite pédagogique qu'elle donnerait à cet incident.

Ce soir-là, de retour dans le dortoir de l'École normale, de part et d'autre de leur cloison, alors qu'elles étaient passées maîtres dans l'art du chuchotement et de l'oreille alerte guettant les pas feutrés de la surveillante, Germaine et Louise furent à deux doigts de se faire surprendre tant le fou rire neutralisait leurs sens et leur faisait oublier toute prudence. Elles étaient secouées de spasmes incontrôlables et, dès que l'une se calmait, dès que l'on pouvait penser le fou rire apaisé, elle entendait de l'autre côté du panneau de bois un glapissement aigu, et le fou rire redémarrait. Elles en eurent des crampes aux mâchoires et au ventre dans les jours qui suivirent.

Le lendemain matin, Mlle Champion, comme elle l'avait annoncé, utilisa l'affaire de la morsure lors de la leçon de morale quotidienne.

Après avoir fait entrer et asseoir les fillettes, elle écrivit de son écriture élégante sur le tableau noir : « Plus fait douceur que violence. »

Les écolières devaient méditer cette maxime tirée d'une fable de La Fontaine avant de la recopier quatre fois dans leur cahier et d'y ajouter quelques lignes expliquant ce que leur inspirait cette vérité que nul ne peut nier, affirma l'institutrice en dirigeant son bleu regard perçant vers les deux gamines. Dix minutes plus tard, elle ramassa les cahiers qu'elle confia à Louise et Germaine pour la correction, estimant que cela serait formateur pour elles de voir comment l'on pouvait utiliser fable, conte, poésie ou tout autre objet littéraire pour inculquer aux jeunes esprits des valeurs nobles et civilisées. Elle leur indiqua qu'elle poursuivrait le lendemain, l'incident étant suffisamment grave pour que l'on y consacre plusieurs leçons, avec un nouvel adage qu'elle estimait approprié : « Ne mentons pas pour cacher nos fautes », car le mensonge était, à n'en pas douter, l'autre volet de ce navrant épisode, ajouta-t-elle.

Germaine et Louise repartirent de l'école de la rue de Clignancourt avec les cahiers sous le bras. « Plus fait douceur que violence », à commenter, par des enfants de sept ans, parce que l'une avait mordu l'autre, ou que l'autre s'était mordue elle-même pour la faire accuser. Sur le trajet, chacune réfléchissait. À la même chose. Est-ce que l'on pouvait attendre quelque chose de commentaires tellement guidés ? Que pouvaient-elles répondre, les gamines ? Elles savaient toutes ce que l'on attendait d'elles, elles n'avaient pas grande marge de manœuvre.

Elles s'installèrent pour corriger dans la salle d'étude de l'École normale. C'était une salle haute de plafond, percée de grandes fenêtres, et qui sentait bon la cire dont on enduisait les longues lattes droites du parquet de chêne. À chaque extrémité, un gros poêle en fonte dont le tuyau longeait le mur sur sa partie haute pour bifurquer ensuite dans les salles voisines. Du plafond pendaient à espace réguliers des lampes à suspension qui n'étaient allumées, économie oblige, que lorsque les yeux en étaient presque à toucher la table et ne pouvaient plus lutter. Au fond et surélevé, se trouvait le bureau de la surveillante d'étude. Elles s'assirent côte à côte sur les petites chaises face aux pupitres d'écoliers. Car dans cette belle salle, les futures institutrices travaillaient et révisaient sur des bureaux individuels d'enfants, comme si, ainsi que l'avait d'emblée fait remarquer Germaine, il fallait qu'elles gardent en tête qu'elles n'étaient encore que des élèves et que la soumission était de mise. Elles entamèrent la lecture des courts paragraphes rédigés par les écolières.

— Mais comment peut-elle penser que ces sentences tombées d'en haut puissent être efficaces et changer quelque chose ? chuchota Germaine à Louise. Je ne lis que des banalités et ça n'a rien d'étonnant.

— Oui c'est ça ! Tiens écoute : « Ce n'est pas bien d'être violent. Il faut être gentille sinon les autres seront méchantes aussi. Et en plus ça fait de la peine. » Qu'est-ce que tu veux qu'elles disent d'autre ?

La surveillante de salle les rappela à l'ordre.

— Silence au fond mesdemoiselles Combelas et Dupré, je vous rappelle que vous êtes en salle d'étude et que le silence est de mise !

— Oh qu'elle est pénible celle-là avec sa voix de crécelle, grommela Germaine.

Elles terminèrent leurs corrections, s'attachant au bout du compte plus aux fautes d'orthographe et à la tenue de la graphie qu'au contenu qui leur paraissait peu évaluable.

— Tu crois qu'elle pense vraiment, Mlle Champion, que c'est utile ce qu'elle leur fait faire ? demanda Germaine.

— Je ne suis pas sûre mais je crois, oui, je crois qu'elle pense que son autorité peut les faire plier, oui sans doute. Mais ce que je me demande, c'est ce qu'il faudrait faire.

— Parce qu'elles sont bourriques ces deux-là. Ce qui me paraît sûr, c'est que le coup des lignes et de la phrase à commenter, c'est pisser dans un violon.

Chacune était dans ses pensées, convaincue que la façon dont Mlle Champion comptait régler le problème n'était pas la bonne, mais perplexe sur la conduite qu'il aurait fallu tenir.

Germaine se promit d'en parler à Fanette. Fanette, dont elle se sentait la petite sœur. Qui lui refilait les journaux, nombreux, auxquels elle était abonnée ou qu'elle achetait en kiosque. Elle disait, les journaux, faut que ça tourne, faut pas arrêter les idées. Cela lui avait plu ça, à Germaine, que ça tourne. Alors elle s'emparait des journaux, elle les lisait avec fougue et, souvent, sa lecture achevée, elle les laissait traîner afin qu'une autre s'en empare à son tour.

Elle ne partagea pas cette pensée avec Louise, qu'elle savait susceptible au sujet de Fanette. Il y avait eu quelques tiraillements durant leur année commune à l'École normale. Louise avait du mal à partager la place. Si elle ne l'avouait pas, les petites piques régulières qu'elle décochait contre Fanette pour un oui ou pour un non parlaient pour elle. Germaine en était désolée. Elle comprenait Louise. C'était nouveau dans leur histoire, cette arrivée d'une autre. Mais leur amitié n'était pas menacée. C'est ce que Germaine avait dit à Louise. Elles s'étaient choisies sœurs si jeunes. Elles étaient comme les doigts d'une même main, pas les mêmes, mais ensemble. Rien ne pouvait les séparer.

***

« Vive la République quand même ! »

C'était la voix de l'avocate Maria Vérone. Surgie du haut de la tribune du Sénat. Un cri ironique, indigné et puissant. Le Sénat venait, par 156 voix contre 134, de repousser la loi accordant le droit de vote aux femmes.

Germaine n'en revenait pas, elle qui s'était passionnée pour les débats qui avaient agité l'hémicycle et que la presse avait relayés. Elle avait dix-huit ans.

Depuis la cérémonie en hommage à Pierre au cimetière de Montmartre et le discours d'Antoine qui l'avait tant marquée, la lutte qu'elle entendait mener contre la guerre prenait tous les chemins possibles. L'un d'eux passait par le combat pour le droit de vote des femmes. L'équation en cascade défendue par nombre de femmes dans la presse lui paraissait lumineuse. Femme = mère = naissance = vie. C'était d'une telle évidence que ça ne pouvait se contester. Tout dans la biologie ne pouvait que garantir le pacifisme constitutif des femmes, tout dans la nature des femmes appelées à être mères, puisqu'elles portaient en elles la pulsion de vie, devait sans conteste s'opposer à la guerre qui n'était que mort. Si l'on voulait terrasser la guerre, il fallait donc passer par les femmes. C'était biologique et mathématique.

Abonnée à *La Française*, qu'elle avait découverte sur les bancs de l'École normale d'institutrices et grâce aux amitiés qu'elle y avait nouées, elle attendait chaque semaine avec impatience les comptes rendus que le journal faisait des discussions qui entouraient l'examen du projet de loi. Elle épluchait tous les articles qui traitaient du sujet pour se faire une opinion et affûter ses arguments.

Elle prit l'habitude de s'installer au café avec son journal, crayon de bois à la main pour souligner ce qui lui paraissait important et pour annoter en marge, avec de grands points d'exclamation et des « Oh » indignés, les passages qui citaient les remarques de certains sénateurs et qui la faisaient bondir. On la voyait parfois, relevant la tête du journal, l'air effaré de ce qu'elle venait de lire, secouant la tête de consternation, se la prenant dans les mains, puis jetant des regards à droite et à gauche, espérant repérer une connaissance, un allié avec qui elle aurait pu partager son ahurissement. Mais elle était confiante, tout jouait en leur faveur, même si certains s'agitaient dans l'hémicycle.

Quand la proposition arriva au Sénat pour être votée, pas une seconde elle n'imagina cette issue négative. La Chambre des députés avait déjà en 1919 accordé ce fameux droit de vote aux femmes et à une écrasante majorité, puisque 344 députés avaient voté pour et que seuls 97 vieux barbons s'y étaient opposés. Restait juste à obtenir la confirmation du Sénat. Alors elle y croyait, elle se disait que c'était dans la poche, juste une formalité, et cela d'autant plus que nombre de nations d'Europe, et d'ailleurs, l'avaient fait. Le suffrage universel allait enfin le devenir – sauf à considérer que l'universel pouvait être divisé par deux, ce qui est une étrange conception de l'universel.

Mais en ce mois de novembre 1922, les sénateurs considérèrent que la politique n'était pas le lieu des femmes, que la spécificité de leur sexe devait les en tenir éloignées, au risque de menacer l'équilibre des foyers et de la nation, que leur octroyer le suffrage était prématuré et dangereux. Ils utilisèrent l'hécatombe de la guerre et l'épouvantable hémorragie démographique que le pays avait subie pour rappeler que le seul, l'unique, le véritable devoir des femmes était la maternité, et que celui-ci était incompatible avec la politique. « Les femmes valent mieux que les luttes de forum », pouvait-on entendre, ou bien encore, « Plus que pour glisser un bulletin de vote, les mains des femmes sont faites pour être baisées », c'était joliment dit, merveilleusement galant. Si subtilement oppressif.

Et les sénateurs dirent non, ils votèrent non et tout était à recommencer. D'où le cri indigné de Maria Vérone que Germaine répétait avec plus de colère que d'ironie.

Le dimanche qui suivit la décision du Sénat, Germaine déjeunait chez ses parents, rue Véron, avec Louise. Au moment du café, n'y tenant plus, elle mit le sujet sur la table. Elle ne décolérait pas. Elle s'adressa à sa mère.

— Tu as vu la décision du Sénat maman ?

— Oui, répondit Anne, immédiatement inquiète de la probable tournure que prendrait la discussion avec Gaston à l'autre bout de la table.

Mais Germaine était lancée. Louise s'appuya sur le dossier de sa chaise, sachant à l'avance que Germaine allait s'engager dans une de ses diatribes dont elle était devenue coutumière.

— Non, ils ont voté non, mais vous vous rendez compte ? Non au vote des femmes. C'est un comble, s'insurgea-t-elle, quand on pense à tout ce que les femmes ont fait pendant la guerre ! Le moins qu'on puisse dire c'est qu'elles ont su tenir le cap et que ces messieurs étaient bien contents de les trouver pour faire marcher le pays.

Louise restait silencieuse. Elle se gardait bien de contredire Germaine qu'elle avait surnommée « l'insurgée des Batignolles ». Mais sur son visage, un air dubitatif. Son attention avait quitté la table. Elle pensait à sa mère qui correspondait si peu à la description que Germaine faisait des femmes.

— Alors maintenant, faudrait faire comme si rien ne s'était passé, comme si elles n'avaient pas fait tourner les usines, comme si c'étaient pas elles qui s'étaient épuisées dans les champs à tirer les charrues comme des bêtes de somme, tout en tenant les maisons et en élevant les enfants.

« Qui s'est occupé de tout ça pendant la guerre si ce n'est pas les femmes ? Je voudrais bien qu'on me le dise ! Il faudrait que ces messieurs en conviennent, les femmes peuvent et savent se rendre utiles. Y a qu'à voir Mme Bleuet, la femme de l'épicier, et c'est juste un exemple parce qu'y en a des dizaines comme elle, pendant quatre ans elle a tenu la boutique, avec des horaires qu'on pouvait se demander quand elle dormait la pauvre femme, et elle se démenait pour avoir toujours quelque chose malgré les restrictions, et tout ça en s'occupant de ses deux gamins qui sont de vrais petits diables. Et elle aurait pas le droit de voter Mme Bleuet ? Elle en s'rait pas capable ? On lui a pas demandé si elle était capable de plus dormir pour tenir la boutique et s'occuper des gosses quand on a envoyé son mari au front. Et Lisette, qui a été obligée de travailler à l'usine et qui a perdu la santé à force de se tuer au travail pour aider sa mère qui n'arrivait pas à joindre les deux bouts pendant que son père était au front, et en plus tout ça pour un salaire de misère, sous prétexte que c'est une fille. Non, y a de quoi être amer ! Des exemples, j'en ai à la pelle, de ces femmes qui ont trimé comme des esclaves et qu'on remercie comme ça maintenant, en racontant que leurs jolies mains ne sont pas faites pour tenir un bulletin de vote. Mais pour aller au turbin quand on envoie les hommes à la guerre, ça oui, leurs jolies mains, pas de problème, on s'demande pas si ça peut les abîmer.

« Et puis moi je le dis, haut et fort, je ne vois pas de contradiction, bien au contraire, entre être femme et pouvoir donner son avis en politique. Pour moi, c'est lié, on sait ce qui est bon pour la société parce que c'est nous qui donnons la vie, c'est biologique.

Germaine était sûre de son argument, qu'elle avait gardé dans sa manche, après son long discours, comme un atout décisif pour emporter la partie. Il lui semblait imparable et elle se délectait d'avance de son effet.

— Et c'est reparti, maugréa Gaston. Tous les dimanches on va avoir droit à une tribune. C'est épuisant.

— Et puis, ajouta Germaine comme si elle n'avait pas entendu la remarque de son père, la guerre, parlons-en ! Cette guerre qui doit avoir tué la guerre, c'est bien pour ça qu'on l'a faite, non ? Pour qu'il n'y en ait plus jamais, « la der des der » comme ils disent, eh bien, je vous le demande, qui mieux que les femmes pourrait en finir avec elle, qui mieux que les femmes pourrait la terrasser à tout jamais ? Nous sommes les plus grandes ennemies de la guerre, nous les femmes, parce que nous sommes du côté de la vie ! Ça, ça se discute pas !

Germaine croisa les bras, se redressa bien droite sur sa chaise, le menton relevé, attendant le contre-argument qu'on pourrait lui opposer, prête à en découdre. Tout à son plaidoyer, elle ne voyait pas le rictus de Louise.

Anne, qui savait combien Gaston s'agaçait des tirades de sa fille et qui plus d'une fois avait dû faire le tampon entre eux deux, tenta de tempérer son ardeur, ce qui, loin de la calmer, la fit sortir de ses gonds.

— Ce n'est que partie remise, ça viendra, les choses prennent du temps pour changer, ça finira bien par se faire, dit Anne calmement.

— Mais quand ? riposta Germaine. Quand ? Ça fait des années que des femmes se battent et qu'on leur balance toutes sortes d'arguments à la noix. Ce sont les bonshommes qui décident, de vieux machins qui s'accrochent à leurs privilèges, comme si y avait qu'eux qui savaient y faire, et moi je te le dis, c'est pas près de changer. La preuve, on croyait que c'était fait et patatras. On nous dit qu'on n'est pas prêtes, que c'est pas notre rôle, qu'on a mieux à faire ! C'était pas ça qu'on nous disait pendant la guerre. C'était pas le même discours, ça non ! Là il fallait qu'on soit là et qu'on assure, sans se plaindre. C'est pas à toi maman que je vais l'apprendre... Et une fois finie, d'un seul coup on n'est plus rien, on sait plus rien faire, retournez aux fourneaux mes bonnes dames et avec le sourire en plus s'il vous plaît, et ne vous mêlez pas de politique. Tu parles, tout ça c'est parce qu'ils ont la trouille qu'on fasse mieux qu'eux, ça va pas plus loin.

Germaine parlait à toute vitesse pour ne pas être interrompue, elle ne laissait pas la moindre respiration entre ses phrases. Elle peinait même à rester assise ; on l'aurait dite montée sur ressort. Le calme de sa mère qui cherchait constamment à ménager la chèvre et le chou l'insupportait.

— Tu sais ce que j'ai lu l'autre jour ? Tiens-toi bien parce que là c'est une sacrée trouvaille. Eh bien il paraît qu'on n'en veut pas du droit de vote. Véridique ! Ça a été dit dans les débats ! Les femmes ne veulent pas du droit de vote. C'est juste quelques agitées qui revendiquent et font du bruit, mais l'immense majorité des femmes n'en veut pas, qu'ils disent. Vaut mieux entendre ça que d'être sourde, mais c'est quand même le pompon.

« C'est Antoine qui a raison, faudrait un bon coup de balai, tout ça, c'est pourri, ça parle d'égalité mais d'égalité seulement pour quelques-uns, c'est cocasse, ça ne veut plus rien dire, comme si ça tenait la route l'égalité pour une poignée, l'égalité mais pas pour tous, la bonne blague, c'est pratique... du blabla tout ça. Des grands mots pour nous enfumer, mais dans les faits c'est toujours les mêmes qui se gobergent.

— Tu exagères, lui répliqua Anne en jetant des coups d'œil en biais vers Gaston. Tous les hommes ne sont pas comme ça, et puis tout n'est pas à jeter, les choses avancent, mais à leur rythme. Tu es trop impatiente, tu voudrais que tout bouge d'un claquement de doigts, c'est pas comme ça que ça fonctionne.

— Ah oui ? Quoi ? Qu'est-ce qui a avancé ? Vous pouvez me le dire ? Vous avez ne serait-ce qu'un exemple ? Et vous croyez que c'est en attendant, bien patiemment, bien gentiment, qu'on va obtenir des changements ? À mon tour de vous le dire, c'est pas comme ça que ça fonctionne.

— Et quoi ? Qu'est-ce que tu veux faire ? s'énerva Gaston, la révolution ? Parce que c'est ça qu'il propose ton Antoine. La révolution ! C'est ça son coup de balai. Comme chez les bolcheviks ! On sera bien avancés. Toi qui veux que le sang cesse de couler, eh ben tu seras servie. Tu ferais bien d'y réfléchir. Plutôt que de boire ses paroles comme si c'était l'Évangile. Vous êtes pas très logiques les jeunes d'aujourd'hui.

— Oh, tu ne vas quand même pas me faire le coup de la jeunesse, papa ! Et puis c'est pas « mon » Antoine. Et je suis pas en train de dire qu'il faut prendre les armes et tout bazarder, mais tu peux quand même admettre…

Excédé, Gaston tapa du poing sur la table, se leva brutalement, renversant du même coup sa chaise sur le carrelage dans un boucan terrible. Il quitta la pièce, marquant la fin d'une discussion qui prenait un tour qui ne lui plaisait guère, et laissant les mots de Germaine s'évanouir avec son départ. Toute cette agitation le fatiguait. Germaine, Anne et Louise sursautèrent au coup de poing sur la table. Anne blêmit et se leva pour ramasser la chaise. Elles entendirent claquer la porte de la chambre.

— Oh Germaine, s'il te plaît, arrête, tu vois bien combien ça met ton père hors de lui toutes ces histoires.

— Mais j'ai raison ! Vous le savez bien toutes les deux que j'ai raison ! s'écria Germaine exaspérée, cherchant auprès de sa mère et de Louise le soutien féminin qu'elle ne pouvait imaginer autrement qu'entier, total, absolu. Comment c'est possible que vous soyez si peu concernées ? Que vous ne disiez rien ? Que vous ne soyez pas en colère ? Vraiment je ne comprends pas.

— Oui, tu as raison sur le fond, et ton père est d'accord avec toi évidemment, mais c'est la manière. Tu montes sur tes grands chevaux, soupira sa mère en se prenant la tête dans les mains.

Anne savait qu'il lui faudrait affronter la contrariété de Gaston et les reproches qu'il ne manquerait pas de lui faire quant à la personnalité rebelle de leur fille dont il la rendait responsable. Depuis son retour, il supportait difficilement les prises de position de Germaine. Il l'avait quittée si jeune. Une petite fille levant des yeux admiratifs vers son père et buvant ses paroles. Entre-temps, Germaine avait bien pris quinze centimètres et elle enrageait de le voir si timoré, si frileux à faire changer le monde. Elle lui tenait tête, elle revendiquait, elle démontait ses arguments un à un. Et ça se terminait de plus en plus souvent de la même manière, avec Gaston qui quittait la pièce et qui répétait à Anne qu'elle était insupportable, ta fille est insupportable, ta fille est une vraie harpie. Tu n'as pas été assez ferme pendant mon absence, je sais que tu as fait ce que tu as pu mais il lui a manqué l'autorité paternelle, et voilà ce que ça donne, elle a grandi comme un cheval fou.

Mais Germaine ne lâchait pas la partie.

— J'étais sûre que tu dirais ça ! Que ce serait encore une fois de ma faute parce que soi-disant je m'emballe. Faudrait se taire et attendre que ces messieurs daignent nous accorder leur confiance ? Eh bien ce sera pas demain la veille si on ne fait rien.

« J'en ai par-dessus la tête qu'on nous prenne pour des godiches. Et qu'en plus on nous raconte que c'est pour nous protéger, ça c'est trop fort.

« Et tu pourrais me soutenir, toi, au lieu d'attendre que ça passe comme si t'étais pas concernée, ajouta Germaine en s'adressant à Louise qui, depuis le début de la discussion, n'avait pas ouvert la bouche et attendait, un sourire discret aux lèvres, que Germaine ait fini ce qu'elle appelait sa "cause" ou sa "bataille", selon les jours.

Louise sursauta.

— Oh là, doucement, ne te trompe pas d'ennemi. Tu sais bien ce que j'en pense, on a déjà eu cette conversation. Et ton argument biologique, tu me l'as déjà servi, et figure-toi que j'y ai réfléchi moi aussi et qu'il ne vaut pas un clou. Tu penses qu'avec ça tu vas fermer le clapet de tout le monde, eh bien tu te goures. Les femmes contre la guerre par nature, ah oui, tu crois ça ? T'en as vu beaucoup qui ont empêché leur homme de partir ? Pas une !

— Mais qu'est-ce que tu racontes ? Comment tu aurais voulu qu'elles fassent ? C'est pas elles qui décidaient !

— Peut-être qu'elles ont pas décidé, mais elles auraient pu, je sais pas, se coucher sur les rails pour empêcher les trains de les emmener. Eh bien non, au lieu de ça elles sont allées bosser dans les usines comme tu le dis toi-même et elles ont fabriqué les munitions qui ont servi à tuer, et elles ont bien fait, sinon on était bon pour les Boches à Paris. Alors, qu'est-ce que tu dis de ça ?

Germaine était furieuse, les veines de son cou battaient. Elle ne s'attendait pas à ce contre-argument. Elle bafouilla :

— Ça, c'est la meilleure, on ne leur accorde pas le droit de vote mais faudrait qu'elles se couchent sur les rails, et parce qu'elles ne l'ont pas fait, ce sont elles qui sont responsables. Si c'est pas de la mauvaise foi !

Anne se leva et les abandonna pour rejoindre Gaston, espérant apaiser la situation.

La discussion se poursuivit, un moment, entre Louise et Germaine. Mais le départ fracassant de Gaston, suivi de celui d'Anne, avait alourdi l'ambiance et comme dégonflé la véhémence de Germaine. Louise détendit l'atmosphère.

— Rassure-toi, ajouta-t-elle en riant, personne n'imagine que tu vas rester les bras croisés en attendant que ça bouge, ce n'est pas dans tes habitudes, madame la révolutionnaire. Je crois bien que tout le monde ici l'a compris, ça fait un bout de temps que tu es partie en campagne ! Quand tu as fait couper tes cheveux, on a tous compris que tu lançais le signal de la révolte.

Louise rappelait ce jour mémorable, lors de leur première année à l'École normale, où Germaine avait décidé, sans en avertir personne, de couper ses longs cheveux. Ça avait fait toute une histoire. Une histoire pour des cheveux, pour une longueur de cheveux, pour une affaire de centimètres de cheveux...

Elle revint chez elle ce jour-là avec sa coupe au carré, bien nette, qui lui arrivait juste au niveau des mâchoires. Avant, ses cheveux lui tombaient bas dans le dos et elle les tressait ou les remontait en chignon. Et un jour, elle fit couper sa belle chevelure, tout court, ce qui avait dû faire le bonheur des perruquiers. Elle était ravie, elle disait qu'elle se sentait plus légère, plus libre. Elle remuait la tête comme si elle s'était libérée d'un poids qui lui apparaissait maintenant qu'il n'était plus là. Elle marchait plus droite, plus à l'aise, avec l'impression de mieux bouger, d'être plus souple dans le monde. Libérée d'un corset de tête.

Elle passait sa main sur sa nuque en disant qu'il était bon de sentir l'air dans son cou. Et c'était si pratique cette nouvelle coupe, plus besoin de passer des heures à brosser, à démêler, à laver, à sécher, à coiffer. Une décision pratique, esthétique et moderne, cette coupe à la garçonne comme on l'avait baptisée. Oui, moderne, déclarait-elle à ceux qui faisaient une moue réprobatrice en considérant que, tout de même, ce n'était pas très élégant, pas très féminin, ces cheveux coupés si court.

— Mais qu'est-ce que tu as fait de tes cheveux, malheureuse ? suffoqua son père quand il la vit.

— Je les ai offerts à la coiffeuse ! Qu'est-ce que tu aurais voulu que j'en fasse ? répliqua Germaine en riant, préférant un ton blagueur à celui dramatique qu'annonçait la remarque de son père. Ça me va bien, tu ne trouves pas ?

— Mais ce n'est pas la question. Quand on a de beaux cheveux comme les tiens, on les garde. Si c'est pas malheureux. Les cheveux longs, c'est gracieux pour une femme, c'est seyant. Mais qu'est-ce que tu as besoin de toujours aller contre les usages ? C'est une manie chez toi de faire le contraire de ce qui se fait ? Jusqu'où ça va aller ? Et tu l'as laissée faire, toi, tu ne l'en as pas dissuadée ? ajouta-t-il, se tournant vers Anne.

— Je n'ai pas eu mon mot à dire figure-toi. Tu connais ta fille. Elle est arrivée, c'était fait. Mais bon, c'est la mode, et c'est pas si grave, les cheveux ça repousse.

— La mode ! Et si la mode c'est de se promener nu dans les rues du quartier, on va peut-être tous brûler nos vêtements. Vraiment, je vous jure, il y a des moments, je ne sais pas ce qui vous passe par la tête. Si maintenant l'idée c'est de ne plus distinguer filles et garçons, le monde part à vau-l'eau ! Et pourquoi pas les hommes en robe à ce rythme-là ? Et les femmes en pantalon ? Et on ne reconnaît plus personne, et on ne sait plus qui est qui. Y a des limites quand même.

***

À l'issue de leurs trois années d'École normale, en 1923, Germaine et Louise décrochèrent haut la main leur brevet supérieur de fin d'études et quittèrent l'internat du boulevard des Batignolles, sans regret aucun pour Germaine qui savourait la liberté retrouvée, avec un pincement au cœur pour Louise qui s'y était sentie comme un poisson dans l'eau mais qui se réjouissait quand même de l'autonomie que sa nouvelle vie promettait.

Elles furent toutes les deux affectées dans des écoles élémentaires pour filles du 18e arrondissement, cet arrondissement qui les avait vues grandir et qu'elles n'avaient pour ainsi dire jamais quitté. À l'École normale il leur suffisait de tendre le cou, il leur suffisait de quelques pas pour retrouver les rues tortueuses du quartier de leur enfance.

Louise fut nommée à l'école de la rue Antoinette, qui débouche place des Abbesses et s'étire à l'est en direction des jardins du Sacré-Cœur ; Germaine à celle de la rue Damrémont, à quelques enjambées de la menuiserie des parents de Louise où elles avaient passé tant d'heures, gamines, à récupérer de la sciure pour leurs poupées et à discuter avec Monsieur André. Tous les jours en se rendant à l'école elle passait devant la confiserie où Louise leur achetait un sucre d'orge, et, immanquablement, à voir d'autres enfants, les yeux gourmands, qui tenaient bien serrée dans leur petite main la pièce qui se transformerait en sucre fondant, une nostalgie attendrie s'emparait d'elle. Elle y entra un jour et, maintenant qu'elle avait elle aussi quelques pièces dans son porte-monnaie, elle acheta un gros paquet de berlingots, les mêmes exactement que ceux de leur enfance, qu'elle emballa dans du papier coloré pour l'offrir à Louise. Elles en ingurgitèrent plus que de raison en se remémorant leurs bêtises de gosses et en s'esclaffant à tout bout de champ comme si elles l'étaient encore.

Dès sa sortie de l'internat, Louise se mit en quête d'un appartement et dégota un petit deux-pièces au sixième étage du 21 de la rue Lepic. L'immeuble, qui faisait l'angle avec la rue Constance, portait plutôt beau et avait un certain cachet, vu de l'extérieur.

Une fois dans la cage d'escalier, ce n'était pas du tout la même impression. Les murs suintaient d'humidité et l'odeur de moisi prenait à la gorge. Il fallait prendre garde en descendant les six étages car les marches en bois de l'escalier étaient si irrégulières et glissantes que la moindre inattention risquait bien de vous faire dégringoler et dévaler sur les fesses un étage entier. L'appartement quant à lui était miteux et sombre. Il possédait une seule fenêtre qui donnait sur un mur qu'on aurait presque pu toucher en allongeant le bras. C'est dire si la vue portait loin. Mais avec une torsion habile ou allongé à même le sol, on pouvait voir un bout de ciel. C'était un début pour le rêve de Louise. Il y avait un point d'eau avec un lavabo. Les toilettes étaient sur le palier.

Lorsqu'elles visitèrent l'appartement avec Germaine, Louise fut emballée et immédiatement imagina et décrit, à grand renfort de gestes, la façon dont elle pourrait en faire, avec paravent, tentures de tissus colorés aux murs et grâce à un aménagement judicieux, son petit nid. Ici le lit, car placé à cet endroit précis elle ouvrirait les yeux sur son bout de ciel et elle s'endormirait sur son carré d'étoiles. Juste à côté une armoire, là un paravent pour structurer l'espace et isoler la partie sommeil de la partie qu'elle réserverait à la toilette et à la cuisine, dans l'autre petite pièce son bureau et sur le mur des étagères pour installer tout son matériel de dessin et ses livres, et une table pliante, elle en trouverait bien une, pour quand elle recevrait, oui c'était tout à fait jouable et ce serait même charmant, ajouta-t-elle tout sourire et s'y voyant déjà. Elle fit donc affaire avec la propriétaire, obtenant, après une négociation menée de main de maître qui força l'admiration de Germaine, un petit rabais sur le loyer et, avec un bonheur non dissimulé, s'installa chez elle.

Contrairement à ce que Louise avait supposé, sa mère ne fit pas la dédaigneuse et lui alloua une somme mensuelle afin qu'elle puisse assumer les charges de l'appartement. Quand Louise lui annonça qu'elle souhaitait vivre seule, elle n'essaya pas de l'en dissuader. Elle lui dit comprendre son désir d'autonomie et elle ajouta :

— Les loyers sont chers à Paris. Avec ton salaire d'institutrice, tu ne vas pas y arriver. C'est normal, tu démarres dans le métier. L'entreprise marche bien. Je vais t'aider. Et s'il te plaît, ne dis pas non. Je voudrais que tu sois dans un endroit où tu te sentes bien. Ton père serait heureux que l'on puisse t'aider.

— Merci, répondit Louise. Comme à chaque allusion à son père, sa gorge se noua et elle ne put dire plus.

Sa mère lui offrit un joli paravent de bois qu'elle fit fabriquer pour elle à la menuiserie par Monsieur André et composé de panneaux en tissu décoré d'élégants motifs floraux japonisants qu'elle alla dégoter au marché aux tissus Dreyfus récemment installé au pied de la Butte. Monsieur André, accompagné d'un apprenti, vint le lui livrer le jour même de son emménagement, mettant fin à une journée pour le moins mouvementée.

— Ben nous v'là bien ! ahanait l'un des gros bras chargés de déménager l'armoire en noyer que Louise avait décidé de récupérer de sa chambre d'enfant.

Ils étaient deux à tenter de la hisser par l'étroit escalier, l'un devant, l'autre derrière. Ils n'avaient pas pu la démonter, au risque de ne pouvoir la remonter ensuite, et avaient seulement retiré les étagères intérieures et les portes pour en alléger un peu le poids. De la rue Tholozé à la rue Lepic, ils l'avaient transportée sur une charrette à bras en la ficelant bien serrée à l'aide de cordes. Il n'était pas utile de louer une tapissière pour un si court trajet. Jusque-là, tout s'était déroulé sans problème. Arrivés en bas de l'escalier, ils remontèrent leurs manches, analysèrent la situation, crachèrent dans leurs mains qu'ils frottèrent l'une contre l'autre pour donner le signal du départ et entamèrent l'ascension. Les choses se compliquèrent entre le quatrième et le cinquième étage. Ça gueulait dans l'escalier.

— Remonte, ça coince là, incline à gauche, faut la pencher plus, par le haut, sinon on passera pas je te dis, mais t'es manchot ou quoi !

— M'emmerde pas et arrête de gueuler, j'fais ce que je peux, répliquait celui qui agrippait, comme il pouvait en effet, l'armoire par le haut.

On les entendait souffler et s'invectiver, chacun accusant l'autre de ne pas pencher par le bon bout et de s'y prendre comme un manche. Ils suaient à grosses gouttes et peinaient à l'incliner pour la faire passer par l'escalier tournant qui se rétrécissait inexplicablement entre le quatrième et le cinquième étage. À force de pousser, l'armoire se retrouva coincée. Impossible de la bouger dans un sens ou dans l'autre, elle s'était comme fichée par un angle dans le mur. Toute de guingois, elle bloquait totalement le passage. Louise, les bras ballants au quatrième étage, observait la scène, inquiète, imaginant l'armoire coincée ici pour toujours, l'empêchant, comme une terrible métaphore ou comme un affreux présage, de s'élancer dans sa nouvelle vie, la murant dans son ancienne.

Les voisins commençaient à rentrer de leur journée ou, alertés par le vacarme, à sortir de chez eux, et tous y allaient de leurs commentaires, voire de leurs conseils qu'ils pensaient avisés, faisant monter la pression. La concierge, en bas, poussait de grands cris en levant les bras au ciel.

— Mais vous êtes en train de me bousiller toute la cage, bande d'incapables ! Ça va pas se passer comme ça !

Le ton montait.

— Tu vas la fermer, c'est pas en braillant comme ça qu'on va y arriver.

Louise était affolée.

— Mais comment on va faire ? Comment on va faire ? Vous n'allez pas être obligés de la casser en morceaux mon armoire ?

— Vous inquiétez pas ma p'tite demoiselle, laissez-nous bosser, on va s'en sortir, lui répondit l'un des deux déménageurs en se frottant le menton d'une main pour faire jaillir la solution.

C'est à ce moment que Monsieur André arriva avec l'apprenti pour apporter à Louise son paravent. Ils furent alpagués par la concierge qui ne décolérait pas.

— Ah ben j'espère que vous allez être plus habiles que ces deux abrutis là-haut qui ont deux mains gauches.

Ils laissèrent le paravent dans le hall et montèrent, espérant être utiles.

— Oh Monsieur André, c'est une catastrophe, l'armoire est totalement coincée et si ça fait des dégâts dans la cage, ça va me coûter une fortune.

— On va y arriver Loulou, ne t'inquiète pas.

Ils trouvèrent la parade. Joseph, l'apprenti, était un jeune homme tout sec, fin et nerveux. Il parvint à se glisser sur le côté de l'armoire puis, sous les interjections épeurées de tous, il se pendit à la rampe de l'escalier, le corps dans le vide.

— Oh non, non, ne faites pas ça, supplia Louise tremblante, vous allez tomber, c'est beaucoup trop dangereux.

— Chut, chut, laisse-le faire et se concentrer, murmura en lui tapotant le dos Monsieur André qui n'en menait pas large non plus.

Joseph remonta à la force des bras les longs centimètres jusqu'à rejoindre le déménageur au-dessus qui l'attrapa sous les aisselles pour l'aider à rebasculer du bon côté. On souffla de soulagement, la chute avait été évitée. Une fois que chacun eut repris ses esprits, le jeune apprenti se faufila sous l'armoire. Avec son dos, il fit levier tandis que les trois autres tiraient sur les cordes. Ils réussirent à débloquer l'armoire et, à tout petits pas, à la monter jusqu'au sixième.

De cette mésaventure, le mur de la cage d'escalier garda une encoche, pas si dramatique. Un renfoncement dans une chair molle, comme un renflement à l'envers, plutôt rond, alors qu'on aurait pu s'attendre à quelque chose de plus sec, de plus taillé. La peinture était à peine écaillée. Cela pouvait passer inaperçu à qui n'avait pas assisté à la scène, mais Louise le repérait avec effroi à chaque fois qu'elle descendait ou montait l'escalier, incapable d'en détourner le regard, ou mieux, d'en rire, car finalement l'aventure s'était bien terminée. Mais l'empreinte dans le mur lui rappelait l'armoire obstruant l'escalier comme un gros oiseau noir échoué là.

Germaine, quant à elle, réintégra le domicile familial rue Véron, en attendant de voler de ses propres ailes. Rien ne pressait. La transition de l'internat aidant, elle avait acquis une indépendance et une liberté de mouvement qu'elle appréciait. Ses années à l'École normale l'avaient ouverte au monde, aux lectures, à l'engagement. Elle voulait comprendre, elle voulait que les choses changent, elle voulait lutter, pour la paix, pour du mieux, pour l'égalité.

Mue par la diplomatie de l'enfance, elle se rapprocha des mouvements féministes qui menaient la guerre à la guerre.

Quand Poincaré décida de l'occupation de la Ruhr en janvier 1923, elle fut indignée. « Nous allons chercher du charbon et voilà tout », affirma celui-ci, catégorique, devant la Chambre, pour justifier l'envoi des troupes du général Degoutte en Rhénanie. Puisque l'Allemagne rechigne à le faire alors qu'elle s'y était engagée dans le cadre des réparations imposées par le traité de Versailles, ajouta-t-il, l'intervention militaire est plus que légitime. Les députés soutinrent massivement sa décision, soit par adhésion idéologique, soit par peur d'être accusés d'être de mauvais patriotes.

Les armes à nouveau, les morts, parce qu'il y en aurait, forcément, et des enfants qui souffriraient, des enfants qui grandiraient avec du vide en eux et avec la haine de l'autre. Germaine en aurait pleuré.

— On nous prive du droit de vote, qu'à cela ne tienne, on a d'autres moyens d'agir et de se faire entendre, claironna Fanette en arrivant au café.

Tous dans la salle se retournèrent dans sa direction. Elle déposa la brassée de journaux qu'elle avait déjà lus et annotés sur la table. Elle avait de toute évidence réfléchi à la question et gardait son optimisme combatif. Le serveur vint prendre leur commande.

— Alors, encore en train de refaire le monde les filles ?

— Vous voyez mieux à faire ? répliqua Fanette.

— J'ai bien quelques idées si l'une d'entre vous veut me rejoindre après le service !

— Tentant, mais nous, on ne se déplace qu'à trois, voire plus, lança Lucile avec sa gouaille habituelle et qui avait pris goût à badiner avec lui.

— Si seulement !

Il s'éloigna en riant.

— Qu'est-ce qu'on peut faire ? La Chambre a voté, les troupes sont sur place, se désola Germaine.

— La politique, ça se fait pas qu'à la Chambre, lui rétorqua Lucile. Et heureusement, sinon on n'aurait plus qu'à plier bagage. Mais t'as raison, c'est pas gagné.

— Ça commence à bouger, annonça Fanette en dépliant les journaux. Faut qu'on se tienne au courant. Voir ce qu'on peut faire. Je reviens du syndicat, tout le monde est vent debout contre cette ignoble opération.

Fanette et Lucile s'étaient engagées dès leur sortie de l'École normale au sein du Syndicat national des institutrices et des instituteurs tout juste né. Fanette, en dépit de son jeune âge et bien qu'elle soit une femme, collaborait régulièrement au bulletin mensuel du syndicat car sa plume était vive et son humour apprécié des lectrices et des lecteurs.

— Car bien sûr, y a encore des enfants qui vont souffrir, ajouta Fanette.

C'est là que naquit le premier engagement de Germaine.

De retour chez elle, elle éplucha les journaux que Fanette lui avait laissés. Dans *La Mère éducatrice*, elle lut un appel de la Ligue internationale des femmes pour la paix et la liberté :

> Adoptez un enfant. Avec un franc par jour, 30 francs par mois, vous l'empêcherez de mourir de faim.

Dessous, dans un court paragraphe, la Ligue dénonçait, dans l'occupation de la Ruhr, une opération politique et militaire injuste dont les enfants seraient les premières victimes innocentes, une opération qui, au lieu d'œuvrer pour la paix et l'amitié entre les peuples, flattait les nationalismes qui avaient mené à la boucherie de la Grande Guerre, comme on l'appelait désormais.

Elle écrivit à la section française de la Ligue pour participer à leur campagne de parrainage. Elle s'engageait à venir en aide financièrement, durant tout le temps que durerait l'occupation, à la petite Lore, cinq ans, qui habitait avec ses parents dans la banlieue ouvrière de la ville d'Essen, sur les bords de la Ruhr. Les parents de Lore travaillaient tous deux au sein du complexe sidérurgique possédé par la famille Krupp qui avait étendu son puissant empire sur toute cette région minière que les fumées crasseuses des activités industrielles recouvraient d'une épaisse et constante pellicule noire, jusque dans les armoires des maisons où l'on rangeait le linge, jusque dans les poumons qui crachaient une poussière sale dans les mouchoirs de coton.

Sur la photo-carte que la Ligue lui envoya, Lore, les joues creuses, de grands yeux clairs, deux fines tresses blondes remontées en couronne sur le crâne, souriait, du sourire édenté des enfants de cet âge qui ont perdu leurs dents de lait. À distance, Germaine l'adopta. Sans rien attendre de son geste. Sachant qu'elle ne la rencontrerait probablement jamais. Simplement parce qu'elle devait le faire et qu'elle voulait qu'un jour sa petite filleule sache que, de l'autre côté du Rhin, tous ne lui étaient pas hostiles, que certaines femmes avaient refusé le choix brutal des armes et qu'elles lui avaient préféré le sourire édenté de Lore, qu'elles avaient préféré au visage de l'ennemi le sourire de son enfant.

Les nouvelles qui arrivaient de la région occupée n'étaient pas bonnes.

Les violences commises et les morts d'ouvriers dont faisait état la presse effrayaient Germaine qui tremblait à l'idée que les parents de Lore en soient victimes et que la petite se retrouve orpheline.

Le samedi 7 avril 1923, on enterrait à Essen treize ouvriers allemands de l'usine Krupp tombés sous les balles françaises. C'est en leur hommage et pour exhorter les soldats envoyés dans la Ruhr à fraterniser avec leurs frères prolétaires qu'un meeting se tenait, le soir de ce même jour, dans la grande salle de la Maison des syndicats, au 33 rue de la Grange-aux-Belles, dans l'Est parisien, au cœur du populaire 10e arrondissement.

Fanette proposa à Germaine de se joindre à elles.

— Tu veux venir avec nous ? Ça t'intéresserait, non ? tenta Germaine auprès de Louise.

— Mais non ma Germaine. Tu sais bien que j'ai horreur de tous ces trucs-là. Qu'est-ce que tu veux que j'aille m'égosiller dans ces repaires de voyous ? Vas-y avec tes révolutionnaires, je serais un boulet si je venais. Je déteste tous ces gens qui crient comme ça, des heures durant.

— J'ai compris Louise, pas la peine de te lancer dans un discours.

— Mais fais attention quand même, parce que je te rappelle que dans ces rassemblements, parfois ça castagne. T'aurais l'air fin si tu arrivais en classe avec un œil au beurre noir !

— T'inquiète pas, je me mettrai dans un coin d'où je peux m'enfuir vite !

Germaine, Fanette et Lucile se retrouvèrent en début de soirée du samedi 7 avril et, de Montmartre, se rendirent à pied rue de la Grange-aux-Belles. Fanette avait pris soin de préciser à Germaine qu'il fallait qu'elle chausse de bons souliers pour éviter de traîner la patte, précaution inutile car Germaine était une marcheuse urbaine et aimait à déambuler dans les rues de Paris.

Un peu avant 20 heures, elles arrivèrent devant l'usine désaffectée que la CGT avait investie pour en faire le centre du syndicalisme parisien et le point de ralliement des pacifistes de la capitale. Au cœur d'îlots classés insalubres, l'immeuble ne respirait pas la santé, mais s'en dégageait pourtant une puissance de vie qui s'expliquait par la foule enthousiaste et déterminée qui s'y pressait et qui semblait faire bien peu de cas de la vétusté des lieux.

Se mêlant à la masse, elles entrèrent dans l'immeuble et se précipitèrent dans la grande salle pour se dégoter des places assises côte à côte. Elles s'installèrent sur un côté de la salle, pas trop loin de l'estrade où devaient intervenir les différents orateurs mais pas trop près non plus. Fanette, en habituée des meetings, considérait qu'il valait mieux ne pas se retrouver en plein milieu de la foule au cas où les esprits et les corps s'échaufferaient un peu trop, ce qui arrivait, expliqua-t-elle à Germaine en riant, tant l'ardeur partisane de certains dégénérait parfois en intransigeance fanatique et en coups de poing distribués à la volée. Et puis, ajouta-t-elle, par les temps qui courent, on n'est jamais à l'abri de faux amis qui se glissent dans la foule pour faire capoter le meeting et nous faire passer pour des enragés assoiffés de sang. Mieux valait donc s'assurer d'une retraite possible.

Ici, dans cette salle bondée, collée à d'autres sœurs de combat, Germaine se sentait partie d'un seul corps fait de toutes et de tous, bousculée de ferveur, gonflée d'espoir. Dans la chaleur de convictions partagées, elle était portée par l'impression du nombre, par la puissance trompeuse du groupe fusionné, par le rêve d'une vague populaire dont ils auraient été l'écume annonciatrice. Elle se retournait dans tous les sens. Elle voyait la salle se remplir et devenir de plus en plus bruyante. Des petits groupes discutaient avec force gestes. Des hommes montèrent sur l'estrade.

Germaine se pencha à l'oreille de Fanette.

— On est nombreuses dans la salle, mais pas une seule femme à la tribune, t'as remarqué ? Pourtant je te verrais bien moi à côté de ses messieurs...

Les discours commencèrent devant une salle pleine et fougueuse. Des applaudissements, des cris, des « ouh » nourris contre « Poincaré la guerre ». Germaine n'était pas la dernière à pousser la voix.

Dans la salle surchauffée, on cria contre la guerre, on conspua ceux qui s'accrochaient à leurs baïonnettes et qui affamaient les plus pauvres pour le bénéfice des grands groupes industriels qui bouffaient du charbon sur le dos des travailleurs, on acclama la fraternité et la solidarité avec les opprimés du monde, fussent-ils ceux qu'hier on avait voulu faire passer pour des ennemis barbares. Germaine pensait à Lore, à ses nattes au-dessus de sa tête, à son sourire sur la photo qu'elle regardait tous les jours parce qu'elle l'avait posée sur son bureau. On avait raison de se révolter, pensait-elle, de dire non.

Au deuxième ou troisième discours, ça a commencé à remuer dans la salle. Des vociférations, « Vendu ! », « Assassin ! C'est la mort du syndicalisme ! », toutes sortes de cris pour empêcher Tommasi, figure ouvrière du monde communiste, de s'exprimer. Des hommes debout l'invectivant et cherchant manifestement la mêlée. Germaine se retourna et vit en un temps record un attroupement se former, attroupement dans lequel on se distribuait allègrement coups de pied et coups de poing. Plusieurs hommes se retrouvèrent au sol. Elle eut une petite montée d'adrénaline à voir la vitesse avec laquelle le feu avait pris. Elle se recroquevilla, voyant déjà la salle entière se transformer en champ de bataille et les avertissements de Louise devenir réalité. Mais Fanette n'ayant pas l'air de s'alarmer, Germaine se détendit. Les perturbateurs, dont on disait qu'il s'agissait d'anarchistes venus briser l'union, furent expulsés de façon musclée.

Ces échauffourées n'entamèrent en rien l'exaltation de Germaine qui y vit seulement l'œuvre de quelques énergumènes furieux et non l'immense difficulté à définir ensemble une cause véritablement commune et à lutter pour elle. Et l'on reprit, comme si de rien, et l'on applaudit, et l'on cria avec les orateurs : « Assez ! Assez et trop de sang ouvrier répandu ! Assez ! Assez d'assassinats en pleine paix ! Solidarité avec nos frères allemands ! »

Pour clore le meeting, le chant de *L'Internationale* fut entonné par les orateurs rassemblés sur l'estrade et la salle tout entière, debout, hommes et femmes le poing levé, des milliers de poings levés, vibra de son souffle. Germaine aurait voulu que jamais cela ne s'arrête. Son cœur battait à tout rompre. Elle se sentait si heureuse, à sa place, utile, et formidablement optimiste.

En sortant de la salle, portée par la marée humaine vers la sortie, les joues encore chaudes de l'enthousiasme de la foule accordée, Germaine aperçut Antoine, son habituelle casquette vissée sur la tête, discutant sur le trottoir avec un petit groupe de camarades, casquette au crâne eux aussi.

Par haine de la guerre et par enthousiasme pour la révolution russe qui lui laissait imaginer un monde débarrassé de toute exploitation, Antoine avait rejoint les Jeunesses communistes au sein desquelles il militait activement. Ce meeting était leur première grande action.

Pour Antoine, le soutien aux frères ouvriers, qu'ils soient allemands ou de quelque nationalité que ce soit, et le refus d'un militarisme qu'il avait en horreur allaient de soi et étaient devenus sa raison de vivre. Dans son combat, il faisait vivre son frère. Ne pouvant laisser son père seul, il n'avait pas suivi les camarades qui s'étaient rendus en Allemagne pour épauler la résistance à l'occupation qui s'était organisée dès l'arrivée de l'armée française, mais il était de tous les meetings, de toutes les manifestations, le poing levé contre la guerre, le poing levé pour la solidarité avec ceux qui ne la décident pas la guerre, mais qu'on y envoie, dans la boue, et qui parfois y disparaissent.

Accompagnée de Fanette et Lucile, Germaine s'approcha de lui en faisant signe de la main.

— Bonsoir Germaine. Ben qu'est-ce que tu fais là !

Vexée, Germaine répliqua :

— Tu penses peut-être qu'il faut obligatoirement porter une casquette pour avoir des convictions ?

Cela fit rire tout le groupe, y compris Antoine, qui exécuta une petite révérence en signe de capitulation et d'excuse. Il la présenta. Elle le présenta. Germaine serra énergiquement les mains des uns et des autres. Ils échangèrent quelques commentaires sur les empoignades qui avaient eu lieu dans la soirée et les compagnons d'Antoine se lancèrent dans de virulentes diatribes contre ces « salopards d'anarchistes » qui ne manquaient jamais une occasion de casser du communiste et de « foutre en l'air la cause ». Germaine ne saisissait pas bien ce qui les opposait car leurs petites différences lui semblaient bien futiles. La cause et la nécessité du combat auraient dû les fédérer. Mais c'était sans compter justement sur la puissance explosive, sur l'aversion fondamentale que peut éveiller l'étranger proche, plus encore parfois que l'autre absolu. Elle n'osa pas poser la question, de peur de paraître bien ignare, et se contenta de hocher la tête, d'un air entendu, elle se contenta de rire quand les autres riaient, de souffler quand ils soufflaient. Ils évoquèrent leurs avis sur la suite des actions à mener. Les compagnons d'Antoine proposèrent de poursuivre la soirée au café. Mais Germaine, fatiguée par ses semaines d'école bien remplies, décida de rentrer.

Élégamment, Antoine lui proposa de la raccompagner chez elle car, ajouta-t-il, il ne lui semblait pas bien raisonnable de laisser repartir à cette heure de la nuit une jeune femme seule dans les rues de Paris. Fanette et Lucile l'embrassèrent et se joignirent au petit groupe qui poursuivait la soirée.

Germaine et Antoine prirent le chemin du retour, marchant côte à côte dans la nuit de Paris. Ils remontèrent la rue de la Grange-aux-Belles, obliquèrent sur la rue des Écluses-Saint-Martin, traversèrent le canal en empruntant la passerelle et se dirigèrent vers la gare du Nord. Il n'y avait aucune hésitation dans leurs pas, l'un comme l'autre connaissaient par cœur cette partie de la ville et ils avaient en point de mire l'affreux Sacré-Cœur qui, lourd et ostentatoire, dominait la Butte.

Malgré l'heure tardive, samedi soir oblige, les rues étaient animées. Germaine ne sentait plus la fatigue. L'air était doux, comme le sont parfois les nuits d'avril qui font croire à l'été. En remontant le boulevard de Magenta, aux côtés d'Antoine, elle se souvenait des nombreuses prières qu'elle avait faites pour lui lorsqu'il était au front et qu'elle avait secrètement fait de lui son fiancé ; elle souriait à ce souvenir qui la replongeait dans une enfance qui lui paraissait si lointaine et si fondatrice à la fois. Elle revoyait Louise, avec ses bouclettes blondes, sautillant d'impatience à l'angle de la rue Lepic pour lui annoncer son retour du front, et les longs mois de ténèbres où il s'était perdu, et la force qui lui était revenue pour secourir son père, et les mots bien sûr qu'il avait prononcés, pour Pierre, dans le cimetière de Montmartre, devant la stèle au tandem. Ces mots qui l'avaient fait atterrir à ce meeting et qui avaient enraciné son pacifisme, qui lui avaient donné du sens. Ces mots aussi qui avaient conduit Louise à contacter Raoul et à se rendre là où son père était mort.

***

Tout était grand au Gaumont-Palace de la place Clichy. Dans l'ancien hippodrome transformé en cinéma, tout invitait au rêve, à l'évasion. Une féerie. Surtout la nuit, quand sa façade majestueuse, exubérante de sculptures, était éclairée de mille feux, qu'elle cascadait d'une telle lumière qu'elle semblait le cœur de la vie, que la foule, impatiente et piaffante, se pressait de tous côtés pour être aspirée dans cet immense paquebot amarré à l'angle des rues Forest et Caulaincourt. Car c'était bien un paquebot, à le regarder, qui pointait sa proue sur la place Clichy, et l'on venait pour le voyage, celui qui emmène loin et que tout paquebot laisse augurer.

On venait de tout Paris et de plus loin encore pour assister aux spectacles que promettait le plus grand cinéma du monde, et il n'était pas rare que la queue s'étire sur des centaines de mètres le long de la rue Caulaincourt, au-delà même du pont métallique qui enjambe le cimetière en contrebas. Autobus, voitures, métros et tramways déversaient une multitude bigarrée constituée de chapeaux ronds, hauts-de-forme, casquettes, c'était selon, mais tous se mettaient sur leur trente et un afin de se fondre dans la magie du lieu, pour, le temps d'une soirée, en être un des personnages et s'en imaginer acteur.

Tous les samedis soir, voire d'autres soirs de la semaine quand elles n'étaient pas débordées par les cours à préparer, les cahiers de leurs élèves à corriger ou simplement épuisées par leur journée, Germaine et Louise se rendaient au Gaumont-Palace pour une séance de cinéma. C'était devenu une routine à laquelle elles prenaient toujours autant de plaisir.

Elles faisaient partie des habitués et le portier comme les appariteurs les saluaient désormais, ce qui leur donnait le sentiment flatteur d'être distinguées dans la masse des spectateurs anonymes, honneur qu'elles ne boudaient pas et qui attirait les regards intrigués de celles et ceux à qui on n'accordait pas ces marques d'attention particulières.

Elles se pomponnaient pour l'occasion, se retrouvaient au Café du Moulin pour boire un Clacquesin puis elles jouaient des coudes pour descendre les trottoirs toujours bondés de la rue Lepic, bifurquaient sur le boulevard de Clichy afin de gagner la place du même nom et rejoindre le Gaumont. Elles faisaient assez peu de cas de la programmation, plus motivées par la joie que leur procuraient ces soirées que par la qualité des films projetés, même si, à force, leur esprit critique devenait plus éclairé et leur jugement plus avisé. Elles arrivaient toujours bien avant l'heure de la projection pour pouvoir déambuler dans le somptueux hall. Il n'était pas rare qu'elles y croisent une connaissance, avec qui elles échangeaient quelques mots avant de se rendre dans la grande salle, le lieu étant devenu un des pôles d'attraction du quartier et de la capitale entière.

La grande salle pouvait accueillir des milliers de personnes. En fonction de leurs moyens, elles se répartissaient entre les loges, le promenoir ou la galerie. Dans la fosse, les cinquante musiciens de l'orchestre qui accompagnait les projections s'échauffaient, s'accordaient, dans la bruyante rumeur de la foule.

Avant la projection du « grand film », les sensationnelles attractions, numéros de cirque, ballets, revues, garantissaient l'émerveillement. Les milliers de spectateurs rassemblés dans cette salle pharaonique applaudissaient à tout rompre les acrobates qui s'envolaient au travers de cerceaux suspendus, tous retenaient leur souffle lorsque les funambules s'élançaient, en équilibre précaire, entre ciel et terre et qu'ils poussaient la prouesse jusqu'à danser sur le fil avec une perche surmontée d'une assiette sur le nez, qu'ils jonglaient avec quilles et ballons tout en trottant sur le fil qui traversait la scène. Au moindre balancement des corps qui traduisait une hésitation, un équilibre chancelant, la salle entière résonnait de « Oh ! » à la fois inquiets et excités par l'imagination d'un faux pas possible, un faux pas redouté mais au fond presque désiré tant l'exploit et le plaisir à y assister résidaient dans l'éventualité même de la chute.

Lorsque les trapézistes volants faisaient leur entrée, qu'ils commençaient à se balancer, accrochés à leur barre de bois, que leurs corps peu à peu prenaient de la vitesse et de la hauteur pour effectuer leurs figures de voltige aérienne, Louise était au comble de l'excitation. Elle s'accrochait au bras de Germaine, à lui en broyer les muscles, elle hurlait à chaque saut, elle tournait la tête pour ne plus voir, l'enfouissant dans le cou de Germaine qui riait de sa poltronnerie, puis, ne pouvant y tenir, regardait de nouveau, elle cachait ses yeux dans une main mais écartait les doigts pour voir un peu quand même, comme le font les enfants devant un spectacle qui les effraie.

Fondues dans la foule, absorbées par elle, Louise et Germaine n'en perdaient pas une miette et étiraient le cou en tous sens quand par malheur un plus grand s'était installé juste devant elles, leur bouchant une partie du panorama. La tête leur tournait quand les applaudissements retentissaient en faisant vrombir la salle comme une machine prête à s'emballer, quand les acclamations et les hourras venus saluer les performances des artistes soulevaient d'un même élan le public fébrile et exalté, quand les pieds de chacun et de tous tambourinaient au sol dans un grondement de volcan qui s'éveille.

Entre les attractions et au moment des entractes, un autre divertissement se donnait à voir. Tout était spectacle au Gaumont, tout devait l'être, tout était fait pour l'être, pour mettre entre parenthèses la réalité du monde du dehors. Au fond de la salle, quelques tables ornées de petites lampes à abat-jour diffusant une lumière tamisée accueillaient ceux qui pouvaient s'offrir une consommation tout en assistant au spectacle. Ils y étaient conduits par de prévenants appariteurs en redingote bleu ciel, en harmonie avec les tons du décor intérieur. Louise était fascinée par ce spectacle dans le spectacle. Ce spectacle qui donnait à voir un monde à part, un monde privilégié qui s'affichait dans le monde commun, qui traversait le monde banal et qui s'en distinguait d'autant plus qu'il se laissait observer, séparé de l'autre monde par des frontières immatérielles mais puissantes, fortement aiguisées, comme le sont les barbelés.

Elle avait acheté une paire de jumelles de théâtre pour pouvoir mieux voir, pour avoir accès aux détails qui lui auraient échappé du promenoir. Elles étaient fines et se repliaient dans un petit sac en tissu brodé qui pouvait se suspendre au poignet grâce à une cordelette brillante. Jamais elle ne manquait de les emporter. Lorsqu'elles descendaient la rue Lepic, d'un bras elle s'accrochait au bras de Germaine, de l'autre elle faisait tourner le petit sac contenant les jumelles autour de son poignet, la cordelette tendue et la main tournaillant comme une éolienne.

Une fois installée dans le cinéma, elle scrutait la salle. Ses jumelles rivées aux yeux, pour apercevoir, sait-on jamais, une personnalité en vue, une qui le deviendra ou qui l'est peut-être déjà sans qu'on le sache encore. Elle ponctuait son observation de « Regarde Germaine, ce ne serait pas Mme Unetelle ? », « Tiens, il me semble bien que c'est le député Machin là-bas », « Dis, c'est pas une actrice, la femme en robe rouge dans la loge de biais, mais regarde Germaine, comment s'appelle-t-elle déjà ? Je suis sûre qu'on l'a déjà vue quelque part. »

Germaine la laissait parler, tournait vaguement la tête dans la direction qu'elle lui indiquait et marmonnait quelques « Oui, peut-être bien. » Et voilà qu'elle recommençait à multiplier les superlatifs et les coups de coude dans le bras de Germaine pour tenter de l'entraîner, non sans mal, dans son éblouissement.

Non sans mal, car Germaine s'en moquait ; ce qu'elle aimait, elle, ce qui l'enchantait, c'était le cinéma. Le cinéma et ses histoires. Cette illusion dans laquelle, en toute conscience, elle plongeait sans réserve, prête à toutes les émotions et les espérant toujours intenses. Le cinéma l'envoûtait et lorsque les lumières faiblissaient dans la salle, annonçant le début de la projection, rien n'aurait pu la détourner de l'écran qui l'absorbait tout entière. Le torse penché vers l'avant, les coudes appuyés sur ses genoux, le visage déposé dans ses mains en coupole, les yeux calés, elle s'isolait dans sa bulle hypnotique et, dès la première image, se laissait embarquer dans l'aventure.

Elle pleurait aux drames, riait aux éclats aux comédies, se mordait les lèvres et avait le souffle court quand le suspense lui semblait intenable, sursautait aux effets de surprise, soupirait quand la preuve d'amour tardait à se manifester et s'agitait sur sa chaise quand elle sentait la trahison venir et que ses héroïnes restaient aveugles aux signes qui l'annonçaient. Harponnée par le septième art dès la première projection à laquelle elle assista, elle se revendiquait cinémaboule, fièrement amusée de sa trouvaille.

Le reste pour elle n'était que broutilles. Ils pouvaient bien se pavaner, les vaniteux, à leur petite table ou dans leur loge, jetant des regards discrets pour voir si on les regardait, cela la laissait de marbre ; ses rêves étaient ailleurs. Que Louise se laissât impressionner par cette comédie futile, qu'elle cherchât à l'entraîner dans son émerveillement dérisoire, qu'elle fît sa bécasse à se tortiller pour mieux voir avec ses jumelles, cela navrait Germaine.

— Tu peux bien faire l'indifférente, n'empêche que toi aussi tu soignes ta tenue, s'amusait Louise en accompagnant sa remarque de gestes froufroutants et récoltant une petite grimace de Germaine.

À l'approche de Noël 1923, le Gaumont projetait *Le Petit Chose*. En cette période de l'année qui réveille souvent même chez les plus endurcis des sentiments affables, le succès promettait d'être au rendez-vous. On pouvait s'attendre à des flots de larmes et à un concert de soupirs que les violons de la fosse se chargeraient de provoquer si les images n'y parvenaient pas à elles seules.

Bientôt ça allait commencer, les lumières allaient s'éteindre, l'orchestre allait s'élancer, le brouhaha dans la salle allait cesser. Germaine adorait ce moment de flottement. Après les attractions qui avaient mis la salle dans un état de grande fébrilité, et dans l'impatience des minutes qui précèdent le film, où chacun revient un peu plus en lui-même.

Louise perçut un mouvement dans la salle et les murmures des curieux qui accompagnaient toujours les arrivées remarquées. Guidée par les torsions des cous qui indiquaient par leur mouvement commun la nouvelle attraction, elle braqua son regard dans la direction qui attirait l'attention. À travers les lentilles de ses jumelles, elle vit soudain sa mère traverser la salle au bras de Leduc et se diriger à ses côtés dans une des loges les plus prisées du Gaumont.

Sa robe était longue et fluide, bleue comme un ciel clair de la Baltique, au bleu délavé de nuages translucides qui s'étirent sans peine, avec douceur, vers le bout du monde, c'est si beau ces ciels et c'était ainsi qu'était sa robe, un bout de ciel emprunté à l'infini, paisible et clair, un bout de ciel qui passait ; un collier de perles fines teintées de rose jouait de la lumière environnante ; sur ses épaules, une veste capeline, courte, en fourrure blanche qui semblait si douce qu'on avait envie d'y plonger les doigts, d'y passer sa joue et d'y rester, un peu, la joue posée sur la fourrure, en fermant les yeux, quelques secondes. Elle portait un chapeau gris pâle que Louise reconnut tout de suite, celui de la photographie qu'elles avaient faite avec son père avant son départ au front, cette photographie qu'elle gardait dans sa boîte à souvenirs, qu'elle emportait partout avec elle.

Louise se raidit. Elle lâcha ses jumelles qui se brisèrent sur-le-champ, comme se brisa dans le même instant son ébahissement pour ceux que, jusqu'à présent, elle détaillait avec intérêt et désir. Que sa mère en soit l'objet, au bras de Leduc, c'était impossible. Dès lors, oubliant aisément qu'elle en avait été la proie consentante, elle moqua la frivolité de cet étalage ostentatoire de toilettes et de pierres et prit un air dédaigneux en évoquant ceux qui se laissaient prendre à cette mascarade des apparences.

— Que tout cela est ridicule, grommela-t-elle, regarde-les tous à se tordre le cou, à frémir et à baver devant ce qu'ils n'auront jamais ! C'est lamentable.

Germaine regardait Marthe, au bras d'un Leduc saccadé, remonter l'allée qui les menait à leur loge. Elle semblait indifférente aux chuchotements sur son passage. Elle traversait la salle avec une forme d'indolence. Elle est triste, pensa Germaine.

L'agitation de Leduc, le mal qu'il avait à contenir son orgueil – il s'agitait, il se gonflait, comme la grenouille de la fable, il levait le menton, ses gestes étaient brusques, il avait besoin d'être vu, envié, il ne parvenait pas à maîtriser tout cela dans son corps, il gigotait comme les chiens de petite taille qui veulent compter pour plus qu'ils ne sont –, toute cette excitation contrastait avec le détachement de Marthe.

L'image que Marthe renvoyait était celle d'une femme qui n'avait pas l'air d'être vraiment là. Son indifférence n'était pas celle de la suffisance, que Germaine lui connaissait bien, mais celle de la lassitude, qui engourdit, qui assombrit, qui affadit. Était-ce sa pâleur, son regard, absent, la langueur de ses mouvements ? Le contraste avec l'excitation m'as-tu-vu de Leduc ? Germaine était-elle seule à percevoir, derrière le brillant et le vernis, cet ennui que Marthe traînait ?

Alors qu'elle ne la portait pas dans son cœur, elle avait vu combien, en dépit des apparences et de sa morgue, la tristesse l'avait envahie depuis la mort de son mari. Elle ne pouvait s'en défaire. Elle avait donné tant de signes d'indifférence, de mépris même, du vivant de Roger comme au moment de sa mort, que c'était difficile à croire, mais c'était bien la réalité, Marthe traînait sa vie. La mort de Roger, quand elle avait mesuré l'absence, avait rallumé un amour qu'elle avait oublié, celui des premiers temps, qu'elle avait gâché, quand elle aurait pu le vivre, gâché par prétention, obnubilée qu'elle était par l'image sociale qu'elle voulait incarner, qui lui semblait si vaine aujourd'hui, alors même qu'elle s'y accrochait encore, comme s'il ne lui restait que cela et peu encline à affronter la contradiction.

Germaine la revoyait, au bord de la fosse, regardant fixement le cercueil, et dedans, au fond, son mari qu'on lui avait rendu, cinq ans après sa mort. C'est ce qu'elle avait dit devant la fosse, juste quelques mots : « Il a fallu cinq ans pour que ton corps nous soit rendu. Cinq ans d'un temps suspendu. Cinq ans sans lieu où te parler, sans lieu où te dire mes regrets, sans lieu où accrocher nos larmes et poser notre peine les jours de matin gris. Tu es là maintenant. »

La cérémonie avait eu lieu à l'automne 1922. Au cimetière de Montmartre, de nouveau. Une cérémonie simple, intime. Marthe aurait aimé plus de monde, des médailles et des uniformes, et pourquoi pas de la musique militaire. Louise, qui avait pourtant décidé de ne pas s'en occuper mais ne supportant pas la façon dont sa mère s'engageait dans toute cette mise en scène, décréta que ce serait en petit comité, que les honneurs, son père les avait eus avec ses compagnons d'armes au cimetière de Vauxaillon. Marthe et Louise, bien sûr, Monsieur André et Antoine, Germaine et ses parents, des employés de la menuiserie, des amies de Marthe entoilettées et Raoul.

Raoul portait une veste sombre qu'aucune médaille ne venait aviver. Il avait rangé la croix de guerre qu'on lui avait remise au fond d'un placard. C'est ce qu'il avait dit à Louise qui lui demandait pourquoi il ne la portait pas.

— Vous voulez une réponse franche ou polie, Louise ?

— Il y a la réponse dans votre question, vous le savez bien.

— Pour moi, cette médaille... C'est...

Il baissa la tête puis se redressa, et appuyé sur sa canne, il regarda Louise. Il y avait ce qu'il ne pouvait dire dans son regard. Cette breloque, loin de le consoler ou de le flatter, rallumait l'enfer où il avait laissé le jeune homme joyeux qu'il avait été avant le carnage, ce jeune homme dont il peinait à se souvenir, alors qu'il aurait bien aimé s'en souvenir, ça c'est sûr, parce que cela l'aurait aidé peut-être à éloigner celui qu'il était devenu, cet homme à la mine sombre, aux joues tombantes, au rire faux trop lourd d'une peine qui lui collait à la peau, cet homme appuyé dorénavant sur une canne parce que la guerre lui avait pris la solidité de ses jambes, un vieillard au-dedans comme au-dehors, bouffé par la guerre.

— Elle est chez moi, dans un placard. J'aurais pu la jeter, je l'ai gardée. Mais l'accrocher à ma veste, je ne peux pas. Car mon courage... il était si terrifié. Chercher seulement à survivre, c'est du courage ? Comment porter ça alors que d'autres...

Il y avait dans ses yeux tous ces jeunes fantômes terreux qui s'étaient accrochés à lui, qui l'accompagnaient où qu'il aille et qui le constituaient désormais. Il y avait les entrailles échappées des corps, les ordres hurlés, les jambes qui tremblent comme celles d'un enfant, la pisse qui coule le long des jambes, la peur qui glace, la bile amère en fond de gorge. Cinq ans après. Alors cette croix...

Tour à tour, chacun s'inclina au bord de la fosse où gisait le cercueil recouvert du drapeau tricolore. Des fleurs fraîches furent jetées. Louise s'approcha. Elle sortit un petit sac de tissu de la poche de son manteau et l'ouvrit. Puis elle répandit la terre qu'elle avait rapportée du champ de bataille. La terre s'était asséchée, elle avait perdu sa consistance poisseuse, elle coulait du sac comme un début de poussière. Dans un bruit de sable, elle la déposa sur le cercueil. Louise serra le sac vide dans son poing. Elle ne sentait, là, debout, devant le trou de la terre, qu'un vide glacial.

Sa mère s'était approchée d'elle et lui avait passé un bras autour de la taille. Louise n'avait pas bougé. Elle n'aimait pas ce contact et se sentait coupable de ressentir cette raideur à l'approche de sa mère. Mais tout en elle lui était insupportable. Elle interprétait tous ses actes comme des mises en scène, de son petit mouchoir de tissu serré dans sa main à ses envies de musique militaire pour la cérémonie, à son bras passé autour de sa taille.

Alors quand Louise vit sa mère, en ce soir de décembre 1923, remonter la salle du Gaumont au bras de Leduc, sous les regards, elle aurait voulu disparaître de ce lieu, respirer dehors, aller dans la forêt et marcher, marcher, dans l'air froid de l'hiver. Cette mélancolie que Germaine percevait chez Marthe était inaccessible à Louise.

— Qu'est-ce qu'elle a ta mère ? Elle est malade ?

— Non. Pourquoi tu dis ça ?

— Je sais pas, elle paraît pâle, elle marche lentement.

— Ça doit être un air qu'elle se donne. Arriver après les attractions, juste avant le film, si c'est pas pour que tout le monde la regarde !

Germaine n'insista pas, sachant d'avance le dialogue de sourds que cela aurait entraîné. L'idée qu'elle puisse se préoccuper des états d'âme de Marthe aurait à coup sûr déclenché la colère de Louise.

Louise se tenait raide sur son siège, la mâchoire serrée. Elle désossait méthodiquement ce qui restait de ses jumelles.

— Allez ma Louise, pense pas à tout ça.

— Facile à dire, je voudrais bien t'y voir avec une mère pareille, si on peut appeler ça une mère.

— Oh, Louise, t'exagères. Elle n'est pas parfaite, c'est sûr, mais...

Germaine regretta immédiatement sa remarque.

— Mais quoi ? Ça y est, tu recommences à prendre sa défense ! Tu prends son parti, une fois de plus ! Contre moi.

— Mais bien sûr que non, jamais je n'ai été contre toi.

Les lumières s'éteignirent. La musique de l'orchestre emplit la salle. Germaine prit la main de Louise. Louise ne la repoussa pas.

Près de deux heures plus tard, après les applaudissements nourris du public, elles quittèrent la grande salle pour se diriger vers le hall.

— Germaine, Germaine !

Elles se retournèrent toutes les deux et virent Juliette leur faire de grands signes. Germaine et Juliette tombèrent dans les bras l'une de l'autre, ravies de se retrouver là. Encore embarrassés de l'incident de la fête de mariage, Louise regardait ses pieds et Albert regardait ailleurs, visiblement pressé d'abréger la conversation à laquelle il ne prenait pas part. Il se tenait debout, très près de Juliette, et tout son corps manifestait son impatience de mettre fin à cette rencontre.

Germaine prenait des nouvelles du petit Maximilien auquel Juliette avait donné naissance quelques mois après son mariage. C'était Anne qui s'en occupait ce soir-là. Elle se faisait une joie de le garder dès qu'elle en avait l'occasion et que cela pouvait rendre service à Juliette. Elle disait de lui qu'il était le plus mignon de tous les mignons et le couvrait de baisers dès qu'elle l'avait à portée de bouche. Rond comme une pomme, des joues et des bourrelets à croquer, des yeux couleur d'océan émerveillés de tout. Un bébé de carte postale, tellement souriant et charmant qu'il aurait pu servir de modèle aux campagnes natalistes qui se succédaient sans relâche pour inciter, sans grand succès, la population à repeupler le pays après l'hécatombe de la guerre. À voir ce petit, on ne pouvait qu'avoir envie d'en faire des dizaines.

Quand elle parlait de lui, Juliette souriait, d'un sourire qui lui creusait les petites fossettes qu'elle avait aux joues, il l'ensoleillait.

Lorsqu'elle s'était sue enceinte, avant le mariage, elle avait été prise de panique. Un bébé, alors qu'ils peinaient avec Albert à retrouver le bonheur d'être ensemble, alors qu'Albert ressassait encore et toujours ses désirs absurdes de campagne et qu'il moquait son travail, ses amitiés et ses goûts, cela lui paraissait une folie. Mais quand, d'un air contrit, elle le lui avait annoncé, Albert avait sauté de joie, il l'avait attrapée dans ses bras, il l'avait fait tournoyer dans les airs, il l'avait couverte de mots d'amour, il avait caressé son ventre tout plat encore et le bonheur qu'elle avait lu sur son visage avait chassé ses doutes et ses peurs. Pour la première fois depuis des mois et des mois, ils avaient ri ensemble et ils avaient dansé, enlacés, sur une musique imaginaire qui ne se jouait que dans leurs têtes. Le lendemain, Albert s'était levé à l'aube et s'était rendu chez son ami Léon qui, depuis plusieurs mois déjà, lui proposait son aide pour qu'il retrouve un emploi. Dans la journée même, l'affaire fut réglée, Albert fut embauché et démarra son nouveau poste dès le lendemain. Le soir, il alla chercher Juliette à sa sortie de l'atelier de couture du quartier de la rue de la Paix. Il l'attendait tout sourire sur le trottoir avec un magnifique bouquet de tulipes jaunes dans les bras et il lui annonça la bonne nouvelle. Juliette avait retrouvé son Albert. Puis ils s'étaient mariés, Juliette s'était arrondie et le petit Maximilien était arrivé, comme un cadeau.

Après l'accouchement, Juliette ne reprit pas son poste à l'atelier.

Elle aurait bien voulu pourtant. Germaine le savait. Sa mère le lui avait dit car Juliette, une nouvelle fois, s'était adressée à Anne pour lui demander conseil.

Mais Albert se montra convaincant, et au fond elle ne trouva pas la force pour ce combat-là, elle renonça, après une tentative de résistance perdue d'avance. Albert avait bien abandonné, lui, ses projets de campagne, par égard pour Juliette, qu'elle s'en souvienne, et cela n'avait pas été facile pour lui. Il avait retrouvé un travail. Toute la journée, il assemblait et réglait la mécanique de mains, de poignets, de coudes, de genoux, si Juliette pensait que ça l'amusait de manier le tournevis et de fixer tout ça sur les moignons de pauvres types revenus amputés de la guerre, comme s'il avait besoin de ça pour espérer tourner la page.

Puis elle se dit qu'il avait sans doute raison, que ça avait des avantages qu'elle arrête l'atelier pour se consacrer à son nouveau rôle de mère, le plus beau de tous comme disait Albert, ce qui lui paraissait difficile à contester, au risque de passer pour une bien mauvaise femme.

Elle était d'autant plus sensible à son discours et d'autant plus facile à convaincre qu'ayant perdu sa mère enfant, morte d'une tuberculose qui l'avait emportée en quelques mois, elle avait souffert de son absence et elle savait ce que cela représentait dans sa vie, l'absence. Elle s'était inventé sa mère pour résister à son effacement, qui était venu si vite ; elle avait redessiné son visage dont elle ne savait pas en réalité s'il était beau ou pas, s'il était doux ou rude ; elle s'était fabriqué son odeur ; elle s'était romancé leur histoire ; elle en avait fait la mère parfaite, celle qui n'existe pas, sauf quand elle meurt.

Alors les arguments lui manquaient. Les seuls qu'elle avait étaient qu'elle aimait travailler, qu'elle aimait l'ambiance de l'atelier et qu'elle y avait des amies chères, mais Albert lui avait demandé si, dans la balance, cela pesait plus que l'amour pour son fils, plus que l'attention que tout enfant est en droit d'attendre de sa mère. Et puis, avait-il ajouté, qu'à cela ne tienne, si tu aimes coudre, eh bien tu pourras coudre à la maison, qui t'en empêche ? Et les amies, si ce sont des amies, elle pourrait bien les voir ailleurs qu'à l'atelier, il ne voyait vraiment pas où était le problème.

Avant que la décision soit prise, et qu'elle soit acceptée par Juliette comme si c'était la sienne, il consentit, en maugréant, à rencontrer les nourrices que Juliette avait contactées. Aucune ne trouva grâce à ses yeux ; il les trouva l'une trop molle, l'autre trop autoritaire, trop laide, trop frivole, trop jeune, trop vieille, trop bavarde, bref il y avait toujours quelque chose qui clochait. Et tout son salaire y passerait, tu parles d'une bonne opération ! Travailler pour payer une nourrice pour garder le petit, tout ça parce que sa mère préférait continuer à faire la petite main. On n'était pas loin du caprice tout de même... Son ton était si péremptoire, il était si sûr de lui dans ses jugements, que Juliette finit par douter et par se ranger à son avis. Finalement, elle cessa de chercher et fit de la décision d'Albert la sienne, affirmant à qui voulait l'entendre qu'un enfant avait besoin de sa mère bien plus que d'une nourrice. L'affirmant si souvent que c'en était suspect. Germaine aimait beaucoup Juliette. Elle fut consternée d'apprendre qu'elle avait cédé à Albert et abandonné l'atelier.

— Et vous, comment ça se passe maintenant que vous êtes passées de l'autre côté de la barrière à l'école ? Vous arrivez à les tenir les gamines ? Quand je vois le boulot que c'est juste avec un, je me dis qu'avec, combien vous en avez ?, trente, quarante, ça doit pas être coton !

— C'est drôle que tu dises ça, j'y pensais l'autre jour et je me disais que finalement Louise et moi on n'avait jamais quitté l'école. On est passées des bancs à l'estrade, c'est mieux pour les fesses de Louise ! Mais tu as raison, c'est du boulot, et je peux te dire qu'après une journée de cours on n'est plus bonnes à grand-chose.

— Ça, je veux bien le croire. Moi le soir, quand j'ai couché Maximilien, je suis un vrai légume. C'est fou qu'une si petite personne pompe autant d'énergie.

Le hall se vidait peu à peu. Albert s'impatientait.

— Oui enfin, c'est pas les travaux forcés non plus. Bon, c'est pas l'tout, on n'est pas venus pour rester là à bavasser dans le hall, il se fait tard, on se rentre.

D'un mouvement de tête, il salua précipitamment Louise et Germaine et entraîna Juliette vers la sortie, lui laissant à peine le temps d'un au revoir. Juliette se retourna, leur adressa un sourire et un petit signe de la main.

Germaine les regarda s'éloigner, Albert, raide, qui tenait Juliette par le bras, sa main entourant fermement son bras frêle. Elle frissonna, puis elle oublia.

LA FOIRE

« Ah ! qu'il fait doux danser quand
pour vous se déclare
Un mirage où tout chante et que les vents d'horreur
Feignent d'être le rire de la lune hilare
Et d'effrayer les fantômes avant-coureurs. »

Guillaume Apollinaire,
« Merlin et la vieille femme », *Alcools*

88. C'était le numéro de Louise. Celui qu'elle épingla à son corsage le jour où elle rencontra Ferdinand, à la foire aux fiancés. Germaine avait le 91. C'était le printemps, le dimanche 4 mai 1924. Elles avaient vingt ans et, bras dessus, bras dessous, elles se rendaient, en en riant d'avance, à cette foire aux fiancés.

Tout avait commencé au Café du Moulin, où Louise avait quasiment convoqué Germaine. Elle avait pris un air mystérieux en lui disant : « Rendez-vous demain à 18 h 30 au Moulin, ce que j'ai à te proposer, tu vas pas en revenir. » Évidemment, ça avait piqué la curiosité de Germaine qui avait essayé de lui faire cracher le morceau : « Tu vas pas me laisser comme ça jusqu'à demain ! Ça c'est vraiment cruel ! » Mais rien à faire, Louise tenait à ménager son effet. Elle avait soulevé les sourcils, pris son petit air rigolard et avait agité la main en ricanant « À demain... »

Germaine arriva un peu en avance au rendez-vous tellement elle était impatiente de savoir ce qu'elle mijotait. Elle s'installa en terrasse et la vit arriver, sans se presser, baguenaudant. Germaine savait qu'elle faisait exprès de prendre son temps, pour la faire mariner. Louise s'assit en face d'elle et fit durer le suspense le temps de commander à boire, hésitant sans raison entre une limonade et le Clacquesin qu'elle finit par prendre, comme c'était prévisible.

— Alors ? Dis-moi ! Alors ? Allez Louise, c'est bon, tu m'as assez fait poireauter !

— Foire aux fiancés, dimanche 4 mai, réserve ta journée.

— Quoi, foire aux fiancés ? Qu'est-ce que c'est que cette blague ?

Et Louise expliqua : le bal, en plein air, l'île de la Grenouillère à Chatou, l'Amicale de la jeunesse parisienne qui organisait l'événement, la foire aux fiancés, l'inscription qu'elle avait faite pour elles deux. C'était dans le journal. Il fallait envoyer une lettre adressée au président de l'Amicale, 149 rue de Charenton. Elle avait donc fait deux lettres, une pour elle et une pour Germaine.

— T'imagine le temps que ça m'a pris, parce qu'il ne fallait pas que ça soit la même écriture !

Germaine éclata de rire.

— Ça a tout l'air d'un poisson d'avril à retardement ton truc ! Tu me fais marcher !

— Mais pas du tout, c'est très sérieux ! Il y a déjà eu plusieurs éditions figure-toi. Et ça a attiré tellement de monde l'an passé que les organisateurs ont été débordés. Alors cette année ils ont décidé d'organiser le bal en plein air, pour faire face à la demande et pouvoir accueillir plus de candidats.

— Attends, attends, Louise. Tu veux qu'on aille à une foire aux fiancés ? Tu te fiches de moi ? Qu'est-ce que tu veux que j'aille faire dans un machin pareil ? Un fiancé, merci bien, mais je m'en passerai pour le moment ! Si c'est pour se retrouver avec la corde au cou comme Juliette, moi je te le dis, je passe mon tour !

Germaine n'avait aucune envie de participer à cette foire. Rien que l'idée lui paraissait complètement ridicule.

— Allez Germaine ! Dis oui ! Ça va être super ! S'il te plaît ! Tout un après-midi où on va pouvoir danser. Un bal champêtre en plus, allez, tu vas voir qu'on va bien s'amuser, arrête de faire ta rabat-joie ! On s'en fiche que ce soit pour trouver un mari, nous, on y va pour danser, c'est tout et ça va être extra. Et puis imagine comme on va rigoler, participer à une foire aux fiancés, c'est inédit, c'est pas donné à tout le monde. Tu ne vas pas me faire croire que t'es pas curieuse de voir comment ça se passe. Allez Germaine ! Dis oui ! On travaille tout le temps, on est sérieuses comme des papes, on peut bien s'accorder un moment de répit et de rigolade. Ça te ferait du bien à toi aussi. Ça te changerait de tes réunions politiques si barbantes...

Elle tournait en boucle. Dès que Germaine tentait de changer de conversation pour lui retirer cette idée saugrenue de la caboche, elle y revenait. Impossible de passer à autre chose. Une vraie tête de bois. Germaine avait l'habitude, elle la connaissait bien sa Louise.

Mais tout de même, se disait-elle, il faut le voir pour le croire. Une foire ! Pour trouver un mari ! Une foire aux maris comme on va à la foire aux saucissons, à la foire aux jambons ou à la foire aux bœufs ! Après les comices agricoles, voilà qu'on avait droit aux comices matrimoniaux. Et tout ça au pays des impressionnistes. Dans leurs jolis vergers, on organisait des foires aux fiancés. Une sacrée reconversion.

Elle imaginait déjà les bonimenteurs alpaguer les passantes : « Approchez donc mes belles dames, venez me tâter celui-ci, il a toutes les qualités requises pour en faire un bon ! Vous ne le regretterez pas ! Laissez-vous tenter. Il est là vot'bonheur, le laissez pas passer ! »

— Sérieusement Louise, c'est une sacrée trouvaille, il faut oser, une foire aux fiancés, pour trouver un mari. Tu crois qu'on va nous les présenter sur des étals bien achalandés, tous en rang d'oignons, et que chacune va faire son choix, entre coqs et chapons, entre étalons et chevaux de labour ? Passant de l'un à l'autre pour évaluer leurs qualités, leur retroussant les lèvres pour observer leur dentition !

Franchement. Ils auraient pu trouver autre chose, un truc un peu plus délicat, un nom un peu plus romantique, que ce truc de camelote, comme si on allait à la foire pour trouver un mari ! Parfois on se demande ce qui passe par la tête des gens, est-ce qu'ils se rendent compte, vraiment ?

Germaine riait tellement qu'elle ne pouvait plus s'arrêter. Courbée sur la table, elle était secouée de spasmes. Elle en aurait roulé par terre. Elle en pleurait et Louise hoquetait, à ne plus pouvoir reprendre son souffle. Il y avait un bout de temps qu'elles n'avaient pas ri comme ça.

En attendant, c'était bien ça l'idée. Une foire pour faire se rencontrer des jeunes gens et des jeunes filles, sous le patronage de l'Amicale de la jeunesse parisienne, dans une ambiance festive et champêtre, pour qu'ils convolent ensuite en justes noces, s'ils y avaient trouvé chaussure à leur pied.

Et cela avait du succès. Plusieurs associations s'étaient lancées avec fougue dans l'opération, stimulées par la réussite du Club des liserés verts qui se présentait comme pionnier en la matière et qui se targuait d'avoir mené à bien plusieurs mariages et baptisé des bébés qui en étaient le fruit.

Il y avait affluence pour participer et il fallait montrer patte blanche pour pouvoir s'inscrire. Il n'était pas question de prendre ça à la rigolade et de faire les malignes au moment de l'inscription, c'était du sérieux et il fallait se présenter comme une jeune fille bien élevée en quête d'amour, sinon on risquait d'être recalée et adieu le bal !

À l'Amicale de la jeunesse parisienne, on ne plaisantait pas avec le mariage, on faisait une bonne œuvre avec cette foire, une œuvre patriotique et morale, pour redresser le pays. C'était un peu la rengaine dans ces années-là, redresser le pays, et chacun et chacune devait mettre la main à la pâte, si l'on ose dire. Avec des initiatives comme celle-ci, on permettait aux jeunes filles de fonder une famille pour leur éviter, à elles, l'avenir terrible du célibat, et à la société, le désordre qui ne pouvait qu'en découler. Le pays à redresser, après les immenses sacrifices de la guerre, après les morts par milliers, après les enfants qui n'étaient pas nés, ça passait par là, par les filles à marier pour qu'elles fassent des enfants et pour les ramener, *manu militari*, vers les foyers qu'elles risquaient sinon de déserter pour courir le monde.

Il faut dire que le contexte aidait, car après la guerre on avait l'impression que trouver un mari serait une vraie gageure avec tous les morts qu'il y avait eus, à la guerre. Cette satanée guerre, qui était finie mais qu'on convoquait à tout bout de champ, qui était de toutes les conversations. Et avant la guerre c'était comme-ci, et depuis la guerre c'est plus pareil. La guerre était prétexte à tout, explication à tout. Elle servait à tout justifier. Elle était ce qui avait fait tout basculer, et vu le prix qu'on avait payé, il fallait être à la hauteur, après, et ne pas gâcher la victoire. Ne pas gâcher la victoire, elles qui avaient la chance d'être encore en vie parce que d'autres étaient morts pour elles. Il fallait qu'elles s'en souviennent et qu'elles se montrent patriotes, par leur ventre qui ne leur appartenait pas vraiment, redevables qu'elles étaient.

C'était bien utile la guerre pour leur clouer le bec, se désolait Germaine, c'était bien habile comme rhétorique pour faire rentrer dans le rang celles qui auraient été susceptibles d'y voir une opportunité de liberté, un espoir de choix. À bout d'arguments, on convoquait les morts de la guerre et c'était plié, ça leur fermait le clapet, il n'y avait rien à répondre et il fallait filer droit, par respect, en leur mémoire. Qu'est-ce qu'on peut bien répondre quand on brandit les morts ? Comment oser ?

Partout on entendait dire que les hommes étaient devenus l'oiseau rare, que les femmes à marier étaient en surnombre à cause du déséquilibre des sexes que la guerre avait entraîné et que la lutte serait féroce pour rester dans la course. D'autant plus qu'il fallait ajouter les veuves au nombre des postulantes et que ce serait de sacrées concurrentes au dire des observateurs avisés. Toutes ces femmes, encore si jeunes, qui avaient perdu leur homme au front, qui se retrouvaient seules, parfois avec des enfants en bas âge, et qui, légitimement, chercheraient elles aussi un mari et un père pour leurs petits.

Il n'y avait pas de quoi être très optimiste côté mariage et on le répétait à qui mieux mieux. Il faudrait déployer des trésors de séduction pour trouver un mari.

Surnuméraires qu'elles étaient, les jeunes filles, c'est plaisant, c'est flatteur comme terme. Ça donne confiance, ça donne une place dans la société. On comprend vite qu'il faudra jouer des coudes et qu'il vaut mieux ne pas trop s'illusionner de l'amitié entre copines qui, le jour venu, seront avant tout des rivales.

Surnuméraire, ça a toute l'apparence de la donnée scientifique. Les chiffres, c'est sérieux. Germaine l'avait en travers de la gorge ce terme. C'était à se demander si on parlait bien de jeunes femmes ou si on n'était pas en train de les réduire à un stock de marchandises qu'on avait sur les bras, dont on ne savait pas trop quoi faire mais qu'il fallait à tout prix caser, et périssable de surcroît, car la jeunesse n'a qu'un temps, surtout pour les femmes.

Parce que nombre d'entre elles finiraient vieilles filles, il fallait s'y attendre, c'était arithmétique, faute de pouvoir trouver l'âme sœur, faute d'hommes à disposition après la saignée masculine. Il y en aurait forcément qui resteraient sur le carreau. Veuves blanches, par anticipation, par absence, par trou démographique. Veuves d'une destinée qui aurait dû être la leur mais qui ne pourrait pas s'accomplir parce qu'il n'y avait pas assez d'hommes, vu le nombre de ceux qui étaient morts à la guerre. Surnuméraires donc, c'était indiscutable.

Sans compter que parmi ceux qui étaient revenus il y en avait un paquet qui étaient blessés, et même mutilés, pour toujours. On en croisait dans la rue, plus souvent qu'on aurait voulu. On se retrouvait face à l'un d'eux, la gueule en biais, la mâchoire bavante, une jambe ou un bras en moins, le pantalon, ou la chemise, noué là où ça manquait, les yeux hagards, parfois méchants. Malgré l'habitude qui aurait dû atténuer l'effet, Germaine, à chaque fois, partagée entre la pitié et le dégoût, avait un haut-le-cœur. Elle se retenait de s'enfuir, de courir loin, loin, pour ne plus la voir cette guerre détestée.

Mais il ne fallait pas s'arrêter à ça, il fallait voir ça comme une gloire, un honneur et ne pas faire la dégoûtée ou la difficile, sinon on passait pour la pire des ingrates. Un homme mutilé pour avoir sauvé le pays, ça reste un homme, et plus que ça un héros, toute jeune fille devait s'enorgueillir à l'idée de partager sa vie et ne pas s'arrêter aux apparences qui ne disent rien de la grandeur, de la beauté intérieure.

Et puis rester célibataire, ce n'était pas commun et pas bien vu. Les filles seules, passé un certain âge, on les regardait de travers, on s'en moquait, on leur accolait tout un tas d'adjectifs pas bien sympathiques, on s'en méfiait. Parce que ce n'était pas considéré comme normal. Ce n'était pas bien. Elles devaient avoir quelque chose qui clochait pour ne pas être mariées, une tare plus ou moins cachée, un défaut rédhibitoire, ou bien alors c'étaient des filles dépravées, dévergondées, des perverses.

Se marier pour une jeune fille était un objectif en soi, c'était une évidence. Une jeune fille, c'était fait pour trouver un mari voilà tout, pour devenir une épouse et une mère, il n'y avait pas vraiment d'autres choix. C'était leur destin, leur nature. Une nature qu'on leur ressassait partout, dans les maisons, à l'école, au travail, dans les journaux, dans les discours politiques, dans la loi, dans la rue, enfin partout, qu'on leur inculquait depuis toutes petites, c'était comme ça et il fallait être costaude pour voir les choses autrement. Il y en avait bien sûr quelques-unes qui tenaient tête et qui choisissaient le célibat, quelques-unes qui en faisaient un combat, mais ce n'était pas la majorité et il leur fallait affronter les sarcasmes. Et pour plus d'une au contraire, c'était l'obsession, trouver un mari.

Dans la presse féminine, et même dans la presse tout court, nombre d'articles évoquaient le problème, sur un ton parfois très sérieux, parfois de façon badine et rigolarde, parce qu'au fond ça titille tout ça. Il fallait voir les conseils qu'on donnait aux jeunes filles pour harponner leur futur mari, c'était quelque chose. Ce n'était pas révolutionnaire, pour sûr. Douce, discrète et bonne ménagère, c'était celle-là qui avait une chance au dire des experts en sentiment amoureux et en harmonie conjugale. Celle-là que les hommes souhaitaient comme épouse. Les autres, celles dont on se gaussait avec une excitation peu dissimulée, c'était pour la gaudriole, pour la bagatelle, pas pour le sérieux de la vie, et si elles s'amusaient sur le moment, elles rigoleraient moins une fois passée la jeunesse et viendrait vite le temps où elles pleureraient d'avoir joué les séductrices et d'avoir fait les indépendantes. C'est le sort de la cigale... On ne rappelle jamais assez le bon sens de la morale qui conclut les fables et qu'il faut intégrer très tôt afin de la croire constitutive et donc, par nature, intangible et indéniable.

Tous avaient un avis sur la question et on consultait des spécialistes pour réfléchir au sujet, pour faire l'état des lieux, pour trouver des solutions à ce problème mathématique épineux. Certains, pour donner une assise scientifique à leur analyse, sortaient des statistiques d'on ne sait quel chapeau, mettant en rapport le nombre d'hommes disponibles et le nombre d'aspirantes sur le marché. Les chiffres étaient parfois folkloriques et personne n'était d'accord, ce qui donnait lieu à des débats sans fin dans la presse.

Certains disaient qu'on se retrouvait avec huit ou neuf aspirantes fiancées pour un homme, d'autres relativisaient et estimaient à trois ou quatre les rivales, mais quoi qu'il en soit, tout le monde semblait d'accord pour dire que le problème était de taille, qu'on vivait une véritable crise du mariage et qu'il fallait impérativement trouver des solutions si on voulait éviter la décadence. Car c'était bien cela qui était en jeu, la grandeur ou la décadence. La victoire militaire se poursuivait là, dans les maisons et dans les lits, dans ce combat pour sauver le mariage et la famille, sinon elle n'aurait servi à rien la victoire et c'en serait fait de la grandeur de la France, tout partirait à vau-l'eau et les Boches auraient beau jeu de revenir et de se servir !

Tous rivalisaient d'imagination pour conseiller les jeunes filles menacées de célibat perpétuel dans la lutte pour la séduction qui les attendait. Des personnalités, écoutées et respectées, imaginaient très sérieusement des solutions complètement loufoques que la presse relayait. Le professeur Carnot, par exemple, membre de l'Académie de médecine, pensait avoir trouvé le remède en proposant de faire venir des hommes de régions du monde comme la Californie qui, selon lui, traversaient la même crise mais dans l'autre sens. C'est-à-dire que chez eux, c'étaient les femmes qui manquaient et les hommes qui étaient trop nombreux. Logique, le Far West, à part pour Calamity Jane et les filles de mauvaise vie, ce n'était pas le domaine des femmes, donc on en manquait par là-bas, de l'autre côté de l'Atlantique. Alors voilà, il n'y avait qu'à leur faire traverser l'océan à ces pauvres diables de Californiens privés de femmes, il n'y avait qu'à les faire venir sur le Vieux Continent pour faire leur marché et le tour était joué, on allait caser les jeunes filles surnuméraires. Il paraît même que l'État de Californie était d'accord mais que c'est du côté du gouvernement français que cela avait coincé, non à cause de l'idée en elle-même, mais parce qu'on aurait perdu nos jeunes filles à les marier à des Californiens, elles seraient devenues américaines par le mariage et elles auraient donné naissance à des petits Américains et non à des petits Français.

En revanche, l'importation de maris potentiels, comme on importe des sacs de café, il fallait y penser. Le commerce mondial, ça a du bon tout compte fait. Que ce soit pour le café ou les bonshommes, quelle différence, pourvu que ce soit pour la bonne cause. Traversée du continent américain d'ouest en est, puis de l'océan sur des paquebots réservés à cet effet, puis le train à partir des côtes atlantiques et enfin, entrée en grande pompe des trains des maris dans les gares parisiennes, accueillis par des milliers de jeunes filles en mal d'hommes et par des officiels reconnaissants, écharpe tricolore au torse et larme à l'œil d'émotion, ça en aurait eu d'la gueule ! Quelle formidable idée ! Incroyable que personne n'y ait pensé plus tôt et dommage que le droit ait rendu l'idée caduque.

Toujours est-il que les initiatives allaient bon train, dont celle de la foire aux fiancés. Et Louise avait décidé qu'avec Germaine, elles s'y rendraient. Non pas pour y trouver un mari, non, ce n'était pas pour ça, enfin si elle en trouvait un tant mieux, mais ce n'était pas son but premier, du moins c'est ce qu'elle affirmait. Germaine n'était pas dupe ; elle savait combien Louise rêvait au prince charmant. Au mariage de Juliette, elle s'était émerveillée de tout, de la robe de mariée, des grains de riz jetés, des discours, des sourires, des pochons de dragées, des cadeaux, et déjà elle imaginait le sien de mariage, qui serait beau comme dans les contes.

Germaine résistait. Ce n'était pas sa tasse de thé ces opérations matrimoniales organisées par les tenants de l'ordre moral. Tous ces discours mâtinés de bondieuseries sur la jeune fille comme il faut, la famille, le mariage, et qui se servaient des morts de la guerre pour imposer leur façon de voir, ça lui mettait les nerfs en pelote, c'était tout ce qu'elle détestait. Puis elle se dit qu'après tout elle ne vendait pas son âme tout de même à participer à cette fameuse foire, ça ne lui coûtait pas grand-chose, ça n'engageait à rien. Une journée à la campagne et un bal en plein air, ce serait agréable, elles prendraient l'air au moins, et ce serait marrant à coup sûr. Ça valait le coup d'aller y faire un tour, ça leur ferait de sacrés souvenirs.

Et elle était contente de faire plaisir à Louise. Cela faisait longtemps qu'elle ne l'avait pas vue si joyeuse. Depuis la cérémonie au cimetière pour son père, Louise était triste et renfermée. Germaine avait pensé que, peu à peu, elle sortirait de sa peine. Elle y avait cru un temps, la voyant s'enthousiasmer pour l'aménagement de son nouvel appartement et se jeter avec passion dans son métier. Mais cela n'avait pas duré et depuis quelques mois elle s'enfonçait dans une déprime qui inquiétait Germaine. Elle avait fondu, elle était maigre comme un clou. Elle avait l'air d'une petite chose fragile. Elle faisait plus que ronger ses ongles, elle avait carrément des pansements autour des doigts tant elle arrachait les petites peaux, et ça la faisait saigner. Germaine avait essayé de lui demander ce qui lui arrivait, elle avait essayé, mais Louise n'avait pas répondu, enfin pas vraiment.

Elles étaient chez Louise, et Germaine, qui la regardait depuis un moment avec attention, amena la discussion là-dessus, sur ses doigts qu'elle faisait saigner, et sur le reste, sur sa mine triste et son teint pâle, sur les kilos qu'elle perdait.

— Qu'est-ce qui se passe Louise ? Je vois bien que tu as maigri, regarde, tu flottes dans tes vêtements et t'es toute pâlichonne. Tu devrais aller voir un médecin, tu fais peut-être de l'anémie. Est-ce que tu manges bien au moins ? Maintenant que tu es chez toi toute seule, tu es sûre que tu te fais à manger correctement ? Qu'est-ce qui te tracasse ? Tu peux me le dire à moi, ça sert à ça les amies. On se connaît bien ma Louise, t'es comme ma sœur, je vois bien qu'il y a un truc qui va pas.

Louise fondit en larmes. Germaine la prit dans ses bras pour la consoler, ça va aller ma Louise, ça va aller, chut, chut, Louise avait la tête dans son cou, Germaine lui caressait doucement le dos, voilà, voilà, ça va aller, dis-moi ce qu'il y a. Quand Louise se fut un peu calmée, que Germaine sentit que les sanglots s'apaisaient, elle posa les mains sur ses épaules et l'éloigna un peu d'elle pour la regarder bien dans les yeux, puis elle prit ses mains dans les siennes.

— Qu'est-ce qu'il y a, Louise ?

— Je suis tellement fatiguée. J'y arrive pas, je dors si mal.

— Tu n'arrives pas à quoi ?

— J'arrive à rien. Je me lève le matin épuisée, comme si j'avais à peine dormi, tout est si dur, tout est si triste. J'ai l'impression que c'est un combat permanent, qu'il faut jamais baisser la garde, sinon ça te tombe dessus et tu te retrouves toute seule.

Germaine pensa qu'elle parlait de la mort de son père, que c'était ça qui la rendait si maussade. Elle avait des moments de déprime comme ça où tout lui paraissait noir, où elle se renfermait dans sa peine et où on avait l'impression que rien ne pourrait la faire sortir de sa coquille mélancolique.

— Tu ne seras jamais seule. Je suis là, moi, ça fait cent fois que je te le dis. Est-ce qu'une seule fois je n'ai pas été là ? Et puis tu dis que tu n'arrives à rien. Mais tu ne peux pas dire ça.

Et elle lui fit la liste de tout ce qu'il y avait de bien dans la vie, leur amitié, leurs rigolades, leur boulot qu'elles adoraient et qui le leur rendait bien, car Louise était appréciée de tous, les gamines l'adulaient et tous lui faisaient confiance, leurs petits verres au café, leurs sorties au cinéma, sa passion pour le dessin, elle qui était si douée, et que c'était une chance d'avoir un tel talent. Elle ajouta qu'un jour elle serait une grande artiste reconnue dans le monde entier et que ce jour-là elle serait son agente et qu'elle lui prendrait une sacrée commission sur toutes les ventes qu'elle ferait car elle avait été la première, avec Mlle Régis, à reconnaître son génie.

Louise rigola, en se forçant un peu. Elle sécha ses larmes et se moucha très bruyamment, comme elle le faisait toujours, en soufflant comme un taureau dans son mouchoir. Elle rassura Germaine en lui promettant d'aller voir le médecin et de cesser de s'acharner sur les pauvres petites peaux de ses doigts qui n'étaient pour rien dans tout ça.

Alors quand Germaine la vit arriver toute guillerette au Café du Moulin avec sa proposition de foire aux fiancés, elle était presque vaincue d'avance et elle finit par céder.

— Bon d'accord, t'as gagné, on y va à ta foire !

Louise se leva de sa chaise, d'un bond, et elle se mit à sautiller comme quand elles étaient gosses et à couvrir Germaine de bisous. Tout le monde à la terrasse les regardait en souriant, en se demandant bien ce qui les mettait dans cet état d'euphorie, enfin surtout Louise. Germaine, elle, en était presque un peu gênée, car elle était sacrément expansive Louise, et dans sa bulle, comme d'habitude, elle se fichait bien des regards des voisins. Tout ce qui comptait à ce moment-là pour elle, c'est qu'elle avait fini par convaincre Germaine.

Alors elles y allèrent.

Le nombre de fois depuis que Germaine s'était dit que si elle avait tenu bon, si elle avait dit non, tout aurait été si différent. Ça l'a minée de penser ça. Qu'il aurait suffi qu'elle dise non. Que ça aurait tout changé. Que finalement toute la suite avait tenu à ça, à cette décision, à ce moment où elle avait accepté à la terrasse du Moulin.

Mais elle n'a pas dit non et elles y sont allées.

Le dimanche 4 mai 1924, elles enfilèrent leurs plus belles robes, elles enfoncèrent sur leurs têtes leurs chapeaux-cloches qui leur descendaient presque jusqu'aux yeux et elles chaussèrent des souliers à la fois élégants et pratiques pour la danse. Elles remplirent leurs paniers de victuailles en vue du pique-nique qui était prévu avant le bal et elles prirent le train à la gare Saint-Lazare, direction Chatou. Avec des centaines de jeunes gens et de jeunes filles apprêtés pour l'occasion et qui déjà lançaient des coups d'œil en coin pour commencer leur repérage, qui s'examinaient à la dérobée et qui, par petits groupes, se cognaient du coude pour diriger les regards vers l'un ou l'une et se chuchotaient à l'oreille en pouffant.

Elles n'étaient pas les dernières avec Louise à ricaner. Elles avaient à peine mis le pied à la gare que déjà le souvenir du fou rire les reprenait, et bien sûr, ça ne pouvait pas louper, elles rivalisaient d'images charcutières et animales pour décrire les hommes-objets de la foire. Surtout ceux qui avaient le teint rosé rougeaud ou ceux qui promenaient un certain embonpoint, ceux-là les inspiraient particulièrement. Foire oblige, elles donnaient dans la métaphore jambonnière... Ce n'était pas bien gentil mais qu'est-ce qu'elles rigolaient. Ça commençait bien !

La gare Saint-Lazare était devenue l'antichambre frétillante de l'amour. Elle fourmillait de monde. Elle résonnait de rires et du bruit des bouteilles de verre qui tintinnabulaient dans les paniers. Les organisateurs, des membres respectables de l'Amicale parisienne, des hommes et des femmes plus âgés chargés de garantir le caractère irréprochable de l'événement, dirigeaient toute la troupe vers les bons quais. Ils étaient armés de panneaux levés bien haut où l'on pouvait lire « Foire aux fiancés » écrit en gros, ce qui provoquait les regards plus qu'intrigués et ironiques des passants, et des remarques plus ou moins salaces mais toujours tendancieuses.

Certains étaient plus goguenards que d'autres. On entendait des « Bonne saucisse les demoiselles ! », « Si tu pêches pas l'bon, viens me voir, j'te consolerai mignonne !

J'suis un sacré bestiau, médaille d'or 1923 ! », ou encore « Venez donc visiter ma foire les jolies, j'ai de beaux articles à proposer, vous m'en direz des nouvelles ! », bref, dans ce domaine l'imagination n'est pas en reste et s'en donne à cœur joie. Ils ont dû s'en payer une bonne tranche, et pendant un bon moment, et en rentrant chez eux, ou le lendemain au boulot, ça a dû les reprendre quand ils ont raconté ce qu'ils avaient vu et ça a dû repartir comme en 14, et la rigolade et les gaillardises ! Louise s'accrochait au bras de Germaine, sursautant à chaque remarque.

— Mais qu'ils sont mufles tous ces abrutis, qu'ils s'occupent donc de leurs affaires !

— On ne peut pas leur en vouloir et nous-mêmes on ne s'est pas privées ! Mets-toi une seconde à leur place. Imagine voir défiler toute une tribu derrière des panneaux affichant « Foire aux fiancés », ça ne peut que provoquer la consternation ou la rigolade.

Chaque réflexion lancée à la cantonade provoquait les regards furibonds des chaperons de l'Amicale qui poussaient leurs ouailles pour aller un peu plus vite, histoire de les embarquer fissa dans les trains et de les soustraire aux bouffonneries ô combien scandaleuses et vulgaires qui salissaient le noble et pur projet qu'ils accompagnaient, convaincus qu'ils étaient, ou voulant s'en convaincre, d'avoir affaire à des oies blanches et de mener une entreprise d'une moralité à toute épreuve.

Après ce passage remarqué gare Saint-Lazare, elles prirent donc le train, puis le cortège traversa la petite ville de Chatou, en musique, pour se rendre au lieu-dit la Grenouillère, sur les bords de Seine. Il faut se figurer la scène ! Plus de trois cents jeunes gens, tout émoustillés, tous apprêtés pour se présenter sous leur meilleur jour, devancés par une fanfare tonitruante et encadrés par les mines sérieuses et néanmoins enjouées des marieurs de l'Amicale qui tenaient toujours fièrement et haut levés leurs panneaux « Foire aux fiancés », tout ce petit monde en route, en ce dimanche de mai, pour la rencontre qui devait changer leur vie. Il faut admettre que les choses étaient fichtrement organisées, on peut leur reconnaître ça aux membres de l'Amicale, ils avaient bien ficelé l'affaire.

Quand elles arrivèrent à la Grenouillère, elles virent des tables dressées sous un abri rustique, c'était bucolique à souhait. Chacun et chacune devait s'y installer pour remplir une fiche, en échange de laquelle un numéro lui était remis. C'est là que Louise eut son numéro, le 88, et Germaine le sien, le 91. Tous les participants se voyaient remettre un numéro inscrit sur un petit carton qu'il fallait accrocher bien ostensiblement à son corsage ou à son veston, côté gauche, celui du cœur bien entendu, pour qu'il soit visible de tous.

Jeunes gens et jeunes filles étaient séparés pour cette première étape, file pour les hommes d'un côté, file pour les femmes de l'autre. Sans doute pour éviter les contacts prématurés et pour que chacun et chacune puisse se concentrer sans se sentir sous le regard de la partie adverse, enfin plutôt de la partie convoitée. On s'installait à une table et on remplissait une fiche dans un carnet à souche qui se divisait en deux parties sur lesquelles le numéro qu'on leur avait attribué était reporté. Sur la première partie de la souche, sous le numéro, il fallait indiquer son nom et son adresse, et cette partie, qui restait confidentielle le temps de la foire, était gardée soigneusement par l'Amicale qui se chargerait de la révéler plus tard si l'aspirant et l'aspirante fiancés souhaitaient, après la foire, engager une correspondance et pousser plus avant la rencontre en vue d'une union. Sur la seconde partie, là aussi sous le numéro que tous étaient devenus, il fallait noter son prénom, son âge, sa profession, ses goûts, ses aspirations, ses qualités et, le plus important bien sûr, faire une description du fiancé rêvé. C'est cette partie qui serait consultée pendant le bal, si l'on était intéressé par l'un ou l'une et que l'on voulait vérifier s'il pouvait correspondre aux attentes ou s'il valait mieux oublier et passer à un autre, tant les goûts et les espoirs étaient éloignés et risquaient de se contrarier, réduisant à néant l'espoir d'une union harmonieuse.

Les organisateurs ne se mêlaient absolument pas de ce que les aspirants fiancés écrivaient sur la fiche. Aucun ne penchait d'œil inquisiteur au-dessus de leurs épaules. Ils les laissaient libres d'écrire ce que chacun et chacune voulait et se contentaient de couper les fiches en deux une fois qu'elles leur étaient remises. Ils mettaient à part, dans un dossier, la partie confidentielle à garder avec le nom et l'adresse, et ils gardaient la seconde partie qui décrivait les rêves conjugaux, partie qui pourrait ensuite être lue par les participants qui la réclameraient au cours de la journée, quand tout le monde aurait rempli les fiches et qu'elles seraient disposées sur les tables pour consultation, sous la bonne garde des organisateurs.

Germaine mit un petit bout de temps à remplir la sienne. Elle était fascinée par ses voisines qui s'attelaient à la tâche. Puis elle décida de se concentrer et de faire simple, sans chichi, car une fois dans la place, il lui semblait inutile de faire dans la provocation, elle n'en voyait pas l'intérêt, ce n'était pas là de toute évidence que se ferait la révolution des mœurs. Mais elle ne voulait pas non plus raconter n'importe quoi sur elle. Alors elle écrivit ce qui lui venait, qu'elle était institutrice, qu'elle aimait diablement le cinéma et qu'elle y allait dès qu'elle pouvait, qu'elle était pour la paix, viscéralement, et que son futur mari ne pourrait être qu'un pacifiste convaincu, pour le reste, elle comptait laisser faire le hasard, et voilà.

Elle rendit sa fiche puis attendit Louise qui tardait à la rejoindre. Elle rechigna à lui révéler ce qu'elle avait écrit et il fallut que Germaine insiste car elle lui disait, ben tu sais j'ai écrit les trucs auxquels on s'attend, sans grand intérêt, un mari gentil, bel homme, qui aime danser et aller au cinéma, tu vois, ce genre de choses. Mais elle en avait mis un peu plus en fait, elle finit par le lui avouer, comme son admiration pour les poilus héros de la guerre et que son futur fiancé pourrait bien être un de ceux-là.

Et Germaine se dit que finalement ces fiches, au-delà de leur côté attendu, ça disait quand même des choses de tous ces jeunes gens qui se retrouvaient là, la preuve avec Louise et elle. On se laissait prendre finalement, à se raconter un peu. Deux petites phrases suffisaient, si l'on était attentif, à comprendre combien elles étaient différentes et combien, si l'on partait du principe qu'elles y venaient pour trouver un fiancé, elles n'attendaient pas du tout les mêmes choses d'un amoureux. La guerre avait fait de l'une une patriote résolue, fière de l'armée victorieuse et sensible à la beauté de l'uniforme, de l'autre elle avait fait une antimilitariste convaincue, nauséeuse à la seule pensée des armes.

Germaine aurait adoré pouvoir consulter toutes ces fiches pour voir ce qui y était écrit, pour voir comment filles et garçons se décrivaient et ce qu'ils disaient attendre de leur future moitié. Sa curiosité était à vif. Elle était convaincue qu'il y aurait eu de quoi mener une véritable étude sociale, même en comptant avec le cadre qui forcément conditionnait un peu les affirmations.

Certaines filles étaient d'un sérieux inimaginable. Comme si elles étaient à l'école et voulaient se protéger d'une voisine copieuse, elles cachaient de leur bras ce qu'elles écrivaient sur la fiche. Elles pensaient peut-être avoir trouvé la formule magique qui attirerait tous ces messieurs et voulaient la garder pour elles seules...

Il y avait des timides qui semblaient presque s'excuser d'être là et se dépêchaient de remplir leur fiche pour ne pas rester trop longtemps sous les feux de la rampe, observées et pressées par celles qui attendaient leur tour.

Des gênées, mal dans leur peau, qui se savaient pas bien jolies, à qui on avait dû le répéter souvent qu'elles n'étaient pas bien gracieuses ou qui l'avaient bien senti aux regards posés sur elles, ou pas posés justement, et qui avaient honte d'oser postuler, alors qui faisaient vite elles aussi, pour éviter de se faire remarquer et de faire attendre une plus jolie qui n'aurait pas manqué de lui faire sentir que ce n'était pas la peine de trop traîner avec le physique ingrat qu'elles trimballaient, qu'il ne fallait pas qu'elles espèrent qu'un galant vienne s'enquérir de leur fiche, donc que ce n'était pas la peine d'y passer des heures.

D'autres, des joyeuses, s'amusaient ouvertement de la situation et, entre copines, se lançaient des regards complices, cherchant la formule qui ferait mouche et qu'elles pourraient ensuite partager entre elles en riant.

D'autres encore blaguaient en disant à qui voulait l'entendre qu'elles étaient si spirituelles que toutes les autres pouvaient aller se balader, ce seraient elles qui remporteraient le gros lot !

Il y avait les pimbêches aussi, avec leurs lèvres pincées, qui étiraient leur cou pour regarder les autres de plus haut. Et celles qui avaient de sales d'ssous de nez, comme aurait dit Anne, les grincheuses qui, ici ou ailleurs, semblaient en vouloir au monde entier. Bref, une vraie foire.

Et de tous les styles aussi. Ce qui les rassemblait toutes, contrairement au groupe des hommes, c'était la tranche d'âge. Elles avaient toutes entre dix-huit et trente ans, pas plus. On n'aurait pas imaginé une femme de plus de trente-cinq ans, grand maximum, à cette foire aux fiancés, et il aurait fallu qu'elle soit bougrement bien conservée, comme on entend dire si élégamment... Sinon il est certain qu'elle aurait eu à en subir des quolibets, enfin de toute façon, il n'y en avait pas. Alors que chez les hommes, la fourchette était beaucoup plus large, et même si parmi eux on comptait beaucoup de jeunes, il y en avait un certain nombre qui avaient un certain âge, voire un âge certain, qui grisonnaient nettement ou qui peinaient à dissimuler une calvitie bien avancée. Pour des postulants fiancés, ils paraissaient tout de même avoir dépassé la saison, mais il faut croire que l'âge, pour les femmes et les hommes, ça ne fait pas le même effet.

Donc, au-delà de l'âge, pour les filles comme pour les garçons, il y avait de tout, enfin de toutes les catégories qui vivaient à Paris, puisque c'était l'Amicale de la jeunesse parisienne qui organisait l'événement. Évidemment il n'y avait pas de paysannes, de même qu'il n'y avait pas non plus le haut du panier. Ce n'était pas là qu'on pouvait espérer croiser les filles des familles « de machin » ou celles des grandes fortunes. Ces familles, c'est entre elles que ça s'organise le marché des mariages, ça ne va pas se mélanger avec le *vulgum pecus*, et on ne fait pas ça sur la place publique, entre soi c'est plus prudent et c'est même une de leurs caractéristiques à ces familles de se barricader pour ne pas faire entrer le peuple chez elles, ça doit être un héritage nostalgique de la noblesse. Mais sinon c'était vraiment très divers, ainsi que le releva Germaine qui, comme si elle s'était mue en journaliste, passait d'une fille à l'autre pour leur demander ce qu'elles faisaient dans la vie, dans quel quartier elles habitaient. Dactylos, employées, midinettes, épicières, modistes, institutrices, ouvrières, coiffeuses, domestiques, demoiselles du téléphone, serveuses, sans emploi, il y avait tout un éventail de situations rassemblées à la Grenouillère en ce premier dimanche de mai.

Toutes s'étaient faites belles, on ne va pas au bal en guenilles tout de même, et encore moins quand il s'agit d'aller y pêcher un fiancé. Robes légères, à la mi-mollet pour la plupart, au décolleté plus ou moins sage, petit col de dentelle pour certaines, ruban noué à la taille pour d'autres, bras plus ou moins dénudés, tissu fleuri ou sobre de l'uni, la douceur du printemps laissait un large choix. L'essentiel était dans le mouvement, car on avait pensé les robes pour la danse.

Le soleil étant de la partie, des jeux de plein air avaient été organisés pour permettre les premiers contacts, les premières discussions, les premiers rapprochements. Ça courait, ça jouait, ça riait, ça discutait, ça sautillait, ça décanillait des boîtes empilées en pyramide, ça lançait des cerceaux en espérant viser juste et les enrouler autour de pieux prévus à cet effet, ça courait en sac, ça dégommait des quilles, ça tirait sur des cordes par équipes, chacune d'un côté de la corde, pour attirer et déséquilibrer l'équipe adverse et lui faire dépasser la limite centrale, ça montrait et ça gonflait ses muscles en tentant de soulever des poids énormes... Germaine et Louise sillonnaient le parc, commentant les exploits des unes ou les déculottées des autres, s'arrêtant pour participer quand un jeu les amusait ou qu'elles étaient alpaguées pour compléter une équipe. Le tout dans une ambiance bon enfant et joyeuse. On se serait cru à une fête foraine.

À la fin de la matinée, on frôla le drame quand un imprudent qui s'était risqué sur les bords de la Seine glissa et se retrouva à l'eau, entraîné par le courant. Non sans mal, il fut sorti de cette périlleuse situation par quelques héros nageurs qui gagnèrent à l'occasion les applaudissements et l'admiration des demoiselles et qui ne se privèrent pas, en bombant le torse et en prenant l'air habitué à de tels exploits, de radoter leur histoire à qui voulait l'entendre durant tout l'après-midi. Quant à l'aspirant fiancé maladroit et mouillé, tout pâle et honteux, on le mit à sécher durant quelques heures au soleil de mai, en attendant qu'il retrouve ses esprits. Sauf à espérer une âme attendrie à vocation d'infirmière domestique, ce qui n'est jamais exclu, c'en était fait pour lui, ce jour-là, des espoirs de mariage...

À l'ombre des grands marronniers, on déplia de grandes nappes et on sortit des paniers les victuailles et les bouteilles pour un grand déjeuner sur l'herbe. Les « plop ! » des bouteilles qu'on débouchait étaient ponctués d'exclamations joyeuses, de plus en plus nombreuses et bruyantes au fur et à mesure que le déjeuner avançait et que, chaleur, vin et excitation aidant, les convenances vacillaient gentiment. On commença à faire tomber les chandails et les châles du matin frais, à déboutonner les gilets des costumes qui serraient trop et qui gênaient les mouvements, à libérer les peaux si longtemps étouffées par l'hiver, avides de caresses et de liberté printanières. Les bras et les épaules s'offraient au soleil, qui n'était pas le seul à échauffer les corps. Ça sentait bon le printemps, les fleurs qui s'ouvrent, la campagne et l'herbe tendre. On ramassait des pâquerettes ou des boutons d'or qu'on accrochait aux chapeaux, qu'on passait aux boutonnières, qu'on glissait derrière les oreilles.

Tout ce troupeau urbain se réjouissait de cette grande bouffée champêtre et l'aspirait par tous les sens. Printemps et Cupidon rassemblés, ça fait bonne alliance, ça réveille les ardeurs et ça chatouille les sens. Certains commençaient à conter fleurette, l'atmosphère s'y prêtait. C'est pour ça que la plupart étaient là, pas question de perdre son temps et de laisser passer le coche, la journée ne durerait pas toujours. Le retour était prévu à 18 heures, alors il ne s'agissait pas de trop faire dans les mondanités. On n'avait pas beaucoup de temps, il fallait quand même être un peu efficace. D'autant plus qu'il y avait du monde et qu'il était nécessaire de naviguer pour mener à bien son repérage et ne pas louper sa chance.

Dans cette ambiance de guinguette, tous s'installèrent par petits groupes plus ou moins improvisés. Jusqu'à ce que l'orchestre se mette en place et joue les premières notes qui annonçaient le début du bal.

Les choses sérieuses pouvaient commencer ! Il était temps que la foire donne sa pleine mesure et justifie sa raison d'être. C'était, pour beaucoup, le moment de passer à l'offensive en tricotant des gambettes.

Dès la première valse, car c'est par une valse que l'orchestre commença, avant d'enchaîner sur les danses à la mode, plus en phase avec la jeunesse de l'assemblée, Louise attrapa la main de Germaine et elles se mirent à danser. Jamais Germaine n'oublia ce moment. Louise était tellement jolie. Cette image heureuse qu'elle garda d'elle, pour rien au monde elle n'aurait voulu la perdre, avec son sourire lumineux et ses boucles blondes, de souples anglaises qui lui descendaient aux épaules et s'échappaient de son chapeau-cloche en feutre. Elle portait une robe mauve cintrée à la taille qui s'élargissait ensuite jusqu'à la mi-mollet et qui tournait quand elle dansait.

Et il fallait voir Louise danser. Germaine aimait danser, ça oui, elle se débrouillait même très bien, et elle adorait ça. Pour tenir sur la piste de danse, on pouvait compter sur elle, pas de doute. De toute sa vie, au moindre mariage, au moindre baptême, à la moindre fête impromptue, à tous les bals du 14 Juillet, elle ne manqua jamais une occasion. Elle s'en vantait encore, des années plus tard, quand, assise dans son canapé, enrobée de petits kilos qui l'engraissaient, avec les ans qui lui pesaient aux jambes, on pouvait oublier qu'elle avait tant dansé. Mais Louise, c'était autre chose, ah oui, c'était autre chose, elle avait la danse dans la peau, c'était incroyable comme elle dansait. Aussi légère qu'un papillon. Elle virevoltait, elle se jouait de la gravité, tout semblait simple et fluide à la voir. Elle capturait le rythme à la première mesure et tout son corps était habité, avec une aisance et une grâce inouïes. Il suffisait qu'elle regarde juste une fois les pas d'une danse et d'emblée elle les maîtrisait, comme si elle les avait toujours connus, sans effort, naturellement. C'était vraiment étonnant comme elle avait ça en elle. Valse, java, fox-trot, one-step, boston, jusqu'au tango, elle se fondait dans tous les rythmes et dans tous les pas, elle les vivait tous avec la même facilité. Quand l'orchestre démarrait un nouveau morceau, elle s'immobilisait toujours une petite seconde pour écouter, concentrée, ses deux pieds bien plantés au sol, comme si elle branchait son corps sur la musique, comme si elle se laissait traverser tout entière par les premières notes pour les faire vibrer en elle, et hop elle repartait, l'air entendu, le rythme repéré, ondulant, en harmonie avec la musique, jouant avec l'air qui la soutenait comme un petit nuage, avec le sol qui devenait de mousse sous ses pieds.

Elle rayonnait de bonheur. C'était cela aussi qu'elle dégageait quand elle dansait, embarquant son partenaire et pouvant donner l'impression au plus piètre danseur d'être un Nijinski qui s'ignore. À danser avec elle, tout devenait simple, léger, évident, il n'y avait qu'à se laisser guider, il n'y avait qu'à se laisser aspirer dans sa bulle. Elle transformait souplement même le plus pataud ou le plus raide, qui flottait alors à ses côtés et dont les mouvements glissaient sans mal.

Peu à peu, sur l'herbe, se dessina, dans un cercle presque parfait, l'espace de la danse où évoluaient des couples de danseurs qui se formaient, se défaisaient, s'échangeaient, s'observaient par-dessus les épaules. Les jupes et les robes tournaient, les rires fusaient, les corps se frôlaient, s'enlaçaient, s'éloignaient et se retrouvaient. Il faisait chaud. Tout autour il y avait celles ou ceux qui hésitaient encore à se lancer, qui attendaient l'invitation en se trémoussant, qui examinaient, qui repéraient, qui attendaient le bon moment, qui commentaient, entre copains ou entre copines.

Ça ne donnait pas toujours dans la finesse, les commentaires. Entre les « Regarde-moi la grosse 37 là-bas, elle doit s'appeler Bertha ! », « Pouh, vise un peu la 56, y a pas grand-chose à se mettre sous la dent, elle a pas été nourrie au bon grain celle-là. J'vous la laisse ! », « La 82, elle est pour moi, j'lui croquerais bien le croupion ! », « Halte les gars, j'ai trouvé ma pouliche, dossard 25, chasse gardée, qu'y en ait pas un qui s'avise de l'enfourcher ! », ce n'était pas un concours de poésie, ça ne donnait pas dans le Ronsard. Il faut dire, foire et numéros épinglés au corsage, ça n'incitait pas à la dentelle, à la rose et à la mignonne, quoi qu'aient pu en penser les naïfs marieurs de l'Amicale. On était plus dans l'ambiance marché aux bestiaux que dans les salons de l'Académie française ! Quand on organise une foire, il faut s'y attendre… Ce n'était sans doute pas la majorité qui donnait dans la grivoiserie et qui tentait la grasse formule pour faire marrer les copains mais c'est comme toujours, c'est ceux-là qu'on entend le plus, ceux qui parlent fort pour amuser la galerie, pour faire le spectacle, pour qu'on les regarde, qui pensent que ça fait viril les blagues bien lourdes de corps de garde, et c'est à celui qui trouvera la meilleure, la rivalité de potaches c'est éternel. Et ce n'est pas la peine de leur faire des remarques, parce que merde quand même on peut bien s'marrer, on fait pas d'mal, ras-le-bol des mijaurées ! Dans une foire aux fiancés, on n'est pas là pour faire tapisserie en prenant le thé le petit doigt levé.

Du côté des filles, ça ricanait, et elles non plus, enfin certaines, ne se privaient pas de commentaires, mais plus sous cape et moins explicitement sous la ceinture. Elles étaient davantage dans le « Oh, le 75, là-bas à gauche, embusqué près de l'orchestre, regardez les filles mais l'air de rien, j'crois bien que j'lui plais bien, il n'arrête pas de regarder vers nous… », elles lançaient des regards qu'elles faisaient semblant d'être discrets mais qui bien entendu voulaient être repérés, sinon à quoi bon, se retournant toutes ensemble vers le 44, « Belle allure celui-là, j'me verrais bien à son cou. » Elles lançaient des œillades et elles s'esclaffaient quand le distingué leur faisait un petit signe et s'approchait en tendant la main à l'une d'entre elles pour proposer une danse.

Louise, elle, attirait les regards, sans les chercher.

Le bal battait son plein. Il prit en un rien de temps, comme un feu de bois sec. Signe de l'impatience des troupes, quelques valses musettes suffirent à lancer même les plus hésitants, car l'orchestre savait s'y prendre pour chauffer le public. C'est vrai qu'il était déjà tout acquis le public, et prêt à s'enflammer, il n'attendait que ça ! Les musiciens jouaient sur du velours avec un public pareil. Mais l'orchestre était doué et il savait sentir l'ambiance.

Quand l'accordéon démarra les premières notes de *Ne bercez pas mon cœur*, ça décolla, il y eut comme un souffle, une clameur, et toute l'assemblée se mit à danser comme un seul homme et s'égosilla en reprenant le refrain qui faisait :

Ne bercez pas mon cœur
De ces mots d'amour qui vous grisent
Comme un parfum de fleur
Qu'un beau soir apporte la brise

Et les têtes balancèrent en rythme, se relâchant sur les épaules du partenaire du moment, et les voix traînèrent sur les rimes, accompagnant l'orchestre, à moins que ça n'ait été l'inverse. C'était un peu le tube de l'époque, tous la connaissaient cette valse, et puis c'était de circonstance, une valse d'amour en plein champ. Alors ça tournait dans tous les sens, ça chantait, ça se plantait les yeux dans les yeux et ça se souriait. Et l'orchestre fut bissé pour la refaire, cette valse qui enivrait. Et il la reprit, et de nouveau toute la foule roucoula le refrain, le faisant mentir, car contrairement à ce qu'il disait, il y avait plus d'un cœur qui souhaitait être bercé, plus d'un qui voulait être grisé.

À ce moment-là, Germaine dansait avec celui qui se trouvait là, un petit blond, à peine moustachu, qui semblait sortir tout frais émoulu du lycée, qui souriait à pleines dents et qui s'emballait en moulinant beaucoup trop des bras. Et que j'te balance d'un côté, et que j'te renvoie de l'autre, et que j'te fais tourner et tourner, ah il était pas facile à suivre le minot ! Louise riait de la voir ballottée dans tous les sens. Elle dansait à côté d'eux, avec un mastodonte, elle paraissait toute petite dans ses bras et Germaine et elle se lançaient des clins d'œil complices.

Elles s'étaient retrouvées l'une et l'autre avec ces drôles de cavaliers quand l'accordéoniste, qui faisait aussi office de Monsieur Loyal, avait lancé de sa voix tonitruante : « Allez jeunesse, changement de cavalière ! On traîne pas, on réfléchit pas, on prend ce qui se présente ! » Et il avait entamé la valse de Dumont tandis que les couples se reformaient et Louise s'était retrouvée dans les bras du géant et Germaine dans ceux du petit jeunot, pas très bien assortis pour sûr, ça se voyait comme le nez au milieu de la figure, mais le temps d'une valse, heureusement, ce n'est pas un contrat pour la vie. Et Louise valsait et chantait avec son géant et Germaine avec son jeunot, ça valait le détour. Elles évitaient de se regarder, sachant l'une comme l'autre qu'elles ne résisteraient pas au comique de la situation.

Du bord de la piste de danse improvisée, il regardait Louise, les bras croisés, sans à aucun moment la lâcher des yeux, un petit sourire au coin des lèvres. Et elle, elle sentait ce regard qui l'enveloppait. Elle était aimantée par son regard qui ne la lâchait pas, le sien était attiré et à chaque tour de valse leurs yeux se croisaient. Il ne bougeait pas, il restait à sa place et la fixait. Rien ni personne d'autre n'existait.

L'orchestre enchaînait les morceaux, variant les styles et les rythmes, afin que chacun y trouve son compte et pour permettre à tous de retrouver son souffle après une danse particulièrement rythmée.

On dansait entre numéros, à en perdre haleine, sur l'herbe et sur tous les types de musiques que l'orchestre jouait.

On entamait des farandoles endiablées qui faisaient tourner les têtes et qui entraînaient tous et toutes dans une folle excitation collective. Les cheveux collaient aux tempes, les joues étaient rouges de chaleur et de désir, les chapeaux, volant à travers les airs, étaient balancés sur l'herbe pour permettre aux têtes de respirer et de se désengoncer.

Germaine, qui ne voulait pas y aller à cette foire et qui s'en était bien moquée, était happée, aspirée dans son tourbillon. Au milieu de toute cette foule en joie qui tournait, qui balançait, qui riait, qui chantait, ça renversait les sens, ça fichait le tournis et on en oubliait ses réserves, on se laissait embarquer, et c'était bon. Elle était chahutée comme dans un manège et la tête lui tournait. Elle n'en revenait pas elle-même mais elle était comme soulevée, comme électrisée par l'énergie, par l'ivresse, pas celle du vin, non, car elle n'avait pas bu comme un trou, juste assez pour être un peu gaie, sans plus, mais l'ivresse, comment dire, du tournis, du désir, du printemps. Oui, c'est ça, il y avait dans cette foule un tel printemps, un tel enthousiasme, une telle envie, un tel échauffement des corps, une telle moiteur des peaux, que ça embarquait, que ça chavirait, que ça brouillait les sens qui ne rêvaient que de cela.

Ce n'était pas ainsi que les organisateurs voyaient les choses, pas comme ça qu'ils les avaient pensées, certainement pas, ils en auraient même été outrés si on les avait présentées comme ça. Mais s'ils avaient regardé les choses avec lucidité, pour de vrai, comme elles se déroulaient vraiment, et pas comme ils voulaient qu'elles soient, ils s'en seraient bien rendu compte que tout ça échappait au cadre qu'ils avaient fixé, que ça beuglait, que ça frétillait.

À la première java, les mains serraient plus fort, descendues sur les reins, bien plaquées, attirant les corps l'un contre l'autre, mélangeant les sueurs, les souffles plus courts.

Au tango, yeux dans les yeux, les jambes se mélangeaient et les filles se renversaient dans les bras accueillants du partenaire du moment à qui il fallait faire confiance, pour se lâcher comme ça sans retenue dans ses bras et être sûre de ne pas finir les quatre fers en l'air. Il y eut bien quelques ratés, forcément, quelques atterrissages loupés et quelques cabrioles mal contrôlées. On apercevait parfois une cavalière les fesses dans l'herbe, le tango, c'est technique tout de même. Au fox-trot, les bustes se frottaient, s'enfiévraient, s'affolaient. Les pas n'étaient pas toujours bien connus, ni bien maîtrisés, mais peu importait, pourvu que ça gigote, pourvu que ça tourne !

Après une java particulièrement rythmée qui l'avait laissée le souffle court et terriblement assoiffée, Germaine fit une petite pause. Elle abandonna Louise sur la piste, qui continuait à tourner, pareille à une ballerine, et qui était capable de danser pendant des heures sans avoir besoin comme elle de s'abreuver. Elle engloutit de grandes lampées d'eau fraîche et se dirigea vers les tables où étaient déposées les fiches des participants. Elle n'y tenait plus, elle avait très envie d'en lire quelques-unes, pour se faire une idée. Depuis le début de la journée, ça la démangeait. Elle fit un petit signe à Louise qui lui répondit d'un hochement de tête entendu et elle s'éloigna du cercle des danseurs.

Germaine n'avait pas encore repéré Ferdinand, immobile, qui regardait Louise. Louise, elle, n'avait d'yeux que pour lui.

Les membres de l'Amicale, assis derrière les tables où étaient déposées les fiches de renseignements, voyaient défiler les jeunes gens qui s'en venaient bien vite, entre deux danses, demander à consulter la fiche du numéro avec qui ils venaient de danser ou celle d'un numéro repéré sans l'avoir encore approché pour voir si leurs attentes pouvaient s'accorder. On entendait « Monsieur, je peux avoir le 116 ? », « Madame, vous pouvez me passer le 59 ? », et les organisateurs confiaient ladite fiche au demandeur qui s'isolait au bout de la table pour lire ce qu'elle contenait et vérifier qu'il ou elle pouvait correspondre à la description de la ou du fiancé qui était faite, que leurs goûts s'assemblaient, que cela valait le coup de poursuivre ou qu'au contraire il fallait passer son chemin et s'en aller chercher ailleurs.

Germaine demanda au hasard un numéro, puis un autre, puis un autre, comme si elle avait sa liste de marché. Elle tomba sur la fiche d'un épicier qui voulait convoler avec une blonde épicière qui ne soit pas trop folle de danse, bon, pour celui-là c'était réglé. Un autre faisait état de sa bonne situation financière qui représentait chaque mois plusieurs centaines de francs, de son naturel tendre, et expliquait chercher l'affection auprès d'une « belle ange blonde de préférence ». Un autre encore aimait le pot-au-feu et la bonne table et désirait donc connaître une bonne cuisinière sachant raccommoder, peu lui importait le reste. Germaine riait toute seule en se disant que quand même pour un rêve d'union, c'était bien mince. Un rêve, quand même, c'est un peu plus qu'un pot-au-feu et que du fil et une aiguille, non ? De désappointement et de consternation, elle remuait la tête de gauche à droite sans même s'en rendre compte et se disait, mais avec tout ce qu'on a vécu pendant la guerre, avec tout ce que les femmes ont fait – elle avait eu sa mère sous les yeux, elle savait de quoi elle parlait –, on en est encore là, ça n'a donc rien fait bouger ? Le monde est donc si lourd à corriger ? C'en est désespérant parfois.

Entre la lecture de deux fiches, elle cherchait Louise du regard, espérant qu'elle la rejoigne, et elle essayait de tout retenir pour lui raconter. Mais Louise dansait et ne se préoccupait absolument pas de ces fameuses fiches qui la mettaient elle en émoi.

Il y avait aussi un navigateur, auquel ses voyages n'avaient pas permis de rencontrer l'âme sœur, et qui s'était borné à indiquer son idéal par un simple point d'interrogation. Elle aurait pu rester des heures à lire toutes ces confidences, tous ces bouts de soi atterris là, sur les tables de la foire. Car vraiment c'était instructif. Mais elle aurait déclenché la suspicion de ces dames de l'Amicale à demander à consulter trop de fiches, et qui trouvaient déjà, elle le voyait bien à leur sourire pincé et à leur regard appuyé, qu'elle réclamait beaucoup de numéros... Elles n'auraient pas apprécié qu'elle transforme leur œuvre par sa curiosité mal placée en étude psychologique et elles tenaient à la confidentialité et à la finalité de l'entreprise. Si l'on se fiait à ce que Germaine avait pu lire pour essayer de comprendre ce qu'était l'idéal féminin pour ces jeunes hommes en quête de fiancée, ce n'était pas bien compliqué. Douce et joyeuse, là était la recette, et physiquement, les blondes semblaient avoir la préférence des jeunes gens, peut-être parce qu'ils imaginent que blondeur rime plus avec douceur, allez savoir.

Après sa petite enquête, Germaine repartit vers la piste de danse pour retrouver Louise.

C'est là qu'elle les vit, tous les deux, pour la première fois.

L'homme avec qui Louise dansait était grand et mince, brun, élégant. Il avait une moustache, fine mais drue. Une cicatrice, en diagonale sur le visage, de la lèvre supérieure à la tempe. Bizarrement, alors qu'elle était épaisse, quelque peu boursouflée et vraiment visible, elle ne l'enlaidissait pas. Au contraire, elle lui donnait un côté aventurier, l'air d'un homme qui en a connu des vertes et des pas mûres, qu'on pourrait imaginer au fond de la forêt dense, coupe-coupe en main, que rien n'impressionne et derrière qui on peut se réfugier si surgit une bête affamée. Germaine les regardait du bord de la piste. C'était un bon danseur, ça se voyait au premier coup d'œil. Louise se laissait guider avec bonheur. Ces deux-là s'harmonisaient bien et ils formaient un beau couple.

Alors que Monsieur Loyal, à la fin du morceau, intimait l'ordre aux danseurs de changer de partenaire, ils restèrent accrochés l'un à l'autre, indifférents à l'injonction de l'accordéoniste. D'un mouvement de bras sans appel, le cavalier de Louise fit barrage à celui qui se présenta pour prendre sa place et qui, devant une telle autorité, n'insista pas et s'en alla chercher une autre compagne de danse.

Ils continuèrent à danser, sans se détacher l'un de l'autre. Les morceaux s'enchaînaient et ils continuaient à danser. Germaine les observait. Louise ne la voyait pas, à dire vrai elle ne voyait plus grand-chose, le monde s'était effacé autour d'elle. Elle dansait dans les bras de cet homme qui lui rendait une bonne tête. Germaine se contorsionna pour apercevoir son numéro, le 34.

Elle retourna aux tables de consultation et demanda à lire sa fiche.

— Pourrais-je avoir la fiche du numéro 34, s'il vous plaît madame ? demanda-t-elle en adressant à la gardienne de la table qui avait tout l'air d'un cerbère son sourire le plus angélique et en adoptant le ton timide qui sied à une jeune fille.

— J'espère que celui-là sera le bon, vous en êtes à combien de fiches là ?

Germaine ne répondit pas et se contenta de hausser les épaules et de sourire humblement pour satisfaire la prépotence dont celle-ci se rengorgeait. Le dragon lui tendit la fiche avec une moue méprisante et un bruit de gorge désapprobateur. Germaine s'isola à un coin de table.

Numéro 34. L'écriture était serrée, nerveuse. De petites pattes de mouche entortillées. Il s'appelait Ferdinand. Il avait vingt-huit ans. Il avait été mobilisé en 1916. Germaine calcula donc qu'il avait dû faire deux ans au front, s'il était allé au bout. Il était décoré de la croix de guerre, il le précisait dans sa fiche. C'était donc un ancien combattant, un bon point pour lui, connaissant le respect et l'estime que leur portait Louise. Depuis la guerre, il travaillait dans une grande brasserie parisienne. Il se décrivait comme un homme solitaire et peu bavard, sans autre commentaire. Sans famille, il rêvait d'une femme fiable et honnête, qui resterait à ses côtés pour mener une vie simple. C'est tout ce que disait sa fiche.

L'heure du retour approchait, l'orchestre annonça qu'il jouait ses derniers morceaux, provoquant un tonnerre de protestations parmi les danseurs. Oh non, pas déjà ! s'écrièrent-ils d'une même voix, pas déjà ! Mais il était presque 18 heures, les organisateurs commençaient à remballer. Ils rangeaient précautionneusement les dossiers contenant les fiches des participants dans des sacoches de cuir, ils repliaient les tréteaux des tables et empilaient les planches sous l'auvent qui servait de remise, jusqu'à la prochaine fête.

Germaine attendait Louise sur le côté de la piste. Elle n'osait s'approcher trop, de crainte d'être encombrante et importune, mais se tenait prête à lui faire de grands signes de la main quand la musique cesserait.

Les musiciens entamèrent la dernière valse, en précisant bien qu'il s'agissait de la dernière et qu'il était temps pour ceux qui n'avaient pas encore déclaré leur flamme de se lancer, avant qu'il ne soit trop tard et qu'ils ne soient ravagés par les regrets.

C'est toujours curieux et un peu triste les fins de foires, qu'il s'agisse de foires aux fiancés ou de foires au jambon… Il y a comme une impatience qui s'éteint à regret, comme une effervescence qu'on étouffe en sonnant la fin de la fête, comme un coup de balai qui efface, qui fait place nette.

Il y a ceux qui sont sur un petit nuage et pour qui la fête est le début, le début de quelque chose, le début d'une histoire, d'un espoir, qui ont le cœur qui palpite, qui ont encore la tête dans la fête parce qu'elle leur promet une suite, sans savoir de quoi, mais une suite, qui fredonnent encore les airs parce que ça leur permet d'étirer encore un peu ce temps-là.

Il y a ceux qui auraient aimé ce quelque chose mais qui ne l'ont pas eu, et qui s'en trouvent, comment dire, un peu désabusés, un peu transparents, et ceux qui ont juste passé un bon moment et qui s'en réjouissent, les optimistes, quoi.

C'était un peu tout ça qui se mélangeait dans ces derniers moments, dans cette dernière valse, entre ceux qui continuaient à valser, ceux qui se précipitaient jusqu'au bout pour lire encore une fiche, ceux qui avaient renoncé et attendaient le départ, ceux qui tournaient encore au milieu de la foule en espérant, sait-on jamais, la rencontre de la dernière seconde, ou le coup de foudre du dernier instant, alors qu'on n'y croit plus et que les poubelles se remplissent des restes de la fête.

Quand la musique s'est arrêtée et que tous cessèrent de tourner, Louise vit Germaine sur le bord de la piste lui faire de grands gestes. Elle se dirigea vers elle, avec Ferdinand. Elle les présenta : « Germaine, Ferdinand ; Ferdinand, Germaine. »

Ferdinand salua Germaine, la regardant à peine, puis il prit les mains de Louise dans les siennes, il lui sourit, il lui dit : « À demain, à l'heure convenue, où vous savez. » Louise répondit « Oui, j'y serai » et il partit, de son côté, sans se mêler au groupe. Louise le regarda s'éloigner. Il ne se retourna pas. Louise attrapa la main de Germaine et elle la serra, fort. Sa main était moite. Germaine pouvait sentir son cœur qui y tambourinait.

Peu après 18 heures, chacun et chacune ayant récupéré qui son panier, vide désormais, qui son chapeau, qui son chandail, bref toutes ses petites affaires, la troupe fit le chemin en sens inverse du matin pour reprendre le train à la gare de Chatou en direction de Paris. Il faisait doux encore. Les tenues des uns et des autres étaient moins apprêtées qu'à l'aller, un peu plus froissées. Elles portaient les marques de la journée écoulée, tachées d'un peu de terre et de traînées du vert de l'herbe sur laquelle on s'était assis, de quelques éclaboussures de vin, de quelques traces un peu grasses du pique-nique, auréolées de la sueur de la danse qui avait fripé le tissu aux aisselles et laissé des marbrures blanchâtres. Les coiffures n'étaient plus tout à fait impeccables, le maquillage s'était estompé et le mascara faisait une légère ombre sous les paupières.

Le défilé qui marchait vers la gare était plus distendu, moins régulier et plus désordonné qu'au matin, mais tout aussi bruyant. Plus de musique pour le conduire, mais des dizaines et des dizaines de jeunes gens qui parlaient, qui riaient, qui se racontaient déjà la journée qu'ils venaient de passer, qui commençaient déjà à isoler les moments qui feraient les souvenirs, qui l'étaient déjà d'être racontés. La journée n'était pas finie que la machine à souvenirs se mettait en route. Ça commence tôt les souvenirs. Dès qu'on se met à raconter. On isole certains moments, on en choisit certains plutôt que d'autres, et ce sont ceux-là qui se fixent dans la mémoire, qui ont gagné leur place dans l'histoire et qui en ont chassé d'autres. C'est comme ça. On aurait pu se souvenir autrement, mais une fois que c'est raconté, c'est comme si c'était gravé, ça a creusé le sillon. Peut-être parce qu'en racontant, on vit une deuxième fois, ça solidifie.

Et Louise se mit à raconter.

Un vrai moulin à paroles, Germaine ne pouvait pas en placer une. Elle parla pendant presque tout le trajet du retour, répétant plusieurs fois les mêmes choses, les mêmes remarques. À peine avait-elle fini qu'elle recommençait, dans le même ordre ou dans un autre. Comment elle avait senti son regard sur elle pendant qu'elle dansait, comment leurs yeux s'étaient croisés et se cherchaient, comment son regard l'attirait, l'aimantait, l'aspirait, comment d'un coup elle ne l'avait plus vu et que son cœur avait bien failli s'arrêter de ne plus le voir, et que, presque en apnée, elle avait tourné la tête en tous sens pour le retrouver, faute de quoi elle serait tombée raide morte de l'avoir perdu, c'était son expression, comment il avait surgi soudain, à la fin d'une java, tout près d'elle, et qu'elle avait senti qu'il était là avant même de le voir, et qu'il lui avait tendu la main, qu'il lui avait souri, et qu'elle s'était presque jetée dans ses bras, et qu'alors il l'avait enlacée pour la faire valser, et que leurs pas s'emboîtaient si parfaitement, qu'il dansait comme un dieu, qu'ils ne faisaient plus qu'un comme on dit dans les romances, et qu'un type s'était présenté quand Monsieur Loyal avait ordonné de changer de partenaire, et que Ferdinand, elle ne savait pas encore son nom, il n'avait pas prononcé un mot, d'un geste de la main l'avait repoussé, avec une autorité qui ne laissait place à aucune négociation et qui l'avait impressionnée, et qui lui avait fait chaud au creux du ventre, là, disait-elle pour montrer à Germaine, en y passant sa main comme si elle voulait retrouver cette sensation.

Qu'au bout de quelques danses, il l'avait serrée un peu plus fort, un peu seulement, pour la rapprocher de lui, et qu'il avait délicatement repoussé une mèche de ses cheveux pour la faire passer derrière son oreille, et lui avait murmuré qu'il s'appelait Ferdinand, qu'elle avait senti son doigt effleurer le tour de son oreille, qu'elle ne pouvait même pas décrire l'effet que ça lui avait fait, qu'elle avait bien cru qu'elle allait se pâmer, et qu'elle avait senti son souffle lui descendre dans le cou, qu'elle avait frissonné, comme si elle avait la fièvre. Et qu'alors elle avait levé les yeux et qu'elle lui avait dit, moi c'est Louise, et il avait répété plusieurs fois son prénom, Louise, Louise, d'une voix douce et gourmande, Louise, et jamais elle n'avait éprouvé autant de plaisir, autant de trouble, à entendre prononcer son prénom. Elle aurait voulu que jamais cela ne s'arrête.

Germaine lui révéla qu'elle était allée consulter sa fiche quand elle les avait vus danser comme ça tous les deux. Alors, dix fois, vingt fois, trente fois, Louise lui fit répéter ce qu'il avait écrit, ce que Germaine avait lu, lui demandant si elle était bien sûre de ne rien avoir oublié, lui faisant répéter les termes exacts. Elle répétait après Germaine ce qu'elle lui disait et elle commentait. Mobilisé en 1916, c'est de là qu'il doit tenir sa cicatrice. Oui c'est sûr, il a dû être blessé au front, d'où la croix de guerre et la cicatrice. Tu as vu sa cicatrice ?

Comment Germaine ne l'aurait-elle pas vue ? Elle lui traversait le visage, c'était impossible de la manquer. Mais sa question n'attendait pas de réponse, ou plutôt ce n'était pas vraiment une question, elle savait bien que Germaine l'avait vue. Ce qu'elle voulait, c'était dire que cette cicatrice, qui sur un autre aurait été effrayante et laide, sur lui elle ne faisait pas cet effet-là, ce que Germaine avait elle-même constaté. C'est vrai que c'était étrange, cette cicatrice d'une certaine manière le rendait beau. Germaine le dit à Louise qui sourit comme une enfant comblée. Parce que c'était ça qu'elle voulait entendre, qu'il était beau, avec sa cicatrice qui était sa marque, qui le faisait héros.

Oui c'est sûr, répétait-elle, il l'a eue à la guerre cette cicatrice, il a pas besoin d'une breloque sur son veston. Et il y est allé, lui, c'est pas un planqué, contrairement à d'autres, tu vois de qui je parle..., c'est certain qu'elle lui vient de là. Sans famille, oh c'est triste, remarque, moi j'en ai bien une de famille, mais pour ce qu'elle vaut maintenant avec ce qu'il en reste.

Louise était piquée, il n'y avait pas de doute. Ferdinand aurait pu écrire n'importe quoi, elle aurait trouvé ça beau, touchant. Elle était sous le charme et elle adorait ça. Un petit sourire béat flottait sur son visage, elle était encore là-bas, sur l'herbe, à danser dans les bras de Ferdinand.

Après, tout a mal tourné.

ALBERT, FERDINAND ET LOUISE

« La guerre... dit-elle. Ça me fait trembler de penser que vous avez été là-dedans, un homme parmi les autres, avec les dangers, les saisons, la pluie... Vous me parlerez de votre guerre, n'est-ce pas, sans quoi trop de vous me resterait inconnu...
— Je n'aime pas en parler... tout lui est bon pour revenir... Il ne faut pas lui donner l'occasion de me poursuivre, à cette vieille maîtresse. Elle me fait horreur... Moi-même, parfois... Quand je regarde mes mains et que je pense à ce qu'elles ont pu faire... ces mains-là... »

Louis Aragon, *Aurélien*[1]

Durant les semaines qui suivirent le bal, Germaine et Louise ne firent que se croiser, brièvement. Elles n'échangèrent que quelques mots rapides à la faveur de rencontres dans le quartier, au retour de leurs journées d'école. Elles étaient toujours heureuses de se retrouver, se jurant que très vite, très bientôt, elles s'organiseraient un déjeuner, un dîner, toutes les deux, car elles en avaient des choses à se raconter. Mais prises par le travail et leurs activités respectives, elles se voyaient moins, non par usure d'amitié, mais simplement parce que les journées ne font que vingt-quatre heures.

Germaine ne voyait pas le temps filer. Son travail l'accaparait. On la voyait repartir de l'école chargée comme un mulet, portant de lourds cabas remplis des cahiers qu'elle rapportait chez elle afin de les corriger pour le lendemain. Elle travaillait souvent tard le soir, après le dîner.

En dehors de l'école, elle passait beaucoup de temps avec Fanette. Des heures à refaire le monde, à commenter la presse, au café, dans des réunions de quartier, dans des meetings. Germaine estimait souvent que Fanette, qui avait rejoint le groupe des camarades d'Antoine, était bien trop radicale dans ses positions, prônant la révolution pour tout mettre à bas, mais leurs discussions la stimulaient et cela la changeait de la frilosité des positions de ses parents, particulièrement de celles de son père. Leur relation demeurait tendre mais comment était-il possible qu'il ne soit pas plus en colère, lui que la guerre continuait de faire souffrir, qui crachait de ses poumons les gaz qu'il y avait absorbés ? Il aurait dû être vent debout contre elle et contre tous ceux qui l'y avaient envoyé, comme l'était Antoine. Il aurait dû vouloir changer tout ça. Mais non. Son indifférence, voire son agacement, pour les questions politiques navrait Germaine qui considérait qu'il se ratatinait dans son petit monde, alors que c'était maintenant qu'il fallait changer le grand.

Pour ménager sa mère qui se retrouvait souvent entre le marteau et l'enclume, elle évitait le plus possible les discussions politiques, mais cela n'était pas si facile, tant de choses sont politiques sans en avoir l'air, même dans les maisons, même dans les petits gestes du quotidien qui en disent bien plus long qu'on ne le croit. Et si Germaine prenait sur elle pour éviter l'affrontement et s'abstenait de lui dire ses quatre vérités et ce qu'elle avait sur le cœur quand il brocardait ses convictions et qu'il ironisait sur l'ineptie des combats féministes, souvent leurs échanges dérapaient et cela finissait systématiquement de la même manière, Gaston soufflait, grimaçait, quittait la pièce et la battait froid des jours durant.

Anne, qui sentait toujours le conflit arriver, tentait de changer de conversation, se mettait à raconter des anecdotes qu'elle espérait suffisamment piquantes pour alléger l'atmosphère et lançait des regards implorants à Germaine, la suppliant en silence de ne pas verser d'huile sur le feu et de mettre son orgueil dans sa poche et son mouchoir par-dessus. Personne n'était dupe de ses manœuvres et Germaine bouillonnait. Il est temps que je prenne mon indépendance et que je me trouve mon petit logis à moi, c'est la seule solution, se disait-elle alors. Pour ne plus voir l'apathie de son père face au monde, pour ne plus juger sa résignation qui lui était insupportable, pour ne plus être déchirée entre la colère que lui inspirait sa soumission et le sentiment de culpabilité qu'elle avait à le juger ainsi, ce sentiment qui lui faisait mal quand elle le voyait si affaibli, vieilli, courbé d'avoir été broyé par la guerre qui, au lieu de l'avoir rendu battant, l'avait fait abdiquer et l'avait rendu las de tout combat. Pour ne plus voir aussi sa mère qui acceptait d'oublier ce que les épreuves avaient fait d'elle, une femme déterminée et puissante, et qui aujourd'hui s'effaçait, retrouvant la réserve et la timidité qu'on disait siennes, et qui s'accommodait d'y revenir, ou du moins le laissait croire en évitant de prendre parti, en ménageant la chèvre et le chou d'un ton conciliant qui, au bout du compte, étouffait toute discussion de fond et l'empêchait d'exprimer ses pensées.

Louise ne venait plus aux traditionnels déjeuners dominicaux chez les parents de Germaine. Elle renonça aussi à leurs sorties hebdomadaires au cinéma, n'y venant plus que de façon épisodique. Son temps libre, elle le passait avec Ferdinand ou à attendre Ferdinand qui pouvait arriver d'un instant à l'autre, qui parvenait au dernier moment à se libérer pour la retrouver et pouvait bien lui faire la surprise d'arriver chez elle à l'improviste. Elle constata vite que c'était sa marque de fabrique, cette propension à arriver à tout moment alors qu'on ne l'attendait pas et qu'il n'était pas prévu qu'ils se voient. Louise en fut déstabilisée, elle qui était très organisée, qui prévoyait tout et qui planifiait son emploi du temps avec la rigueur d'un chef d'orchestre. Mais cela la charmait. Elle y voyait l'expression d'un amour qui la comblait. Elle se sentait vivre, elle se sentait désirée.

Le lendemain de la foire aux fiancés, après sa journée d'école, Louise retrouva comme convenu Ferdinand, avant qu'il ne prenne son service chez Bofinger, la brasserie où il travaillait près de la Bastille. Elle s'organisa au débotté avec une de ses collègues qui accepta, à charge de revanche, de surveiller les élèves punies de retenue ce jour-là après la classe, prétextant une migraine qui pointait.

À 16 heures, elle se sauva rapidement de l'école, remonta à toute allure la rue Antoinette et la rue des Abbesses afin d'éviter de tomber sur une connaissance qui l'aurait retardée. Elle repassa chez elle pour se décrasser de la journée et se refaire une beauté. La veille, après beaucoup d'hésitation, elle avait choisi la tenue qu'elle porterait pour retrouver Ferdinand. Passé la porte de l'appartement, elle se débarrassa de ses vêtements du jour qu'elle envoya valdinguer dans un coin, elle remplit sa cuvette émaillée d'eau froide, fit une toilette de chat puis enfila une robe fleurie dans les tons bleus qui lui valait toujours une cascade de compliments et chaussa des souliers plats, bleus eux aussi. Elle passa à son poignet un fin bracelet d'argent serti d'une pierre de lune et remonta ses cheveux blonds en un chignon ample qui laissait s'échapper quelques mèches bouclées. De ses doigts, elle pinça légèrement ses pommettes pour les rosir un peu. Satisfaite, mais inquiète à la pensée que Ferdinand peut-être ait pu changer d'avis et ne soit pas au rendez-vous, elle descendit sur le boulevard de Clichy pour attraper la ligne 30 du tramway qui la conduirait à Bastille. Durant tout le trajet, elle sentit son cœur s'affoler dans sa poitrine, au point qu'elle avait l'impression que ses palpitations faisaient tressauter le tissu de sa robe légère.

Ferdinand lui avait donné rendez-vous aux Barreaux Verts, un des nombreux cafés de la rue de Lappe connue pour son ambiance festive et ses bals musettes qui la nuit faisaient danser tout le quartier. En journée, l'atmosphère était différente mais pas moins animée. Les activités sonores des nombreux artisans qui trimaient dans le secteur débordaient sur les trottoirs. Les ferrailleurs cognaient le métal, les cafetiers transbahutaient en soupirant bruyamment de lourds sacs en toile de jute remplis de charbon ou de bois, des gosses dépenaillés se poursuivaient en braillant dans les ruelles, les commerçants en tout genre s'affairaient et alpaguaient les clients potentiels, s'égosillant, plus fort que le voisin, pour les attirer vers les bonnes affaires qu'ils promettaient. Louise se sentait apprêtée dans sa tenue printanière impeccable et elle jouait gauchement des coudes pour se frayer un passage dans tout ce tohu-bohu, sourire aux lèvres pour se donner de l'assurance. Elle s'amusait intérieurement de la tête qu'aurait faite sa mère à la voir ainsi déambuler seule dans ce quartier industrieux. Pas un endroit pour une jeune fille comme il faut.

Elle arriva aux Barreaux Verts. Ferdinand était déjà là, installé au comptoir de zinc. Il l'attendait. Il portait un costume en lin gris sombre avec de fines rayures légèrement plus claires et, sous son veston, une chemise blanche qu'une cravate noire resserrait au col, ce qui lui donnait une allure bourgeoise très séduisante. Il avait soigné sa tenue. Louise entra dans le café.

Il y avait peu de monde. Des hommes seulement ; Louise le remarqua tout de suite, elle le perçut instinctivement sans même avoir à balayer la salle des yeux. Les discussions s'interrompirent sur-le-champ, dès qu'elle passa la porte, et tous les regards se tournèrent vers elle. Elle aurait bien filé dans un trou de souris tant elle se sentit déshabillée des yeux et très gênée. Dès qu'il la vit, Ferdinand alla à sa rencontre, lui prit la main et y déposa un baiser.

— Bonjour Louise. Quelle merveilleuse apparition ! Vous êtes sublime, une porcelaine dans un magasin d'éléphants, plaisanta-t-il.

Il l'entraîna vers une table un peu à l'écart. Ils s'assirent l'un en face de l'autre. Louise commanda une limonade, Ferdinand un ballon de vin rouge.

En homme distingué, il entama la conversation et lui demanda comment s'était passé son retour de Chatou. Il lui dit n'avoir fait que penser à elle et avoir été anxieux à l'idée qu'elle se ravise et qu'elle ne vienne pas à leur rendez-vous.

— Mais je connaissais votre numéro, et je peux vous assurer, mademoiselle 88, que j'aurais inondé l'Amicale parisienne de lettres à votre attention, jusqu'à ce que vous acceptiez de me revoir !

Louise sourit. Elle ne lui avoua pas qu'elle avait eu la même inquiétude et qu'elle n'avait quasiment pas fermé l'œil de la nuit tant elle était impatiente.

— Savoir que je vous retrouvais a égayé ma journée, répondit-elle simplement en baissant les yeux.

— Je prends mon service dans deux heures à la brasserie. Deux petites heures près de vous, Louise, c'est le début du bonheur.

Ils discutèrent sans discontinuer, dans leur bulle que seul le frottement des soucoupes, que le patron derrière son bar manipulait sans ménagement, venait relier au monde. Il ne leur était pas nécessaire d'aller jusqu'en terre Adélie, ils avaient trouvé leur havre au fond des Barreaux Verts.

Ferdinand lui posa nombre de questions, il voulait tout savoir d'elle, lui dit-il dans un sourire. Elle lui parla de son métier, de sa passion pour le dessin et la peinture, elle décrivit son appartement, elle lui parla de Germaine aussi, de leur amitié. Ferdinand l'écoutait, attentif. Pour la première fois depuis sa mort, elle parla de son père et de sa détresse de l'avoir perdu. Elle s'en surprit elle-même quand elle s'entendit parler de lui. Cela lui vint sans prévenir, alors que depuis sept ans, sept ans déjà, et c'était là comme hier cette peine immense qui pleurait en elle et qui lui salissait le monde, alors que depuis sept ans donc, elle n'avait jamais parlé de lui à quiconque. Pas même à Raoul, pas même à Monsieur André, pas même à Germaine. Rien en sept ans n'avait pu sortir de sa bouche car elle aurait vomi des caillots de larmes si quelque chose était sorti, c'était tout ce qu'elle avait. Elle avait essayé de lui parler à lui, son père mort. Faute de pouvoir parler aux vivants. Elle était allée sur le bord de sa tombe, après qu'on eut rapatrié son corps au cimetière de Montmartre. Elle avait même apporté quelques fleurs, pensant que cela l'aiderait, qu'elle pourrait dire « Voilà papa, je t'ai apporté ce bouquet » et qu'une fois cette phrase prononcée, ça déclencherait quelque chose, ça entraînerait une suite, qu'elle arriverait à lui dire, mais lui dire quoi ? Elle s'était agenouillée, elle avait posé une main sur la pierre tombale, elle y avait déposé son bouquet, elle avait ouvert la bouche pour tenter la phrase « Voilà papa... », mais la phrase n'était pas venue, même cette ridicule phrase de rien n'était pas sortie, elle était restée coincée dans sa gorge, sa bouche s'était ouverte mais la phrase avait fait marche arrière, elle avait reflué, dans un affreux désordre, elle l'avait senti faire, et les mots désorientés, en reculant tous ensemble comme une armée en déroute, s'étaient conglomérés, ils avaient fait boule dans sa gorge, ne lui laissant que les larmes et un poids terrible sur la poitrine.

Et c'était venu là, face à Ferdinand qu'elle connaissait à peine. Le buste légèrement penché au-dessus de la table, il lui tenait la main. Il comprenait, elle le sentait. Sa main était chaude et l'accompagnait. Il écoutait les mots et les silences. Elle raconta les lettres qu'elle lui avait envoyées par dizaines, les prières qu'elle avait, chaque soir, Dieu lui en était témoin, adressées à la Vierge mais qui étaient restées vaines, la missive de Raoul qui contenait la terrible nouvelle de sa mort à la bataille de la Malmaison, et sa peine qui, depuis sept ans, ne la quittait pas, qui se ranimait à chaque nouvelle qu'elle aurait aimé lui annoncer, à chaque conseil qu'elle aurait voulu lui demander, à chaque événement qu'elle aurait voulu partager avec lui.

Elle dit à Ferdinand combien, et c'était son immense tristesse, elle le perdait un peu plus chaque jour, parce que le son de sa voix, qu'elle avait tant cherché à garder à l'oreille, peu à peu s'était éteint jusqu'à être englouti et ne plus jamais résonner ; parce que son visage n'était plus qu'un visage figé, celui de la photo, qui avait effacé le vivant, l'expressif, le mobile, il était devenu un visage de pellicule, un visage de formol, tellement planté dans le passé qu'il n'avait pas grand-chose à offrir au présent ; parce que l'odeur de sa pipe, de son savon de rasage s'était comme asséchée ou plus exactement avait comme avalé la sienne à lui pour n'être plus que l'odeur d'objets qui lui avaient appartenu et qui, les ans passant, avait étouffé la sienne, l'avait recouverte et avait pris le dessus. Alors peu à peu, il ne lui restait presque plus rien, il continuait de mourir en s'effaçant de ses sens. Des souvenirs, lui répondrait-on, il lui resterait des souvenirs qu'elle pourrait chérir, oui sans doute, mais même ça, elle n'en était pas sûre. Elle faisait peu confiance aux souvenirs, tellement rabâchés, tellement sollicités, qu'ils finissent par parler plus d'aujourd'hui que d'hier. Et elle en avait si peu, à bien y réfléchir, elle était si jeune quand son père était parti pour le front ; elle essayait bien de forer dans sa mémoire de toute petite enfant pour en déterrer quelques-uns, mais il fallait le reconnaître, les souvenirs d'avant la guerre se comptaient sur les doigts de la main, et plus que de véritables souvenirs à elle, à eux, c'étaient davantage des histoires qu'on lui avait racontées et qu'elle avait gonflées, qu'elle s'était appropriées, pour en faire des souvenirs justement, c'était peu pour remplir l'absence, trop peu en tout cas pour combler le manque.

Il aurait aimé connaître son père, voilà ce qu'il lui dit quand Louise se tut. Une vague de bonheur la submergea. Elle aurait voulu sauter par-dessus la table pour le serrer fort, fort, et l'embrasser, l'embrasser, l'embrasser, ne plus s'arrêter de l'embrasser, pour le remercier d'avoir dit cela.

Il était presque l'heure déjà de se quitter. Ferdinand régla la note. Ils sortirent du café et il la raccompagna au tramway. En chemin, ils convinrent de déjeuner ensemble le jeudi suivant, le jeudi étant jour de congé pour Louise. À l'approche du tramway, alors qu'ils allaient se quitter, Ferdinand l'enlaça et l'embrassa. Louise, tremblante, grimpa les deux marches pour entrer dans le wagon du tram. Il agita la main jusqu'à ce qu'elle ne puisse plus le voir. Elle ne vit rien du trajet du retour, elle était sur un petit nuage. Dans ses pensées, elle manqua l'arrêt à Blanche. Elle sourit de son inattention délicieuse, descendit à l'arrêt suivant et rentra chez elle, aussi légère qu'une plume. À peine la porte refermée et ses souliers ôtés, elle se rua sur son journal.

« Lundi 5 mai 1924.
Mon cher journal,

Je suis heureuse, tellement heureuse.
Pas de doute, c'est le coup de foudre ! Quel délice !
Il est si beau, si délicat, si attentionné. Il m'a embrassée, j'en tremble encore. On se retrouve jeudi, je ne sais même pas comment je vais pouvoir attendre jusque-là. Je l'aime, je l'aime. C'est sûr, c'est lui. »

Sur toute la page, comme une adolescente énamourée, elle dessina des cœurs, de toutes les couleurs, de toutes les tailles. Elle colla son ticket de tramway et, de mémoire, dessina les yeux de Ferdinand. Elle écrivit son prénom partout, de toutes les écritures possibles. Elle glissa entre deux pages, en l'aplatissant bien de ses doigts pour qu'il sèche joliment, le petit bouton d'or qu'elle avait rapporté de la foire aux fiancés, celui que Ferdinand lui avait glissé derrière l'oreille juste avant de la quitter et qui, de ce simple geste, était devenu plus précieux que toutes les mines d'or du Pérou. Juste à côté, elle colla le carton qu'on lui avait remis et sur lequel était inscrit le numéro, 88, qu'on lui avait attribué.

Elle consigna dans le détail leur rencontre, leur discussion aux Barreaux Verts et nota avec effroi qu'elle n'avait fait que parler. Quelle sotte elle avait été à jacasser de la sorte. Elle le savait pourtant qu'elle pouvait être assommante de palabres, Germaine lui en avait plus d'une fois fait la remarque, lui reprochant d'être un vrai moulin à paroles, de monologuer sans prêter attention aux autres, sans laisser le moindre silence, le moindre espace entre deux phrases, au point qu'on en était essoufflé alors qu'on n'avait pas dit un mot. Et Germaine le lui avait dit, au bout d'un moment on n'écoutait plus tant on était soûlé, on attendait que ça passe, elle aurait dû s'en souvenir. Elle aurait dû lui poser plus de questions, l'écouter davantage, plutôt que de se répandre comme elle l'avait fait. Mais il avait été si curieux à son sujet, il avait tant voulu l'entendre, elle, et à aucun moment il n'avait paru s'ennuyer de ce qu'elle lui confiait, bien au contraire, il la relançait pour qu'elle donne plus de détails.

« Journal chéri, je me rattraperai au prochain rendez-vous, je tiendrai ma langue, je te le jure, je lui laisserai plus de place. Je lui montrerai une autre facette de moi-même, je serai attentive à mon tour, comme il l'a été avec moi. Je veux tout savoir de lui, tout. Je lui montrerai que moi aussi je sais écouter. »

Car elle en savait si peu sur lui encore. Quelques informations, glissées ici ou là, quand elle avait parlé de son père. Lui aussi avait perdu le sien, quand il était tout gosse, et il avait atterri en pensionnat aux Orphelins d'Auteuil parce que sa mère n'avait pas tenu le choc et qu'elle était bien incapable de s'occuper de lui, elle n'arrivait déjà pas à s'occuper d'elle la pauvre femme, alors avec un gamin sur les bras… Le prêtre du coin lui avait dégoté une place chez les Orphelins pour qu'il apprenne un métier et pour le dresser un peu, lui qui poussait comme une herbe folle faute de tuteur. Mais c'est de l'histoire ancienne, avait-il ajouté, pas la peine de s'appesantir et de remuer tout ça. Et puis il y avait eu la guerre bien sûr, pour laquelle il avait été mobilisé en 1916, mais là encore il n'avait pas développé et il n'avait pas parlé de sa blessure, il avait juste évoqué l'hôpital où il était resté de longs jours et dont il se rappelait encore l'odeur et les infirmières qui avaient été si dévouées avec lui. Il avait pourtant été détestable et colérique durant cette période. Oh je suis sûre que non, lui avait-elle répondu, vous ne pouviez être détestable, vous ne pouvez pas l'être, vous souffriez et on pardonne à ceux qui souffrent. Il avait souri et de sa main avait agité l'air comme pour chasser les souvenirs, et elle avait compris qu'ils n'avaient pas leur place ici, aujourd'hui, ces souvenirs salissants, et qu'il valait mieux les laisser reposer là où ils étaient.

Ces deux heures avaient passé à la vitesse de l'éclair. Louise aurait voulu qu'elles durent toujours, que le temps s'arrête là, dans ce café où il lui tenait la main en plongeant ses yeux noirs dans les siens, des yeux noirs où l'on ne distinguait la pupille que parce qu'elle était entourée d'un mince anneau ambré dessiné par de toutes petites étoiles scintillantes tout autour. Lorsqu'il l'avait raccompagnée au tramway, leurs bras se frôlaient au rythme de leurs pas et, à chaque contact que tous deux recherchaient de façon faussement involontaire, elle frémissait. Et il l'avait embrassée, juste avant qu'elle ne monte dans le tramway, et la tête lui tournait encore de ce baiser qu'il lui avait donné à la dérobée. Elle avait encore sur ses lèvres le moelleux des siennes et dans sa bouche la tiédeur de sa langue qu'il y avait glissée comme une gourmandise sucrée. Elle aimait tout de lui, ses yeux noirs piqués d'étoiles, sa main chaude qui enveloppait la sienne, ses lèvres charnues, ses bras forts qui l'enlaçaient, son sourire envoûtant, sa cicatrice qui le rendait héros et fragile à la fois.

Après leur rencontre à la foire aux fiancés, tout entre eux s'enchaîna très vite.

Leurs rendez-vous se succédèrent, de plus en plus réguliers, de plus en plus rapprochés et, entre deux, Louise attendait le suivant, avec la même impatience, avec la même divine chatouille au ventre quand elle l'apercevait. Elle était heureuse. Attendre Ferdinand, c'était être avec lui déjà, avant qu'il ne soit vraiment là, c'était se préparer à être avec lui. L'attendre, c'était l'aimer. Elle l'aimait, alors elle l'attendait.

Au début de leur histoire, alors qu'elle n'avait pas compris encore qu'il lui fallait l'attendre, elle était allée boire un verre avec une collègue à la terrasse du café du bout de la rue Antoinette, celui qui donnait sur la place des Abbesses, juste en face du bureau de poste. Elle aimait ce petit sas entre la journée d'école et le retour chez elle. Alors qu'elles discutaient toutes les deux, Louise aperçut Germaine sur le trottoir d'en face qui venait déposer du courrier. Elle la héla et Germaine, ravie, se joignit à elles. C'était une belle journée de juin, il faisait beau et chaud, Louise se sentait gaie, enjouée, elle reprenait goût à tout, grâce à Ferdinand. Elle s'était remplumée. Germaine l'avait constaté et s'en était réjouie, la faisant se lever et tourner devant elle en lui disant qu'elle était tout de même bien plus ravissante avec quelques petites formes, que maigrichonne comme le bout de bois sec qu'elle avait été l'hiver dernier. Elle avait cessé de martyriser ses ongles et les petites peaux de ses doigts, aidée par une technique efficace que lui avait conseillée Germaine consistant à peindre ses ongles avec un vernis coloré. Comme ça, si tu les attaques, tu te retrouveras avec des lambeaux de vernis plein la bouche et ça va te dégoûter, je peux te le garantir. Sans compter que tu auras sous le nez un vernis affreusement écaillé aux ongles, ce sera moche comme tout et ça te rappellera ta promesse de renoncer à traiter de la sorte tes pauvres doigts.

Puis Louise était rentrée, guillerette. Elle avait grimpé ses six étages et en arrivant, essoufflée, elle avait trouvé Ferdinand, assis sur les marches de l'escalier, devant la porte de son appartement. Passé la surprise, elle avait manifesté sa joie de le voir, mais il avait la mine sombre. Il ne lui avait pas vraiment fait de reproches, s'étonnant seulement qu'elle revienne si tard et manifestement déçu de l'échec de la surprise qu'il avait voulu lui faire. Puisqu'elle avait tardé à rentrer, avait-il bougonné, il ne leur restait que peu de temps à partager, car l'heure à laquelle il devait prendre son service à la brasserie approchait, c'était bien dommage. Comme un enfant qui se sent délaissé, mal aimé, il avait boudé un moment. Louise avait été attendrie, flattée aussi d'être tant désirée, et terriblement désolée de lui avoir fait de la peine, à lui qui n'avait qu'elle dans la vie, comme il aimait à lui dire en prenant son visage entre ses mains et en la regardant tout au fond des yeux. Et elle voyait alors le petit garçon qu'il avait été, envoyé à l'orphelinat, seul, privé de père et de mère, et son cœur débordait de tendresse.

Dorénavant, Louise attendrait Ferdinand.

Quelques jours plus tard, Germaine l'aperçut rue des Abbesses. Elle marchait d'un pas pressé.

— Hé, Louise, cria Germaine en lui faisant de grands signes.

Elle traversa pour la rejoindre.

— Ça tombe bien que je te croise. T'as un moment ? Je voudrais bien ton avis.

Sans attendre la réponse de Louise, Germaine lui fit part de l'inquiétude qu'elle avait au sujet d'une de ses petites élèves dont la peau laissait apparaître des marques bleutées sur les bras et sur les jambes, qui se recroquevillait sur son banc dès que l'on s'approchait d'elle et qui suçait son pouce avec acharnement.

— Je me demande si la petite n'est pas battue chez elle. Un comportement pareil c'est bizarre, non ? Qu'est-ce que tu en penses ? Tu crois que je devrais convoquer les parents pour tirer ça au clair ?

Louise passait d'une jambe sur l'autre, manifestant clairement son envie d'abréger la conversation.

Germaine s'agaça, vexée du peu d'intérêt que Louise manifestait.

— Tu m'écoutes ou quoi ?

— Je suis un peu pressée là. T'as qu'à en parler à la directrice, c'est ce qu'il y a de mieux à faire.

— C'est tout ce que tu trouves à me dire ? Merci du conseil !

— Je suis désolée Germaine, mais là, j'ai pas le temps. Je dois filer, au cas où Ferdinand passerait me voir, sait-on jamais.

— Comment ça sait-on jamais ? Vous avez rendez-vous ou pas ?

— Non, on n'a pas rendez-vous, mais il passe parfois à l'improviste, je préfère être là. J'ai pas envie qu'il se casse le nez !

— Ben, si c'est à l'improviste, il peut bien t'attendre, tu vas tout de même pas rester enfermée chez toi sous prétexte que peut-être il va venir !

Rapidement, Louise lui raconta la scène de l'escalier, son air malheureux, sa mine contrariée, son enfance à l'orphelinat.

— C'était si touchant. Il est très seul tu sais, et je ne veux pas qu'il soit triste. Allez, il faut que je file, mais parle à la directrice, elle est bien plus qualifiée que moi pour te conseiller quoi faire.

Germaine, qui n'en croyait pas ses oreilles, tenta de la retenir une seconde.

— Attends Louise, ça n'a ni queue ni tête ton histoire, tu ne peux pas être comme ça à sa disposition au cas où. Tu as ta vie aussi, tu ne peux pas tout mettre à l'arrêt !

— Oh fiche-moi la paix, c'est pas être à sa disposition, c'est de l'amour, c'est tout, tu ne vas pas recommencer avec tes grands discours. Quand tu seras amoureuse, tu feras moins la fière, crois-moi.

Et elle était partie.

Germaine se retrouva seule, sur le trottoir, à la regarder s'éloigner en courant.

De l'amour, se répétait-elle, de l'amour. Pouvait-on appeler ça de l'amour ? Et quel sacré coup bas sa réplique : « Quand tu seras amoureuse. »

C'est vrai qu'elle n'était pas amoureuse, qu'elle ne l'avait même jamais vraiment été. Elle s'était entichée d'Antoine quand elle était enfant, ce qui faisait sourire tout le monde. Cela ne lui était pas vraiment passé et cela l'avait peut-être empêchée de regarder ailleurs. Elle aimait les moments qu'ils passaient ensemble, maintenant qu'il ne la voyait plus comme une petite fille et qu'ils partageaient tant d'opinions sur le monde, sur la vie. Elle avait cru un moment que cela pourrait devenir autre chose que de l'amitié, elle y avait pensé quand ils étaient revenus ensemble du meeting de la Grange-aux-Belles et qu'ils marchaient côte à côte dans la nuit. En rentrant cette nuit-là, elle s'était imaginé sa main dans la sienne comme un couple d'amoureux et elle s'était risquée, dans sa tête, à quelques scénarios dans lesquels Antoine aurait fait un geste pour l'attirer vers lui. Il y avait eu du délice à imaginer cela. Mais il ne s'était rien passé et elle avait dû étouffer ses sentiments, avant même de leur donner une chance, quand Fanette lui avait révélé qu'elle en pinçait pour lui et que, de toute évidence, c'était réciproque. Fanette avait raison, c'était réciproque, et il n'avait pas fallu longtemps pour que ces deux-là s'abouchent. Germaine devait le reconnaître, même si au fond cela lui avait provoqué une petite déchirure qu'elle avait raisonnablement enfouie, ils s'accordaient bien ensemble.

Et si depuis elle avait été courtisée, que plusieurs jeunes hommes tout à fait sympathiques et séduisants avaient tenté leur chance, qu'elle avait même un peu marivaudé et qu'elle y avait éprouvé du plaisir, ce n'était pas de l'amour, et, à son grand regret, jamais elle n'avait chaviré, jamais aucun n'avait provoqué chez elle le transport qu'elle appelait de ses vœux. Toutes les filles avaient des amourettes, plus ou moins sérieuses, toutes racontaient leurs rendez-vous galants et leurs manœuvres de séduction, certaines se mariaient, elle rien, pas la moindre palpitation du cœur, pas la moindre flamme, même toute petite, qui la ferait frissonner. Et pour être honnête, elle ne les enviait pas, toutes celles qui cherchaient le prince et voulaient se caser. Parce que si l'amour c'était s'enchaîner, si c'était renoncer à sa liberté, si c'était comme Juliette arrêter de travailler pour satisfaire le désir de son mari, si c'était comme sa mère enfouir sa personnalité, si c'était comme Louise courir chez soi pour ne pas le faire attendre et laisser les amies en plan, était-elle bien sûre de vouloir cela ? Combien avaient tout perdu ainsi en pensant gagner ? Elle en connaissait des troupeaux qui s'étaient fait rouler par le rêve. L'âme sœur, tu parles ! Et si elle ne voulait pas de cela, si elle ne voulait pas être de celles-là, devait-elle faire un trait dessus et accepter une vie solitaire, avec les étiquettes qu'on ne manquerait pas de lui coller à la peau ? Ou bien y avait-il d'autres Antoine, de ceux qui ne tenteraient pas de l'embastiller et de l'éteindre ? Où étaient-ils s'ils existaient ?

La remarque de Louise l'avait donc méchamment humiliée, elle l'avait trouvée mesquine et elle regrettait d'être restée les bras ballants et de n'avoir rien répondu tellement elle en avait eu le souffle coupé et l'amitié blessée. Plus elle y pensait, plus sa gorge se nouait.

Ce n'était pas la première fois que Louise se comportait de la sorte avec elle, la laissant en plan quand elle décidait de mettre fin à une conversation et lui fermant le clapet par une réflexion acerbe et volontairement cassante.

Dépitée, sur le chemin qui la ramenait chez elle, Germaine se remémorait leurs disputes et leurs désaccords, au point d'en oublier le reste. Elle les remâchait amèrement comme une bile écœurante en fond de bouche. Sa colère les faisait gonfler. Quand elle l'avait abandonnée dans la cour de l'école, le jour où elle lui avait révélé qu'elle avait déchiré ses images de la guerre, acte que Louise avait réduit à une bravade irresponsable et, pire, assimilé à une trahison impardonnable d'enfant gâtée ; quand elle frôlait l'extase devant la photographie de la carcasse métallique de l'avion abattu par Guynemer qui n'était rien d'autre qu'une affreuse et lamentable métaphore du désastre, de la destruction générale des objets et des hommes ; quand elle avait ricané de sa décision de soutenir la petite Lore et sa famille lors de l'occupation de la Ruhr, s'interrogeant ironiquement sur l'impact que pourraient bien avoir ces quelques sous envoyés outre-Rhin ; quand elle avait donné raison à son père effaré qu'elle ait coupé ses cheveux, estimant elle aussi qu'il s'agissait d'une mode bien peu seyante pour les femmes ; quand elle moquait sa participation à des réunions politiques qu'elle jugeait au mieux inutiles et utopiques, au pire nuisibles à la paix sociale car organisées par de furieux révolutionnaires qui se repaissaient de violence sanguinaire ; quand elle persiflait son amitié avec Fanette, sa jalousie lui faisant systématiquement blâmer le moindre de ses faux pas et outrer ses plus petits défauts. Les exemples ne manquaient pas, Germaine en faisait le catalogue et se les ressassait, pour donner forme à sa colère et y faire couler l'humiliation qu'elle avait ressentie à la dernière remarque de Louise. Pour qui elle se prend à me donner des leçons ? À se poser en celle qui sait et qui fait les bons choix ? Moi, j'ai toujours été là pour elle, toujours ! Jamais je ne l'ai laissée tomber !

À chaque fois, se disait-elle, elle avait pardonné, trouvant à Louise toutes formes d'excuses, mettant ses excès de langage sur le compte de son extrême sensibilité qui faisait aussi son charme et compatissant aux malheurs qui l'avaient frappée, la mort de son père, la difficile relation avec sa mère. À chaque fois, elle avait mis sa fierté de côté, elle avait oublié son amour-propre et avait fait le premier pas pour les réconcilier.

Mais là, la coupe était pleine. Louise aurait mérité d'être remise à sa place et Germaine rageait de ne pas l'avoir fait. Cette fois, elle ne ferait pas le premier pas, elle attendrait, elle laisserait Louise mariner, en espérant qu'elle réfléchisse, qu'elle se rende compte de la mocheté de son attaque envers elle et qu'elle s'en excuse.

Il n'y eut pas de réelle explication entre elles. Mais Louise formula des excuses à sa manière et Germaine les accepta sans remettre sur le tapis le sujet qui les avait fâchées. Quelques jours plus tard, la colère de Germaine s'était déjà un peu tassée et Louise arriva chez elle une rose à la main. Elle la lui offrit, c'est pour toi Germaine, approche ton nez, tu vas voir, elle sent si bon. Elle sentait si bon en effet, de ce parfum infiniment délicat qu'ont les roses pâles dans les jardins et que le vent porte aux narines quand on passe auprès d'elles, entraînant un très très léger vertige.

***

L'été passa. Germaine et Louise décidèrent de profiter des congés scolaires pour passer plus de temps ensemble et rattraper celui qu'elles n'avaient pas eu durant leur première année d'enseignement qui avait été bien chargée. Libérées de l'école pour deux mois, elles firent de longues marches en bord de Seine, elles allèrent au cinéma, elles pique-niquèrent au bois de Vincennes sur les berges du lac Daumesnil, elles louèrent une barque pour naviguer sur le lac, ramant tour à tour, plus souvent Germaine, qui adorait ça, que Louise, bien moins habile en ce domaine. Louise faisait des croquis ; des arbres, du petit pont à suspension, de l'adorable kiosque, inspiré de celui de Tivoli, situé sur l'île de Reuilly. Elles iraient à Rome un jour ensemble, elles se le promirent tandis que Louise dessinait, et elles pousseraient jusqu'à Tivoli, ce serait merveilleux. Elles se feraient une petite cagnotte pour laquelle chacune économiserait. Cela prendrait du temps pour parvenir à épargner la somme nécessaire, mais rien ne pressait et chaque fois qu'elles glisseraient un sou dans la cagnotte, elles s'en approcheraient, ce serait déjà le début du voyage, à chaque pièce économisée. À rêver ainsi, elles retrouvaient le cerisier de leur enfance, celui du square Nadar en haut de la Butte, où elles avaient si souvent grimpé, où elles s'étaient confié leurs rêves, où elles s'étaient évadées de la guerre, où elles avaient imaginé leurs vies, quand elles seraient grandes, libres et forcément heureuses. Elles étaient descendues du cerisier mais elles avaient gardé, comme une sève instillée, la puissance d'évasion qu'il leur avait offerte.

Quand Louise dessinait, Germaine dévorait ses romans. Elle se lança cet été-là dans la lecture de la fresque des

Rougon-Macquart et décida de les lire dans l'ordre de leur parution sans en manquer un seul, afin de suivre pas à pas, comme l'avait voulu Zola, la terrible destinée de cette famille. Elle s'était fait ce cadeau avec ses premiers salaires. Elle avait choisi la belle édition Charpentier, reliée en demi-cuir, avec sa tranche rouge, son titre et ses fleurons dorés, se réjouissant des nombreuses heures de lecture qu'elle promettait. Elle ne sortait jamais sans un volume dans son sac, car sait-on jamais, une attente plus longue que prévue, un incident de tram, le moindre événement qui pouvait autoriser quelques minutes de lecture était bon à prendre, elle aurait été sotte de s'en priver et aurait à coup sûr regretté dans ces circonstances d'avoir laissé son livre à la maison et manqué l'occasion d'une petite lampée.

Dès qu'elles se voyaient, elle faisait à Louise un résumé de lecture, qu'elle devait détailler le plus possible car Louise, qui adorait que Germaine raconte, réclamait un récit précis et n'hésitait pas à l'interrompre quand elle estimait qu'elle passait trop vite et qu'il lui manquait des éléments pour bien comprendre la situation. Si bien que Louise suivait elle aussi les aventures de la lignée et qu'ensemble elles en commentaient les malheurs et les choix, si tant est qu'on puisse réellement parler de choix, s'en désolait Louise qui pleurait de vraies larmes, dans la soupente, avec Gervaise. C'était la fin de *L'Assommoir*, le septième tome de la série. Germaine en terminait la lecture à voix haute, pour elles deux, une fin d'après-midi de septembre, « Va, t'es heureuse. Fais dodo, ma belle ! » Elle referma le livre en poussant un grand soupir. Et toutes les deux, assises sur un banc en bord de Seine, pleurèrent de tristesse pour Gervaise pouilleuse et abandonnée de tous dans sa soupente, elles pleurèrent de rage contre tant d'injustice, contre tant de misère. On ne peut supporter ça, dit Germaine, on ne le doit pas, voilà pourquoi je veux espérer pouvoir changer un peu le monde, même si ça te paraît dérisoire. Oui, répondit Louise en reniflant, je comprends. Et elle se blottit dans ses bras.

Germaine oublia son ressentiment envers elle et plus encore se dit qu'après tout Louise pouvait bien vivre comme elle l'entendait son amour avec Ferdinand, que c'était son histoire et qu'elle n'avait pas à y fourrer son nez et à se poser en donneuse de leçon. Qui était-elle pour décider de ce qu'était l'amour et de comment on devait le vivre ? Si cela rendait Louise heureuse, c'était l'essentiel. Elle n'avait pas à la juger et Louise d'une certaine manière avait eu raison de l'envoyer promener, même si elle aurait pu le faire autrement, sans chercher à la blesser. Mais au fond, cela l'avait fait réfléchir. Il y avait eu de la jalousie dans sa réaction, une volonté de garder Louise rien que pour elle, et de l'envie, l'envie d'être elle aussi grisée, enflammée, elle en avait bien conscience. Et si elle était honnête, les sentiments qu'elle éprouvait pour Antoine l'auraient bien amenée à rentrer elle aussi à toute vitesse pour l'attendre, oui c'est probable, elle aurait filé comme Louise avait filé, pour le retrouver, et elle aurait aimé ça. L'idée même de cette impatience lui plaisait. Elle n'avait pas le droit d'en faire le reproche à Louise.

Elle se promit alors de ne plus tenter de s'immiscer dans les sentiments de Louise pour Ferdinand. Ce n'était pas l'idée qu'elle se faisait d'une relation amoureuse, soit, mais elle n'avait pas à se poser en censeur, elle resterait à sa place et, pour se garder de juger, elle éviterait désormais le sujet, sauf si Louise l'abordait, et même là elle tenterait de ne pas trop en dire, d'être juste une oreille amicale. Mais Louise n'en reparla pas.

Les deux mois d'été passèrent ainsi, dans une amitié qui s'adaptait à leurs vies et qui se remplissait à nouveau de projets. Louise voyait Ferdinand dès qu'elle le pouvait mais son travail à la brasserie lui permettait de dégager du temps à passer avec Germaine. Germaine, quant à elle, pouvait à la fois profiter de Louise et flâner avec Fanette sans que Louise en soit froissée.

À la fin du mois de septembre 1924, à quelques jours de la rentrée des classes qui se profilait, le Gaumont-Palace projetait *The Kid* de Charles Chaplin. On pouvait s'attendre à la foule des grands soirs. Le film était déjà un succès mondial et avait séduit des millions de spectateurs. Lorsque Chaplin s'était rendu à Londres pour la présentation du film, la police avait craint une émeute tant l'enthousiasme de la foule était exubérant. Partout on parlait de ce couple père-fils qui arrachait les larmes, du vagabond maladroit et tendre qu'incarnait Chaplin, des grands yeux bouleversants du petit garçon à la casquette trouée. C'était une belle façon de terminer l'été et Germaine piaffait d'impatience.

Elle avait prévu de s'y rendre avec Anne et, la veille, elle passa chez Louise pour lui proposer de les accompagner. Elle frappa quatre petits coups secs contre le bois comme elle le faisait toujours, leur code pour se reconnaître. Germaine entendit ses pas traîner sur le plancher. Louise entrouvrit la porte. Elle était pâle. Ses yeux étaient rouges et gonflés, comme si elle avait longuement pleuré. Elle ne la fit pas entrer, alléguant qu'elle était peut-être contagieuse et qu'il valait mieux se tenir à distance. Germaine s'inquiéta.

— Qu'est-ce qui t'arrive ?

— Oh, rien de grave, répondit-elle le nez dans un mouchoir, je dois couver une cochonnerie, je suis épuisée et j'ai un affreux mal de tête. Un mauvais rhume probablement.

— Tu as vu le médecin ?

Louise fit non de la tête.

— Tu veux que je t'y accompagne ? Que j'aille te faire des petites courses ?

— Pas la peine. Ne te tracasse pas. Ferdinand vient justement de sortir pour m'acheter de quoi faire une soupe et il doit passer chez le pharmacien pour me rapporter de l'aspirine. Il va revenir d'un moment à l'autre. Qu'est-ce que tu voulais ?

— Demain soir, ils passent *The Kid* au Gaumont, tu sais, de Chaplin, tout le monde en parle. J'y vais avec ma mère et je me disais que ce serait bien si tu pouvais venir avec nous.

Louise déclina la proposition.

— Vu mon état, j'en doute. Mais si je vais mieux, je vous rejoindrai, promis.

— Tu es sûre que tu n'as pas besoin de moi ? insista Germaine.

— Mais non, tu es gentille. Inutile de s'alarmer pour si peu. J'ai juste besoin de me reposer et de dormir, voilà tout, ça va passer. Je viendrai te voir dès que ça ira mieux. Amusez-vous bien, et tu me raconteras.

Germaine repartit, se promettant de repasser quelques jours plus tard pour prendre de ses nouvelles. Ferdinand étant dans la place, elle ne voulait pas s'imposer.

Mais elle était soucieuse. Louise, qui au début de l'été avait repris du poids et retrouvé une mine radieuse, semblait replonger dans sa mauvaise spirale. Elle avait maigri de nouveau, ses joues étaient creuses et elle avait des cernes sombres. On aurait dit une petite fille fragile. La maladie peut-être, se dit Germaine. Mais elle avait remarqué, quand Louise tenait son mouchoir sur son nez, qu'elle avait recommencé à se ronger les ongles jusqu'à les faire saigner, à arracher les peaux de ses doigts ; elle avait aperçu sur son avant-bras des écorchures sanguinolentes qui lui striaient la peau. Son eczéma qui semblait s'être calmé reprenait de plus belle. Germaine avait approché la main de son bras. D'un geste brusque, Louise avait rabattu sa manche de chemise.

— Tu es sûre que ça va, Louise ?

— Mais oui, ne t'inquiète pas, ça fait dix fois que je te le dis.

Germaine n'avait pas été convaincue. Elle n'avait pas insisté mais elle avait tout de même trouvé que Louise lui répétait souvent de ne pas s'inquiéter, et contrairement à l'effet recherché, l'insistance qu'elle y mettait inquiétait Germaine, une inquiétude diffuse, sur laquelle elle ne mettait pas de mots, dont elle ne savait pas trop quoi faire, mais une inquiétude. Elle sentait bien que Louise ne voulait pas poursuivre la discussion et elle savait que cela l'aurait agacée et qu'elle l'aurait envoyée promener si elle s'était entêtée à lui poser des questions.

Germaine se retira. Il faut que j'arrête de m'inquiéter pour elle à tout bout de champ, elle s'en sort très bien, elle n'a pas besoin de moi. Et puis elle a Ferdinand.

Au Gaumont, avant la projection du film, Germaine et Anne retrouvèrent Juliette et Albert. La discussion s'engagea immédiatement entre Anne et Juliette qui se faisaient une fête de partager un moment ensemble. Quand Juliette avait quitté l'atelier, cela avait été difficile pour Anne, même si elle n'en disait mot. Elles avaient l'une pour l'autre beaucoup de tendresse et l'atelier sans Juliette avait perdu de sa gaieté. Durant des années, Anne n'allait pas seulement au travail ; les matins où il faisait froid, où c'était la nuit encore quand il fallait sortir du lit, penser qu'elle y retrouvait Juliette lui donnait l'envie qui lui manquait, et le soleil semblait se lever plus tôt. Malgré leur différence d'âge, elles avaient développé une complicité que les confidences, les épreuves et les joies aussi avaient affermie. Dans le hall du Gaumont, elles riaient des potins, toujours nombreux, qu'Anne lui rapportait de l'atelier ; elles commentaient les décisions de la patronne, pas toujours bien judicieuses ; elles s'informaient mutuellement des nouveaux tissus et des modes nouvelles, elles les observaient dans les tenues qui défilaient devant elles dans ce hall ; elles s'extasiaient des progrès du petit Maximilien qui prononçait ses premières phrases et qui les roulait dans la bouche avec un plaisir glouton, se réjouissant de l'effet qu'ils produisaient sur son interlocuteur, et dans sa propre bouche.

C'était à croire que Chaplin avait attiré tout Paris. Le Gaumont resplendissait. Pour s'en approcher un peu, pour en sentir l'ambiance qui y régnait, il faut avoir dans les yeux le Gaumont-Palace illuminé dans le noir. Il faut s'imaginer, au plein de la nuit, au milieu de la foule qui y afflue. On peut imaginer cela. On entend alors les tissus froufroutant des robes qui s'en approchent, les pas pressés sur les pavés dorés de sa lumière. On se voit, accroché à un bras. On est à l'extérieur et les gens se pressent vers ce temple de lumière. C'est comme un cœur qui pulse, vers lequel on se dirige, c'est organique, il y a tant de lumière. C'est chaud, vivant. De l'intérieur, cela appelle. On entre dans le rêve. La nuit, la lumière vient de dedans, c'est elle qui aspire, c'est elle qui enlace. Alors, on entre, on plonge dans cette lumière, dans le hall, un vaste hexagone, dominé par la rosace étoilée du plafond. De ce plafond, sous le dôme, descendent et s'épanouissent des gouttières verticales lumineuses. On marche sur un dallage de marbre rose qui fait claquer les talons. Et ce hall était plein comme un œuf. C'était beau à voir ! Toute cette foule pimpante, tous ces scintillements, tous ces gens rassemblés qui avaient soigné leurs toilettes, quelles qu'elles soient, pour aller voir *The Kid*.

Anne et Juliette étaient assez proches l'une de l'autre pour pouvoir se parler et s'entendre sans avoir à hurler. Germaine et Albert se tenaient un peu à l'écart. Contrairement à leur rencontre précédente où il s'était montré peu amène, Albert était loquace et souriant. Il interrogea Germaine sur son travail d'institutrice et parut intéressé. Depuis l'arrivée du petit Maximilien, lui expliqua-t-il, il trouvait passionnant tout ce qui avait trait à l'enfance et à l'éducation et, débordant de superlatifs élogieux, il lui vanta la façon dont Juliette remplissait son rôle de mère, se félicitant de la décision qu'ils avaient prise qu'elle arrête l'atelier pour se consacrer à son fils, ce qu'elle faisait à merveille. Tout en s'adressant à Germaine, il jetait de discrets coups d'œil en direction de Juliette et parlait plus fort, pour qu'elle entende, quand il louait la beauté de ses gestes de mère. Puis, plus bas, il s'étonna de l'absence de Louise et demanda de ses nouvelles. Germaine expliqua : Louise, bien déçue de ne pouvoir être là, au lit avec une bonne fièvre et un mauvais rhume. Albert s'inquiéta : malade toute seule cela ne devait pas être facile... Germaine le rassura : quelqu'un s'occupait d'elle. Albert sembla surpris et chercha à en savoir un peu plus sur ce « quelqu'un », Louise avait-elle un galant ? interrogea-t-il, ce ne serait guère surprenant, elle est si charmante. Germaine confirma, tout en restant allusive. Albert se rembrunit et sa mâchoire se serra. La conversation prit fin, il semblait n'avoir plus rien à dire.

***

Louise l'appelait A. dans son journal. Elle avait fait des portraits de lui, au crayon de bois, à la sanguine ; il y en avait plusieurs, certains dessinés à même le cahier, d'autres sur des feuilles volantes arrachées à d'autres carnets et glissées à l'intérieur et qui volèrent quand l'officier de police prit les cahiers en main. Certains, les premiers, étaient tendres, tracés d'une main légère, laissant apparaître un visage avenant et souriant ; sur d'autres au contraire, le trait était dur, le crayon, par endroits, en avait creusé le papier, la main avait hésité, avait griffonné, ne traçant que des bouts de visage, effrayants, difformes, un œil exorbité, une bouche tordue aux lèvres serrées, presque inexistantes, des dents qu'on aurait dit de cheval qui sortaient de la feuille pour mordre.

Bingo, dit l'officier de police à son collègue en tombant sur ces dessins et en les agitant dans l'air. On le tient notre lascar, avec ça, ça va pas traîner.

Le samedi 15 novembre, A. avait fait irruption chez elle, dans un état de grande confusion, avait écrit Louise. Il avait crié, il l'avait frappée, il l'avait insultée en la traitant de fille de rien, de traînée, qui se donnait au premier venu. Il savait qu'elle en avait mis un autre dans son lit, c'était pas la peine d'essayer de le mener en bateau, et elle n'avait pas perdu de temps ! Germaine avait lâché le truc au Gaumont, sans même s'en rendre compte. Ça lui avait gâché le film et toute la soirée. Quelqu'un s'occupait d'elle, qu'elle avait dit Germaine, fallait pas être clerc de notaire pour comprendre. À peine avait-il eu le dos tourné qu'elle s'était jetée dans les bras d'un autre, eh bien c'était du propre ! Elle roulait bien son monde à faire sa sainte-nitouche, sa fille comme il faut, avec ses petits airs d'oie blanche, alors qu'elle n'était rien qu'une dévergondée. Tu parles, elle avait aimé ça, hein, ça lui avait plu de se faire basculer, et elle en redemandait, elle en voulait encore maintenant qu'elle y avait goûté. Toutes les mêmes. Y en avait pas une pour racheter l'autre ! Sa comédie des regrets, ses larmes de crocodile, il y avait cru, crétin qu'il était, elle avait tellement bien joué, sale hypocrite, la vierge déflorée et éplorée. Qu'est-ce qu'elle croyait ? Qu'il n'en saurait rien ? Qu'elle pouvait faire ses saletés sans qu'il le sache jamais ? Et c'était qui, celui qu'elle avait attiré dans son lit ? Hein, c'était qui ? Elle l'avait trouvé où ? Et il savait, ce con, qu'elle avait pas hésité à se faire peloter sous un porche ? Elle lui avait dit qu'elle s'était fait culbuter comme une moins que rien et qu'elle en avait redemandé ? Y serait bien content de savoir le nouveau venu à qui il avait affaire, une débauchée vicieuse qui couche avec tout ce qui passe, ça vaudrait le coup de le mettre au courant, avant qu'il se chope la chtouille ! Car tu lui as pas dit, hein, tu lui as pas raconté qu'y suffisait de te percuter dans la rue pour t'ouvrir les cuisses. Tu lui as pas dit que t'étais pas une première main et t'as dû faire ton cinéma pour qu'il se rende compte de rien ce con et qu'il se croit le premier.

D'ailleurs j'étais peut-être pas le premier moi non plus, et tu m'as peut-être bien roulé moi aussi avec tes simagrées de vierge. Alors qu'est-ce que t'as à répondre à ça ? Rien évidemment, t'as rien à répondre, tu fais moins la maligne là, maintenant que j'y vois clair dans ton sale manège.

Il criait et il l'avait attrapée par les bras, il avait serré si fort qu'elle en avait eu des marques rouges, que, plusieurs heures plus tard, on voyait encore la trace de ses doigts sur sa peau et que ses muscles lui faisaient mal d'avoir été broyés. Il avait tiré sur ses cheveux, avec rage, à rejeter sa tête en arrière et à la balancer dans un sens et dans un autre, elle avait cru que la peau de son crâne se déchirait tellement il tirait fort. L'air ne passait plus dans sa gorge, elle voulait crier, elle voulait supplier, lui dire que non, il se trompait, qu'elle n'était pas comme ça, qu'ils savaient l'un et l'autre qu'il n'y avait pas d'avenir pour eux deux, qu'elle avait le droit de vivre.

Mais l'air lui manquait, tout se serrait, elle se débattait, elle ne faisait que chercher une bouffée d'air à faire passer dans sa gorge, elle agitait les bras comme un pantin ridicule, elle voyait trouble, il lui coulait des larmes, de celles que le corps produit, sans ordre, de lui-même, en réaction à la douleur, instinctivement, quand il coule, qu'il coule et que rien ne peut tarir cette eau qui sort des yeux. Il l'avait lâchée, d'un seul coup, l'avait jetée au sol et il s'était écrasé sur elle, il l'avait enfourchée, serrée entre ses cuisses, plaquant ses poignets à même le sol sur les côtés de sa tête. Et ses yeux n'étaient que de haine, sa bouche toute tordue lui crachait des horreurs, avec des mots qu'elle n'aurait jamais osé prononcer ; il lui postillonnait au visage, il bavait sa colère, sans rien retenir de sa salive qui s'écoulait sur elle en fils glaireux, elle voyait que ça lui plaisait de l'en maculer, de l'en éclabousser, qu'il voulait la souiller de mots, de cris, d'insultes, de crachats, il s'était approché si près qu'elle sentait son haleine lourde de mauvais alcool et qu'elle avait l'impression qu'il allait lui arracher le visage de ses dents, comme un animal devenu fou. Il lui avait écarté les cuisses, avec ses genoux, en gardant une main contre sa gorge, en serrant encore, et de son autre main il avait commencé à dégrafer son pantalon, en riant, d'un rire carnassier, en continuant à lui débiter des horreurs. Il allait lui en donner des sensations puisqu'elle adorait ça, elle allait voir, elle aimait ça, raclure qu'elle était, eh bien elle allait en avoir pour son compte, il allait la traiter comme elle le méritait.

Puis il y avait eu des coups frappés au mur ou au plafond ou au plancher, des coups frappés par des voisins, las du vacarme, et qui avaient tambouriné ces coups salvateurs. Albert s'était relevé, le pantalon à moitié ouvert, il lui avait envoyé un coup de pied dans les côtes, un dernier coup, alors qu'elle était au sol, comme pour lui signaler combien cela lui était facile de l'écraser comme une mouche, combien il la dominait, un dernier coup mais qui semblait en annoncer d'autres à venir. Louise, racrapotée au sol, ne bougeait pas, ne disait rien, pas un mot qui aurait risqué de faire repartir les coups encore, rester immobile, totalement immobile, ne pas respirer même, pour se faire oublier si c'était possible, pour signifier sa reddition. Ne pas bouger, surtout ne pas bouger pour ne pas lui donner envie de frapper encore. Faire la morte en fermant bien les yeux, rideau, comme font les enfants qui ainsi pensent devenir invisibles et disparaître au monde.

Il finit par partir, au bout de combien de temps, elle n'en savait rien, cela lui avait paru infini, elle entendait son souffle qui râlait, elle le sentait debout juste au-dessus d'elle prêt à cogner encore, elle sentait ses poings serrés qui n'en avaient pas fini, elle sentait ses jambes qui tressautaient, elle sentait l'odeur de ses semelles tout près de son visage, il lui avait semblé que jamais cela ne finirait. Mais il avait fini par partir, en claquant si fort la porte que les murs en avaient tremblé et en lui hurlant qu'ils n'en avaient pas fini tous les deux, qu'il s'occuperait comme il se doit de sa réputation, et qu'il reviendrait, y avait pas de raison qu'il se prive, il reviendrait, qu'elle verrait, qu'elle s'en mordrait les doigts, qu'il lui réglerait son compte, qu'à tout moment il pourrait revenir, et qu'il reviendrait, ça oui, elle s'en sortirait pas comme ça, il avait pas dit son dernier mot, laissant planer la menace, pour continuer à la terroriser, pour laisser la peur dans son sillage, pour l'insinuer dans ses nuits et en charger les ombres.

Elle se recroquevilla dans un coin de l'appartement. Assise par terre, les bras entourant ses jambes repliées, pleurant sur ses genoux, ne cessant pas de pleurer, serrant plus fort encore ses bras autour de ses jambes pour essayer de mettre fin aux tremblements qui l'agitaient tout entière. Elle avait mal partout. Elle avait honte. Elle était sale. Ses larmes et la morve qui lui coulait du nez se mélangeaient aux crachats dont Albert l'avait souillée. Ses cuisses ne cessaient de trembler, comme une réaction à la force qu'elle avait mise à tenter de les resserrer, luttant vainement contre ses genoux à lui.

Quand Albert avait surgi chez elle, ce maudit samedi 15 novembre, elle ne l'avait pas vu depuis plusieurs mois. Des mois durant lesquels elle avait mis toute son énergie à oublier, après l'angoisse et l'égarement des semaines qui avaient suivi ce jour où... Des semaines où tout se mélangeait, le plaisir inouï de l'amour découvert, l'affreux sentiment de culpabilité, la peur atroce de se découvrir enceinte, et elle palpait son corps pour repérer le moindre changement, le moindre gonflement suspect de ses seins, elle massait violemment son ventre en espérant ainsi en évacuer une éventuelle grossesse, elle observait tout ce qui sortait d'elle, penchée entre ses cuisses au-dessus de la cuvette des toilettes, enfonçant ses doigts le plus loin possible dans son vagin, guettant la moindre trace sanguinolente et priant pour que cela arrive, des nuits entières à attendre la douleur au bas-ventre qui la libérerait enfin de cette angoisse, qui mettrait fin au châtiment qui suit le plaisir. Le sang avait coulé, après des jours sans fin, après s'être fait attendre bien plus que d'habitude, comme pour la punir de s'être donnée, un sang sombre, épais, visqueux, qui peinait à s'écouler, qui s'arrachait du plus profond, qui la déchirait au fond d'elle. Elle avait dû s'absenter de l'école et rester couchée pendant trois jours, tant son corps entier se tordait dans cette douleur, dans ce châtiment des entrailles.

Mais lui restait aussi l'émoi étourdissant des mains d'Albert sur sa peau. Elle n'avait pas pu lui résister, certains diraient pas voulu, mais elle, elle n'avait juste pas pu. A. s'était littéralement jeté sur elle, sous le porche d'un immeuble, ses baisers couraient dans son cou, sur son visage, sa langue passait sur ses lèvres. Il l'inondait de mots de désir et d'amour, des mots murmurés qui renversent, qui font perdre le sens commun. Ses mains voulaient être partout sur elle à la fois ; elles caressaient et étreignaient, et Louise en chavirait.

Cela s'était produit bien après l'épisode du mariage qui, s'il avait été qualifié de malheureux et que tous espéraient oublié, avait laissé planer entre Louise et Albert, comme une senteur délicieuse à l'ouverture d'un flacon de parfum, qui persiste après la fermeture, une senteur délicate mais forte aussi – comme quand on met un peu de parfum au creux du poignet et qu'on agite la main en emplissant l'air, l'intensité est moindre mais la présence profonde. Ce parfum... Ni l'un ni l'autre n'avait oublié. Il s'était fiché dans un coin de leur cerveau. Le visage d'Albert dans les cheveux de Louise, ses lèvres contre son cou, même s'il était ivre, même si cela avait été plus qu'embarrassant, ils en gardaient tous deux le vertige et ils se souvenaient de leurs corps rapprochés, de leurs cœurs qui battaient plus. Plus fort et plus vite.

Une rencontre fortuite, la fringale et la témérité d'Albert, le désir de Louise avaient fait le reste. Lorsque le hasard les avait fait se bousculer, accidentellement, rue Lepic, et que leurs corps s'étaient sentis et touchés de nouveau, le désir enfoui depuis l'épisode du mariage s'était immédiatement réveillé.

Le ciel était sombre en ce jour-là de janvier 1924. De lourds nuages gris, presque noirs, semblaient avoir absorbé toute lumière et coulaient pesamment dans les rues, s'accrochant aux toits et aux façades et bouchant tout horizon. Les réverbères dispensaient un vague halo sans parvenir à trouer l'obscurité. Il était à peine 17 heures et on se serait cru à la nuit venue. Il pleuvait. D'une pluie d'hiver de grosses gouttes froides qui gèle les os et qui transforme les rues en véritables patinoires. Louise dévalait comme elle pouvait la rue Lepic, zigzaguant entre les flaques qui se formaient dans les anfractuosités du trottoir, son cartable calé sous le bras pour tenter de le protéger de la pluie, la tête enfoncée dans les épaules pour éviter que les gouttes de pluie ne glissent désagréablement dans le col de sa gabardine, concentrée sur ses pieds pour prévenir la glissade sur les pavés dégoulinants. Albert remontait la rue, d'un pas précipité et mal assuré lui aussi. En effectuant un pas de côté pour éviter d'être éclaboussé par les véhicules qui projetaient des gerbes d'eau à leur passage, il l'avait percutée, et l'avait rattrapée quand elle avait trébuché.

En la prenant dans ses bras, pour éviter qu'elle ne tombe, quand il l'avait rapprochée de lui, avant même de voir son visage, il avait retrouvé le parfum, elle avait retrouvé dans ses mains qui la serraient l'envie de sa peau. Un désir qui submerge. Ils s'étaient regardés. Albert avait pressé Louise contre lui et elle n'avait pas cherché à lui faire relâcher son étreinte. Ils s'étaient réfugiés sous le premier porche venu, pour s'abriter de la pluie. Albert avait enlacé Louise tout en la couvrant de baisers. Il avait caressé son visage et chassé de sa main l'eau de pluie qui coulait de ses cheveux sur ses yeux, sur ses joues. Sa main était douce, elle tremblait légèrement au contact de sa peau. La chaleur de leurs souffles, contrastant avec le froid piquant de l'extérieur, formait une vapeur légère qui se confondait, pour ne faire plus qu'une, au sortir de leurs bouches. Sans attendre que la pluie se calme, ils s'étaient rendus dans l'appartement tout proche de Louise et, débarrassés de leurs vêtements trempés, ils avaient fait l'amour. C'était la première fois pour Louise. D'une voix tremblante, elle l'avait dit à Albert. Il avait été tendre et délicat. Il l'avait caressée longuement et son corps sous ses mains et ses lèvres s'était détendu. La déchirure qu'elle avait ressentie lorsqu'il l'avait pénétrée avait été douloureuse, mais moins qu'elle ne le redoutait, adoucie par ses bras qui l'enlaçaient, les mots qu'il lui murmurait, les baisers qu'il déposait partout sur son corps. Puis ils étaient restés de longues minutes collés l'un à l'autre, sans dire un mot, sous les draps, dans leur chaleur, écoutant la pluie qui tombait, ne sachant comment se détacher l'un de l'autre, ne sachant quels mots dire, rendus muets par le refus du retour brutal de la réalité, par l'évidence de l'impossible. Après la douleur de l'hymen rompu, le sang n'avait pas coulé tout de suite. D'un geste discret, elle avait passé sa main entre ses jambes mais n'avait rien récolté. Ce n'est que plus tard, quand elle s'était levée pour, derrière le paravent, se passer un peu d'eau fraîche, qu'elle l'avait senti s'écouler le long de ses jambes. Elle était retournée se blottir contre Albert. Et ils avaient de nouveau fait l'amour, avec plus d'assurance pour Louise dont les mains moins timides parcouraient le corps d'Albert, dont la bouche devenue plus gourmande embrassait le torse, les épaules, les lèvres, les paupières. La nuit était tombée. Louise avait allumé la petite lampe de chevet et pour éviter que la lumière ne les ramène trop vite à la certitude de l'orage, aux exigences de leurs présents séparés, hostiles à cet amour-là, elle l'avait recouverte d'un fin foulard qui en atténuait la crudité. La buée qui s'était déposée sur la vitre de la fenêtre les isolait du monde. Après l'avoir gardée longtemps contre lui, sa tête posée sur sa poitrine, Albert s'était dégagé, s'était levé, s'était rhabillé, lui avait souri et était parti. Ils n'avaient pas parlé. Ils s'étaient quittés sans rien se dire.

Une fois seule dans l'appartement, elle était restée un long moment allongée, à sentir la nuit à travers la vitre brumeuse. Cette nuit-là, Louise n'avait pas dormi. Dès que le sommeil approchait et que ses paupières se faisaient lourdes, c'était comme une décharge électrique qui lui aiguillonnait le cœur. Tour à tour, lui apparaissaient son père, sa mère, Germaine, la directrice de l'école, ses collègues, ses voisins, et même les commerçants du quartier, et Juliette bien sûr, et le petit Maximilien, tous avec le même visage sévère, même l'enfant si petit et innocent, tous avec le même visage désolé, portant tous la même sentence : déception, écœurement. Mais qu'as-tu donc fait ma p'tite fille ? entendait-elle son père lui dire. Te rends-tu compte de ce que tu as fait ? As-tu seulement pensé aux conséquences ? Un homme marié ! Dont tu connais la femme qui plus est. Et avec un enfant ! Le plaisir qu'elle avait ressenti s'était vite mué en panique et en dégoût d'elle-même. Qu'allait-on penser d'elle si cela venait à se savoir ? Ce serait elle à coup sûr qui serait l'objet du jugement de tous, et elle serait bannie, plus personne jamais ne lui ferait confiance et on la regarderait comme une intrigante, comme une fillasse perverse qu'il fallait éviter de fréquenter, comme une aguicheuse dont il fallait tenir les maris à distance. Et qui voudrait d'elle désormais ? Elle ne pouvait effacer ce qui s'était passé. Elle ne pouvait se confier à personne, car même sur le ton de la confidence et en demandant la discrétion absolue, un secret pèse toujours trop lourd à celui à qui on le confie et qui s'en déleste dès qu'il le peut sur le même ton de confidence. Son histoire inavouable serait vite éventée, dans un bouche-à-oreille discret qui deviendrait vite de notoriété publique.

Avant l'aube, épuisée après une nuit tourmentée qui ne lui avait offert qu'un sommeil décousu, elle s'était agenouillée au bord de son lit, les genoux nus contre le parquet dur, les coudes posés sur le matelas, les mains jointes. Le vent glacial de l'hiver s'infiltrait par les interstices de la fenêtre et sous la porte. Elle grelottait. C'était bien ainsi. Confort et contrition ne vont pas de pair. Elle avait prié. Prié pour implorer le pardon. Le pardon de tous ceux qui jamais ne sauraient rien de ce qu'elle avait fait, du moins l'espérait-elle, mais qu'elle suppliait quand même de lui accorder leur miséricorde, devant qui elle s'agenouillait honteuse et méprisable. Prié pour demander conseil, pour que, dans le supplice de ses genoux meurtris sur le bois du parquet, dans la brûlure du froid qui la faisait trembler tout entière, dans ses larmes qui disaient son repentir, vienne la voix de son père qui la guiderait, vienne un signe de lui qui lui dirait qu'il lui pardonnait sa conduite et le plaisir coupable auquel elle avait goûté.

Malgré les deux bonnes heures passées ainsi, elle n'avait pas entendu sa voix, elle n'avait pas non plus reçu de signe. Difficilement, tant ses jambes étaient engourdies, elle s'était relevée pour se préparer pour aller à l'école. Elle avait aspergé son visage d'eau froide. Dans le miroir, il faisait peine à voir. Mais sa décision était prise. Si elle revoyait Albert, elle mettrait fin à cette folie. Pour le reste, pour sa conscience, le mal était fait et elle espérait que le temps passant tout ça serait enfoui bien au fond de sa mémoire et qu'elle saurait en tirer des leçons pour l'avenir.

Albert était revenu. Dès le lendemain. Puis les jours qui avaient suivi. Elle n'avait tout d'abord pas ouvert la porte et avait observé un grand silence pour qu'il ne s'aperçoive pas de sa présence. Elle ne se sentait pas prête encore à l'affronter et espérait qu'il se lasserait. Mais devant son obstination, il avait bien fallu qu'elle ouvre. De toute évidence, il n'avait pas été en proie aux mêmes états d'âme que Louise. Il voulait Louise encore. Mais Louise l'avait repoussé. Elle avait pleuré. Elle avait parlé de Juliette, elle avait parlé de Maximilien, elle avait dit qu'elle ne pouvait pas, qu'elle en mourait d'envie mais qu'elle ne pouvait pas, qu'il était pris, qu'il avait un enfant, qu'elle connaissait Juliette et qu'elle l'appréciait, qu'elle ne pouvait pas lui faire ça, qu'elle aurait honte d'elle-même, qu'elle avait honte déjà, qu'elle ne voulait pas être une maîtresse, qu'elle n'était pas une fille comme ça, que cela avait été merveilleux mais que cela ne devait plus se reproduire, qu'il ne fallait plus qu'il vienne, qu'ils devaient oublier, et que se passerait-il si elle tombait enceinte, ce serait un drame, qu'il fallait oublier, oui c'était la seule chose à faire, oublier, ou tout au moins garder au fond d'eux ce secret, qu'il ne fallait plus qu'il vienne, il n'y avait pas d'autre solution, qu'il ne fallait pas qu'ils se voient, qu'il retourne avec sa famille, Louise le suppliait, c'était la seule décision possible.

Albert avait tenté de s'approcher, de la toucher, de l'entourer de ses bras. Il lui avait dit qu'il n'y parviendrait pas, à l'oublier, qu'il pensait à elle constamment, qu'il la voyait partout, qu'il la voulait contre lui, qu'il quitterait tout pour elle, qu'il suffisait qu'elle dise un mot et qu'il bazarderait tout. Louise en avait été effarée, même si elle n'en avait rien dit. Tout bazarder, alors qu'il avait un enfant, mais comment pouvait-il seulement penser une chose pareille ? Et puis ils se connaissaient à peine. Quelle vie se seraient-ils dessinée, qui accepterait encore de les fréquenter ? L'adultère leur collerait à la peau. Elle serait la briseuse de ménage. Tout le quartier les regarderait comme des pestiférés, et elle savait bien que ce serait elle surtout qui aurait à subir les quolibets de tous, que les femmes jetteraient sur elle des regards hostiles et méfiants, que ceux des hommes seraient lourds de concupiscence. Elle les sentait déjà ces regards, elle entendait déjà les propos salissants qui seraient tenus sur son passage et elle se voyait baissant les yeux et accélérant le pas pour ne pas recevoir les éclaboussures dont jamais elle ne pourrait être lavée. Elle perdrait Germaine qui, malgré leur amitié, ne pourrait comprendre et qui prendrait le parti de Juliette. Anne qu'elle aimait tant, qui l'avait accueillie et réchauffée tant de fois, qui, sans jamais le dire, avait été comme une mère pour elle, Anne poserait sur elle un regard désolé et plus jamais ne la prendrait dans ses bras. Et à l'école, comment serait-elle considérée ? Elle perdrait l'estime de tous. Collègues, parents, enfants, tous la condamneraient. Jamais elle ne pourrait vivre ainsi, dans l'animosité de tous, dans les reproches sourds ou bruyants qui lui seraient adressés et qu'elle s'adresserait à elle-même. Et pourtant elle avait aimé l'amour que lui avait donné Albert. Oui, elle avait aimé, mais rien n'était possible, il fallait se rendre à la raison.

Tous ses arguments et ses larmes avaient fini par porter. Albert avait fini par s'y soumettre, par accepter. Il avait caressé son visage et lui avait dit que les jours de pluie seraient dorénavant radieux comme les jours d'été. Louise l'avait embrassé et lui avait dit adieu. Elle avait refermé la porte et était restée de longues minutes adossée contre le battant. Puis l'enfer de l'attente solitaire de ses règles, qui devait durer des jours et des jours, avait commencé, jusqu'à la délivrance du sang noir.

Albert n'était pas revenu. Jusqu'à ce samedi de novembre, alors que des mois avaient passé et que Louise, chérissant dans les mots et les dessins son souvenir, l'avait enfeuillé dans son journal intime. Jusqu'à ce samedi de novembre où il l'avait frappée, elle avait cru qu'ils avaient su tourner la page, que cet après-midi de janvier resterait enfoui dans leurs mémoires, dissimulé chaudement dans leurs passés. Elle avait presque réussi à se pardonner. Elle avait cru que peut-être sa faute était effacée.

Puis, à la foire aux fiancés, elle avait rencontré Ferdinand. Un nouveau départ.

Une autre peur vint alors se greffer à la première et la gonfler encore. La peur de Ferdinand, de la colère de Ferdinand, de sa jalousie, s'il venait à apprendre, s'il découvrait cette erreur terrible qu'elle avait commise, juste une fois, et qui l'avait poursuivie pendant des jours et des jours. Juste une fois, mon Dieu, juste une fois. Cela n'était arrivé qu'une fois. Elle avait payé déjà pour cette fois-là, pour cette unique fois, en longues nuits d'angoisse. Mais il faut croire que ce n'était pas assez encore, qu'elle devait payer encore.

Elle sécha ses larmes, elle devait retrouver visage humain, passer un baume sur ses muscles endoloris et prévenir le gonflement de ses yeux après les sanglots, au cas où Ferdinand déciderait de venir la retrouver après son service. Car il l'aurait pressée de questions, il ne l'aurait pas lâchée, elle le savait bien, il aurait exigé une explication. Et la réponse, quelle qu'elle soit, n'aurait pas convenu. Il se serait méfié, il aurait recommencé à l'interroger encore et encore, il l'aurait harcelée sans répit, il l'aurait suspectée, elle, de le trahir, il aurait senti la trace de l'autre, la patte de l'homme. Et va savoir alors comment il réagirait.

Elle ne l'avait pas vue venir, cette jalousie. Ce n'était rien au début, cela ne paraissait rien, ou si peu, ça passait vite. Ce n'était rien que quelques remarques, que quelques bouderies, qui disaient la force de son amour pour elle et son désir de l'avoir pour lui entièrement, totalement. Elle en était flattée, de compter à ce point, c'était beau un tel amour, elle en avait rêvé. Et elle parvenait rapidement à le ramener à de meilleures dispositions son Ferdinand, à chasser ses idées folles, en en riant, en le câlinant, en se blottissant contre lui, en lui murmurant des mots doux.

Mais les scènes s'étaient rapprochées jusqu'à devenir de plus en plus fréquentes, de plus en plus véhémentes, de moins en moins faciles à calmer. Cela pouvait basculer d'un seul coup, sans raison, à tout moment, sans que Louise sache ce qui les déclenchait, sans qu'elle comprenne ce qui dans l'esprit de Ferdinand lui faisait douter d'elle. Tout allait à merveille, et brutalement son visage se crispait, ses yeux se remplissaient de noir, sa cicatrice rougissait, ses poings se serraient et la colère s'emparait de lui, fermant toute porte à la raison. Il ne se contentait plus de bouder ; il l'accusait des regards portés sur elle, il lui posait mille questions sur son emploi du temps, sur les gens qu'elle voyait, il relevait la moindre contradiction anodine, il lui reposait sans cesse les mêmes questions, à la rendre folle. Puis il s'excusait. Puis il recommençait. Une autre fois, à cause d'un autre regard, d'un bonjour dans la rue, d'un sourire à un commerçant, d'un signe de tête qu'elle ne s'était même pas vue faire, d'une échappée dans ses rêves, d'une légère absence alors qu'il lui parlait.

Un jour, elle avait ainsi fait l'erreur de lui faire part du projet qu'elles avaient échafaudé, Germaine et elle, d'aller voir le temple de Vesta à Tivoli et de la cagnotte qu'elles remplissaient pièce à pièce pour s'organiser leur voyage. Elle était tout excitée et racontait en détail comment l'idée leur était venue, sortant pour appuyer ses dires le croquis qu'elle avait fait du kiosque du bois de Vincennes, et la façon dont elles prévoyaient déjà leur périple, quelques jours à Rome d'abord pour arpenter les sites antiques et manger des glaces au soleil sur la piazza Navona, puis direction Tivoli qui était le but ultime du voyage. Plus elle racontait, plus Ferdinand se fermait, et plus il se fermait, plus elle ponctuait ses propos de « C'est pas merveilleux comme idée ? », « Tu trouves pas que c'est formidable ? », cherchant à lui faire partager son enthousiasme alors même qu'elle le sentait se raidir, ou plutôt justement parce qu'elle le sentait se raidir. Et il avait explosé, tout d'un coup, pour répondre à un de ses nombreux « C'est pas formidable ? » Son poing s'était abattu sur la table et il avait crié, formidable en effet que ses économies soient pour qu'elles aillent, avec sa copine Germaine, faire les belles en Italie ! Il l'attendrait comme un petit chien fidèle, puisque lui bien sûr était trop rustre pour apprécier les ruines. Mais non, pourquoi tu dis ça mon Ferdinand ? Comment tu peux imaginer que je pense une chose pareille ? C'est pas du tout ça, c'est juste que ça nous est venu avec Germaine, j'ai pas pensé à mal. Ouais, t'as pas pensé à mal, t'as pas pensé du tout, ou bien au contraire, t'as pensé que tu serais très bien sans moi pour prendre du bon temps et faire du gringue aux Italiens, me prends pas pour un bleu, tu veux ! Il n'y avait rien eu à faire pour le calmer. Ça démangeait dans ses poings. Il se barattait la cervelle avec des idées qu'il ne comptait pas regarder passer, il n'y parvenait pas, il les tournait et les retournait à en sucer le jus noir. Il respirait fort, il serrait la mâchoire, il grattait sa cicatrice, il lui lançait des regards mauvais.

Une scène encore.

La précédente datait de quelques jours seulement, parce qu'elle s'était offert un petit bouquet d'anémones. Ferdinand avait cru à un cadeau d'un admirateur, elle avait eu beau nier et même lui dire de l'accompagner chez la fleuriste pour en avoir le cœur net, il lui avait crié de ne pas le prendre pour un bleu, son expression du moment, qu'elle pouvait bien être de mèche la fleuriste, et il avait jeté son bouquet par la fenêtre. Louise l'avait vu un instant voltiger dans les airs, son petit bouquet tout coloré aux pétales chiffonnés, puis disparaître, immanquablement aspiré par la gravité. Elle avait poussé un « oh » à peine audible, comme enrobé d'un souffle, et s'était tournée vers Ferdinand qui, le cou courbé, se tenait la tête entre les mains, qui se massait les tempes avec force et pinçait sa cicatrice, les yeux plissés, deux fentes serrées, luttant contre les démons du monde qui lui rossaient le crâne. Elle en avait oublié son geste à le voir si matraqué de l'intérieur, lui avait attrapé le bras, l'avait fait s'asseoir, avait fait reposer sa tête contre le chaud de sa poitrine, attendant qu'il s'apaise.

Mais là, on parlait de Germaine, alors Louise n'avait pas pensé que ce serait un terrain pour sa jalousie. Oh ça va pas recommencer, avait-elle lâché désemparée quand il avait évoqué les Italiens. Que faut-il donc que je fasse pour que tu comprennes que je t'aime, que je n'aime que toi ? Tu te demandes, eh bien réfléchis et tu trouveras. Il hurlait maintenant. Il s'était emparé du dessin du kiosque qui traînait devant lui et l'avait déchiré en lui disant qu'elle pourrait bien en faire un autre puisqu'elle allait à Tivoli, au moins elle ferait l'original au lieu de faire la copie. Louise était dans ses petits souliers et ne savait plus quelle attitude adopter. Quand timidement elle s'était approchée de lui, en lui disant qu'elle s'excusait, qu'elle avait eu tort, pardon mon Ferdinand, j'irai pas, c'était une mauvaise idée, tu as raison, oublions tout ça, il l'avait repoussée avec une telle violence qu'elle en était tombée par terre et lui s'était levé et était parti, sans un mot. Une heure plus tard il était revenu. Durant ce temps, Louise n'avait fait que pleurer. Puis, il était revenu. Calmé mais pas repenti. Il l'avait prise dans ses bras et lui avait dit : à quoi tu t'attendais en me racontant ça ? Louise avait continué à pleurer en demandant pardon. Allez mon coquelicot, calme-toi, tu vas apprendre qu'il y a des choses qu'on ne peut pas faire, rapport au respect, c'est important le respect, t'es toute jeune, tu apprendras. Allez, n'en parlons plus, sèche tes larmes, c'est pas bien grave, je t'emmènerai moi à Rome si tu y tiens.

Alors il lui fallait effacer les traces.

Ce 15 novembre, après les coups d'Albert, il lui fallait effacer les traces, pour ne pas réveiller la jalousie aux aguets de Ferdinand. Elle s'est allongée sur son lit et a posé sur ses paupières des compresses imbibées d'eau de bleuet, comme faisait sa mère les lendemains des nuits de brume, pour décongestionner, disait-elle. Faute de caresses maternelles dont, ce jour-là, elle aurait eu tant besoin, de confidences partagées, de mots qui rassurent et qui bercent, faute de ces mots que seules les mères, qui les puisent au fond de leur ventre dans la longue histoire des mères, prononcent, faute de tout cela, il lui restait la fraîcheur apaisante des compresses mouillées sur ses yeux malheureux. Marthe, au moins, lui avait donné cela, pensait-elle, c'était déjà ça.

Elle a respiré profondément, longtemps, et a calmé peu à peu son cœur agité et ses tremblements incontrôlés. Elle a lavé son corps, elle a lavé ses cheveux tout maculés de la haine d'Albert, elle a massé les parties meurtries de son corps avec de l'huile, doucement, avec méthode. Ses bras et son cou surtout, que les doigts d'Albert avaient écrasés, où ils s'étaient enfoncés. Ses mains tremblaient encore. Elle s'est couchée dans son lit. Elle a imbibé de nouveau les compresses d'eau de bleuet et les a déposées sur ses paupières. Elle s'est concentrée sur sa respiration pour la ralentir, pour faire passer les hoquets qui l'agitaient et qui contractaient douloureusement son diaphragme. Elle s'est endormie, pour ne se réveiller que le lendemain. Elle s'est emmitouflée dans le sommeil.

Au réveil, pendant un instant, elle ne sut plus où elle était. Elle a ouvert les yeux sur une journée neuve, inconsciente des événements de la veille. Elle est restée un moment à fixer le plafond, calme, avant que les douleurs partout sur son corps ne lui remettent en mémoire le visage écumant d'Albert au-dessus d'elle et ses doigts qui la serraient à la rompre. Était-ce possible de se métamorphoser à ce point ? Jekyll devenu Hyde, crocs féroces sous la douceur, loup dans l'agneau. Elle avait lu l'histoire. Elle l'avait crue fantastique, elle l'avait aimée irréelle. Elle avait frissonné et elle avait aimé cela dans un monde de papier, d'encre et d'imagination fertile. Mais tout à coup, allongée sur son lit en fixant le plafond, l'histoire lui sautait à la gorge, on était loin des frissons littéraires, elle faisait mal. Le monde de papier racontait le monde réel. C'était ça qu'elle disait cette histoire, en prenant des airs d'ailleurs ?

À son grand soulagement, Ferdinand ne passa pas la voir ce soir-là. Le samedi était soir de grande activité chez Bofinger. Louise put dormir et les compresses d'eau de bleuet furent efficaces. Le lendemain, ses yeux ne portaient aucune trace de ses pleurs, aucune rougeur, aucun gonflement suspect, on aurait pu la croire fraîche comme une rose, n'étaient les soudaines contractions qu'elle ne pouvait maîtriser quand un mouvement pourtant habituel, une torsion banale, provoquait une douleur aiguë, piquante comme un poignard, là où Albert avait frappé, là où il avait serré, et que, instinctivement, elle se ratatinait pour contenir l'élancement, se ramassant sur elle-même pour lui donner moins d'espace, pour l'étouffer, pour l'empêcher de se propager. Dans la nuit, un hématome était apparu au niveau des côtes. Rouge vif d'abord, elle l'avait vu dans le miroir, avec une pointe plus sombre en son centre, là où la chaussure avait frappé le plus violemment, là où elle avait eu le plus d'impact ; il tournerait bientôt au violacé et au vert-jaune, avant de disparaître, ce n'était qu'une question de temps, quelques jours tout au plus. Louise ne s'en inquiétait pas. Elle inventerait une mauvaise chute, elle prendrait même les devants en la racontant dans le détail à Ferdinand pour éviter ses soupçons.

Elle se lança dans un grand ménage. Il fallait qu'elle s'épuise pour ne plus sentir son corps. Munie d'un plumeau et d'une brosse, elle époussetait et récurait tout ce qui lui tombait sous la main. Elle entreprit, en dépit de ses muscles douloureux, de réorganiser l'agencement de son appartement, ce qui, étant donné la petitesse du lieu, fut vite fait : elle changea le sens du lit, déplaça la table de nuit et celle qui lui servait de bureau, elle réorganisa le rangement de ses crayons, classa ses dessins, en retira certains du mur, en accrocha de nouveaux. Dans les gestes mécaniques du ménage, elle élabora son histoire de chute, elle se la répéta plusieurs fois afin de vérifier qu'elle tenait debout et que Ferdinand y croirait : elle était tombée de la chaise en faisant la vitre, s'était cognée à la table, là, juste sous les côtes, la douleur avait été si vive qu'elle en avait eu le souffle coupé et qu'elle avait bien cru s'évanouir, et en tombant elle avait dû tant contracter ses muscles qu'elle en avait des courbatures partout.

Une fois l'appartement rangé et son scénario en place, elle prit son chapeau, enfila son manteau, enroula son cou dans son écharpe de laine et descendit au bord de la Seine. Elle marcha longtemps. Les petites gouttes de pluie froide lui faisaient du bien, elle levait le visage au ciel pour leur offrir ses joues qu'elle sentait rougir et qui s'anesthésiaient peu à peu. Les berges étaient désertes. Seuls le clapotis de l'eau et les cris de quelques oiseaux égarés dans l'hiver rompaient le silence dans lequel Louise laissait vagabonder ses pensées. Elle s'imaginait remonter la Seine, longeant ses méandres jusqu'à sa source sur le plateau de Langres, jusqu'à ce tout petit filet d'eau jaillissant de la terre profonde. Elle suivait la ligne bleue dessinée sur la grande carte de France, celle de Vidal-Lablache, suspendue par des œillets à côté du tableau noir, et revoyait Mlle Régis pointant sa baguette sur ce berceau liquide. Elle pensait à son père et regrettait l'enfance. Le fleuve s'écoulait lentement, masse d'un gris-vert sous le ciel de novembre, indifférent aux soubresauts du monde et aux histoires de Louise.

***

Décembre.

On frappa à la porte, des coups secs, répétés, impatients. Louise sentit son ventre se nouer, sa respiration se précipiter, en même temps que le rythme de son cœur s'emballait ; elle eut chaud tout à coup, d'une bouffée de chaleur de fièvre ; une montée de sueur humidifia ses aisselles. Elle grelottait de chaud et de froid mélangés. Chaque coup frappé à la porte réveillait l'affreux samedi de novembre, chaque coup faisait apparaître les yeux enragés d'Albert qu'elle imaginait derrière la porte, prêt à l'enfoncer pour se ruer sur elle. Il avait dit qu'il reviendrait, il l'avait dit. Et ça tambourinait à la porte. Elle referma rapidement son journal et s'empressa d'aller le glisser sous la pile de livres qui le dissimulait.

Les douleurs qu'Albert lui avait infligées s'étaient peu à peu effacées, les marques sur son corps avaient fini par s'estomper jusqu'à presque disparaître. Restait encore, au niveau de ses côtes, la tache jaunâtre légèrement violacée qui persistait et qui s'était étendue, en une forme irrégulière, comme s'il fallait qu'elle se dilate pour enfin se dissoudre. C'était en bonne voie. Ferdinand, après lui avoir posé nombre de questions, avait cru à son histoire de chute. Elle avait été convaincante, allant jusqu'à mimer la scène en grimaçant au souvenir de la douleur et de la peur bleue qu'elle avait eue afin qu'il visualise la trajectoire de son corps dégringolant de la chaise pour heurter violemment l'angle de la table. Il l'avait houspillée, jugeant totalement inconséquent de grimper ainsi sur une chaise pour laver les vitres et lui avait fait promettre de ne pas recommencer ou d'investir dans un escabeau si à l'avenir l'envie de se hucher pour faire les vitres ou pour accrocher ses dessins au mur la reprenait. Adoptant l'air contrit d'une petite fille turbulente malgré elle, elle avait promis, et pour donner plus de force encore à son mensonge, elle avait expliqué que pourtant elle était très agile, qu'elle grimpait aux arbres comme personne et que, comme les chats, elle retombait toujours sur ses pattes. Elle avait évité la scène.

Elle avait repris le cours de sa vie, s'était plongée dans le travail et, les jours passant, la peur de voir Albert surgir à tout moment, à tout endroit, s'était éloignée, un peu. Elle avait cessé de croire l'apercevoir à chaque angle de rue, de l'imaginer sous chaque chapeau qui, trop enfoncé sur le crâne, cachait le visage des hommes qu'elle croisait.

Mais elle tressaillait aux moindres ombres qui apparaissaient trop vite, elle sursautait aux bruits inattendus, elle s'effrayait des voix trop fortes, des rires trop soudains ; elle se réveillait la nuit, en nage, poursuivie dans ses cauchemars par des hordes de visages menaçants qu'elle ne parvenait pas à identifier, déformés qu'ils étaient par la haine et par des cicatrices purulentes qui les tailladaient de toutes parts, des cicatrices qui s'ouvraient comme des bouches qui voulaient la happer, des bouches aux grosses lèvres de sang, des ventouses qui cherchaient à l'aspirer. Des visages recouverts de ces multiples cicatrices-bouches qui s'agitaient désespérément, à la place des yeux, à la place du nez, à la place des joues, et qui la poursuivaient partout, sans relâche. Où qu'elle trouve à se cacher, les cicatrices-bouches la débusquaient, surgissaient de tous côtés en bavant de sang et en clapant, avec d'affreux bruits de succion qui disaient « On arrive, on t'a trouvée, nous voilà... », et il fallait qu'elle se sauve encore, traquée par ces visages qui n'en étaient plus. Et elle courait, pour se sauver, elle courait dans un champ dévasté, trébuchant sur des milliers de croix blanches tombées au sol, en cherchant une debout encore pour se dissimuler derrière, elle courait, implorant son père, suppliant son fantôme de lui venir en aide. Mais les cicatrices la rattrapaient toujours, elle ne parvenait pas à les semer, aucune cachette n'était assez sûre, les cicatrices la flairaient et elles s'approchaient, ouvertes, sanglantes, si près que Louise sentait leur souffle ; elles empestaient, ouvrant sur des blessures pourrissantes et puantes.

Louise passait ses nuits à courir pour leur échapper. Au matin, elle se réveillait épuisée d'avoir tant couru.

Chaque nuit, le cauchemar revenait. Louise le redoutait. Quand venait l'heure de s'endormir, elle cherchait tous les moyens pour le chasser de son esprit ; elle essayait de s'obliger à penser à autre chose, elle enfonçait dans sa tête d'autres pensées auxquelles elle s'accrochait, elle essaya le fameux coup des moutons à compter encore et encore, après tout cela permettait de fixer ses pensées et les moutons sont sans danger. Mais rien n'y faisait. Elle entendait son râle d'abord, le souffle rauque, tout près de ses oreilles, c'est comme ça qu'elle savait qu'il arrivait, avant même que les cicatrices apparaissent et qu'elles dégoulinent et qu'elles ricanent et qu'elles clapent, monstrueuses, visqueuses, charognardes. Ses nuits l'épuisaient et épuisaient ses journées aussi.

À plusieurs reprises, elle avait eu l'impression, en sortant de l'école, de chez elle, d'un magasin, d'être épiée, qu'un regard la guettait, qu'une présence était là, à l'observer. Elle se retournait en tous sens, très vite, pour surprendre la présence, pour le surprendre, lui, qui avait dit qu'il reviendrait. Mais rien, elle n'avait vu personne, jamais. Le soir, quand le monde et l'immeuble s'endormaient dans le silence, elle avait cru entendre des pas dans l'escalier, une respiration derrière sa porte, des grincements sur le palier. Mais non, c'était son imagination apeurée qui lui jouait des tours et elle s'était raisonnée, du mieux qu'elle avait pu. Sinon elle deviendrait folle.

Albert se calmerait, se dit-elle. Il avait trop à perdre. Il oublierait. Après tout, on ne pouvait pas qualifier ce qu'ils avaient vécu de relation, à peine une aventure. Cette seule fois ne pouvait pas envahir toute la vie, tout faire basculer, cela n'avait pas de sens. Oui, il fallait raison garder, et lui la retrouverait, la raison, il considérerait tout cela comme un écart et les choses rentreraient dans l'ordre. Il avait perdu la tête, il reviendrait à lui.

En parler à Germaine. Au moins pour se soulager, pour ne pas tout garder en elle, toute seule. Pour que les cauchemars sachent qu'elle n'était plus seule, qu'elle les avait dénoncés et qu'ils soient moins forts alors d'être racontés. Elle y pensa bien sûr, et plus d'une fois elle fut à deux doigts de tout lui avouer. Plus d'une fois elle sentit qu'elle faiblissait et que le moment était venu de se confier à son amie de toujours qui l'aimait comme une sœur et qui s'inquiétait de voir ses cernes et ses sursauts inexplicables. Elle en fut tout près. Ce jour où elle lui avait raconté son cauchemar, comme quand, gamines, elles partageaient en frissonnant l'étrange excitation de la peur et qu'elles tremblaient de faire sortir en plein jour les monstres cachés sous le lit à la nuit tombante. Mais les loups et les dragons, si effrayants qu'ils aient été dans leurs nuits d'enfants, avaient la forme et la couleur des contes et lui semblaient bien inoffensifs aujourd'hui comparés au tangible du monde. Germaine avait eu beau lui dire que les rêves, ma foi, ceux des enfants comme ceux des grands, n'étaient que chimères vaporeuses que la pointe d'une épée déballonnait comme un rien, les cicatrices-bouches qui la poursuivaient n'appartenaient pas au même univers que les bêtes cruelles de l'enfance, elles n'étaient pas de même nature. Amarrées à la violence des hommes, enfantées par elle, elles avaient la force de l'expérience, elles puisaient au réel et se repaissaient des coups reçus.

Pour expliquer cela, pour que Germaine comprenne que ses cauchemars n'étaient pas les loups des contes, il aurait fallu que Louise confesse l'après-midi d'amour avec Albert et les coups, des mois plus tard, les insultes, les crachats, les doigts serrés sur sa gorge, les genoux qui écartaient ses cuisses, et la menace de revenir. Elle avait bien failli. Pour donner sens à son cauchemar. Pour que Germaine cesse d'y voir la naturelle métamorphose adulte des dragons de l'enfance. Elle avait essayé. Elle avait failli se lancer. Surtout lorsque Germaine avait, avec beaucoup de précaution, tenté de lui dire que les cicatrices de ses cauchemars avaient peut-être un rapport avec celle de Ferdinand, que peut-être cette cicatrice lui faisait un peu peur à Louise, qu'on pouvait le comprendre, et qu'elle pouvait le lui avouer à elle, à Germaine, si c'était le cas, que peut-être elle n'en était pas vraiment consciente, mais que quand même y avait la guerre dans cette cicatrice, et que c'était ça peut-être qui faisait les cauchemars, qui réveillait ses peurs et ses douleurs d'enfant, même s'il était beau, même si elle aimait Ferdinand. Germaine avait parlé, un moment, en tenant sa main dans la sienne. Louise s'était raidie.

Mais non, qu'est-ce que tu vas encore chercher, ça n'a rien à voir avec la cicatrice de Ferdinand, l'avait-elle coupée, rien à voir, c'est pas ça. C'est autre chose. C'est... Germaine avait attendu qu'elle enchaîne, qu'elle dise cette autre chose. Elle s'était tue pour laisser Louise parler. Mais ce n'était pas venu. Louise s'était tortillée puis s'était levée d'un bond en disant, allez, ça suffit, assez parlé de moi et de toutes ces bêtises, ça finira bien par passer, on en fait tous des cauchemars, on ne va pas commencer à couper les cheveux en quatre pour chercher une explication à tout. Louise avait mis fin à la discussion et Germaine qui la connaissait si bien savait que ce n'était pas la peine de pousser plus avant. Elles étaient passées à autre chose et n'en avaient plus reparlé.

Le journal intime de Louise contenait la trace de ses dilemmes et de l'impossible aveu. Elle y avait relaté leur conversation, cette conversation que Germaine retrouverait en pleurant, après la mort de Louise, quand Marthe lui avait donné les journaux de sa fille qu'elle ne voulait pas lire, par respect avait-elle dit, et qu'elle aurait brûlés si Germaine n'en avait pas voulu. Sur plusieurs pages, Louise avait pesé le pour et le contre, listant les arguments les uns à la suite des autres, ceux qui penchaient pour la confession et ceux qui imposaient le silence. Et elle avait fini par conclure que les derniers l'emportaient et que non, il fallait juste laisser du temps au temps et se calmer, se calmer, oui c'était ça le maître mot, se calmer, et tout irait bien, tout passerait, car tout passe, tout finit par passer, non ?

Elle n'avait plus mal là où Albert avait frappé, la trace la plus tenace, aux côtes, se décolorait peu à peu. Elle s'effaçait comme un mauvais souvenir. Elle disparaîtrait bientôt, il fallait accepter que cela prenne un peu de temps. Elle entraînerait les cauchemars dans sa disparition, ils se dilueraient avec elle.

Les cauchemars passeraient eux aussi.

***

Louise ouvre la porte.

C'est Ferdinand.

***

Elle a un mouvement de recul.

Après le soulagement de le voir apparaître sur le palier, dans l'encadrement de la porte.

Face à son visage, Louise recule. Un léger mouvement.

Quelque chose d'à peine perceptible, presque inconscient, mais qui révèle timidement un message du corps et de l'esprit, mélangés, indissociables, unis, qui s'alertent l'un l'autre dans une même ondulation.

Un léger mouvement de recul. Quelques microsecondes de souffle coupé, d'apnée réflexe.

La cicatrice…

La cicatrice du visage de Ferdinand, cette cicatrice qu'elle aimait, qui l'avait séduite, qui le rendait beau. Qu'elle avait caressée, du bout de ses doigts, en douceur.

Cette cicatrice s'était enrougie. Elle était tendue, tiraillée aussi. Comme si ça bouillonnait dessous, comme si ça criait pour sortir et que la couture, fragile, menaçait de rompre. La cicatrice qu'elle avait embrassée, qu'elle avait tenté d'apprivoiser, avec patience, comme elle l'aurait fait avec un petit animal sauvage.

Elle avait dû approcher avec lenteur et avec tact. Ferdinand résistait et s'exaspérait à l'approche de ses doigts, à l'insistance de ses yeux, à ses lèvres déposées. Plus d'une fois il avait débité à Louise des absurdités, convaincu que sa cicatrice dégoûtait les clients, qu'il avait bien remarqué les regards écœurés ou apitoyés, c'était pareil, le même dégoût au fond, qu'il voyait bien les femmes qui agitaient leurs mains tel un éventail après qu'il eut tourné le dos, y a des miroirs partout chez Bofinger ! Il avait entendu les remarques, les chuchotements qui se voulaient compatissants, « Pauvre homme, si c'est pas malheureux tout de même ! », il savait qu'il les débectait tous autant qu'ils étaient. Et les gosses qui fixaient sa cicatrice, la mâchoire pendante, jusqu'à ce que leur mère leur fiche un coup de coude et leur dise d'un ton sévère qu'on ne fixe pas les gens comme ça. Mais, on le sait, la vérité sort de la bouche des enfants, et dans leurs yeux écarquillés, dans leur soudain mutisme, il était un monstre, déchiré au visage.

Il voyait bien que les gens n'en pouvaient plus de voir la guerre en plein milieu de sa tronche. C'est vrai qu'elle était dégueulasse sa cicatrice, qu'elle lui ouvrait la gueule, fallait le dire, répétait-il. C'était ça que les gens voyaient, sa cicatrice dégueulasse, c'était ça qu'il était devenu, une tranchée ambulante. Il sentait tous les regards, inutile de se mentir. Lui-même, il se dégoûtait, c'était puant ce qu'il y avait par en dessous, dans lui, sous cette chair rafistolée.

Sa cicatrice le grattait, de l'intérieur. Il grattait, il grattait, mais ça ne soulageait pas. Des bouts de peau recousus, va savoir ce qui avait pu se glisser là-dedans... Quand tout explosait autour de lui, qu'il était roulé dans la terre, mélangé à la boue jusque dans ses yeux, que les bouts de ferraille, les éclats d'obus lui tailladaient la peau pour y faire entrer la guerre et la mort et la saloperie des hommes. C'est entré, à l'intérieur, toute cette merde. Il avait avalé de la guerre par la peau, il le savait. Ça s'était logé bien au fond et on avait recousu par-dessus, en rapprochant les peaux, comme si de rien, comme si ça suffisait, sans prendre garde à ce qu'on enfermait là-dedans. Il aurait fallu pouvoir gratter plus profond. Il grattait, il essayait, il essayait d'attraper l'endroit, le point de grattage originel, pour y pincer la guerre, pour l'écraser entre ses doigts comme on le fait d'un vilain moustique qui explose alors du sang englouti. Mais plus il grattait, plus elle s'agitait, en dessous, agile à s'échapper, à s'enfoncer plus profond, pour mieux ressortir, reprenant des forces, revigorée par ses échecs à l'anéantir, telle une tique dont la tête s'enfonce à l'approche des doigts, telle une hydre savante trop au fait des dérisoires ruses humaines. Il grattait, elle enflait. L'un et l'autre ne parvenaient pas à se laisser en paix.

C'était cette cicatrice furieuse que Louise avait devant elle, entourée du cadre de la porte. Elle était rouge, comme dans ces moments-là ; quand Ferdinand se battait avec elle, qu'il la détestait, qu'il se vomissait, qu'il haïssait tout, les hommes, les femmes, les enfants, les arbres, qu'elle lui était obsessionnelle, qu'il avait perdu, qu'il était devenu elle, il était cicatrice, il ne voyait que ça dans le regard des autres sur lui, lui comme cicatrice. Avec la guerre par en dessous, qui continuait à gratter, qui s'était logée là, vivante, prête à attaquer.

Ou bien c'étaient ses nuits, à Louise, qui ne restaient pas à leur place et qui débordaient sur ses jours et qui éclaboussaient en dehors des heures de la nuit ? Et la cicatrice la plongeait dans ses rêves terribles ? Était-ce cela ? Ses cauchemars qui ne se satisfaisaient plus des nuits et qui absorbaient les jours désormais ? Ne lui laissant plus aucun répit, lui faisant tout mélanger, à en perdre la raison.

Louise était épuisée. Les jours, les nuits, les peurs, les coups, les cicatrices, tout se confondait.

La tête lui tourne.

Elle ferme les yeux, une seconde, pour retrouver ses esprits.

Pour rouvrir les yeux sur une réalité débarrassée des nuits, pour remettre chaque temps à sa place. Se rappeler, elle devait se calmer. Elle se calmait.

Ferdinand la fixe.

Elle sourit, comme elle peut. Pas très bien. D'un sourire un peu tordu, un peu tremblant.

— Tu m'as repoussé ?

— Non, bien sûr que non, entre !

— Mais si, tu m'as repoussé. J'ai bien vu que tu m'as repoussé. J'te dégoûte toi aussi ? Évidemment que je te dégoûte, sinon tu te serais pas figée comme ça avec tes yeux qui te sortaient de la tête comme si t'avais vu le diable.

— Mais non, mon Ferdinand. Allez, viens, viens. C'est juste les coups frappés à la porte, ça m'a fait sursauter. Je t'attendais pas, c'est tout.

— Pourquoi t'as sursauté ? T'attendais quoi ? Depuis quand que tu sursautes quand on frappe à la porte ? T'as une drôle de tête, tu me caches un truc ou quoi ? Tu m'attendais pas, t'attendais qui alors ? Hein, t'attendais qui ?

Elle se rapproche de lui, se faufile entre ses bras qui ne l'enlacent pas encore, pour se glisser dans un creux de lui et pour l'adoucir.

— J'attendais personne. Entre mon chéri, je suis contente de te voir. Allez, entre.

Elle peine à retrouver le calme de sa respiration, à tempérer les battements de son cœur qui cogne trop vite dans sa poitrine.

Il est entré.

Ils sont ressortis, tous les deux, peu de temps après.

Le jour déclinait déjà, mais les journées de décembre sont courtes et il y a tout un moment de la fin de journée qui est encore la journée mais déjà plongé dans la nuit.

Ils sont partis marcher. Ils ont descendu la rue Lepic, la rue Blanche jusqu'à la Trinité, puis ils ont piqué sur l'Opéra, et vers les Tuileries et la Seine.

Il y avait du monde dans les rues mais les bords de Seine étaient déserts.

***

Germaine grimpait les étages en soufflant et en maudissant Louise d'habiter si haut. Arrivée au cinquième, elle entendit des voix. Elle accéléra. Un mauvais pressentiment. La porte de l'appartement de Louise était entrouverte. Les voix venaient de l'intérieur. Elle frappa et entra. Deux officiers de police. Et la concierge, les mains sur les hanches, ballottant la tête et répétant sans cesse, si c'est pas malheureux, si c'est pas malheureux. Pas de Louise.

— Qu'est-ce qui se passe ? Où est Louise ? Qu'est-ce que vous faites tous là ? Où est Louise ?

Le cœur de Germaine battait à tout rompre.

— Qui êtes-vous ? lui demanda un des officiers.

Germaine se figea. La concierge se retourna et s'avança vers elle, les bras tendus pour l'enlacer.

— Ah, Germaine, ma pauvre petite, quelle tragédie ! Une si jolie jeune femme qui avait la vie devant elle ! Quelle tragédie !

Tout s'obscurcit. Le néant tout à coup. Ses jambes la lâchèrent. Germaine perdit connaissance. Plus rien. Le monde s'était vidé de Louise, l'entraînant dans le noir.

***

Germaine reconnut Albert sur les dessins que la police lui montra.

Puis il y eut le témoignage des voisins, ceux qui avaient frappé les coups au mur et qui avaient entendu les menaces proférées sur le palier. Ils n'avaient pas vu Albert, mais ils avaient entendu. Ils avaient entendu le tapage, la colère d'une voix d'homme, un homme qui avait affirmé qu'il reviendrait lui régler son compte. Ils s'en souvenaient bien, ils venaient d'emménager, la veille, et n'avaient même pas encore croisé leur nouvelle voisine, Louise. Ils s'étaient même dit, ben ça promet si c'est ça le voisinage. Ils n'avaient pas osé intervenir, expliquèrent-ils aux policiers, on ne sait jamais sur qui on tombe, vous comprenez, ajoutèrent-ils, mais ils avaient frappé au mur, en se disant que ça le calmerait peut-être. Ils avaient mis ça sur le compte d'une dispute amoureuse, et comme ça s'était calmé, après qu'ils avaient cogné au mur, et que ça ne s'était pas reproduit, ils ne s'en étaient pas alarmés plus que cela et ils n'avaient pas jugé utile de s'enquérir de Louise, qu'ils ne connaissaient pas, tenaient-ils à préciser à nouveau, pour se prémunir d'une critique éventuelle d'une passivité coupable. On ne pouvait pas imaginer que ça tournerait à un tel drame, renchérit la jeune femme au bord des larmes. On ne pouvait pas savoir, vous comprenez. On ne vous reproche rien, dirent les policiers, on vous demande juste ce que vous avez entendu, si vous vous souvenez des mots, s'il y a eu des menaces et quand c'était. Alors oui, oui, s'empressèrent-ils d'ajouter, ils pouvaient en effet confirmer qu'en novembre, le 15 pour être précis, le lendemain de leur emménagement, un homme était venu chez leur voisine, qu'il l'avait de toute évidence battue et l'avait menacée de revenir. Ils ne pouvaient en dire plus, mais c'est vrai qu'il n'avait pas l'air commode à l'entendre hurler comme ça sur le palier.

C'était déjà bien assez pour aller interroger le lascar, entre les dessins, les coups et les menaces, il y avait de quoi le passer à la question.

Les deux officiers filèrent à l'atelier de confection de prothèses où travaillait Albert, dans le 10e arrondissement, rue Lafayette. On y fabriquait et on y ajustait des appareillages pour ceux qui avaient été amputés à la guerre. C'était un petit atelier, une dizaine d'employés tout au plus, et on n'y chômait pas. Il y avait tant de mains restées là-bas et qu'il fallait remplacer, en espérant qu'on s'y habituerait, à ces mains succédanées, rigides et froides, accrochées aux moignons.

Albert avait obtenu le poste grâce à Léon qui s'était démené pour l'aider à retrouver du travail et pour lui remettre le pied à l'étrier. Depuis leur retour à la vie civile, Léon avait à plusieurs reprises tenté de mettre Albert en contact avec des employeurs potentiels car il s'inquiétait de le voir tourner comme un lion en cage, il s'inquiétait de le voir traîner au café et s'enfiler des petits blancs dès le matin, à répéter à qui voulait l'entendre qu'il était sur un coup pour se faire un petit magot et s'installer à la campagne, à le rendre idiot et bagarreur pour la moindre broutille. Il l'avait secoué même, en lui disant qu'il fallait qu'il arrête ses conneries, qu'il fallait qu'il reprenne sa vie en main, au lieu de tourner des idées noires dans sa caboche, à s'imaginer ailleurs plutôt qu'ici pour finalement n'être nulle part. Albert avait refusé toutes ses offres. Il l'avait envoyé balader, sèchement, il n'était pas son père et il n'avait qu'à se mêler de ses affaires plutôt que de venir l'emmerder avec ses leçons de morale et ses propositions de boulot minables. Il n'avait pas même daigné se déplacer pour voir ce qu'on avait à lui proposer, jusqu'à ce fameux jour où il avait appris que Juliette était enceinte et qu'il deviendrait père.

Ce jour-là, il était allé voir Léon pour lui annoncer la nouvelle et, à peine penaud, lui demander si, par hasard, il pourrait lui trouver à s'employer. Pas rancunier, Léon avait été efficace. Il avait contacté la bonne personne, un ancien du front qui avait monté son atelier au retour du conflit et qui avait du nez pour les affaires et le pécule suffisant pour s'y lancer. Le petit atelier prospérait et Gustave, le patron, cherchait justement à embaucher un ou deux ouvriers supplémentaires. Léon lui avait présenté Albert le jour même, vantant sa précision et sa ténacité. Il s'était porté garant Léon, d'Albert qui allait devenir papa, car ça vous pose un homme la paternité, ça rend responsable, et fiable, avait poursuivi Léon, entraînant l'approbation de Gustave. L'affaire avait été conclue en deux coups de cuillère à pot. En tant que camarades de tranchées on se serrait les coudes, avait claironné Gustave en gratifiant Albert d'une bourrade amicale dans le dos, et à l'atelier, presque tous sont des anciens de là-bas, tu seras pas dépaysé. Albert aurait préféré être dépaysé mais il n'avait pas fait la fine bouche, étant donné les circonstances, et dès le lendemain il avait pris son poste à l'atelier. Gustave lui avait fait faire le tour de la boutique, lui avait présenté les employés et un des gars l'avait pris sous son aile pour lui expliquer le fonctionnement des machines et lui montrer les premiers gestes.

Quand la police arriva à l'atelier, Albert n'y était pas ; on l'attendait d'un moment à l'autre. Gustave l'avait envoyé chercher des fournitures dans le quartier et il ne devait plus tarder à revenir.

Très bien, la police l'attendrait. Toutes les conversations cessèrent dans l'atelier. Plus un ne pipait mot, comme c'est souvent le cas quand on sait la police dans la place et qu'alors même que l'on n'a rien à se reprocher, on s'inquiète quand même et on évite de se faire remarquer. L'acier qui servait aux armatures des prothèses et qui pendait en lames plus ou moins épaisses aux murs lançait des reflets métalliques qui miroitaient partout, ça sentait le cuir et le bois, et la chaleur aussi de ce qui soude. On entendait le sifflement strident des perceuses qui trouaient le métal dans un jet d'étincelles, les chuintements réguliers des tours de vis dans le bois, les coups étouffés des marteaux sur le cuir, le souffle des hommes accentué par la concentration et par l'effort mis à tenter d'oublier la présence policière et à se faire oublier par elle. Gustave, soucieux de la réputation de son établissement et inquiet à l'idée qu'un client entre dans l'atelier et se retrouve nez à nez avec la police, suspendit l'écriteau « Fermé » sur la porte.

Les minutes s'étiraient lentement avec ces deux officiers plantés les bras croisés au beau milieu de l'étroite allée centrale qui structurait l'espace de l'atelier. L'atmosphère était pesante. Gustave, triturant sa grosse moustache de Gaulois, s'agitait et faisait les cent pas, incapable de fixer son attention sur le travail qui l'attendait. N'y tenant plus, il chercha à en savoir plus et interrogea les officiers de police. Mais ces derniers ne lui donnèrent aucune information. Ils commencèrent à lui poser des questions sur Albert. Il répondit. À des questions simples d'abord. Est-ce qu'il travaillait bien ici ? Depuis combien de temps ? Est-ce que c'était un bon employé ? Jusque-là ça allait. Puis ça s'était corsé. Était-il violent ? Avait-il des coups de sang ? Gustave sentait le regard des ouvriers peser sur lui, leur oreille attentive à ce qu'il allait répondre. Et Albert qui n'arrivait pas... Violent, non, il ne le voyait pas comme ça... Il n'avait jamais fait de problèmes ici, il était sérieux, il ne cherchait pas les noises. On n'avait pas à se plaindre de lui. Renfermé, un peu soupe au lait, parfois, oui, comme beaucoup par les temps qui courent, mais violent... Pourquoi cette question ? Qu'est-ce qu'il avait fait Albert ? Qu'est-ce qu'on lui reprochait ? La police répondait par une autre question ou par un silence.

Enfin Albert arriva. Il passa la porte de l'atelier. Surpris d'y voir accroché l'écriteau « Fermé », il lança d'un air rigolard, ben les gars, y suffit que je tourne le dos pour que vous fermiez boutique ! À peine avait-il fini sa phrase qu'il vit la police et l'air catastrophé de Gustave qui venait à lui d'un pas précipité. La police veut te voir, lui dit-il. Albert bredouilla, co... comment ça, la police, pourquoi, qu'est-ce que c'est que cette histoire ? J'ai, j'ai rien fait. C'est ce qu'on va voir, répondit un des agents.

Gustave les conduisit jusqu'à son bureau, au bout de l'atelier. Un des officiers lui demanda de bien vouloir les laisser un moment. En bougonnant, il rebroussa chemin et ferma la porte vitrée. On entendait une mouche voler. Les gestes de tous s'étaient arrêtés subitement. Un Pompéi policier, figé dans l'attente de la découverte.

Au bout de quelques minutes, ils ressortirent, Albert encadré des deux officiers. Il devait se rendre au commissariat, on avait des questions à lui poser. Rien de grave, assurait Albert. Il était blême et répétait à chaque collègue qu'il croisait, j'reviens très vite, j'reviens très vite, c'est une erreur, il y a malentendu, j'reviens très vite. Il était agité de gestes nerveux, saccadés. Il avait commencé à tressauter quand il avait vu la police d'abord. Mais ça s'était sérieusement aggravé quand, dans le petit bureau de Gustave, on lui avait demandé : « Connaissez-vous Louise Dupré ? » Là il lui avait semblé qu'il ne parvenait plus à rien maîtriser, qu'il se vidait de son sang, qu'il n'allait pas tenir debout.

À ce moment précis, il revit le visage de Louise, son cou entre ses doigts.

***

Que faisait-il, où était-il du mercredi 10 décembre au vendredi 12 décembre ? Pouvait-il retracer son emploi du temps de ces jours-là ?

Albert ne savait plus. Quels jours ? Pourquoi ces jours-là ?

Juliette. Juliette va savoir. Cette pensée l'affolait. Elle l'empêchait de se concentrer, elle ne cessait de revenir. Juliette. Elle va savoir, il va tout perdre. Oui, elle va savoir. Il était foutu.

Il était assis face à l'officier qui attendait et qui s'impatientait en martelant le sol de sa chaussure. Ce mouvement incessant était obsédant, il ne parvenait pas à en faire abstraction. Pire, il réveillait les douleurs toujours aux aguets de sa blessure, dans sa jambe à lui. Il y avait comme une communication souffrante de jambe à jambe. Albert tenait difficilement sur sa chaise. Il s'agitait. Juliette.

Il lui fallait répondre. De toute façon, Juliette saurait, alors autant ne pas se laisser abattre. Il expliquerait et peut-être qu'entre hommes on se comprendrait. Il avait dérapé, il le reconnaissait, ce furent les premiers mots qu'il prononça. Comment ça, dérapé ? lui demanda l'officier.

Albert : Ben, un écart, quoi. C'est arrivé une fois, c'était une erreur, ça arrive à tout le monde, mais Louise voyait pas ça comme ça. Mais de quoi on m'accuse, merde ! J'ai le droit de savoir !

L'officier : Vous dites qu'elle ne voyait pas ça comme ça. Quoi « ça » ? Comment ça, « comme ça » ? Qu'est-ce que vous voulez dire ? Soyez précis, on a tout notre temps. Qu'est-ce qui s'est passé avec Louise ?

Albert, adoptant un ton qu'il voulait de connivence, expliqua qu'il avait succombé, une fois, l'hiver dernier, aux avances de Louise, et qu'ils avaient eu une relation sexuelle, une, chez elle, et que, depuis, celle-ci ne cessait de le harceler, refusant la rupture, menaçant de tout révéler à sa femme, vous voyez ce que je veux dire..., et j'ai un petit garçon, vous savez. Oui, il a fait une erreur. Il aurait dû résister. Mais vous savez ce que c'est, certaines femmes savent jouer de leur charme et vous faire perdre le nord, elles vous aguichent pour vous mettre le grappin dessus et après c'est l'hystérie. Il avait été faible, c'est sûr, mais bon, une fois, c'est pas la fin du monde tout de même. Et Louise, du charme elle en avait, ça c'est sûr, et elle s'était carrément jetée sur lui. Moi, j'suis pas de marbre, vous voyez... Après, il s'en était tant voulu. Il avait été clair avec elle. Un écart, terminé, on n'en parle plus, on oublie. Mais Louise refusait, elle s'accrochait. Alors il a fallu une petite explication, un peu plus musclée. Et il l'a un peu secouée, pour qu'elle comprenne.

L'officier : Vous dites que Louise, elle en *avait* du charme. Pourquoi elle en *avait* ? Pourquoi vous utilisez le passé pour parler d'elle ?

Albert : Comment ça ? Ben quand ça s'est produit je veux dire. Quand on a eu notre petite histoire. Elle a fait ce qu'y fallait pour utiliser ses atouts, voilà ce que je veux dire, et elle en avait sur le moment. Oh, mais vous m'embrouillez là, où vous voulez en venir ?

L'officier : Retracez-nous votre emploi du temps du mercredi 10 décembre au vendredi 12 décembre.

Albert : Mais pourquoi vous voulez savoir ce que je faisais ces jours-là ? Ce que je vous raconte c'était avant. C'était l'hiver dernier, en janvier. Et puis c'est en novembre qu'on a eu la petite explication, parce qu'il fallait bien qu'elle arrête de me poursuivre et de me menacer, je vous ai déjà expliqué tout ça. Depuis, je l'ai pas revue. Le problème était réglé.

L'officier : Répondez à la question, votre emploi du temps du 10 au 12 décembre. Qu'avez-vous fait ces jours-là ?

Alors forcément, c'est là que Juliette allait savoir. Ça tambourinait dans sa tête. Pas moyen de faire autrement, faudrait bien que Juliette confirme, et pour qu'elle confirme, on allait lui dire pourquoi il fallait qu'elle confirme. Du 10 au 12, il était soit à l'atelier, soit chez lui, avec Juliette et le petit, il ne se souvenait pas très bien mais ça devait être ça. Oui, c'était ça, attendez, même que le petit était malade.

C'est ce qu'il dit : ou à l'atelier ou chez lui. Un verre peut-être, mais non, le verre c'était le samedi soir avec des copains, pas en semaine. Oui, il pouvait donner la liste. Mais quel rapport avec Louise ? Vous allez finir par m'expliquer ou quoi ?

Il finit par comprendre.

On lui montra d'abord deux dessins que Louise avait faits de lui. Il dit ne les avoir jamais vus. C'était lui, sans l'ombre d'un doute, il en fut troublé pendant un instant, puis il y vit un avantage dont il voulut tirer profit. Elle avait du mal à tourner la page, je vous l'ai dit, vous voyez, c'est ce que ça dit ces dessins ! Elle faisait une obsession ! Cette fille, c'était une tenace, elle voulait foutre sa vie en l'air après l'avoir attrapé dans ses filets, elle était prête à tout. Elle voulait qu'il divorce, qu'il bazarde toute sa vie, pour elle. Impossible de la raisonner, une vraie harpie.

Puis on lui apprit que Louise écrivait un journal intime, depuis de longues années. Qu'elle y avait consigné les coups qu'il lui avait infligés, les menaces qu'il avait proférées, la peur qu'elle avait de lui. Que les voisins avaient confirmé avoir entendu des bruits de coups, et des menaces vociférées. On lui rappela ses propres mots, en lisant la déposition des voisins, qu'il reviendrait et qu'il lui réglerait son compte, qu'il n'en avait pas fini avec elle. Que de toute évidence, c'était pas juste une petite explication, qu'il avait fait un peu plus que la secouer. Hein, il avait fait un peu plus que ça ! C'était pas la peine de nier.

Albert : Oui, bon, d'accord, c'était un peu musclé, je vous l'ai dit, mais on va pas en faire tout un plat. Fallait bien qu'il se sorte de ses griffes et qu'il sauve son mariage.

Et dans la foulée on lui annonça que le corps de Louise avait été repêché dans la Seine. Qu'elle avait été frappée et jetée à l'eau. Entre le 10 et le 12 décembre. Alors ?

Ce fut comme un électrochoc. Louise était morte et c'était de cela qu'on l'accusait, de l'avoir tuée, pas de l'avoir secouée, comme il disait, mais de l'avoir tuée, et tout l'incriminait.

Il lui fallait répondre, précisément, à la question de l'emploi du temps.

Juliette.

Juliette était son alibi maintenant. Ce n'était plus seulement son incartade qu'on lui reprochait, ou les coups qu'il avait assénés à Louise. C'était de meurtre qu'on parlait.

***

Albert était assis dans un bureau sous la garde du même officier à la jambe remuante quand il vit Juliette passer dans le couloir du commissariat. Tout se mit à vaciller, ses paupières tressautaient, à la voir là Juliette dans le couloir, et le souffle coupé. On y était, plus possible de reculer, dans quelques secondes, dans quelques minutes, Juliette saurait, peut-être même qu'elle savait déjà. Il se mit à gigoter en tous sens. Il allait tourner de l'œil, ça voguait autour de lui.

— Calmez-vous, on va reprendre depuis le début.

— Encore ! Mais ça fait vingt fois que je vous répète les mêmes choses !

— Eh bien on va recommencer.

Il lui semblait qu'il était dans ce bureau depuis un temps infini. Il était épuisé. Quelle heure était-il ? On lui reposait les mêmes questions sans cesse. Qu'est-ce qu'on allait penser à l'atelier ? Il devait répondre à nouveau et il finissait par ne plus savoir ce qu'il disait. Il mélangeait les dates. Il suait. Le visage de Louise asphyxiant sous ses doigts lui revenait, ses yeux qui roulaient, la panique qu'il y avait vue. Mais il ne l'avait pas tuée, non, c'était pas lui ! Je le jure. Puisque je vous dis que je ne l'ai pas revue depuis novembre. Pas une fois. C'est vrai que ce jour-là il y était allé un peu fort, il n'aurait pas dû s'énerver comme ça, mais ça avait été plus fort que lui, j'suis sanguin, c'est vrai, mais je l'ai pas tuée. C'était juste pour la calmer et mettre un point final. L'officier le regardait en secouant la tête, l'air de ne pas gober un mot de ce qu'il racontait.

Ça sentait le roussi. C'était le moment de sortir son atout. C'était peut-être l'autre, celui qu'elle avait rencontré après lui, c'est Germaine, la copine de Louise, qui lui avait dit au détour d'une conversation qu'elle avait rencontré quelqu'un, c'est peut-être lui le gus que vous cherchez. Et je peux vous dire qu'il a une sale tête ce gars, avec sa balafre qui lui taillade la tronche, c'est pas un enfant de chœur, pour sûr. Il n'avait pas voulu dire au début qu'il l'avait vu, et même un peu plus que vu, le nouvel amant de Louise, mais là il n'avait plus le choix, fallait qu'il le charge, sinon il risquait bien de finir sur l'échafaud, la tête coupée, bien net.

— De qui vous parlez ?

— Ben vous avez qu'à lui demander à Germaine, elle sait qui c'est.

— C'est à vous que je le demande, vous le connaissez ce fameux type, vous l'avez vu où ?

Ça tournait à toute vitesse dans la tête d'Albert, fallait qu'il la joue serrée car ça pouvait bien se retourner contre lui.

— Je les ai aperçus un jour, tous les deux, dans un café.

— Vous m'avez dit que vous ne l'aviez pas revue, Louise, faudrait savoir.

— Bien sûr que je l'ai pas revue, au sens où on s'est pas parlé, et elle m'a même pas vu, c'est ça que je veux dire, je les ai vus de loin, je suis pas allé me coller à eux. Et je me suis même dit, parfait, elle va passer à autre chose et me lâcher la grappe.

— C'était quand ça ? Quand vous les avez vus au café ?

— J'sais plus, j'ai oublié, en décembre ça c'est sûr, en tout cas après notre petite explication, mais la date exacte, j'peux pas vous dire, j'en sais plus rien.

Albert hésitait. Il voyait bien que le flic, là, il se demandait. Qu'il était plus tout seul à être suspect, c'était bon pour lui ça. Est-ce qu'il fallait qu'il aille au bout de l'histoire, ou ça suffirait là avec ce qu'il avait balancé ? Il valait mieux qu'il s'arrête là pour le moment, car sinon le flic allait recommencer avec ses questions à lui embrouiller le cerveau et fallait qu'il fasse gaffe à ce qu'il disait.

Parce que s'il racontait là, tout de suite, qu'il avait eu une petite conversation avec le balafré, histoire de lui dire à qui il avait affaire comme donzelle, ça risquait de foutre en l'air toute son explication. Valait mieux attendre. Il garderait ça dans sa manche, si ça se gâtait. Parce qu'il aurait fallu voir sa mine à l'autre, quand il était entré dans le café, une fois Louise partie, et qu'il s'était assis à la table à côté, et qu'il lui avait demandé, l'air de rien, s'il était la nouvelle conquête de Louise ! Il s'en était marré pendant des jours à se rappeler sa tête. Il essayait de faire son calme, le couturé, mais il avait les yeux qui lui tournaient dans les orbites comme s'ils allaient vous sauter dessus. Il avait été bien content de lui envoyer à la gueule que sa Louise était bien loin d'être l'oie blanche qu'elle faisait mine d'être, et il aurait payé cher pour être petite souris, pour voir comment ça avait tourné quand l'autre avait posé des questions à Louise et qu'elle, à coup sûr, n'avait pas vu le truc venir et qu'elle avait dû s'embrouiller dans des explications impossibles. Un bon coup qu'il avait joué là, il en était pas peu fier.

En passant devant le bureau où il était enfermé, Juliette tourna la tête vers lui et, par la vitre, leurs regards se croisèrent, brièvement. Celui de Juliette était froid, dur. Ou vide plutôt. Oui, vide, comme s'il n'accrochait pas au sien, comme si déjà elle commençait à l'effacer du décor, comme si déjà elle avait commencé à le faire disparaître, que la chaise sur laquelle il était assis était vide, qu'elle avait commencé à le gommer de sa vie comme un vulgaire trait au crayon de bois, et son regard passait au travers. Elle marchait la tête haute, le menton pointu. Albert, en faisant ses yeux de chien battu, tenta un léger sourire, un sourire enfantin qui cherchait à attendrir, qui espérait la clémence, qui quémandait par avance le pardon.

Juliette n'y répondit pas, ses lèvres se serrèrent davantage et elle tourna la tête pour suivre l'officier qui la conduisait dans un autre bureau pour l'interroger sur l'emploi du temps de son mari. Albert la regarda s'éloigner. Elle portait un long manteau sombre resserré à la taille par une grosse ceinture et qui s'évasait ensuite jusqu'à mi-mollet. Sur la tête, un chapeau posé légèrement de biais sur ses beaux cheveux noirs qui étaient retenus en un chignon bas. Elle était pâle, digne, d'une beauté à couper le souffle dans ce couloir où la peinture jaunasse aux murs s'écaillait de partout. Elle n'avait rien à faire dans ce décor miteux qui lui était injure.

Il allait la perdre, il fallait qu'il la rejoigne, qu'il lui explique, avant que ces autres abrutis lui racontent n'importe quoi et qu'après c'en serait fait de lui. Il savait s'y prendre avec elle, il fallait qu'il lui parle ou il la perdrait, ou il perdrait tout. Qu'avait-elle fait de Maximilien ? À qui l'avait-elle confié quand la police était allée la chercher chez eux ? Il voulut se lever. L'officier le fit se rasseoir *manu militari*. Vous restez ici, vous ne bougez pas ou je vous passe les menottes, c'est compris ? C'est pas le moment de faire le mariole.

Arrivée dans le bureau où elle devait être interrogée, calmement Juliette ôta son manteau et le posa sur le dossier de la chaise ; elle prit tout son temps puis elle s'assit, posa ses mains sur ses cuisses et regarda l'officier de police droit dans les yeux. Je vous écoute, dit-elle. Elle mit fin, sèchement, aux précautions d'usage que prenait l'officier.

— Je vous en prie, je ne suis plus une enfant, inutile d'essayer de m'épargner. Plus vite ce sera fini, mieux ce sera, alors évitons de perdre du temps en palabres. Si vous voulez des réponses claires, allez droit au but, ce sera moins pénible pour tout le monde.

— Très bien madame, si c'est ce que vous souhaitez, mais en attendant, c'est moi qui pose les questions et je vous conseille de bien réfléchir avant de répondre.

« Nous avons besoin de retracer l'emploi du temps de votre mari du mercredi 10 décembre au vendredi 12 décembre. À quelle heure est-il rentré du travail ? A-t-il passé les soirées chez vous ? Est-il ressorti à un moment ou un autre ? Avez-vous remarqué quelque chose d'anormal dans son comportement, une agitation particulière, des traces suspectes sur ses vêtements ? Est-ce que vous vous souvenez ?

Juliette releva les yeux. Elle réfléchit aux dates. Elle essayait de se souvenir. Oui elle se souvenait, avec amertume.

Elle regardait ses mains posées sur ses cuisses, son alliance qui brillait à son annulaire gauche. L'officier la sortit de ses rêveries mauvaises.

— Madame, s'il vous plaît.

Juliette sortit de son sac un mouchoir en tissu qu'elle serra dans sa main, puis elle répondit.

Oui, Albert était chez eux ces jours-là, il n'y avait pas de doute.

— Vous en êtes bien sûre ? Ne vous avisez pas de mentir pour le couvrir. Vous êtes en partie son alibi, d'où votre présence ici.

— Son alibi pour quoi ? Qu'est-ce qu'on lui reproche ? Je vous en prie, expliquez-moi.

— On verra ça plus tard. Pour l'instant, je vous le redemande, êtes-vous bien sûre qu'il n'est ressorti à aucun moment ? Réfléchissez bien, vous risquez gros vous aussi, sans parler des conséquences familiales, pour votre fils, je ne vous fais pas un dessin.

À l'évocation de Maximilien, Juliette crut défaillir.

— Oui, j'en suis absolument certaine.

Elle s'en souvenait bien et ne pouvait faire erreur sur les dates car son petit Maximilien avait fait une forte fièvre qui avait duré plusieurs jours et Juliette s'était affolée, comme on s'affole toujours quand son petit a la fièvre, ajouta-t-elle dans un léger sourire. Sur sa demande, Albert était rentré juste après le travail. Elle avait dû batailler parce qu'Albert ne voyait pas ce que cela changeait qu'il soit là ou pas, et ordinairement il passait par le bistro avant de rentrer et il y restait un bon moment, au point que c'était bien rare qu'il voie le petit avant qu'elle ne le mette au lit pour la nuit. Mais Juliette avait tenu bon, expliquant que si la fièvre ne tombait pas, si ça empirait même, il leur faudrait aller chercher le médecin au plus vite. Dans la journée, une voisine pourrait l'aider, mais le soir, il fallait qu'il soit là. Il était parti au travail comme tous les jours vers 9 heures et était revenu directement vers 18 heures, de mauvais poil et irritable. Maximilien avait beaucoup pleuré ces jours et ces nuits-là. Cela avait été très pénible avec Albert qui manquait de patience, qui cachait sa tête sous l'oreiller pour ne pas entendre le petit et qui enjoignait à Juliette de le faire taire, comme si elle pouvait l'empêcher de pleurer son pauvre petit bonhomme tout brûlant dans ses bras qui luttait comme il pouvait contre la fièvre. Pas une fois il n'avait pris le relais pour la soulager, alors que son dos lui faisait une douleur à hurler à force d'avoir Maximilien dans les bras pour le bercer, pour l'apaiser. Il se contentait d'être là, parce qu'elle l'avait exigé, mais il s'isolait et fermait les portes pour ne pas entendre les pleurs. Mais il était chez eux, elle pouvait le certifier, et il n'était pas sorti.

— Très bien. Vous pouvez y aller, madame.

— Certainement pas, s'emporta Juliette d'une voix plus forte qu'elle ne l'eût voulu, il n'est pas question que je reparte comme ça, sans rien savoir. Je veux que vous m'expliquiez pourquoi je suis ici et de quoi est soupçonné mon mari.

L'officier hésita. Ce n'était pas la procédure de révéler tous les dessous de l'affaire. Mais il avait trouvé Albert tellement odieux, tellement perfide et prétentieux, son antipathie pour lui avait été immédiate. Il éprouvait une certaine satisfaction à l'idée de lui faire perdre de sa morgue à ce vantard qui voulait se faire passer pour un Don Juan et qui rossait les femmes.

— Votre mari est soupçonné de meurtre.

— De meurtre ! Mais de qui ? Pourquoi ?

— Sur la personne de Louise Dupré, une jeune institutrice qui demeure, enfin qui demeurait...

— Je sais qui est Louise, le coupa Juliette. Louise est morte ?! Mais comment est-ce possible ? Et pourquoi soupçonne-t-on Albert ? Pourquoi aurait-il voulu tuer Louise ?

— Vous êtes sûre de vouloir connaître les détails ?

— Oui, je veux savoir.

— Votre mari a eu une liaison avec Louise Dupré, en janvier dernier, précisa-t-il en consultant ses notes. Apparemment cela n'a pas duré. C'était juste une..., juste un..., enfin cela n'a pas duré.

Juliette ne le quittait pas des yeux. Aucune expression ne se lisait sur son visage. Elle attendait la suite.

— Mais plusieurs mois après, en novembre, il s'est rendu chez elle, il l'a frappée et il l'a menacée de revenir pour lui régler son compte, ce sont ses mots, des témoins l'ont entendu vociférer sur le palier et Louise Dupré en a laissé trace dans son journal intime. Elle était terrorisée. Il a été très violent, il a tenté de la violer. Heureusement pour elle, les voisins ont cogné au mur pour faire cesser le vacarme. C'est semble-t-il ce qui l'a arrêté. Il est parti en lui jurant de revenir, pour lui régler son compte, comme je vous disais. En décembre, Louise Dupré a disparu et on a retrouvé son corps dans la Seine, elle portait des traces de coups. Son corps a de toute évidence été jeté dans le fleuve après qu'on l'a frappée. Votre mari reconnaît la brève liaison et les coups qu'il lui a assénés des mois plus tard, ce qu'il peut difficilement contester, mais il jure ses grands dieux ne pas l'avoir revue depuis novembre. Il nie mordicus l'avoir tuée et affirme qu'entre le mercredi 10 décembre et le vendredi 12 décembre, période durant laquelle Louise Dupré a été tuée, son emploi du temps est facilement vérifiable ; qu'il était soit à l'atelier, ce que nous sommes en train de vérifier auprès de son patron, soit chez lui avec vous, ce que vous venez de nous confirmer.

Tandis que l'officier lui parlait, des images en cascade défilaient devant elle, se superposant aux mots terribles et définitifs qui lui arrivaient dans cet affreux bureau qui sentait le moisi, la sueur et le renfermé, des images se bousculant les unes les autres, se chevauchant, surgissant en écho au récit qui lui était fait et qui contaminait tout.

Albert le nez dans les boucles blondes de Louise, sur la piste de danse, devant tout le monde, sa lamentable chute quand un de ses copains du front avait mis fin au spectacle, le jour de son mariage, où tout aurait dû être beau et joyeux, où elle était censée être la reine du jour… Il lui en avait fallu du temps pour chasser cette image, pour essayer de ne plus penser à cette scène où elle s'était sentie, y a même pas de mots pour dire comment, qui lui revenait là, en pleine figure ; elle n'avait pas réussi d'ailleurs à l'oublier, elle le savait bien, elle avait juste décidé de ne plus y penser, elle avait mis par-dessus d'autres images pour ne plus y penser. Toutes les filles aimaient à raconter dans le détail leur mariage, elle, non, il avait été gâché, et même les quelques photographies qu'elle en avait, alors qu'elle était si belle dans sa robe, elle les avait mises dans une boîte au fond d'une armoire, bien enfermées, bien haut perchées, pour ne pas avoir à les commenter ces photographies qui lui ramenaient la scène humiliante. Il n'y avait pas, comme dans les autres maisons, de photographie des mariés qui trônait sur une cheminée, ou sur une étagère, ou sur la table de chevet, non, certainement pas, et on avait eu beau lui dire que ce n'était rien, qu'il avait juste trop bu son Albert et qu'il ne savait même plus ce qu'il faisait, il ne fallait pas la prendre pour une demeurée, il savait très bien ce qu'il faisait en fourrant son nez dans le cou de Louise, en la serrant contre lui devant tout le monde, ça a bon dos l'alcool, la preuve. Et il a été lui courir derrière, à Louise !

Elle les brûlerait ces photos, voilà ce qu'elle ferait quand elle rentrerait, elle en garderait juste une où on la voyait, seule, avec sa belle robe et les petites pierres de son diadème qui scintillaient comme des étoiles, et le reste, elle y foutrait le feu, ça ne valait pas mieux, que ça parte en fumée et qu'on n'en parle plus.

Elle le revoyait, avec sa mine de donneur de leçons, moquer sa robe rouge et ses dentelles, que c'était futile qu'il disait avec son ton docte et sa moue méprisante pour la petite main qu'elle était, et qu'il voulait l'envoyer à la campagne pour élever des poules, question de valeurs qu'il lui avait dit. On peut dire qu'il avait de quoi la ramener aujourd'hui question valeurs, adultère, coups, tentative de viol, soupçonné de meurtre, formidable.

Même l'annonce de sa grossesse, où ça avait été si beau, où elle croyait qu'ils s'étaient retrouvés enfin, même ça c'était tout sali, c'était tout moche. Ah oui il était content, ça c'est sûr, mais content d'être père voilà tout, parce qu'il croyait que ça lui donnait de l'importance, parce que Monsieur pouvait dire « j'ai un fils », en paradant, comme si d'un coup ça le rendait plus grand, alors qu'il s'était juste contenté de... enfin de pas grand-chose. Et le moins qu'on puisse dire, c'est qu'il ne s'en occupait pas souvent de ce petit, prétendant attendre qu'il soit plus grand pour partager des choses avec lui.

Il l'avait trompée. Avec Louise. Peut-être même avec d'autres, au point où on en était. Quand il disait aller boire un coup avec ses copains et qu'il revenait titubant en pleine nuit, et qu'il s'affalait sur le lit, lourd et puant l'alcool, qu'elle tournait la tête de l'autre côté pour ne pas la sentir son haleine écœurante qu'il lui crachait en plein nez, qu'il prenait même pas la peine de retirer ses chaussettes, peut-être bien qu'en réalité il ronflait bruyamment après avoir été se vautrer dans les bras d'une autre. Elle ne disait rien, bécasse qu'elle était, puisqu'il fallait être patiente, paraît-il, avec ces pauvres gars revenus de l'enfer.

Et il l'avait frappée, Louise, des mois après si elle avait bien compris, il l'avait frappée au point qu'on le soupçonnait de l'avoir tuée. Juliette en avait la nausée.

Elle se revoyait avec Anne, dans la cour de l'atelier, à chercher comment le faire revenir son Albert d'avant, qui avait peut-être même jamais existé, idiote qu'elle était de s'être laissé prendre.

Des larmes coulaient sans bruit sur ses joues.

Elle fit tourner son alliance autour de son annulaire, puis elle la retira ; il lui fallut mouiller un peu sa phalange dans sa bouche et tirer un peu fort car son doigt avait forci. Elle la glissa dans la poche de son manteau.

Un officier entra dans le bureau. Entre collègues, ils échangèrent quelques mots à voix basse.

À l'atelier, Gustave avait confirmé lui aussi l'emploi du temps d'Albert. Il avait bien été présent et il n'avait pas quitté son poste, tous les ouvriers pouvaient en témoigner. Il confirma qu'il était arrivé un peu après 9 heures et qu'il était reparti un peu avant 18 heures. Il l'avait laissé repartir un peu plus tôt que l'heure habituelle car son petit était malade et Gustave, qui en avait quatre des gosses, savait combien les premières maladies mettaient toute la famille en émoi. Il était sûr des dates, oui, car il n'était pas né de la dernière pluie et il notait tout Gustave, histoire que les gars ne lui refassent pas les mêmes coups tous les quatre matins en l'amadouant avec leurs affaires de famille et en enterrant dix fois leur belle-mère ! Alors, dans son cahier à Gustave, il y avait tout, les maladies des gamins, les enterrements, les baptêmes, les mariages, tout ce qui pouvait justifier les absences de ses gars et qu'il ressortait quand il trouvait qu'ils poussaient le bouchon un peu loin.

Albert fut mis hors de cause.

— Votre mari est lavé de tout soupçon en ce qui concerne le meurtre de Louise Dupré, vous pouvez y aller madame. Désolé pour le dérangement, ajouta-t-il avec ce qui parut à Juliette une pointe de compassion.

Mais Louise était morte et il aurait pu la tuer, oui, c'était du domaine du possible, même s'il ne l'avait pas fait. Il l'avait frappée, il avait continué à la frapper alors qu'elle était à terre, il aurait pu la tuer.

On lui avait dit ce qu'il avait fait. Cet homme-là, le père de son enfant, son mari.

Louise était morte, tuée par un homme, et Albert aurait pu être cet homme-là.

Dans son mari le tueur possible d'une autre femme. C'est comme ça que Juliette le voyait désormais, en tueur.

Sans un mot, Juliette se leva ; elle enfila son manteau. Elle sortit du commissariat. Une gifle de froid la fouetta quand elle se retrouva dehors. Cela lui fit du bien après cette heure passée dans la moiteur puante du commissariat.

Albert se tenait sur le trottoir d'en face, les mains dans les poches de son pantalon, la tête enfoncée dans les épaules pour se protéger du froid.

Ils se regardèrent.

Il agita une main vers elle. Juliette, s'il te plaît.

Elle tourna les talons.

***

L'officier de police sortit du tiroir de son bureau le dernier journal intime de Louise et reprit la lecture. Puis il se rendit chez Germaine. Il frappa à la porte, Germaine ouvrit. Elle était pâle comme un linceul, ses paupières gonflées ne faisaient plus que de petites fentes de ses yeux ; on les aurait dites closes, ses paupières, si lourdes de larmes inutiles. Depuis des heures et des heures, elle ne faisait que pleurer.

— Bonjour mademoiselle Combelas. Désolé de vous déranger, mais nous avons besoin de vous de nouveau.

Elle le fit entrer. Ils s'assirent dans le salon.

— Albert ? C'est lui ? Il a avoué ? Pourquoi a-t-il fait ça ?

— Non, mademoiselle. Son alibi est solide, ce n'est pas lui. Connaissez-vous un dénommé Ferdinand ?

— Ferdinand, oui. Enfin, je ne le connais pas bien, je ne l'ai vu qu'une fois. Louise l'a rencontré à la foire aux fiancés, au mois de mai. Vous pensez que… ?

Ses sanglots redoublèrent. Quelle imbécile, quelle coupable elle avait été ! Comment avait-elle pu être aussi aveugle ? Elle avait abandonné Louise, elle l'avait abandonnée quand Louise avait eu si besoin d'elle, et qu'elle le lui avait dit, à mi-mot, que tout son corps disait la menace, qu'il criait l'alarme. Elle avait senti le danger, elle aurait pu la sauver, elle aurait dû. Elle n'avait rien fait. Elle l'avait laissée seule, sans défense, fragile, avec ses cauchemars, avec la cicatrice qui la poursuivait, avec ses secrets qui la déchiraient, avec ses hontes et ses peurs, seule. Elle n'avait pas été là. Et maintenant... Et maintenant, la vie sera sans Louise, c'était l'évidence brutale. Comment a-t-elle pu laisser faire cet insupportable ?

— Que pouvez-vous me dire de lui ? Dans son journal, Louise parle d'une brasserie où il travaille. Savez-vous de quelle brasserie il s'agit ?

Germaine donna les informations nécessaires qui permirent de remonter jusqu'à Ferdinand. Elle se rendit compte qu'elle savait finalement bien peu de choses de lui. Mais elle savait qu'il travaillait chez Bofinger et elle pouvait évidemment en faire une description physique précise.

Chez Bofinger, on donna son adresse.

On ne l'avait pas vu depuis plusieurs jours.

La police se rendit chez lui, rue de Lappe, dans le quartier de Bastille.

C'est là qu'on l'a trouvé, baignant dans son sang.

Il s'était tiré une balle dans la tête.

Sur un bout de papier, de son écriture serrée, il avait écrit : « Je vois sombre dans ce monde j'ai tué Louise je suis irréparable. »

***

C'était tout.

C'est-à-dire presque rien et tout à la fois.

Le reste, le qu'est-ce qui a dégénéré, à quel moment, le comment, les gestes, la fin, il a fallu le glaner, dans des indices glissés ailleurs, ou le déduire ou l'imaginer ou accepter de ne pas savoir.

***

Ils étaient descendus sur les bords de la Seine.

Louise avait insisté, pensant que cela leur ferait du bien, qu'il valait mieux éviter de rester enfermés avec Ferdinand dans cet état, avec sa cicatrice bouillonnante et les mauvaises pensées qui lui revenaient. Ça lui ressemblait ça à Louise, elle était de ceux qui prônent le remède du « prendre l'air ». Combien de fois Germaine l'a entendue dire : « Allez viens, on sort, ça va nous faire du bien. »

Alors elle avait insisté, parce que le froid de décembre lui remettrait les idées en place, parce que le froid anesthésie la colère qui gronde, comme la glace sur la plaie, parce que le monde autour détournerait sa jalousie, peut-être, parce que marcher le défoulerait et, peu à peu, délierait ses muscles tendus, assouplirait ses poings serrés à s'en casser les phalanges, à s'enfoncer dans les paumes les ongles coupants jusqu'à déchirer la chair, jusqu'à saigner sa rage.

En descendant vers la Seine, Louise s'est accrochée au bras de Ferdinand. Elle essayait de se faire souple pour harmoniser leur marche, mais il était si raide, si brusque, qu'elle devait en permanence réajuster son pas au sien. Tous les quatre ou cinq pas, il lui fallait donner un petit coup d'accélérateur, alors elle moulinait avec ses jambes.

Elle s'essoufflait, il marchait trop vite pour elle. Elle s'agrippait à son bras, mais elle glissait, elle le perdait tant il tenait les siens plaqués contre son torse, et son bras à elle glissait, et elle se raccrochait en essayant de se faufiler en dessous, entre son bras et son torse à lui, en forçant sous les muscles qu'elle sentait durs et hostiles, et elle essayait de se caler en faisant un crochet avec sa main, et elle le reperdait et elle recommençait, convaincue qu'il fallait qu'elle ne le lâche pas, pour qu'il revienne à elle, à lui, à la paix possible.

Il marchait droit, le menton agressif, la mâchoire crispée, peu soucieux de qui pouvait arriver en face, prêt à en découdre si d'aventure… le souhaitant même ce d'aventure, tant ses poings avaient besoin de cogner, sur n'importe quoi, sur n'importe qui, mais de cogner, de cogner encore, jusqu'à l'épuisement.

Il répétait, d'une voix sourde sortant d'une caverne noire qu'elle entendait à peine, alors t'attendais qui ? Tu vas finir par cracher le morceau ou faut que j'insiste ? T'attendais qui ?

Arrivés sur les quais, ils ont marché un moment en silence et se sont assis sur un banc. Ferdinand à une extrémité, les fesses à peine déposées, tendu comme un ressort, prêt à se relever d'un bond comme un boxeur en plein round, les pieds nerveux agitant ses jambes, incapable de rester en place. Louise tentant de s'approcher, posant une main sur sa cuisse pour atténuer les tremblements, déposant sa tête sur son épaule fébrile.

Mais ni la marche ni le froid n'avaient calmé Ferdinand.

Alors, t'attendais qui ?

Ils étaient face à la Conciergerie. C'est de là, face au quai de l'Horloge qui étire sa façade, que la Conciergerie est la plus belle. Louise aimait cet endroit, elle aimait son mystère, les histoires si anciennes que semblait encore murmurer la pierre, elle aimait l'élégance sobre et massive du bâtiment, ses tours médiévales, rondes, surmontées de leur toiture en poivrière. Elle inventait des silhouettes apparaissant aux fenêtres, elle racontait leurs vies et les poèmes qu'elles offraient à la Seine, elle dessinait la pierre qui respirait leur présence.

Germaine s'était souvent assise sur ce banc depuis la mort de Louise.

Oh, cela faisait longtemps qu'elle n'y allait plus bien sûr ; l'âge avait alourdi ses jambes et l'avait rendue moins mobile. Mais elle s'y est si souvent assise... Par tous les temps, en toute saison, par toutes lumières, par tous les vents, par tous les cris des mouettes. Si souvent... que tout était en elle à présent. Elle avait eu besoin d'aller s'y asseoir, elle y retrouvait Louise, de façon bien illusoire, mais c'était sa façon à elle de rester encore un peu avec elle, de la faire vivre, de les faire vivre toutes les deux encore. Elle avait eu besoin de se remplir de ces images qu'elles avaient partagées, du contact du bois du banc sous ses cuisses où elles avaient pleuré Gervaise, de la lumière sur la pierre de la Conciergerie, du ravissement de Louise à son reflet dans l'eau. Peut-être que c'est à ça que sert la mémoire. Et que c'est pour ça que c'est vivant, et que ça nous permet de rester vivant.

La nuit était tombée, noire, sans étoiles, l'air froid de décembre piquait au visage.

Alors t'attendais qui ?

Un vent glacé dévalait sur la Seine.

DERNIÈRE TRACE

« Ça durera toute notre vie, ce sera aussi important que le reste et pourtant on ne saura pas que ça compte, parce qu'on ne pense pas tous les jours aux choses dont les murs de nos vies sont tapissés [...] »

Laurent Mauvignier,
Des hommes[1]

Il n'y avait pas une ride sur son visage, à près de quatre-vingt-dix ans. Une de ses petites fiertés et contrepartie heureuse d'une peau grasse qu'elle épongeait avec du papier de soie. Elle était allongée, toute droite, sur le lit réservé aux morts, emmaillotée comme un bébé des temps anciens dans un tissu blanc immaculé et d'où seuls émergeaient ses mains et son visage. Son visage était calme, rond, les paupières closes, les lèvres fines, figées dans un sourire, des lèvres qu'on avait dû lui colorer d'un peu de rose ; oui, on lui avait probablement passé un baume rosé sur les lèvres, merci à celle ou celui qui a fait ça, on s'incline les yeux mouillés devant une telle délicatesse anonyme.

Ses mains étaient posées sur son ventre, sur le tissu blanc. La peau était fine et si douce encore. Toute sa vie, elle en avait pris soin. Le soir, sur le canapé recouvert d'un tissu léopard, bien calée au milieu de gros coussins, elle les massait doucement, avec des crèmes qui sentaient la violette. Elle avait coutume de dire qu'on reconnaissait une femme « bien » à ses mains et à ses pieds, sans savoir vraiment ce que signifiait être une femme « bien », mais ça la faisait sourire, consciente sans doute du dérisoire de la formule et amusée à coup sûr de l'étonnement qu'elle provoquait.

De part et d'autre du lit, deux chaises en métal, pour les visiteurs de la dernière escale, avant le cercueil enfoui dans la terre ou glissé dans le feu qui le dévore. On m'avait prévenue, couvrez-vous, il fait froid dans la pièce, vous comprenez, c'est pour éviter..., oui on comprend, bien sûr, n'allez pas plus loin, n'en dites pas plus, surtout pas, ne dites pas la suite, l'imagination est trop prompte à s'emparer d'images que rien ensuite ne pourra effacer. C'était déjà presque trop cette phrase en suspens. Il faisait froid en effet dans cette salle des morts au sous-sol de l'hôpital où elle avait cessé de vivre, une salle immensément haute de plafond, éclairée de néons suspendus.

Me revenaient les soirées que nous avions partagées et étirées, assises chacune à un bout du canapé, jusque tard dans les nuits, lors desquelles elle m'avait raconté les histoires qui avaient fait sa vie. Elle prenait toujours son temps pour grimper au grenier de sa mémoire. Pas par lenteur d'âge, non, plutôt par coquetterie rhétorique peut-être ou par goût du suspense ou pour choisir celui qui conviendrait le mieux à l'ambiance de ce soir-là ou plus simplement parce que ce n'est pas si aisé de piocher le bon. On a comme peur de froisser ceux qui n'ont pas été choisis, qui risquent de s'affadir et de se perdre si on ne leur prête pas audience de temps à autre, et qui pourtant valent bien le coup autant que les autres.

Je ne la pressais jamais, je savais que cela viendrait, j'avais passé tant d'heures depuis l'enfance à l'écouter. Et l'attente dessinait déjà le début de l'histoire à venir, elle en accentuait le désir. Certaines de ses histoires, elle les avait tellement racontées qu'elles s'étaient comme figées, qu'elles étaient devenues contes, qu'elles s'étaient mélangées au siècle et aux récits des autres, imbroglios de passés emmêlés. Elle les portait en elle comme on porte le temps, avec et sans conscience.

Des histoires, elle en avait à la pelle ; forcément, née en 1904, elle avait traversé un siècle dense, et s'il fallait ajouter celles des générations précédentes, elle avait de quoi tenir, sans difficulté, mille et une nuits. Farfouillant dans la boîte à manucure parmi les crèmes, les limes, les coupe-ongles, les pousse-cuticules, les vernis, rouges exclusivement ou incolores, je l'observais sillonner en silence, sautiller de l'enfance à l'âge adulte, y revenir, partir plus loin encore dans des souvenirs plus anciens et qu'elle avait fait siens.

Je me suis approchée d'elle, j'ai touché le tissu de mes mains, j'ai caressé la peau de son visage, j'ai posé ma joue contre la sienne.

Je n'ai pas lutté contre les larmes qui ont mouillé le tissu qui lui encadrait le visage, comme une dame médiévale.

J'ai hésité à m'allonger auprès d'elle sur le lit pour la prendre dans mes bras, pour la serrer une dernière fois. Mais les convenances m'ont rattrapée.

J'ai approché la chaise tout près du lit. Mes jambes passaient en dessous.

J'ai attrapé mon sac et j'en ai sorti un petit magnétophone comme on n'en fait plus guère aujourd'hui.

J'ai appuyé sur *play* pour lancer la cassette que j'avais enregistrée pour elle.

L'andante du concerto 21 de Mozart a empli la salle, m'accompagnant plus qu'il ne l'accompagnait elle dans ce dernier au revoir.

Il n'y a rien de plus beau que cet andante. C'est elle qui me l'avait fait découvrir, un soir d'hiver, souriant de ce cadeau qu'elle savait éternel. Écoute ça. S'il y a un divin, c'est là qu'il se loge, dans ces notes que le piano promène, comme un défi à toute apesanteur, vertigineuse caresse divine. Puis ce fut le silence, vibrant quelques secondes encore de la phrase vagabonde et de la note ultime frappée sur la corde du piano, quelques secondes seulement avant le silence qui oubliait Mozart.

C'est ce soir de l'andante qu'elle m'avait raconté, Louise. C'est lui qui lui avait permis d'aller au bout de l'histoire, en dépit de la tristesse que son récit faisait resurgir, en dépit de la mort de Louise vers laquelle il ne pouvait que conduire. C'est lui qui, quand les mots ne pouvaient plus, lui avait donné la force de poursuivre, en offrant le soupir.

Le chalet sentait le bois, il faisait bon. Par la fenêtre, on distinguait encore les montagnes enneigées éclairées par la lune pleine. Elle avait allumé un feu dans la cheminée ; les flammes jaunes enrobaient les bûches sèches qui crépitaient et de petites étincelles, telles des lucioles, tournoyaient et s'envolaient pour se perdre et s'éteindre dans l'aspiration du conduit, vers des hauteurs mystérieuses et dévorantes. J'attendais l'histoire qu'elle allait choisir de me raconter. Je savais toujours quand cela allait commencer, un léger sourire, signe de oui celle-là, c'est bien, et une ardeur dans ses yeux qui manifestait sa satisfaction. Mais là, ça durait, plus que d'habitude. Elle regardait ses mains, puis son regard filait dehors, s'accrochait au feu de la cheminée, revenait à ses mains, mais rien ne venait. Elle ne musardait pas, légère, dans ses souvenirs. Elle était malmenée dans sa mémoire ensanglantée. Même la rondeur de son visage s'angulait. Le pétillement de ses yeux avait laissé place à un discret clignement nerveux. Des larmes coulèrent silencieuses sur ses joues. Je me taisais, impressionnée par les larmes de celle qui s'était si souvent emparée de mes chagrins d'enfant pour les faire disparaître, elle savait faire cela. Je n'étais pas prête à ce renversement.

Puis elle se lança.

C'était en 1924. Louise et moi, on avait vingt ans.

Mes vingt ans, ce soir-là, avaient réveillé les siens. Ces vingt ans qu'on dit beaux mais qui, malgré tous ses efforts pour oublier, venaient toujours la tourmenter. Elle avait bien tenté de les recouvrir, avec la vie, avec tous ses autres souvenirs, pour qu'ils la laissent en paix. Elle avait, bruyamment, démesurément, fait place aux autres, espérant qu'ils agiraient comme des éteignoirs. Mais ils ne se laissaient pas museler, ils réclamaient leur part de mise en lumière, ils tambourinaient à lui faire exploser le cerveau, et plus elle vieillissait, plus ils s'agitaient ces bougres.

Alors elle m'avait raconté, en espérant la consolation de la mémoire, car certains disent qu'à parler on s'apaise.

Dans le chalet que nous devions aujourd'hui vider de l'innombrable qu'elle y avait accumulé, elle avait, sentant la fin venir, elle toujours si prévoyante, sur des feuilles de couleurs différentes, laissé des dizaines de petits mots, destinés aux unes et aux autres, accrochés à des objets, posés sur les tables basses, glissés entre deux livres mais dépassant un peu pour ne pas qu'ils nous échappent.

Sur une feuille rose pâle, elle avait, de son écriture d'institutrice qu'elle n'avait jamais perdue, à l'encre violette, écrit mon prénom. Elle m'invitait à me rendre au grenier.

Dans le grenier, où elle ne pouvait plus monter, où personne n'était plus allé depuis des lustres, une boîte en carton, posée à même le sol, m'attendait.

Une boîte rectangulaire que la poussière, les toiles d'araignées et un début de moisissure avaient entièrement recouverte, nappée, et qui trônait, seule, au milieu du grenier vide, attendant que le temps la dissolve, qu'il la ronge patiemment, l'avalant jusqu'à la dernière molécule, jusqu'à sa dernière trace. Ou d'être ouverte. Pour un dernier surgissement du passé.

Je me suis assise en tailleur devant la boîte. J'ai soufflé sur la poussière. J'ai gratté délicatement la moisissure qui s'était incrustée aux encoignures. J'ai défait le nœud de velours qui a miaulé faiblement et j'ai soulevé le couvercle.

Une poupée rabougrie au tissu délavé si fatigué d'avoir tant vécu, qu'il fallait prendre avec une immense précaution dans ses mains pour éviter qu'il se déchire et que la sciure, qu'on sentait toute sèche à l'intérieur et qui crissait au contact des doigts, se déverse et s'éparpille. Plus d'odeur au nez portée, mais les perles des yeux, minérales, bleutées, brillantes comme un matin frais.

Quelques tubes de peinture, secs et durs comme du bois, qui d'avoir été pressés pour qu'en sorte la couleur avaient perdu leur rondeur prometteuse mais qui portaient encore, grâce à la peinture qui s'en était écoulée jadis, les empreintes des doigts qui les avaient tenus et qui, pour cette raison, avaient été couchés là.

Un journal intime, stoppé net en décembre 1924, sur ces mots que Germaine, jamais, n'avait pu oublier, j'ai peur, je dois parler à Germaine, je vais parler à Germaine.

Remerciements

Que l'heure des remerciements est douce quand, le récit achevé, on avoue que, si l'écriture est solitaire, le roman qui surgit, lui, est le fruit d'une aventure collective que l'on a pu mener à terme que parce que l'on a été entourée, soutenue, conseillée par celles et ceux qui ont cru en lui.

Mes premières pensées vont aux femmes, aux enfants, aux hommes rencontrés dans les archives et dont les voix parvenues jusqu'à moi m'ont offert la matière de ce livre.

À mon père qui m'a donné le goût des mots. À ma grand-mère qui a sucré mon enfance.

Ma gratitude à l'équipe des Escales. Vincent Barbare et Sarah Rigaud qui, immédiatement, ont adopté Germaine et Louise et ont permis à ce livre d'exister.

Un immense immense merci à Caroline Laurent qui, avec une infinie patience et tant de justesse, m'a encouragée, épaulée et m'a aidée à bonifier le texte.

Merci du fond du cœur à mes amies si chères, pour leur relecture, pour nos échanges, pour leur enthousiasme, pour leur soutien indéfectible, Florence Fallot, Anne Goldblum, Laurence Giordano, Catherine Barichnikoff, Marie-Pierre Carera, Annette Becker, Christel Weill-Engerer.

Dominique Fouchard

Merci à mes sœurs qui, depuis toujours, me soutiennent et m'entourent de leur tendresse. Leur confiance m'est si précieuse. À ma mère qui, dès les premiers pas du roman, l'a tendrement regardé grandir.

À mes filles, qui ont été si présentes, qui ont lu et relu, qui ont proposé, qui se sont enthousiasmées, qui ont chassé mes doutes et envoyé promener les matins gris. Il me faudrait des milliers de pages, il me faudrait inventer une langue, pour leur dire combien elles sont ma sève, ma force, ma joie. Pour leur dire combien le monde est beau parce qu'elles sont là.

Merci à Christophe, enfin. Rien n'aurait été possible sans lui, dans la fiction comme dans la vie.

Dernières parutions

Domaine français

Catherine Bardon
La Fille de l'ogre

Frédéric Couderc
Hors d'atteinte

Caroline Laurent
Ce que nous désirons le plus

Osvalde Lewat
Les Aquatiques

Marie-Diane Meissirel
Les Accords silencieux

Ivan Nabokov et Philippe Aronson
La Vie, les gens et autres effets secondaires

Grégory Nicolas
Mes sœurs, n'aimez pas les marins

Roland Perez
Ma mère, Dieu et Sylvie Vartan

Emmanuel Pierrat et Joseph Vebret
Ernestine ou la Justice

Julie Printzac
Guetter l'aurore

Akli Tadjer
D'audace et de liberté

Domaine étranger

Rabih Alameddine
La Réfugiée

Sarah Alderson
Week-end entre filles

M. J. Arlidge
Action ou Vérité

Jo Browning Wroe
Une terrible délicatesse

Jonathan Dee
Sugar Street

Hannah Gadsby
Nanette en dix étapes

Iona Grey
Les Heures étincelantes

Elin Hilderbrand
Été après été

Lydia Millet
De l'espoir et autres créatures ailées

Daphne Palasi Andreades
Les Filles comme nous

Catherine Steadman
Sous l'eau

Emma Straub
Demain, même heure

J. Courtney Sullivan
Les Affinités sélectives

Rosa Ventrella
Béni soit le père

Meg Waite Clayton
Dernier train pour Londres

Rosie Walsh
L'Amour de ma vie

Pour en savoir plus sur l'actualité des Escales,
vous pouvez consulter notre site Internet
www.lesescales.fr
et nous suivre sur les réseaux sociaux

Editions Les Escales

@LesEscales

@LesEscales

Pour plus d'information :

www.lisez.com

Imprimé sur du papier issu de forêts gérées durablement.

Achevé d'imprimer par
Normandie Roto Impression s.a.s.
N° d'impression : 2300813
Imprimé en France